世界侦探推理名著文库

[美] 埃德加·爱伦·坡 著
赵苏苏 吴继珍 唐霄 译

莫格街凶杀案

埃德加·爱伦·坡作品精选

群众出版社
·北京·

图书在版编目（CIP）数据

莫格街凶杀案：埃德加·爱伦·坡作品精选／（美）坡（Poe，E. A.）著；赵苏苏，吴继珍，唐霄译．—北京：群众出版社，2012.6

（世界侦探推理名著文库）

ISBN 978－7－5014－4972－9

Ⅰ.①莫…　Ⅱ.①坡…　②赵…　③吴…　④唐…　Ⅲ.①侦探小说—小说集—美国—现代　Ⅳ.①I712.45

中国版本图书馆 CIP 数据核字（2011）第 268782 号

世界侦探推理名著文库

莫格街凶杀案

埃德加·爱伦·坡作品精选

［美］埃德加·爱伦·坡　著

赵苏苏　吴继珍　唐霄　译

出版发行：群众出版社
地　　址：北京市西城区木樨地南里
邮政编码：100038
经　　销：新华书店
印　　刷：北京泰锐印刷有限责任公司

版　　次：2012 年 8 月第 1 版
印　　次：2024 年 4 月第 3 次
印　　张：16.25
开　　本：787 毫米×1092 毫米　1/16
字　　数：315 千字

书　　号：ISBN 978－7－5014－4972－9
定　　价：38.00 元

网　　址：www.qzcbs.com
电子邮箱：qzcbs@163.com

营销中心电话：010－83903254
读者服务部电话（门市）：010－83903257
警官读者俱乐部电话（网购、邮购）：010－83903253
文艺分社电话：010－83903973

总序

阅读经典　收获智慧

于洪笙

在色彩缤纷的世界文学园林里，侦探推理小说是一株盛开着奇异的花朵、分外引人入胜的巨大乔木。《中国大百科全书》“外国文学卷”对“侦探推理小说”这个词条是这样定义的：它是西方通俗文学的一种体裁，与哥特式小说、犯罪小说以及由它们衍生出来的间谍小说、警察小说、悬疑小说同属惊险神秘小说的范畴。侦探推理小说主要描写具有惊人推理、判断能力的人物根据一系列的线索，破解犯罪（多是凶杀）的疑案。它的结构、情节、人物，甚至环境都有一定的格局和程式，因此它也是一种程式文学。

但就是这种文学样式，在自己并不太长的发展历史中，创造出两个奇迹：其一，产生了一个读者不准其死去的文学形象“福尔摩斯”。英国作家柯南·道尔一八八七年在《血字的研究》中创造了他，从此福尔摩斯成为人类智慧的符号并承担起人类“保护神”的重任。这不仅标志着福尔摩斯这个人物形象在文学意义上的不朽，更重要的是在现实生活中世界读者对它的需求，这是从人类文学产生之日起任何文学形象所不能比拟的。其二，它产生了一位被称作“侦探小说女王”的作家——阿加莎·克里斯蒂。在她生前，即二十世纪六十年代，她的作品就在一百多个国家发行了四亿多册，仅次于《圣经》。如果考虑到《圣经》的销售主要依赖于悠久的宗教历史和庞大的教会系统作为背景的话，那么克里斯蒂就是世界文学史上最受读者欢迎的作家了。

不朽的人物形象、世界上最高的图书销售量，均是在侦探推理小说领域创造的。如果我们还不能就此下结论说侦探推理小说是最好的文学样式，那么至少可以说它是最受读者欢迎、极具文学魅力的文学样式。

自一八四一年美国作家爱伦·坡创作《莫格街凶杀案》之后，侦探推理小说便以其曲折的情节、强烈的悬念、严谨的逻辑为表现手段，闪耀着理性的光芒，以智慧文学的形式显示出独有的魅力，在世界文坛上脱颖而出。从此，侦探推理小说便在世界各国拥有广大的读者，有关图书始终占据着国际图书市场销售量的四分之一以上，成为其他文学类图书难以企及的畅销、长销的图书类型。究其原因，侦探推理小说强大的生命力无非是由它的内容和形式所决定的。首先，侦探推理小说的巨大魅力，在内容上与它在审美上的主体意识被读者认可有关。一篇（部）优秀的侦探推理小说，不管故事发生在何国何时，不论篇幅长短，它都不能缺少一位正面人物。这个正面人物继承的是世界文学传统，如史诗、悲剧中的英雄原型。在这个带有英雄色彩的正面人物即“侦探”身上，体现着人文精神和对人性的优点的描述，如正义、智慧、维护文明秩序，为纠正法制生活中的失衡、偏颇而奋不顾身等。他的主体人格应该是伸张正义、嫉恶如仇、尽忠职守、视死如归。这样一个在社会生活中具有奉献精神、牺牲精神的文学角色被创造者赋予的理想的色彩，是人类在生存、繁衍、发展、进步、创造文明的过程中所必须发扬光大的。正如比利时著名诗人维尔·哈伦所说：“文学的主旋律是对人的肯定和人性的张扬。”因为信仰、理想犹如阳光对于万物，是被人类自己肯定、歌颂的，所以它便具有了永久的魅力。这种理想色彩的魅力，满足着人类对英雄的崇拜需求，也就是人类对自己理想的肯定。

与此同时，侦探推理小说是用故事的载体，反映着人类同自身存在的毒瘤——犯罪的斗争，是人类对自身文明进化过程的不断反思。文明与犯罪，是人类历史进程中的双生子，而人类是必须要前进的，因此，同形形色色的犯罪作斗争，则集中反映着正义与邪恶、文明与贪欲、“真善美”与“假恶丑”的较量，体现着人类对自身理想的坚定捍卫。在这种较量中，文学的真谛得到了阐述。从这个角度讲，侦探推理小说还应在“智慧文学”前面加上“理想文学”。

同时，关于侦探推理小说在文本形式上的魅力，早在二十世纪三十年代，意大利杰出的马克思主义理论家安东尼·葛兰西就做了研究。他写道：“侦探推理小说这类书籍为什么总是令人读得如此入迷？它们能使人们得到什么样的满足？符合怎样的兴致？它们能给予人们什么样的特殊幻美？……阅读时，人们在幻想着‘美丽的’、‘有趣的’冒险，这种冒险应是个人不受约束的主动的精神表现。”

好奇地逗留在事物面前，屏住呼吸并密切地注视它们的奇异性，这是人的特性。而正是这种好奇心，促使人类产生了区别于动物的伟大的想象功能。想象，这一人类本身所具有的天性，是人类生存、发展和创造文明的需要。正是想象才构成了人类行为中的创造性的基本特征。没有了想象，只知道追求近前的目标，人们就会减弱并失去活力。正是想象，激发着人类走向一个又一个未知的世界。在想象中去探秘，去历险，去体验英雄般的感受，人们这一古老的愿望正是在侦探推理小说中得到了满足。

作为一种智慧文学，侦探推理小说情节的主要框架是解谜，而读者的阅读实质上即是参与分析、判断、推理的解谜过程。对青少年读者来说，这更能激发他们的好奇心及探险、揭秘的心理，进而满足他们想象的乐趣、思索的乐趣、发现的乐趣、参与的乐趣，使他们在阅读的愉悦中不知不觉地进行了思维训练，提高了智能。因此，人们称侦探推理小说是“脑力体操”，这种脑力体操对当今的青少年尤为重要。

日本东京创造力开发研究所所长山上定也先生认为：“推理锻炼可以使头脑聪明，而作为一个现代人，应当及时掌握当代独特的成功利器——信息推理术，并把它和演绎法相结合，这能使你由此及彼、由表及里、举一反三、触类旁通，从而以高超的创造力迎接信息社会的挑战。”这番话倒是从另一个角度回答了孩子们为什么爱读侦探惊险作品的问题。一九九八年，由中国出版工作者协会少儿读物工作委员会和中华读书报社联合进行的“中国的孩子爱读什么书”的调查结果显示，侦探惊险作品超过“卡通漫画”及“寓言童话”，独占鳌头。

基于以上原因，由北京侦探推理文艺协会和群众出版社联合策划，决定推出《世界侦探推理名著文库》这套丛书，作为献给全国热爱这一文学样式的广大读者的一份珍贵的礼物。北京侦探推理文艺协会是我国目前在侦探推理文学研究、创作领域唯一的专业协会；群众出版社则是最早翻译出版《福尔摩斯探案全集》和大量世界侦探推理佳作的全国著名的出版机构，在此样式的出版上声誉卓著。协会与出版社强强联合推出这套丛书，意在从权威的角度向读者推荐世界侦探推理文学领域的泱泱名作，其中包括这一文学样式在一百七十多年发展历程中涌现出的众多流派的巅峰之作。与此同时，对收入本套丛书的每部作品，我们均特邀专家撰写导读文章，发挥他们各自独特的审美才华，对文库收纳的众文本进行阅读上的尽情评点，从而使广大读者更加明白什么叫精彩、什么是名著、悬疑之美是如何形成的……从某种角度上看，我们这种阅读加欣赏、点评的做法是希冀读者在读完文库后能有一个宏观上的史线般的阅读收获，即知晓在世界侦探推理文学领域有哪些优秀的代表作家，那些精彩绝伦的作品为什么能够影响至今。如果这些不是我们的奢望的话，那么丰富的知识信息定会使这些图书成为读者朋友阅读、收藏、研究这一文学样式的最佳文本。

爱因斯坦说："我们所能有的最美好的经历是对神秘的感悟。它是坚守在真正艺术和真正科学发源地的基本感情。谁要是体验不到它，谁要是不再有好奇心，也不再有惊讶的感觉，那就形同行尸走肉……"让我们放松心情，敞开胸怀，捧上这些充满神秘、惊险、智慧并能引发我们的好奇心的经典之作！让阅读这些作品成为我们人生最美好的经历吧！

（本文作者为中国人民公安大学教授、北京侦探推理文艺协会常务副会长）

导读

爱伦·坡：为侦探推理小说立标

苏叔阳

美国作家埃德加·爱伦·坡在短暂的四十年人生旅程中，历尽了坎坷与凄苦，只有过转瞬即逝的风光。他两岁时，父母相继离世，被一位富商亲戚收养。他在幼年时曾被送到英国受教育，后入美国弗吉尼亚大学和西点军校，均因不守纪律而被开除。不久，他和继父脱离了关系，自谋生计。他二十多岁开始发表诗歌，一八四五年以诗作《乌鸦》名噪欧美。他认为，诗歌是最纯粹的艺术，是文学的最高峰。他以华美的词藻、极强的韵律抒写神秘的意念，对于死亡这一命题常常流露出惶恐、无助和悲观的情绪。他的纯诗歌理论极受法国诗人波特莱尔和马莱美的认同，启发了法国象征主义诗歌的创作。他的短篇小说也被认为开创了美国现代短篇小说的先河。他于一八四一年创作的《莫格街凶杀案》被公认为世界上第一部真正意义上的侦探推理小说，他也因此被世界文学界誉为“侦探推理小说鼻祖”、“侦探推理小说之父”。如今这一文学样式在各国、各民族之间流行，成为最受读者欢迎的文学样式之一。然而，侦探推理小说至今仍被排除在“纯文学”之外，似乎不能登大雅之堂，受到一些自以为高贵的写作者的歧视，这是很不公道的。

我认为，这一文学样式最能突显文学讴歌“真善美”的主旨。绝大部分侦探推理小说都以“真善美”的胜利为结局，不允许“假恶丑”得逞。爱伦·坡正是因为要摆脱他在诗歌创作中陷入的阴暗悲观的无奈，才创造了一个战胜罪恶的侦探形象。所以他的小说虽然依旧承袭了他一贯神秘、惊悚的特色，但无论怎样的超自然的死亡和极端的残忍与可悲的宿命，最后总以侦探的胜利而终篇。他所创造的侦探英雄杜邦和他的助手，成了后来英国的福尔摩斯和华生，以及其他国家同类人物形象的“始祖”。人类战胜“假恶丑”的愿望成为这个文学样式的铁的定律。

其次，这种文学样式必须有精彩曲折的故事。不会写故事者切莫伸手。这故事的规律是设谜和解谜，层层递进，结局要出人意料而又合情合理。它遵循“合乎逻辑的，未必合乎事实；眼见的事实，未必是真实”的原则，将读者引入似乎合理，却绝不是真实的歧途，最后用一个真实迎来“恍然大悟”的光明结局，告诉你另一条逻辑线和另一个隐秘的真实。

因此，这种文学样式对作者的文字功底、写作技巧、生活经验以及各种科学技术知识、法律常识、历史常识，均有较高的要求，不是只有雄心壮志而眼高手低的作者可以轻易驾驭的。作者心里装的首先应是除暴安良，而不是宣扬罪恶。这个文学样式，似乎成了作者是否有善良之心的试金石。善恶之分，常在分寸之间，一不小心就容易将批判变为展示，所以轻视侦探推理文学实在是毫无道理的。

近年来，各国侦探推理小说越来越重视直指人性和社会弊病的描写，对读者的启迪已大大超越益智和愉悦的范畴。爱伦·坡创作的《莫格街凶杀案》是侦探推理小说的开山之作，其中无论有多少他个人命运的色彩，在为此类文学样式立标的意义上，都是其他作品所无法替代的。

这位性情怪诞而又一生坎坷的天才，是世界文学史上的重要作家。敬畏一切为人类的文明、人类的进步事业作出贡献的先人，应当是人类基本道德的律条之一。愿我们通过阅读他的作品而有所憬悟。

（本文作者为中国当代著名作家、北京侦探推理文艺协会会长）

目录

奇谈篇

目录

奇谈篇

黑　猫

对于我要写的这个发生在我家里的荒诞故事，我并不指望读者完全相信。如果我指望读者相信它的真实性，那我可就真是疯了。就连我自己，从理智上都无法接受这个案子中的任何昭然的证据。可我并没有疯，我也绝不是在做梦。但是明天我就要上绞架了，所以现在我要将心中的秘密一吐为快。我想用简明的语言，不加任何评论地把这件事呈现给大家。这些事情使我胆战心惊，折磨着我，并且毁掉了我。然而我很想原原本本地讲述它们。对于我来说，它们只代表着恐怖。但是对其他许多人来说，它们却似乎并不怎么可怕，只是有些怪诞罢了。也许未来会出现某个大智之人，经其一解释，我这奇异的故事会变得很普通。也许这位大智之人比我冷静，比我懂逻辑，也不像我这么爱激动。凭着这样的素质，他将可以把我现在战战兢兢地描述的故事还原为一系列前因后果极为自然的普通事件。

我小时候性情驯良和善。我的心肠非常软，同伴们常因此开我的玩笑。我特别喜欢动物。我的父母惯着我，给我养了各种各样的宠物。我总是同这些小动物们在一起。当我喂它们食吃、抚爱它们时，我快活极了。随着日渐长大，我这种特殊的性格也日渐加强。即使成人之后，饲养小动物也仍是我的一大乐趣。有些人深爱自己饲养的机灵、忠诚的狗，对于这些人，我无需解释我饲养小动物的愉悦心情。一个畜生对主人的爱是无私的，是富有牺牲精神的，但是畜生有时也要考验一下主人对它的那一点点友谊，它的忠诚也需要一点点回报。

我结婚很早，妻子的性情与我颇为相似，对此我很高兴。她了解我这种酷爱小动物的强烈癖好，便不遗余力地为我收集可爱的动物。我们养了许多鸟和金鱼、一条漂亮的狗、一窝兔子、一只小猴子，还有一只猫。

这只猫又大又漂亮，一水儿的黑毛，极为伶俐。至于它的智力嘛，就连我那毫不迷信的妻子都常常引用那句老话：黑猫都是巫婆变的。我现在提起她说这句话，并不是因为她说得很当真，而是因为现在恰恰需要记住她说的这句话。

这只猫的名字叫普鲁东，它是我最宠爱的动物，也是我的好伙伴。我亲自伺候它进食。在家里，我走到哪儿，它跟到哪儿。我上街去，它也要跟着我，赶它回去要很费一番力气。

我同它的这种友谊持续了好几年，在这几年中，我由于贪杯好酒（我真不好意思承认这一点），脾气迅速变坏。日渐一日，我变得越来越消沉，越来越易怒，越来越不顾他人的感情。我动辄开口骂妻子，虽然事后常常后悔不迭。后来我甚至开始动手打老婆。我的小动物们当然也深受我脾气变坏之苦，我不仅不照顾它们了，反而虐待它们。当兔子、猴子或者狗，偶然挡了我的路，或出于爱我而缠着我时，我就踢它们、打它们。不过我对普鲁东还总算有些耐心，没像虐待别的动物那样虐待它。可是我的酒瘾越来越大，终于就连普鲁东（它现在已经老了，也有些倔了）也开始遭到我的虐待。

一天晚上，我在城里喝得酩酊大醉。回到家时，我觉得这只猫好像故意躲我。我一把抓住它，它被我的粗暴举动吓坏了，咬了我的手一口，当然，咬得并不重。我勃然大怒，失去了理智。我原来的灵魂离开了我的躯壳，全身上下完全被一种自私、邪恶、凶狠的情绪所控制。我从外衣口袋里掏出一柄小折刀并打开，然后抓住这个倒霉蛋的脖子，剜出了它的一只眼睛！当我书写自己这段残忍的暴行时，我脸红发烧，如坐针毡。

睡过一觉之后，我的怒气尽消。第二天早上醒来，我对自己的暴行感到又恐怖又懊悔。不过我只是心里难过，我的灵魂并没有因之震动。我又拎起了酒瓶，很快我就在酒精之中忘却了自己的所作所为。

猫的伤口逐渐复原了。它那个被剜去眼珠的眼窝显得十分吓人，不过它好像已经不再疼了。它像过去一样在房中走动，但是我一接近它，它就极端恐惧地跑开。由于我心中仍对它存有过去的那一份深情，这只以前那么爱我的动物现在显然讨厌我了，对此我一开始感到的是悲哀。但是这种悲哀很快就变成了恼火。仿佛命运最终要毁掉我似的，我开始变得刚愎任性起来。虽然哲学家们没有对这种刚愎任性做过充分的解释，但是我却无比相信刚愎任性是人类心中的一种最原始的冲动——一种人类生而有之的功能或情绪，它主宰着人的性格。有谁不曾明知不该做，却无数次地做下邪恶或愚蠢的事情？我们不都是不顾自己的理智，明知法律无情，却总想触犯法律？就是这种刚愎任性，使我最终倒了大霉。正是这种只是为了施暴而施暴、为了干错事而干错事的邪恶念头，促使我继续残害那只已被我伤害过了的老实动物。一天早晨，我冷酷地用一根绳索套住它的脖子，把它吊在一个树杈上。吊它的时候我流着眼泪，心里悔恨交加。我吊它是因为我知道它一直爱我，是因为我觉得它从没冒犯过我，我没理由害它。我吊它是因为我知道这样做是犯罪——犯一桩弥天大罪，这桩罪将会使无比仁慈、无比公正的上帝也不再拯救我的灵魂。

我把它残忍地吊死了。当天晚上，我忽然被“着火”的喊声从睡梦中惊醒了。床头的帐子火焰熊熊。整幢房子都着了火。我和妻子，还有一名仆人，好不容易才逃出了火海。房子被烧为平地，我的全部财产都被大火吞掉了。从此，我的精神一蹶不振。

我还没有软弱得到了这样的地步：把这场灾难与我所施的暴行作为前因后果联系在一起。但是此刻我是在详细地列举一连串的事实，我不想漏掉任何一个环节。大火后的那天，我回到了废墟。其他的墙都坍塌了，只剩下一堵。这是一堵隔断墙，不太厚，位于房子的中间部位，我的床头原先就是抵在这堵墙上的。是墙上尚有些湿的墙皮挡住了火势，使火没有将墙烧倒，墙皮是不久前刚抹的。一大群人聚在墙边，其中的许多人似在仔细查看这堵墙。他们不时地发出“怪了!”“绝了!”之类的感叹。他们的感叹激起了我的好奇心。我凑上前去观看，只见白墙上有一个状似大猫的形象，仿佛是雕刻在墙上。这个形象与我的猫一模一样，脖子上还有一根绳索。

刚一看到这一景象时，我惊恐得无以复加。但是后来我终于恢复了理智。我记起来，猫是在房子边上的一个花园里被吊死的。当有人喊“着火”的时候，许许多多的人立刻跑进了花园。准是有谁割断了树上的绳索，将死猫从敞开的窗口扔进了我的卧室。这样做可能是为了把我弄醒。其他墙壁坍塌的时候，死猫被挤在了新抹的墙皮上，火焰和猫尸中的氨把猫的形象印在了墙皮的灰膏上，形成了我看到的这幅逼真的肖像。

如果说我没下意识地一下子就明白这是怎么回事，那么我的理智也很快对它做出了正确的分析。不过这惊人的景象也确实给我留下了极为深刻的印象，使我浮想联翩。有那么一会儿，我满脑子是猫，我忽然又变得像小时候那样软心肠，我甚至有几分后悔，觉得自己真不应该害死普鲁东。在酒馆里喝酒时（现在我来得更勤了），我常四下张望，希望能找到一只与普鲁东差不多的猫，用它来抚平黑猫留给我的遗憾。

一天晚上，我醉醺醺地坐在一个堆满大酒桶的下等小酒馆里。忽然间，一个蜷缩在大酒桶上的黑东西引起了我的注意。我其实已经凝视这个酒桶好一会儿了，现在使我惊异的是，我一下子认不出上面的东西究竟是什么。我走上前去，用手摸了摸。原来是一只黑猫，一只非常大的黑猫。这只猫长得极像普鲁东，只有一点不一样：普鲁东身上没有一根白毛，可这只猫的前胸却有一大片轮廓不很明显的白毛。

我的手刚一触到它，它就立起身来，大声地“喵喵”叫着，用身体来回蹭我的手，它显然是因为引起了我的注意而感到很高兴。这正是我想要寻找的猫。我立刻向酒馆老板提出把它买下来，可是老板说猫不是他的，他根本不认识它，以前也从没见过它。

我继续抚爱这只猫。当我准备回家时，猫表现出要跟我走的样子。于是我带上了它，一路上还不时地弯下腰来拍拍它。它一到我家，立刻就变得非常驯服，我妻子马上就喜欢上了它。

而我呢，心里却不由得讨厌起它来。这种心情和我原来预料的恰恰相反。不知怎么搞的，我觉得它这种明显的喜欢我，让我怪讨厌的。慢慢地，这种讨厌的情绪逐渐变成了一种仇恨。我躲着这只猫。我有一种羞愧感，我仍没有忘记自己以前曾那样残忍地杀死普鲁东。由于这样的感觉，我现在没有亲手虐待这只猫。我一连几个星期没打它，但是渐渐地，我一看到它就会产生一种不可名状的厌烦。我像躲避瘟疫一样默默地躲开了这讨厌的家伙。

使我更为憎恨它的一个原因是，我把它带回家的第二天早晨，发现它居然也像普鲁东一样，缺了一只眼。然而，我妻子却因此而更喜欢它了。正如我已经说过的，我妻子具有很强的人情味和同情心，曾几何时，这种人情味和同情心也曾是我的一大特点，我也曾因此而获得过极为纯洁朴素的快乐。

但是，尽管我讨厌这只猫，可它对我的感情却日益增加。它寸步不离地跟在我身后，赶也赶不走。我一坐下，它就蹲在我的椅子边上，要么就跳到我腿上，令人恶心地在我身上撒娇耍赖。如果我起身离开，它就会钻到我的两脚之间，绊得我险些跌倒；或者是用它那又长又利的爪子抓住我的衣服，往我身上爬，一直爬到我的胸口。每到这种时候，我虽然很想一下子把它给打死，可是我却总下不去手，这一方面是因为过去的暴行仍使我内疚，而更为主要的则是因为，说实话，我非常怕它。

这种害怕并不属于那种对有形灾难的恐惧，我也说不好该怎样给这种害怕下定义。我耻于承认这只猫在我内心所引起的恐惧感，而由于它那怪兮兮的状况，我的这种恐惧感在不断加强。

我妻子不止一次指给我看黑猫身上的那片白毛，前面我已经说过，这片白毛是这只新猫与被我整死的普鲁东的唯一不同之处。读者一定还记得，这片白毛虽然面积很大，但边缘却是模糊的。然而慢慢地——慢得几乎察觉不出来，有好一段时间我甚至以为是想象——这片白毛形成了一个明显的轮廓。现在这一轮廓代表着某种可怕得我都不敢说出它名字的东西。我对这只怪物又恨又怕，可惜我没这份胆量，不然我非除掉它不可。现在它成了恐怖与犯罪、痛苦与死亡的可怕化身！成了绞刑架的恐怖化身！

我现在沮丧得到了无以复加的地步。简直太可耻了，我好端端的一个大活人，竟被一个畜生整得日夜不得安宁！在白天，它寸步不离地跟在我的左右。而到了夜间，每个钟头我都被难以形容的恐惧吓醒一次。我一醒来就发现它呼出的热气扑在我脸上，趴在我身上的它就像是一个我永远摆脱不掉的心头重石，一个可怕的噩梦！

在这痛苦的压力之下，我心中残存的一点点善良也消失殆尽。我的心中只剩下了恶，极大极大的恶。我那喜怒无常的脾气现在越发乖戾了，我仇恨所有的东西，仇恨所有的人。我一发脾气就完全管不住自己，而我那从不还口的老实妻子则是我的头号撒气筒。

我们现在为贫穷所迫，住进了一幢旧房子。一天，我和妻子一道去地窖拿东西。猫跟着我们跑下陡峭的台阶，把我绊得差点儿摔个狗吃屎。我立刻勃然大怒，顺手抄起了一柄斧头。盛怒之下，我把以前的恐惧全部抛在脑后，我想一斧子劈下去，立刻要了这个畜生的小命儿。但是妻子拦住了我。她的干涉如火上浇油，我着了魔似的越发暴怒。我挣开她的手，一斧子劈下去，劈在她脑袋上。她栽倒在地，一声没吭就断了气。

可怕的谋杀已成事实，我立即着手隐藏尸体。我知道不论白天还是晚上，我若把尸体搬出房子都会被邻居看见。我想到了种种方案。有一刻我想到把尸体剁碎，然后用火烧掉。还有一刻我想到在地窖的地上挖一个坟墓。我还琢磨是否该把她扔在院子里的井里，或是把她装进一个箱子，弄成商品的样子，雇个搬运工把箱子抬走。最后我终于想出一个比这些办法都高的妙策。我决定把她封入地窖的墙壁中，就像书中记载的中世纪的僧侣们那样，把被害者封入墙中。

这个地窖派作这样的用场是再合适不过的了。这儿的墙壁很疏松，刚刚抹过一层灰膏。由于空气潮湿，灰膏尚未干硬。此外，有一面墙上原先有过一个烟囱或壁炉之类的东西，后来给砌死了，形成一个凸出物。我认为我马上就可以把填在凸出物里面的砖头掏出来，将尸体装进去，再把它给封上，封得和以前一模一样，谁都看不出破绽。

我估计得很正确。我用一柄十字镐，没费多大事就把砖刨开了。我小心地把尸体支靠在内墙上，然后把砖头放回，码成原来的样子。我又小心地找来灰浆、砂子和麻棕，把它们拌成与原来一样的灰膏，仔细地抹在新砌的砖上。抹完之后，我觉得真是干得天衣无缝。这面墙没有一丝被弄开过的样子。我又仔细地拾起地上的每一片废料，得意地四下环顾了一番，自语道："我终于没白干。"

然后我开始寻找那只引起如此一场大灾难的畜生，现在我已下定决心，一定要把它给整死。如果这时我找到了它，它肯定会不得好死。但是这个狡猾的畜生显然已经对我上一回发怒时所施的暴行有所警惕，它在我发脾气的时候绝不肯露面。没找到这只讨厌的畜生，这竟然在我心中引起了难以形容的巨大宽慰。这天晚上黑猫始终没有露面。自从它来到我家之后，我头一回睡了一个安稳觉，甚至那起杀妻案都没影响我的睡眠！

第二天、第三天也悄然而过，这个使我心烦的畜生仍没露面。我重新像一个自由人一样地呼吸了。这家伙准是吓跑了，一去不回！我不会再看到它了！我快活极了！我的罪行没给我带来多大麻烦，警察确实来问过，不过都被我轻易地给打发了。他们甚至进行了一场搜查，当然什么也没发现。我觉得将来不会再有什么问题了。

杀妻后的第四天，非常出乎我的意料，又来了一伙警察，在我家进行严密的调查。由于我早已把尸体藏在了谁也想不到的隐秘地方，我觉得万无一失，所以极为从容。警察们进行搜查时让我跟在他们身边。他们每个角落都不放过，一连搜了三四回，搜到了地窖。我连眼皮都没眨一下。我像一个无辜的人一样，心中极为平静。我交叠着双臂，在地窖里踱来踱去。警察什么也没搜出来，准备打道回府。我简直无法掩饰自己的喜悦。我极想得意地说上一句话，好使他们更认为我是无罪的。

当警察登上台阶的时候，我终于说道："先生们，我很高兴你们不再那么怀疑我了。我祝诸位健康好运！顺便说一句，先生们，这是一幢建造得很好的房子。"由于我急于想从容地讲话，所以我几乎根本不考虑自己在讲什么。"我是说这幢房子盖得棒极了。这些墙——你们要走吗，先生们？这些墙砌得非常结实。"出于一种虚张声势的心理，我用手中的手杖重重地敲了敲那堵藏有我妻子尸体的砖墙。

上帝拯救我免被恶魔吞没吧！我敲击墙壁的震动刚刚消失，墙里便发出一种声音来！是一种叫声！一开始声音很低，断断续续，像是小孩哭，但很快就变成了又高又长、持续不断的尖叫。这声音极为反常，是一种既恐怖又得意的哭号和尖叫，就像是地狱中鬼魂痛苦的呻吟夹杂着魔鬼那残忍的狞笑。

我真是个傻瓜蛋，竟然画蛇添足，说了这番话。我一阵晕眩，跌跌撞撞地走到对面的墙边。楼梯上的那伙警察也被惊呆了，他们一动不动地伫立了好一会儿。接下去，大伙七手八脚地动手拆墙。墙全被扒开了，出现在他们面前的是一具立在那里的半腐的尸体，尸体上血迹犹存。尸体的头上伏着那只大嘴如血盆、独眼似火焰的可恨的畜生，它凭着自己的机智诱我杀了人，又用它那及时的叫声把我送到了刽子手的手中。原来，那天我把黑猫与尸体一起封入了墙内！

跳　　蛙

我从不知道有谁比皇帝更爱开玩笑。他似乎生来就是说笑话的。如果你能讲个好笑的故事，而且讲得生动，一定能获得他的好感。他的七位大臣刚巧都有说笑方面的才艺。他们都像皇帝一样，生得个大、体肥、油面，并且是独一无二的滑稽家伙。说笑话使人发胖，还是胖子本身能产生笑料，我一直没有本事说出究竟，不过，一个骨瘦如柴的丑角倒是个稀罕物。

说起文雅，或者用皇帝的话说，“鬼”风趣，他很少为此费神。他格外赞赏笑话讲得“俗”，因而常能容忍其“长”，过分文雅反而使他厌烦。他情愿选拉伯雷①的《高康大》，而不选伏尔泰②的《查第格》。总之一句话，恶作剧远比口头说笑适于他。

在这个故事发生的年月里，专业小丑还没完全从宫廷中消失，几个欧洲大陆的“强国”仍旧留有“弄臣”。这些小丑穿着彩衣，戴着帽子，系着铃铛，人们期望他们随时用机灵的妙语伺候，以作为对御桌上赐给的残羹剩饭的报酬。

我们的这位皇帝，自然也留着弄臣。事实是，他需要一些愚蠢的东西，以求与他七位聪明大臣的机灵劲平衡，更不必提他自己的过人智慧了。

不过，皇帝的弄臣，或者职业小丑，不仅仅是个蠢货，在皇帝的眼里，他的身价增加了两倍，那是因为他同时还又矮又瘸。在那个年月，矮子在宫廷中像傻瓜一样常见，许多君王如果没有小丑开心，或者矮子逗乐，就会感

---

① 拉伯雷，法国名作家。《高康大》是他的长篇讽刺小说《巨人传》中的第一部。——译者注

② 伏尔泰，法国著名作家和哲学家。《查第格》是他的短篇传奇小说。——译者注

到日子非常难打发（宫廷中的时光比任何地方都显得更长）。然而，正如我已经说过的，小丑们十有八九是又肥又壮，而且笨手笨脚的，而我们的这位皇帝因为有了一个顶三个的宝贝——跳蛙（这就是那个小丑的名字），哪能不暗自庆幸呢！

我相信“跳蛙”这个名字不是受洗时教父给这个矮子命的名，而是七位大臣因他走路与众不同而一致同意赐给他的。其实，跳蛙只能以一种插入的步态行走——似跳非扭的一种姿势。这种步态带给皇帝无比的乐趣，当然还有安慰（因为尽管皇帝长着突起的肚皮和生就肿胀的脑袋，可整个朝廷仍旧认为他是最美的）。

然而，尽管跳蛙双腿歪扭，在路上和地板上挪动都要付出很大的艰难与痛苦，上天却赐予他双臂惊人的膂力，以此作为对他下肢缺陷的补偿。他能在树木和绳索，或者任何可以攀爬的东西上表演许多十分敏捷的技艺。玩耍这套把戏他当然会比青蛙更像松鼠或者小猴崽了。

我不能准确地说出跳蛙的原籍，他来自一个无人知晓的蛮荒地区，一个离皇宫非常遥远的地方。跳蛙是和一个比他稍微矮小的姑娘（美丽匀称，而且是位了不起的舞蹈家）一同被皇帝的一位常胜将军从省份相邻的各自的家乡带来，作为礼物献给皇帝的。

在这种情况下，难怪这两个小小的被俘者亲近起来。确实，他们很快便成了盟友。尽管跳蛙耍了不少的把戏，但如果没尽力为特瑞彼塔效劳，就不会得到人们的喜爱。而她呢，因为优雅和美丽（尽管是矮子）而受到大家的倾慕和宠爱，因此具有很大的影响力。无论何时，只要她能做到，就从不忘记为了跳蛙的利益而使用她的影响力。

在某次盛大的庆典上——我忘记是什么节日了——皇帝决定举办一个化装舞会。每逢皇宫里举办舞会，或者类似的活动，跳蛙和特瑞彼塔肯定会被叫去表演。跳蛙在准备节目方面尤其能够独出心裁，创造角色，安排化装舞会的服装，如果没有他的帮助，似乎什么也做不成。

喜庆日的那个夜晚，华丽的大厅在特瑞彼塔的监督下，安装了各式各样的设备，足能为化装舞会添彩。整个朝廷里的人正焦急地期盼着。至于穿什么和演什么，一想便知，每个人都打好了主意。很多人早在一星期甚至一个月前就打定了主意（决定了扮演什么角色）。其实，谁都没有优柔寡断的迹象——皇帝和七位大臣除外。他们为什么会如此犹豫不决呢？除非是开玩笑，不然我就无法解释了。他们难于作出决定，很可能是由于过于肥胖。总而言之，时间飞逝而过，最后，他们召见了特瑞彼塔和跳蛙。

两个小伙伴应召来见皇帝，看见他正与七位大臣饮酒，并显得很不高兴。他知道跳蛙不喜欢喝酒，因为酒会使这个可怜的瘸子发疯，而发疯的感觉可不舒服。但是皇帝喜欢恶作剧，强迫跳蛙喝酒他会感觉很开心，用皇帝的话说，就是“逗乐”。

于是皇帝说："过来，跳蛙，"小丑和他的伙伴刚走进门，"为你的故友干一杯！然后听听你的高见！我们想扮演奇人、男子汉，总之是奇特的东西，不同寻常，那些不变样的把戏我们演腻了。来，干了！酒会使你的脑子更聪明的。"

跳蛙像平常那样尽力想说个笑话来答谢皇帝，结果却事与愿违。这天刚巧是这个可怜的矮子的生日，加上为"故友"干杯的圣旨，使他落下泪来。他低声下气地从这位暴君手中接过酒杯时，心酸的泪珠大滴大滴地落进杯里。

"啊！哈！哈！哈！"矮子无奈地一饮而尽后，皇帝狂笑起来，"看看，一杯美酒的酒力有多大呀！喂，你的眼睛已经发亮了！"

可怜的家伙！要说他的那双大眼睛发亮，还不如说闪光呢！因为酒对他敏感的大脑的作用更快，并不是更大。他颤抖着将酒杯放在桌子上，并且用半痴呆的目光扫了那伙人一眼。看来他们都觉得皇帝的"玩笑"很有趣。

"现在谈正事吧！"首相说，他是个特胖的家伙。

"对！"皇帝说，"来，跳蛙，帮帮我们！角色，我的好伙计，我们需要扮演角色！哈！哈！哈！"因为这是个玩笑，七位大臣也就附和着皇帝齐声大笑起来。

跳蛙也笑了，尽管笑得无力并且茫然。

"过来，过来！"皇帝厌烦地说，"什么主意也没有吗？"

"我正在尽力思考奇特的玩意儿。"矮子呆呆地回答，他已被酒弄迷糊了。

"尽力？"暴君怒吼道，"这话是什么意思？噢，我明白了，你心里不高兴，想再喝杯酒！干了这杯！"皇帝又倒了满满一杯酒，递给瘸子，而跳蛙却只是盯着酒杯，喘着粗气。

"喝，快喝！"暴君叫喊着，"不然就见鬼去！"

矮子犹豫着。皇帝气得脸色发紫。大臣们嘻嘻地傻笑。特瑞彼塔的脸上苍白无色，她走向皇帝的座位，跪在他的面前，请求皇帝饶恕她的朋友。

这个魔王盯着她，看了好一会儿，对她的放肆非常奇怪，看来他一时不知该说什么或者做什么了——他不知道如何更恰当地表达他的愤怒。末了，他一声不响地用力推开她，然后把满满一杯酒泼在了她的脸上。

可怜的姑娘尽力爬起来，连气都不敢出，重新回到了桌子下首的位置上。

一时间鸦雀无声，连树叶或者羽毛落地的声音都能听见。突然，一阵低沉刺耳的摩擦声打破了沉寂，这声音响个不停，好像发自屋里的每个角落。

"什么——你弄出那种声音干什么？"皇帝愤怒地转身对着矮子问。

看来矮子已基本从酒醉中清醒过来，他镇静地定睛看着暴君的脸，突然叫喊道：

"我——我，怎么会是我呢？"

"这声音像是从外面传来的，"一位大臣说，"我想是窗外的鹦鹉在笼网上磨嘴呢！"

“不错，”皇帝回答，听了这话似乎轻松了许多，“可是，以骑士的名誉担保，我敢说是这个无赖在咬牙。”

于是，矮子笑了（皇帝是个老练的小丑，对任何笑声都不反感），并且露出一副巨大而有力的牙齿，令人十分厌恶。他还表示他情愿做到给多少酒，就喝多少酒。皇帝的怒气消了。跳蛙又喝了一杯，没有非常明显的醉意。他马上打起精神，谈起了化装舞会的打算。

“我说不出哪儿来的这个想法，”他镇静地说，好像平生从未沾过酒似的，“就在陛下打了那个姑娘，并把酒泼在她脸上之后，还有那只鹦鹉在窗外弄出奇怪的声音时，我的脑子里有了个好主意！是我们家乡的一种把戏，我们经常在化装舞会上表演。不过，在这里完全是新鲜玩意儿。可惜，需要八个人，而且——”

“刚巧八个！”皇帝见自己一眼就发现了这种巧合，笑了起来，“不多不少整八个——我和我的七位大臣。说吧！什么主意？”

“我们管它叫，”瘸子回答，“八只拴住的猩猩。如果你们扮演这玩意儿，确实再好不过了。”

“那我们就扮吧！”皇帝挺直了身子，垂下了眼帘。

“这游戏的妙处，”跳蛙继续说，“是能吓唬女人。”

“妙极了！”君臣一齐呼喊起来。

“我把你们装扮成猩猩，”瘸子继续说下去，“一切都由我来干。样子得扮得格外惊人。舞会上的人们会把你们当成真的野兽！当然了，他们会吃惊，更会害怕。”

“噢，这太妙了！”皇帝喊道，“跳蛙！我会提拔你的。”

“用铁链的目的是让它们发出响声，使气氛混乱。你们就当一块儿刚从看守那里逃出来。那种效果，陛下无法想象。化装舞会上，八只戴铁链的猩猩吼叫着冲进一群穿着华丽优雅的男人和女人中间，他们大多数会以为是真的猩猩，那种对照是天下无比的！”

“就这样定了！”皇帝说。大臣们急忙起身（天色渐晚了），按照跳蛙的打算去做了。

跳蛙把这伙人装扮成猩猩的方法十分简单，但效果很好。问题是，在这个故事发生的时代，文明世界的任何地方都很少见到野兽，经过矮子装扮出来的形象逼真，甚至比真兽更可怕，人们肯定以为是真的。

皇帝和七位大臣先被套上紧身弹力衬衣衬裤，然后用柏油浸湿。到了这一步，这伙人中有人提议，粘上些羽毛。矮子马上反对，并且很快便使他们信服，像猩猩这类野兽的皮毛用亚麻来做，看上去再真实不过了。这样一来，柏油上粘了厚厚一层亚麻；又找来了一条长铁链，先绕到皇帝的腰上，勒紧；接着又绕上一位大臣的腰，也勒紧；然后一伙人都同样被拴了起来。这条铁链拴好以后，每人之间尽可能地拉开距离，围成一个圆圈儿。为使一切显得更真实，跳蛙将余下的铁链当做两条直径，做成直角，交叉着穿过圆圈，如同当今婆罗洲的人们捕捉黑猩猩，或者其他大个的猿类动物那样。

举行化装舞会的大厅是圆形的，非常雄伟壮观，只有顶上的一个窗户能够射进阳光。夜晚（此建筑专为这个时光而设计）主要靠一盏巨大的烛灯照明。这盏灯由天窗当中垂下的一根铁链吊着，照例使用平衡装置升降，然而（为了避免不美观）平衡装置穿出圆顶，安装在屋顶上。

厅里的布置由特瑞彼塔负责，然而有些特别的安排看来听取了她的矮子朋友的高见。他的意思是在这个场合撤去烛灯，因为烛灯的蜡滴（如此炎热的天气，蜡油难免要滴下来）会严重损坏客人华贵的衣服。他们挤在大厅中央，也就是说，正在烛灯的下面。大厅里凡不碍事的地方都另外设置了烛台。靠墙而立的女像石柱有五六十个，右手各擎一把火炬，散发着芳香的气味。

按照跳蛙的意见，八只猩猩耐心地等到半夜（厅里挤满了化装跳舞的人）才出场。钟声刚一停止，他们便一齐冲了进去，确切地说是滚了进去，因为铁链的阻碍，他们中的多数都倒下了，这样他们就全部跌进了场里。

这一下在参加舞会的人们中引起了异常的骚动，皇帝见状满心喜悦。差不多的客人如果不以为这些相貌凶恶的家伙就是猩猩的话，也会以为是真的野兽。许多女士被吓得晕倒了，如果不是皇帝采取了预防措施，将厅里的所有武器收起来，他们这伙人或许早以鲜血偿付这场闹剧了。但事实上，人们一下子冲到门口，然而皇帝早已下令，他一进场，立即锁门，并且按照矮子的意见，将钥匙放在皇帝的身上。

这会儿，骚动达到了高潮，人们自顾不暇（因为，事实上，真正的危险来自惊慌的人群的相互拥挤），平日吊烛灯的链子在撤下烛灯时被拉上去了，现在又慢慢地降下来，直到链钩尖离地不足三英尺。

链钩一落下，皇帝和他的七个伙伴儿便在大厅里四处东倒西歪地走着，终于到了大厅的中央，当然，正好触到灯链。这伙人站定之后，矮子抓住他们身上那条铁链的交叉点，那是两条直径交成直角后，穿过圆圈的交叉位置。原来，他悄悄地跟在他们后面，搅得他们一直骚动不安。这会儿，他灵机一动，将平常悬挂烛灯的链钩插进拴着那伙人的铁链。瞬时，靠着某种无形的力量，灯链竟然被拉得很高，够不着了。八只猩猩必然被拉在一起，身贴身，面对面了。

这时候，跳舞的人们多少从惊慌中醒悟过来，开始把这件事看作巧妙设计好的闹剧。他们看到这几只猩猩的境况，大声呼喊着笑起来。

“把他们交给我！”跳蛙喊道，透过一片喧闹声，人们很容易听见他那刺耳的嗓音，“把他们交给我，我想我认识他们。我只要能够好好地看一眼，很快便能说出他们是什么人。”

这会儿，他扒开人群，设法走到墙边，从女像石柱上取下一把火炬，又回来了，走到大厅中央，一跃，便到了皇帝的头上，像猴子一样利索。然后，他顺着灯链向上爬了几英尺，用火炬向下照着，观察那群猩猩，并且嘴里喊叫着："我很快便能看出他们是什么人!"

眼下，整个大厅里的人（包括这群猩猩）正捧腹大笑。小丑突然打了个尖声的呼哨，灯链猛然升上去大约三十英尺。惊愕地挣扎着的猩猩们被拉了上去，悬在半空中，既不靠天窗又不着地板。跳蛙在灯链升起时，攀了上去，仍然与那八个戴假面具的人保持一定的距离，仍然（就像什么事也没发生）继续用火炬向下照他们，好像竭力想看清他们是什么人。

在场的人都万分惊讶地看着灯链上升。大厅里寂静无声，持续了约一分钟的时间，后来被一阵低沉刺耳的摩擦声打破了，就像当初皇帝将酒泼在特瑞彼塔脸上时，皇帝和大臣们听到的那种声音。不过，眼下的这种声音出自何方，是毫无疑问了，就是矮子那副像犬牙似的牙齿发出的。他正口吐泡沫，咬紧牙齿，发出嘎吱嘎吱的响声，然后又怒火冲天地瞪着皇帝和七位大臣仰着的脸。

"啊，哈!"狂怒的小丑终于说话了，"啊，哈！现在我看出了这是些什么人了!"接着假装更仔细地察看起皇帝来。他把火炬凑近皇帝紧裹在身上的亚麻衣，瞬间便燃起了一片闪亮的火焰。不到半分钟，八只猩猩都猛烈地燃烧起来。人们尖声叫喊着，从下面盯着他们，吓得浑身发抖，却不能助他们一臂之力。

最后，火焰突然变得旺起来，迫使小丑往灯链更高处爬去，直到烧不着的地方。他这样爬的时候，人群又沉默了，一下子安静了下来。矮子抓住时机，又说话了。

"我现在看清楚了，"他说，"这些戴假面具的是些什么人呢？他们是皇帝和他的七位枢密顾问官！皇帝肆无忌惮地殴打一位软弱无力的姑娘，七位大臣却在一旁助威。我是谁呢？我就是跳蛙，那个小丑！这是我表演的最后一场闹剧了。"

亚麻和柏油非常易燃，矮子的短篇演讲还没结束，复仇的计划就完成了。那八具死尸在灯链上摇摆着，已烧成模糊难辨的一团，臭烘烘，黑乎乎，十分可怕。瘸子将火炬猛地投向那团死尸，从容不迫地爬上屋顶，穿过天窗，不见了。

人们猜测，特瑞彼塔正等在屋顶上，她是这次复仇行动的同谋。他们一起逃回了家乡，再也没有露面。

还 魂 记

意志是存在的，意志是不灭的。谁了解那强烈意志的神秘性？事实上，上帝便是一种存在于自然万物之中的巨大的意志。人的死亡亦然，只是由于人的意志薄弱，人才向死神投降。

——约瑟夫·格兰维尔①

我无论如何也记不起自己是在何时、何地怎样认识莉盖娅小姐的了。岁月流逝，很多年已经过去了，人生的悲苦已把我的这段记忆磨得模糊不清。啊，我之所以记不起这些，也许实际上是因为，我所爱的这个女子的一切特点，她旷世的才学、温文尔雅的风度、绝代的美貌，以及那略有些低沉的颤抖迷人、流畅动听的音乐般的语音，是那样一点一点，悄悄地进入我的心扉，以至于我自己都没注意到一切是怎样发生的。然而，我相信我是在莱茵河畔一个古老没落的大城市中第一次见到她，并频繁来往的。至于她的家庭，我当然听她说起过。它肯定是一个非常古老的望族，源远流长。莉盖娅！莉盖娅！我正潜心钻研学问，把一切世俗之事忘于脑后，但仅仅“莉盖娅”这三个可爱的字眼，便足以使我栩栩如生地想起她的音容笑貌，尽管她已不在了。现在，在我写此文的时候，我忽然想起我从来都不知道她姓什么，可她却是我的朋友，随后又和我订了婚，并最终成为我心爱的妻子。我不去打听她的姓氏，这究竟是出于莉盖娅本人的戏谑要求，还是出于她对我感情深浅的一种考验？要么就是出于我自己的怪念头，以表示自己爱得有多热烈，爱得有多深？我只能模模糊糊地回忆起这件事本身。真想不到，我怎么竟然完全忘记了它的来龙去脉？如果真像人们所说的那样，天地间确实有一位毁坏人们

① 约瑟夫·格兰维尔，英国怀疑论者。——译者注

婚姻的厄运女神，那么她毁坏的就肯定是我的婚姻。

然而，关于莉盖娅，有一点我没有忘记，那就是她本人。她高高的个子，身材苗条，在她临终前的日子里，则极为瘦削。我无法描绘她的举止是何等端庄优雅，她的步履是何等轻盈灵巧。她来去像一朵浮云。她走进我的书房时我根本感觉不到，除非她把玉手搭到我肩上，用低低的甜美嗓音对我说话，我才意识到她来了。至于她那娇好的容貌，世上没有哪个姑娘能和她相比。她的脸庞像女神一样庄严神圣，像吸过鸦片后所做的梦一样令人振奋。然而，她的五官绝不是那种所谓标准的端正秀丽。费鲁拉姆勋爵培根在谈到美女的真正美丽之处时曾说："绝代佳人，没有一个是五官毫无缺陷的。"虽然我也看出莉盖娅的五官不是百分之百的标准，虽然我也知道她确实是个"绝代佳人"，并觉得她的长相中有"不完全标准"的地方，可我却无法看出她的五官究竟是哪儿有缺陷，她的长相中究竟是哪儿不完全标准。先说说她那高高的前额吧，这前额绝对挑不出半点儿毛病，用任何赞美之辞来形容都无法表现出它的美丽！皮肤洁如象牙，额头宽阔平坦、高高隆起，那又黑又浓、自然卷曲的头发更衬托出了额部的优美造型。再来看看她的鼻子，这鼻子也是精美绝伦，它轮廓鲜明，线条典雅，光洁无瑕，宛如一件放射着自由精神的古典艺术品。还有她那甜蜜的嘴巴，这才真是鬼斧神工！短短的上唇令人神往，薄薄的下唇柔软性感。双唇微动，唇角的酒窝便似在漫语。玉齿轻启，百媚便随笑而生。再看她的下巴，下巴的轮廓端庄柔和，犹如古希腊的雕塑。最后再来看看莉盖娅的大眼睛吧。

她的眼睛要比一般人的大得多，兴奋的时候，会瞪得圆圆的。这时候她显得格外美丽，就像是土耳其传说中的教堂守护女神。她的瞳仁黑亮黑亮的，上方是又密又长的黑睫毛。她那有点儿散乱的娥眉也是黑色的。然而，如果说她的眼睛与她五官的其他部分有什么不一致的话，那就一定是眼中的那种神情。莉盖娅的眼神是无法用言词来形容的！我一连几个钟头长时间思量这眼神。我曾用了整整一个夏夜努力寻思它的深度。深深藏在我爱人瞳孔后面那深不可测的东西是什么？究竟是什么呢？我急于把它查出来。好一对眼睛！好一对闪闪发光的深陷的神圣大眼睛！它们对我来说就像是一对闪亮的星星，而我则是最虔诚的占星家。

人努力回忆早已忘却的事情，这样做其实是没有用的。人这样回忆的时候，常常发现自己马上就要将它想起来，但最终还是归于失败。这属于一种极为不可思议的奇怪的心理特征，我想，这一心理特征从来没有引起过学校里老师的注意。我现在正是如此，有多少次我极为仔细地琢磨着莉盖娅的眼睛，可当我觉得自己马上就要理解她眼神的深刻含义时，觉得她的眼神离我越来越近时，这神秘的眼神又一下子离我远去了！啊，奇怪，简直太奇怪了！我在宇宙的星群之中，竟发现了与那眼神相似的东西。我是说，星体给我的感觉和莉盖娅的眼睛给我的感觉颇为相似。当莉盖娅的美貌沁入我的精神，我便从物质世界中体会到一种感伤的情绪，这种感伤的情绪正是她那闪亮的大眼睛常常在我心中激起的。然而，我却无法准确地描述这种情绪，也无法分析它，甚至无法稳定地考虑它。这样说吧，有时我观察迅速生长的藤蔓时会产生这种情绪，有时我注视一只飞蛾、一只蝴蝶、一个蝶蛹、一条激流时也会产生这种情绪。看到大海，看到飞落的流星，我能体会到这种情绪。看到极老极老的老人时，我的这种情绪也会油然而生。用望远镜观察茫茫宇宙中天琴座的一对星星时，特别是观察其中的一颗时，我更会敬畏地体验到这种情绪。有时听人拉琴时，或读书读到某个章节时，我也会感觉到这种情绪。特别是约瑟夫·格兰维尔的一本书中的一段话，也许是因为它语言的典雅，每回读它，我都会沉浸在这种情绪之中。“意志是存在的，意志是不灭的。谁了解那强烈意志的神秘性？事实上，上帝便是一种存在于自然万物之中的巨大的意志。人的死亡亦然，只是由于人的意志薄弱，人才向死神投降。”

随着岁月的流逝和事后的反思，我现在已经无法从这位英国道德家的这段文字中找到某种可以与莉盖娅联系在一起的东西了。她思想敏锐、行为果敢、语言精练，这也许是因为她有着强大的意志力，而这种意志力在我们共同生活的那些年中，竟没有在其他方面充分表现出来。这个外表平静、总是心平气和的莉盖娅其实是我所知道的意志最为坚强的女人。这种坚毅程度我是估计不出来的，只有在她忽然睁开一对愉快的大眼睛，吓了我一跳时；当她用极低极低的嗓音发出抑扬顿挫却清晰平静的悦耳声音时；当她生气勃勃地说出一些她常常说的狂热的字眼时（她说话时态度极为平静，这反而使这些字眼变得加倍的有力量），我才感觉到她的意志力何等强大。

我已说过莉盖娅的学识。她学识非常渊博，是我认识的女子中最为博学的一个。她精通古典的拉丁语和希腊语，而现代的欧洲语言，她没有一种不会。实际上，没有哪一门学科她不懂。说来也真怪了，直到后来我才注意到我妻子有这样的天分！我刚才说她的学识超过了我认识的所有女子，但是又有哪一个男人是对文史哲理工的各个学科都成功地全面研究过呢？当时我并没有像现在这样，看出莉盖娅的博学是那样的不同寻常。不过我当时就已经充分认识到她的能力比我强得多。刚结婚的时候我正在忙于形而上学方面的艰难研究，于是我就像孩子似的，怀着对她的充分信任，请求她指导。她在我这个潜心研究却毫无收获的人身边坐下，一点一点地在我面前展开奇妙的治学之路。沿着那幽静、灿烂、无人走过的小径走下去，使我最终可以得到那极为神圣的智慧的禁果，这时我感到多么得意，多么愉快，而又多么难以相信啊！

而几年后，我给我那有着良好基础的学识插上了翅膀，离开她，远远地飞去，这又是多么的令人悲伤！没有莉盖娅，我只不过是一个在书山中愚昧地摸索着的孩子。她的存在，单单她的朗读，就使得我研究的形而上学理论中的许多难题一下子迎刃而解了。没有她那闪光的眼睛，那些闪着金光的烫金字也会变得比铅字还要难看。后来这对眼睛越来越少地在我的书本上闪耀了——莉盖娅病了。那热情的眼睛中燃烧着太多太多的光热；苍白的手指头变得像透明的蜡，泛着死亡的颜色；高高的额头上的青筋随着情绪的轻微波动时起时落。我看出她一定会死。我绝望地在精神上与死神做着搏斗，要把她夺回来。使我吃惊的是，我这位热情的妻子所做的搏斗比我更有力量。她努力要给我造成这样的印象：死亡对她来说并不是一件可怕的事。然而事实并非如此。她与死神的奋力搏斗是无法用言词来表达清楚的。看着这可悲的场面，我只能发出痛苦的呻吟。我本可以去安慰她，我本可以劝说她，但是在她这种极度渴望活下去的愿望面前，安慰和劝说都是极其愚蠢的。然而，直到最后的时刻，她的举止都不曾因精神上的巨大痛苦而失去过平静。她的声音变得更加轻柔，变得更加低了。我不想仔细地研究这些轻轻发出的字眼中的狂热含义。当我全神贯注地聆听她所倾吐的那些凡人从不知道的假设和渴望时，我的大脑便痛苦得嗡嗡作响。

她爱我，这一点我毫不怀疑。我本应该清楚地知道，在她这样一个知情知义的女人的心中，爱情是一种极为强烈的感情。仅仅从面临死亡的这一个问题上，就可以看出她对我的爱情有多么强烈。她长时间地拉着我的手，向我倾吐她对我那近乎崇拜的热爱。我有何德何能，值得她这样爱我？我有何德何能，在我心上人即将离开人世之际，让她对我说这样的知心话？她临终时我俩那依依不舍的情景有多凄惨，我是无法详述的。我只能说，当莉盖娅极为痴情地向我这个无用的爱人告别时，我终于发现了她天性中那种极为渴望活下去的心愿。而生命却在一点点地离她而去。她的这种对生命的渴望，我是根本无法描述、无法表达的。

临去世那天的中午，她招手把我叫到身边，让我再朗诵一遍几天前她写的一首诗。我遵命读道：

啊，这是寂寞岁尾的一个欢乐夜晚！
一位藏起翅膀、蒙着面纱的天使坐在剧院，
含着眼泪观看一出交织着希望与恐惧的表演。
乐队演奏着天堂的乐曲，
声声紧，声声慢。
高高在上的神明低语喃喃，
扇动着神鹰般的隐形翅膀四处盘旋。
一群木偶般的凡夫俗子走马灯似的追逐着神明的幻影。
何等的混乱！
他们你追我赶，
却总是回到原来的起点，
绕着同样的圆圈。

剧情在表现人类灵魂的疯狂、罪恶和心灵恐惧的震颤。
突然，一个血红的飞虫，
在舞台的一侧出现，
扭动着丑陋的身躯，
爬进人们转圈的路线，
把一个个生灵活活吞下，
填作果腹的美餐。
看着它那沾满人血的毒牙，
天使泪如涌泉。
灯光，灯光一下下地忽闪，
一盏盏地熄灭，
让位给黑暗。
一阵狂风吹过，
棺罩似的幕布陡然落下。
天使面色惨然地站起身，
揭开面纱，感慨万千：
这是一出“人类”的悲剧，
征服者——飞虫，是剧中的主演。

我刚一读完这首诗，莉盖娅就尖叫了一声：“啊，上帝！”她高高地张开双臂，跳下床来：“啊，上帝！伟大的天父！难道事情真的就是这样不可改变吗？难道这个征服者就不能被征服了吗？难道我们就不是您不可缺少的一部分吗？有谁了解那强烈意志的神秘性？只是由于人的意志薄弱，人才向死神投降。”

这时，她好像是因为过于激动而精疲力竭了，垂下了那雪白的胳膊，心情沉重地躺回到床上。在她快要断气的时候，她那最后的叹息中夹杂着喃喃的低语。我把耳朵贴到她唇边，又听到她在念诵格兰维尔的那句话：“只是由于人的意志薄弱，人才向死神投降。”

她死了。我悲痛欲绝，无法在莱茵河畔这个古老没落的城市中孤独地生活下去。我是个富有的人。莉盖娅留给了我远远超于一般人的财产。于是，我漫无目的地游荡了几个月之后，疲倦了，便在英国的一个人迹罕至的荒凉地区，买下了一所修道院（我不打算在此提它的名字），并把它修理了一番。这幢房子的那种令人压抑的宏伟，整个地方的那种荒芜悲凉，修道院本身的古老悠久、充满忧伤的记忆，以及它那种被世人所抛弃的气氛，这一切，使我在这个偏远而与世隔绝的地方安下了家。尽管这所修道院的外部看上去很败落，但里面却十分豪华。我怀着一丝奇怪的愿望，希望这个环境能治愈我的悲哀。我小时候就有一种审美的情趣，现在，这种情趣好像随着悲哀又回到了我身上。啊，我感觉到，这幢房子在那豪华巨大的窗帘中，在庄严的埃及雕刻中，在那原始的梁柱和家具中，在毛边的金色地毯中，都藏着一种令人疯狂的东西！我吸起了鸦片，并在迷幻中胡作非为。我不想在此详述自己的荒唐行径。我只说一件事，在我一时糊涂的时候，竟娶了特雷曼家族的一位名叫罗维娜·特雷瓦尼翁的金发碧眼的小姐，作为永远难忘的莉盖娅的继承者，把她领进了一间永受诅咒的洞房。

我至今仍对这幢建筑的每一部分、这间花烛洞房的每一处装饰，都记忆犹新。新娘的父母出于贪婪的目的，竟允许自己心爱的女儿跨进一间如此装饰的卧室。我说过，我对这间卧室的每一处都记得一清二楚，没有什么东西能阻挡我的记忆，阻挡我在自己的头脑中生动地展现这段往事，对它保持新鲜的记忆。这间卧室位于城堡似的修道院的高高的塔楼上，是一间五边形的宽大房子。房子的南边是一面巨大的窗户，是威尼斯进口的铅灰色玻璃板做成的，无论是阳光还是月光，透过它照在室内的东西上时，都呈现出一种惨淡的光泽。从窗户的上方可以看见一架爬遍塔楼巨墙的老藤。这个房间非常高，天花板是橡木的，颜色暗淡，呈拱洞形，上面镶满了半哥特式、半德鲁伊特式的巫术器具的模型。在这拱洞形房顶的中部，一根长长的金链上挂着一个金香炉。香炉上的图案是阿拉伯式样的，上面孔孔洞洞连成一片，烛光透过孔洞活似一条条火龙。

屋里各处的台子上都摆放着具有东方情调的矮凳和烛台。还有一张长沙发，是新娘的睡床，它是印度风格的，乌檀质地，雕刻着图案，上面盖着一个墓布似的罩子。房间的每个角落都竖立着一个黑色花岗石的巨大石棺，它们是从那些与埃及人作战的国王墓中掘出的文物，古旧的棺盖上雕满了年代久远的图案。但是这里最为奇妙的东西还是那些挂布！它们在那高得极不成比例的大墙上，从天花板一直垂到地板，打着褶。它们与地上的地毯、矮凳的凳垫、床罩、窗帘等东西一样，都是由如同毡子一般又厚又硬的布料做成的。布料是华贵的金色的，上面绘满了抽象的小人，每个人一尺来宽，人与人之间的距离疏密不一。由于小人的存在，远远看去，金色的布料黑乎乎地一片。但是若说这些小人抽象，你则必须得抱着一种特定的观点去看。通过一种源远流长，而现在却十分常见的设计方式，这些小人从不同的角度看，都会发生不同的变化。你刚走进屋时，它们仅仅像是怪物。但是你再往前走上几步，这种感觉就逐渐消失了。当你一步一步往前走时，会发现自己被无数日耳曼迷信中的鬼怪形象所包围。再加上挂布后面不断吹来一阵阵阴风，你就会更加毛骨悚然。

就是在这些大厅里，就是在这个卧室里，我与罗维娜小姐罪过地度过了婚姻中的头一个月。我妻子惧怕我的坏脾气，总躲着我。她不爱我（这我感觉得出来），不过这反而使我高兴。我对她怀着一种魔鬼才有的仇恨。我的心里只有莉盖娅，我怀着极为遗憾的心情想念她，想念那个可爱的、庄严的、美丽的、英年早逝的女子。我在回忆中重温她的纯洁、她的聪慧、她的高贵、她的灵巧，尤为重要的是，她的热情和近乎于崇拜我的爱。于是，我的精神就开始为她而燃烧。在鸦片的刺激下（我现在已经吸毒成瘾），我会在寂静的深夜或是在那被窗帘遮挡得暗无天日的白天，高呼她的名字，仿佛通过这种狂热的渴望，通过这种神圣的感情，通过我对死者的刻骨铭心的怀念，我便可以使莉盖娅回到她已经永远抛弃的阳间道路上来似的。

在婚后第二个月的月初，罗维娜小姐忽然病倒了，久治不愈。高烧使得她每晚都呻吟不止，她在半醒半睡的谵语中说，这间卧室里有怪声，有动静。我认为她的话是无稽之谈，她准是异想天开，要不就是因为她太不喜欢这间卧室了。她的病终于逐渐好转了。然而没过多久，她又病倒了，这回发病使她身体变得极为虚弱，她再没有完全康复。这以后她的病时轻时重，尽管妙手回春的医生百般努力，也无法根除。她的病一次比一次厉害，看来这病早晚有一天会要了她的命。随着病情的发展，我发现，她的脾气也越变越坏，她还常常因为一些小小的事情而惊恐不已。她又不断地说起那声音，那轻微的声音，说起以前她曾提到过的挂布之间的动静。

九月底的一天傍晚，她用比以往更为恐惧的口气又向我说起了这件事。她刚刚很不踏实地睡过一觉，刚才我正焦虑而惊恐地注视着她那衰弱的面孔上的表情。我坐在她的乌檀木床边的一个印度矮凳上。她半支起身体，压低嗓音，极为认真地说起她刚刚听见、我却没听见的声音，说起她刚刚看到、我却看不到的情况。风在挂布之间窸窸窣窣地穿来穿去，我想向她说明（说实话，就连我自己都不相信）那似有似无的声音和墙上影影绰绰的影像，只不过是普通的风在作怪罢了。但是她的面孔变得惨白。我知道我的这番解释她根本听不进去。我见她好像就要昏过去似的，可身边又没有人可叫来帮忙。我想起房间里存有一瓶低度葡萄酒，是上回招待医生剩下的，于是赶紧去拿。但是当我走到香炉的光亮下时，有两个惊人的情况引起了我的注意。我感觉到有某种看不见却触得到的东西轻轻地与我擦身而过。我还看到，在被香炉中的蜡烛照亮的金黄色地毯上，有一个黑影。这个黑影模模糊糊，非常非常淡，像是天使的形状，如果不仔细看，会以为是窗帘的影子。但是由于我吸鸦片吸得常产生幻觉，因此对这两个情况没怎么留意，也不屑对罗维娜小姐讲起。找到葡萄酒后，我回到床边，倒了满满一杯，端到半昏厥的妻子唇边。这时她已经稍稍清醒了些，便亲手接过杯子，于是我在矮凳上坐下，注视着她。这时，我忽然清楚地听到床边的地毯上传来脚步声。紧接着，当罗维娜把杯子端到唇边时，我看到了，或者也许是我在梦幻中以为自己看到了，仿佛有个隐身人在空中一跃，香炉中滴下几大滴明亮鲜红的烛泪。如果我确实看到了这个，那么罗维娜却没看到，她从容地喝下了葡萄酒。我不准备向她讲我看到的这些情况，因为我认为自己准是受了妻子恐惧心理的影响，在鸦片的作用下，再加上这夜深人静的气氛的烘托，所以我那原本就很生动的想象力变得更为活跃罢了。

然而我却意识到，红色烛油滴下之后，我妻子的病情马上发生了恶化。第三天晚上，她咽了气。第四天晚上，仆人给她安排坟墓、准备丧事。我守着她那裹着尸布的尸体，坐在这间我曾把她当做新娘接纳的大卧室里。也许是由于鸦片的作用，我的眼前浮现出飞来飞去的黑影。我看看屋角的石棺，看看挂布上各种各样的小人，又看看头顶的香炉中的烛光。我想起那天晚上的情景，于是目光落在香炉下面那天我曾看见淡淡黑影的地方。然而，现在黑影已经没有了。我松了一口气，目光转向床上那具苍白的僵尸。这时，对莉盖娅的回忆，千头万绪，一起涌上心头，我觉得躺在床上的死者就是她。夜越来越深了，我仍怀着悼念至爱之人的悲怆心情，注视着罗维娜的尸体。

午夜时分，一阵低而清楚的哭声把我从沉思中惊醒了。我感到哭声是从死者的乌檀木床上发出的。我惊恐地聆听着，以为在闹鬼，但是哭声停止了。我睁大眼睛，看尸体有无动静。一点儿动静也没有。不过我心里十分明白，刚才确实是听见了哭声，不管它多么轻微，我的灵魂被唤醒了。我目不转睛地注视着尸体。时间一分钟一分钟地过去，仍没有发生任何可以解开这个谜的事情。终于，我发现死者的脸颊上，顺着眼皮上塌陷的小血管，几乎察觉不出地出现了一点点红色。我的恐惧简直难以描述，我觉得自己的心脏停止了跳动，我的四肢发硬，呆呆地坐在那里。然而一种责任感终于使我恢复了镇定。这时我认为罗维娜的丧事办得太早了，她仍然活着。需要马上请医生救她。但是塔楼与仆人住的地方隔得很远，叫他们他们是听不见的。我只有离开这间屋子好几分钟，才能把仆人叫来帮我，而这样做则太冒险了。于是我决定独自一人努力把她从死神的手中拉回来。然而过了一会儿，情况又发生了逆转，眼皮和脸颊上的淡红色消失了，只剩下大理石般的苍白。她双唇紧闭，牙关紧咬，呈现出一种可怕的死人的表情。她的身体也迅速变冷变硬。我打了个冷战，坐回到我刚才惊异地离开的长沙发上，又热烈地想起莉盖娅来。

一个小时过去后，我第二次意识到床上发出一声微弱的声响。我极度恐怖地谛听着。又是一声——一声叹息。我冲到尸体跟前，我看到，清楚地看到，死者的嘴唇抖动了一下。过了大约一分钟，死者僵硬的嘴唇变软了，朱唇微启，露出一排珍珠般的牙齿。我心中惊恐交集。我觉得自己的视力模糊了，理智也动摇了。我努力压住心中的恐惧，最后终于壮起胆子，去做责任要求我做的事情。现在死者的额头、面颊和脖子都出现了一些光泽，全身也有了些热乎气，甚至显现出一些微弱的心跳。妻子活了。我以加倍的努力设法使她复苏。我拼命揉搓她的太阳穴和手掌，我用尽了所有能想到的法子。但是没有用。忽然，她脸上的红润消退了，心跳停止了，又恢复了死人的表情。紧接着，身体也变得冰凉僵硬，脸上又呈现出铅灰色，她又成了一具待敛的僵尸。

于是我重新沉浸在对莉盖娅的回忆之中。忽然间，我再次听见乌檀木床上发出低低的呻吟声。但是现在我何必要在此如此详细地描述这一宿当中那种难言的恐怖呢？我何必要一次又一次地讲述我是怎样不断地从事这种富于戏剧性的可怕的拯救工作，直至天亮，而每一次尸体稍有活转的迹象时，又立刻以失败告终呢？好吧，我马上把结尾讲给你们听。

这个可怕的夜晚已经过去了一大半，女尸又动弹了，而且动弹得比前几次更有力，不过由于她肯定是救不活的，所以这种动弹就显得更为吓人。我早已懒得起来了，只是直直地坐在矮凳上，沉浸在汹涌的感情旋涡之中。这种感情是如此强烈，极度的恐惧与这种感情相比，根本算不上一回事。尸体又动了起来，动得比以前更为有力。随着这种不同寻常的力量，她的脸上又浮现出生命的红润色，四肢变软了。若不是她双目仍然紧闭，若不是她身上的那套寿衣和尸布，我真觉得罗维娜已经完全挣脱了死神的魔爪。如果说这时我还没完全相信她活过来了，那么当她从床上下来，闭着眼睛，迈着踉踉跄跄的虚弱步子，梦游似的朝房间中央走去时，我便毫不怀疑她真的复活了。

我没有发抖，我甚至没有动，因为她的姿态和做派是那样的熟悉，许许多多的想象一下子都涌入我的大脑，使我目瞪口呆，一动也不能动。我目不转睛地盯着这具行尸，我的思想中产生了一种疯狂的混乱，一种无法平息的骚动。我眼前的莫非真是复活了的罗维娜吗？她真是特雷曼家族的那个金发碧眼的罗维娜·特雷瓦尼翁小姐吗？为什么，为什么我要怀疑这一点？她的嘴上仍然包着厚厚的尸布，但是也许尸布下的嘴并不是特雷曼家的小姐的嘴？还有那脸蛋，那现在已呈现出鲜艳的玫瑰色的脸蛋！是的，这可能确实是特雷曼家的小姐那洁白的脸蛋。还有那下巴，那生有酒窝的健康的下巴，难道不是她的？但是她得病后，怎么长高了？我怎么搞的，竟然头脑发昏，产生了如此的怪念头？我纵身一跃，跳到了她跟前！她后退一步，头上那可怕的尸布垂落下去，一头长发如同瀑布般散落下来，是那样的黑！她睁开了眼睛。我高叫道："现在我再也不会弄错了，这对热情的黑色大眼睛，是我那故去的爱人，莉盖娅小姐的！"

迈尔海峡遇险记

上帝在大自然中的运作方式与我们的运作方式绝对不一样，它代表着一种难测的天意，比德谟克利特的宇宙真空还要博大，还要深，是我们绝对模仿不了的。

——约瑟夫·格兰维尔

我们现在已经爬到了那座最高的悬崖的顶端。老人累得好一会儿说不出话来。

他终于说道："我本来是可以像我的小儿子们那样给你带路的。可是就在三年前，我碰上了一件以前谁都没碰到过的事情——至少碰上这种事的人没有一个活下来——那可怕的六个钟头把我彻底搞垮了。你以为我是个非常老的老头，其实我根本不老。还不到一天的工夫，我乌黑的头发就全变白了，我的胳膊腿儿就没劲儿了，我的胆子就被吓破了，现在我稍一动弹就哆嗦，看见黑影就害怕。你知道吗，我现在在这个小崖上往下望一望都有些肝儿颤！"

他大大咧咧地就地一卧，躺在岸边上休息。他所处的位置是那样的悬，只是靠着胳膊肘勾着光滑的岩石，他才不至于滚下崖去。这个"小崖"其实是一块探出峰顶的黑亮岩石，高于周围的悬崖二百来米，四下没有任何遮拦。就连离崖边五米远的地方我都不敢走过去。事实上，他那危险的位置使我极为心惊，我不禁扑倒在地，紧紧地抓住身边的灌木丛，甚至不敢抬头看天空。我总觉得一阵风就会把大山吹倒，虽然我知道这种感觉着实愚蠢，想把它打消，可却怎么也办不到。过了好一会儿，我才鼓起勇气坐了起来，朝远处眺望。

"你必须克服自己的恐惧，"向导说道，"我已经把你带到了这儿，现在你可以亲眼看看我所谈的那件事发生的地方了。我也可以在现场实地向你讲述整个故事。”

他以他那特有的做派继续说道：“咱们现在是在北纬六十八度，靠近挪威海岸的地方，位于大诺尔兰郡的罗弗敦区。咱们现在坐着的这个山头是克劳迪山的黑尔塞根峰。现在你把身体挺直一些，如果头晕，就抓住草。你朝那边看，看云雾的彼端，看大海。”

我头晕目眩地望去，但见一片广阔的海洋，海水是那样的黑，不由得使我想起了努比亚①地理学家对“黑海”所做的描绘。一片汪洋，荒凉得真让人难以想象。左右两目所及之处，皆是一排又一排的悬崖峭壁。下面拍岸的惊涛，更增添了这里的险恶气氛。在正对着我们五六英里外的海上，隐隐可见一个荒凉的小岛，换句更为确切的话说，我是通过包围着它的白浪辨认出它的位置的。在那个岛屿与陆地之间，比那个岛屿近两英里的水上，有一个更小些的小岛。它上面礁石嶙嶙，寸草不生，只有黑色的石头。

远处的岛屿与海岸之间是一片汪洋，这片汪洋的样子极为特别。这会儿，劲风正从海上吹来，远处洋面上的一条双桅船已经将帆全部放下，此起彼伏的波浪几乎要把它吞没。但是在岸边，却没什么海潮，只是那方向不定的波涛时不时迅速地涌来一下，一会儿东，一会儿西，毫无规律。波涛中也没有泡沫，只是拍打在礁石上时才激起白色的浪花。

老人又开口说道：“挪威人管远处的那个岛屿叫武尔格。近些的那个叫莫斯克。北边一英里的岛屿是安巴伦。那边是伊夫莱森岛、霍伊霍尔姆岛、基尔多尔姆岛、苏瓦尔文岛和布科尔姆岛。那边，武尔格岛和莫斯克岛之间，是奥特霍尔姆岛、弗利曼岛、桑德弗莱森岛和斯卡霍尔姆岛。我说的都是这些岛屿的真实名字，但是为什么人们要给这些小小的礁石起名字，你我就不得而知了。你听见什么声音了吗？你看见海上有什么变化了吗？”

我俩这会儿已在黑尔塞根峰上坐了十来分钟。我俩是从内地罗弗敦一路来到这里的，所以我们直到爬上峰顶，才看见大海。听老人一说，我开始意识到一种越来越响的声音，它就像是美国大草原上野牛的吼叫。与此同时我也看到，下方那风向不定的海面迅速变成向东的海流。我眼看着海流迅速增加着强度。它的速度一会儿比一会儿快，澎湃向前。五分钟后，远至武尔格岛之间的整个海面，都掀起了滔天的波浪。但是咆哮声最大的还是莫斯克岛到岸边这一带的海面。巨大的海浪互相撞击，发出震耳的轰鸣，变成无数的大旋涡。旋涡都打着转，一泻千里地向东涌去。

几分钟后，海上的情况又迅速发生了巨变。整个海面全都平静下来，旋涡一个接一个地消失了。那原来一点儿海浪都没有的海域，现在出现了一层又一层的海浪。海浪终于向远方散去，汇入那些打着转的旋涡，似乎去形成

---

① 东北非洲古代地区名，在现在的埃及和苏丹一带。——译者注

一个更大的旋涡。突然间，一个清晰明显的大旋涡出现了，它的直径足有一英里。旋涡的外缘是一条由闪光的浪花构成的宽宽的水带，水带中的浪花一滴也不向里溢，而旋涡的里圈，是一道漆黑闪亮的光滑的水墙，与海面呈四十五度角，令人目眩地飞转着，发出又似尖叫又似咆哮的可怕声音，就像是尼亚加拉大瀑布的轰鸣。

大山都在颤抖，每一块岩石都在摇晃。我被吓得魂不附体，赶快趴下，紧紧抓住地上稀疏的青草。

我最后终于对老人说："这肯定就是有名的迈尔海峡大旋涡了。"

"有的时候是这么叫它，"他说道，"我们挪威人管从莫斯克岛到这儿的这块水域叫莫斯克海峡。"

以前我也读到过、听到过一些有关这个大旋涡的描述，但我绝没料到这个大旋涡竟然是这样的。在诸多的有关这个大旋涡的描述中，若纳斯·拉米斯的描述也许堪称是最详细的，但是即使是他的描述，也没能表现出这雄壮可怕的场面的九牛一毛。我不知道这位作家是在何时、从何角度观看这个大旋涡的，但他绝不会是在大风暴期间从黑尔塞根峰的峰顶上观看的它。不过，他的描述中有几段文字倒是值得引用一下，尽管这些文字远远没能表现出真实的情景。作者这样写道：

> 罗弗敦与莫斯克岛之间的海峡水深六七十米，但是莫斯克岛与其彼端的武尔格岛之间的海水却浅了下来，浅得很，所以这片水域成了一条危险的航道，船只在最风平浪静的时候在此航行，也有可能触礁。大潮到来时，海水排山倒海般地灌进罗弗敦与莫斯克岛之间的海峡。但是潮水汹涌地退入海中时，情景也同样壮观，隆隆的巨响惊天动地，一二十里外都可以听见。它形成的旋涡又大又深，如果船只陷在其中，肯定会被卷入海底，在礁石上撞得粉碎。待到潮水平息后，船只的碎片又会被抛上来。但是这暂时的平静只有晴天才出现于退潮与涨潮交替的间隙，只持续一刻钟，接着海水便会逐渐汹涌起来。当涨潮最猛之际，若再有风暴助威，那么进入离此一英里之处便是非常危险的了。许许多多船只都曾因不留神走得太近而被旋涡吞没。也常有鲸因为游得离此过近，被困在旋涡里。它吼叫挣扎，却无济于事，不得脱身。有一回，一头熊从罗弗敦游往莫斯克岛，结果遇上了落潮，被卷入了水底。它挣扎时发出的吼叫是那样凄厉可怕，在岸上都可以听见。大杉树和大松树一旦被潮水卷走，再浮上来时就会变得支离破碎、面目皆非，上面仿佛生了一层毛。这清楚地表明海底全是嶙嶙的礁石，被卷至海底的树木在礁石上来回打转。海水的运动是受涨潮和落潮支配的，每六个小时涨落一个周期。一六四五年一个星期天的早晨，潮水来得极为凶猛，咆哮声惊天动地，岸边的房子都被震塌了。

说到海水的深度，我真不知道拉米斯是怎样测出旋涡附近的深度的。所谓的“六七十米”，准是仅仅指海峡中靠近莫斯克岛或罗弗敦岸边部分的海水深度。迈尔海峡中央肯定会深得多，这你只需看一眼旋涡的深度就够了，它的深度与从岸边最高的黑尔塞根峰峰顶到水面的距离差不多。我站在峰顶上眺望下方那怪兽般咆哮着的海水，想起若纳斯·拉米斯的描述，不禁微微一笑。我觉得，鲸和熊的厄运可以很好地证明：即使一条最大的船进入旋涡，也会像飓风中的羽毛一样，立时被海水吞没。

对于这里的这种自然现象是很难做出令人满意的解释的，尽管其中有些现象仔细想来也是解释得通的。人们普遍认为，这儿的大旋涡和费罗群岛的三个小些的旋涡的“起因是涨潮与落潮时，海浪撞击礁石和海底，无法扩展，便像瀑布似的落下，于是海浪跃起得越高，下降得也就越深，结果就形成了旋涡。旋涡具有极强的吸力，这一点通过小规模的实验已经广为人知。”这是《不列颠百科全书》中有关条目的解释。基歇尔①和其他科学家则富于想象力地认为，迈尔海峡的中央是一个深渊，它穿透地球，直通极远的地方，可能是波的尼亚海湾②。这种说法是没有根据的，但是我注视着下方的海峡时，心里却不禁对这种说法颇为相信。向导告诉我，尽管所有的挪威人对这个旋涡的形成原因都是这样看的，可他本人却不予苟同。他这番话使我颇为惊异。向导承认说，旋涡的成因他弄不懂。对此，我与他的看法一致。因为，不论理论上得出什么样的结论，当你真正面对着这个雷鸣般隆隆响的深渊时，这种结论就都是讲不通的，甚至是荒唐的了。

老人说：“你现在已经仔细地看过这个旋涡了，现在请你转过身，爬到悬崖的阴面、水声小些的地方去，我给你讲一个故事，你就会明白，我对这个海峡是很有发言权的。”

我照着他说的做了。他讲道：

“那时，我和我的两个兄弟有一条载重七十吨的双桅帆船，我们常常驾着它去莫斯克岛与武尔格岛之间的水域打鱼。尽管那儿的海潮很凶猛，但是只要有胆量去闯，肯定会满载而归的。然而在罗弗敦所有的渔民里，只有我们兄弟三人常在这一带打鱼。其他渔夫则总是去南边很远的地方。那儿一天到晚总有鱼，也不太危险，所以成了渔夫们最爱去的地方。然而，我们去的这些礁石群中不仅什么品种的鱼都有，而且数量非常多。所以我们在这儿一天打到的鱼往往比小心谨慎的渔民在南边一个星期打到的都多。事实上，我们是在从事不顾死活的投机。我们以生命为代价，换取少花力气；以勇气来代替资本。

“我们把小船停在离这儿五海里的岸边，遇上好天气，就趁着那十五分钟

---

① 基歇尔，德国科学家。——译者注

② 波罗的海北部海湾，西岸为瑞典，东岸为芬兰。——译者注

的平潮，驶过海峡，在奥特霍尔姆岛或桑德弗莱森岛附近海潮不那么凶猛的地方抛下锚。我们在那儿打鱼，直到平潮再次出现，然后起锚返航。只有来回都有横向风的时候我们才出海，也就是说，我们看出横向风不会在我们返航时停下来，才出海。我们对风的判断很少出错误。六年当中，有两回我们不得不因为无风而在海上抛锚，等上一个通宵。这种风平浪静在这一带是极为少见的。还有一回，我们刚一到达渔场就刮起了大风，海峡里波浪滔天，可怕极了。我们被困了一个星期，差点儿饿死。大旋涡使我们的船飞快地旋转，我们本会被驱赶到大洋上去，幸亏遇上了一个横流。横流把我们带到了避风的弗利曼岛。凭着好运气，我们在那儿抛下了锚。

“我们在海峡中遇到的困难，我连二十分之一都无法告诉你。即使是好天气，这儿也是个危险的地方，但是我们却常常迎着危险，勉勉强强平安地渡过海峡。不过有很多次，我们刚一回来，海潮就追上来了，这时候我的心真是提到了嗓子眼儿。还有的时候，一开始风并不像我们预料的那么足，船行驶得远不如我们希望的那么快，而海流却把船弄得不听水手的使唤。我大哥有个十八岁的儿子，我也有两个健壮的儿子。让他们打扫打扫甲板、捕捕鱼什么的，他们本是可以作我们的得力帮手的。但是尽管我们自己常冒着生命危险去闯海峡，却不忍心让儿子们也跟着一起去冒险，因为那确实是太危险了。

“我要讲给你的这件事离现在快三年了，再有几天就三年了。那是一八××年七月十日，这一带的人永远不会忘记那一天，因为那天刮起了奇猛无比的台风。然而，那天的整个上午和下午，只是清风徐徐，阳光也十分明媚，所以我们这些老渔民都没预料到天气会发生变化。

“下午两点来钟，我们三兄弟驾船驶到了群岛附近。那天的收获非常大，很快船上就装满了鱼。七点钟的时候，我们起锚返航，想趁着八点钟的平潮渡过海峡。

“起航时，一阵新起的风吹着我们的右舷。有好一会儿，船乘风破浪。我们根本没想到会有什么危险，因为当时没有半点儿危险的迹象。忽然，一阵从黑尔塞根峰刮来的风使我们大吃一惊，这阵风不同寻常，我们以前从没碰上过这样的风。我开始觉得有点儿不对劲，我也说不好为什么不对劲。我们顶风前进，但是由于海潮，船几乎无法前行。我正想提议掉头回锚地，可往船尾一看，忽然发现后方的水平面上笼罩着一片黄色的云彩，它以极为惊人的速度迅速向上升起。

“与此同时，顶头风忽然住了，我们的船停了下来，随波漂流。然而，这种状况只持续了一会儿，甚至没容得我们考虑怎么应付。还不到一分钟，风暴便向我们袭来。不到两分钟，天空便全部阴下来。由于黑云压顶，由于飞溅的浪花，四下里变得一片漆黑，我们船上的人彼此谁都看不见谁了。

“这种台风的可怕程度是无法用语言来描述的。挪威最老的水手也未曾经历过这样的场面。我们在起风之前赶紧放下了船帆，但是第一阵风刮来时，两根桅杆就像被锯过似的，嗖地一下飞过了甲板。当时我弟弟正在捆绑主桅，他也跟着桅杆一起飞走了。

“我们的船就像是水中的一根极轻极轻的羽毛。船的甲板非常平，只是船头附近有一个舱房，每逢横渡海峡时，为了防止波浪涌进，我们总是将舱口封住。如果这一回我们没封舱口的话，船就会沉下去，因为有好几回整条船都沉浸在波浪里。我也不知道哥哥是怎么躲过毁灭的，因为我根本没机会看他。我刚一松开手里扯着的前帆，就扑倒在甲板上，两脚紧蹬着船头窄窄的舷帮，双手紧抓着前桅基部的带环螺栓。我这样做完全是出于本能。这时我已经顾不上多想了，但我的做法在当时无疑是最正确的方式了。

“我说过，有好几回我们完全被水淹没，这时候我就屏住气，拼命抓住铁环。实在憋不住气的时候，我就跪起来，双手仍紧抓着铁环，把头露出水面。我们的小船猛力挣扎着，像一条奋力钻出水的狗一样，从海里钻出来一会儿。我努力摆脱开自己那种快要失去知觉的麻痹感，尽力去判断该怎么办。我忽然觉得有人抓住了我的胳膊。原来是哥哥。我高兴得心直跳，因为他仍在船上。但是接下去，我的高兴马上又变成了恐惧，因为他把嘴贴到我耳朵上高声喊道：‘莫斯克海峡！’

“谁也想象不出我当时是一种什么样的感觉。我浑身发抖，就像是得了疾病般地激烈地打摆子。我完全明白他这句话的全部含义，我知道他想告诉我什么。现在风正把我们吹向海峡的旋涡，我们没救了！

“要知道，横渡海峡时，我们总是在大旋涡北边好远的地方行船，即使是最风平浪静的日子口也不敢掉以轻心。返航的时候我们也总是先耐心地等待、观察，直到平潮才开船。而现在我们却在这样的大台风中，直奔大旋涡而去！我想到：我们肯定会在平潮到来之际到达那里，这样我们就有几分希望了。然而转眼间我就开始骂自己了，骂自己竟然这么蠢，竟抱有这样不切实际的希望。我非常清楚，我们就要完蛋了，即使我们的小船是一条巨轮也一样逃不脱厄运。

“其实这时第一阵大风暴正在进行中，也许是因为我们跑在风暴前面，所以没怎么感觉到它。然而，那刚才被风吹成低谷、向前涌流的大海，现在却隆起了高山似的浪头。踩着这样的浪头简直可以登天。周围仍旧一片漆黑，但是忽然间，头顶正上方天空的乌云裂开一道缝，露出一片圆形的晴朗天空。这天空是那样的晴，深蓝深蓝的。天上的一轮满月是那样明亮，我从来没见过月亮会有这样美丽的光泽。月光把我们周围的东西都照得一清二楚。但是，啊，天哪，它照亮的是什么样的景象啊！

“我试图向哥哥说话，但是海浪声越来越大，尽管我扯开嗓门儿在他耳边嚷嚷，可我说的话他一个字也听不见。他脸色惨白，摇了摇头，伸出一个手指头，好像是说：‘听！’

“一开始我没弄明白他的意思，可是陡然间我的脑海中闪过一个可怕的念头。我掏出怀表。表停了。我借着月光看了看表，然后泪流满面，一下子将表远远地扔进海里。七点钟时，表里的发条就走完了！我们没赶上平潮，莫斯克海峡的大旋涡已经开始了！

“一条修造得很好的船，只要船体平衡、载货不多，那么在大风暴中，如果它是顺风行驶，风就总是从船下滑过。对于新水手来说，这种现象非常奇怪，这就是航海术语中所说的乘风破浪。

“是的，到目前为止我们一直是在乘风破浪。但是不一会儿，一股巨大的海浪偷偷摸摸地向我们袭来。海浪隆起时，把我们也带上了天空。我真不敢相信海浪竟会升得这样高。而浪头落下时，我们又旋风般地迅速滑向深谷。我感到头晕目眩，像是在睡梦中，从高高的山顶跌下。但是当我在浪尖上时，我曾向四下里看了一眼。这一眼就足够了，我刹那间就看出了我们的准确位置。莫斯克海峡大旋涡就在前方四百米处，不过现在的莫斯克海峡可同平时大不一样了。假如我不知道自己现在是在哪儿，假如我不知道风暴中的莫斯克海峡会是什么样，那我就根本认不出这地方来了。我不由自主地惊恐地闭上了眼睛。

“两分钟后，浪头忽然平息了下来，我们被泡沫所包围。船身猛地转向左方，闪电般朝着这个新方向冲向前去。与此同时，一种尖锐的声音完全盖住了海浪的喧嚣，这声音就像是几千条轮船同时鸣笛。我们现在被卷入了那一圈永远围绕着大旋涡转的浅浪带中去了。我想到，接下去我们马上就会被迅猛地抛入深渊。在那飞快的下降中，我们将只能模模糊糊地看到深渊的样子。然而，船似乎并没有沉入水中，而是像个气泡似的在浪尖上掠过。它的右舷挨着大旋涡，左舷边是我们刚刚离开的那大山般涌起的巨浪的世界。这些巨浪就像是一堵扭动着的高墙，把我们同水平线隔开了。

“说来也怪，在这即将被大旋涡吞没之际，我反而比刚才向大旋涡冲来时镇静了。我横下一条心，不再作任何奢望。我几乎完全克服了那一开始的心惊肉跳。也许这是因为失望刺激了我的神经，我反而勇敢起来。

“也许我现在说这话像是吹牛，但这却是真的。我开始想到，这种死法也是很壮丽的。在上帝显示自己力量的伟大时刻，我若是还只考虑个人生死存亡的区区小事，该是多么愚蠢啊！这样一想，我的脸就羞红了。片刻之后，我开始对大旋涡本身感到极为好奇。我极为希望自己能到深深的旋涡底部探索一番，即使葬身海底也在所不惜。我唯一遗憾的是无法把自己探得的秘密告诉岸上的哥们儿。毫无疑问，我的这些念头完全是人在这种极端的环境中产生的幻想。此后我常常想，当时可能是因为船绕着旋涡飞快旋转，我变得头昏眼花，有些轻浮了。

“还有另一种情况也帮助了我恢复镇静，那便是风停了下来。在现在这种状况下，风刮不到我们了。这是因为我们所处的这一圈浅浪带要比海平面低得多，海水高高耸立在我们的右侧，就像是黑压压的山脉。如果你没在大风中出过海，那你绝对不知道风与浪合力的冲击会使人产生一种什么样的混乱情绪。人在这种情况下什么也看不见，什么也听不见，并且丧失掉了全部的思考能力。但是现在，我们却基本上摆脱了这样的讨厌环境，这就好比是犯人一旦被判了死刑，便有了小小地放纵一番的权利，而尚未被判决的犯人则没有这样的权利。

“我也说不清楚我们究竟在浅浪圈中转了多少遭。我们的船飞快地转啊转，大约转了一个来钟头。船逐渐转入浅浪圈的中部，然后又越来越接近它那可怕的里圈。我始终紧紧地抓着铁环。我哥哥则在船尾紧紧地抱着一个空空的大水桶。当第一阵大风袭来时，这个大水桶是甲板上唯一一件没被吹到船外的东西，它被海浪冲到了船尾的铁笼子底下，牢牢地卡在那里，很结实。当船转到深渊边上时，哥哥松开了水桶，来抓我的铁环。他可能是太恐惧了，竟然拼命地抢我的铁环。他这种行径使我心中极为难过，尽管我知道他这完全是恐惧中的下意识动作。我不想和他争这个铁环。我认为，不论是我俩谁占有它，后果都一样。于是我把铁环让给了他，自己到船尾去抱水桶。这样做并不困难，因为船底是平的，船虽在飞转，却转得很稳。我刚一抱住水桶，船就猛地向右转去，一头栽进了深渊。我连忙向上帝祈祷，我知道一切都完了。

“头晕目眩地滑向深渊时，我本能地紧紧地抱着水桶，闭上了眼睛。我好几秒钟都没敢把眼睛睁开，我知道自己马上就要完蛋了，同时心中诧异着怎么海水还没有把我淹没。时间一秒钟一秒钟地过去，我仍然活着。坠落感已经停止，船的运动似乎又回到了刚才在浅浪圈时的方式，只不过现在它倾斜得更厉害了。我鼓起勇气睁开眼睛，再次观看周围的情况。

“我永远不会忘记我睁眼张望时所产生的恐惧感。船处在一个巨大的漏斗里，好像是被磁石吸着似的，悬挂在漏斗内壁的中部。这个漏斗又大又深，内壁无比光滑，乍一看就像是乌檀木一样，但是漏斗却是在飞快地旋转着。云缝中那轮满月的月光照在漏斗壁上，光芒四射，一直射向深渊的底部。

“一开始，我没醒过味儿来，所以无法准确地观察这些情况。我只是不由自主地产生了一种壮观的感觉。然而，当我冷静下来一点儿时，我的目光本能地朝下望去。这一望不要紧，我一览无遗地看到了小船悬挂在漏斗壁上的情景。这个漏斗呈四十五度，所以我们的船几乎是九十度地挂在那里。我忽然发现，虽然船处于这样斜的角度，可我现在抱水桶与刚才船平着的时候抱水桶一样地不困难。我猜想，也许这是因为船的旋转速度太快，产生了离心力的缘故。

“月光似乎一直照到了深渊的底部，但是由于浓浓的水雾包住了一切，我仍然什么也看不清楚。水雾中有一道彩虹，像是一架晃动着的窄桥，穆斯林人认为这种桥是时间与永生之间的唯一通道。水雾肯定是漏斗的斗壁在深渊底部撞击而激起的。这种撞击发出的巨大声响直冲霄汉，用言语根本就无法形容。

“我们从上方的浅浪圈猛地一下滑入深渊时，滑下了好深的一截子，此后我们的下降就是时快时慢了。我们转啊转，这绝非一种规则的运动，而是时而飞驰，时而颠簸，有时是一降几百尺，有时是围着旋涡绕上一大圈子。绕圈子的时候，我们的下降速度就很慢，但仍感觉得到。

“我向下张望，发现我们的船并不是旋涡中的唯一物体。无论是上方还是下方，都可以看到船只的碎片、大根的房屋木料和树干，还有许多家具、破箱子、水桶、木棍之类的小东西。我刚才已经描述过，一种好奇感早已取代了我最初的恐惧。当我越来越接近自己的灭亡时，这种好奇感就变得越发的强烈。我开始怀着一种奇怪的兴趣，观察这些数不清的与我们做伴的东西。我准是精神错乱了，当我看着几样东西被泡沫飞快地淹没时，我竟然觉得挺有意思的。我有一回竟然说道：‘下一个消失的肯定是这棵杉树。’随后我却失望地看到一条荷兰商船的残骸抢先一步沉了下去。我这样连猜几次均未猜对。这种屡猜屡错的情景终于使我陷入一连串的思考，这一思考可不要紧，我的四肢又开始颤抖，心脏又开始狂跳起来。

“这并不是因为我又产生了一种新的恐惧，而是因为我忽然萌生了一线令人激动的希望感。这种希望感部分是来自于记忆，部分是来自于目前的观察。我想起遍布于罗弗敦海岸的各种各样的具有浮力的东西，它们都被卷到了水中。绝大多数物品被打成了碎片，极碎极碎的碎片。但是随后我又清楚地想起，有些物品却根本没有坏。我一时也无法想出那些被打碎的东西与没被打碎的东西，二者之间有何不同。我只是猜想，凡是那些被全然淹没的东西，都被打碎了；而没碎的，则都是在潮水的后期进入的旋涡。或者是，出于某种原因，它们进入旋涡后下降得很缓慢，在涨潮变成落潮之前，没有降至渊底。我忽然明白，在这两种情况下，物品都有可能借着潮流改变时旋涡反向旋转的力量，重新转出水面，而不致遭到那些一开始就被卷入旋涡的物品，或迅速遭淹没的物品那样的粉身碎骨的命运。我还观察到了三种重要的情况：第一，总的来说，物体越大，就下降得越快；第二，两件同样大小的物体，一件是球形的，一件是其他形状的，球形物体的下降速度要比非球形的快；第三，两件同样大小的物体，一件是圆筒形的，一件是其他形状的，圆筒形的物体比非圆筒形的淹没得慢。

“我死里逃生后，曾就这一问题向本区的一位老校长讨教过多次，我就是从他那儿学会的使用‘圆筒形’和‘球形’这两个词的。他向我解释说（我记不住他的原话了），我所看到的现象其实就是漂浮物形态对其浮力的影响。他告诉我为什么圆筒形物体在旋涡中不易被吸走，为什么它比同样大小的其他形状的物体更能抗拒涡流。①

“我之所以进行这种观察和思考，是因为有一种惊人的现象引起了我的注意。即，我们每转一圈，都要超过一些大桶、断桅之类的东西，而许多我刚睁眼时看到的与我们在同一水平面的物品，现在都留在了我们的上方。它们与一开始相比，似乎没下降多少。

“我不再犹豫了。我拼命地用自己的身体去顶撞我抱着的水桶，试图把它从船尾弄下来，抱着它跳入水中。我朝哥哥打手势，指着水中那些漂近我们的大桶，努力使他明白我要做的事情。我认为他终于明白了我的意思，但是不管他究竟是明白了还是没明白，反正他使劲摇头，不肯松开手中的环子，去跳入水中抱水桶。我无法强迫他，而且现在形势紧迫，拖延不得。于是我忍痛放弃他，抱住那个已被我从船尾弄下来的水桶，毫不犹豫地跳入了大海。

“情况果然不出我所料。现在是我亲口在向你讲这个故事，所以你看，我确实死里逃生了。你已经看到这场死里逃生对我的情绪产生了多大的影响，所以你也准会预料到接下去我要讲些什么。我要赶快把这个故事讲完。我弃船后大约一个钟头，这时船已降到了我下方极远的地方。它忽然急转三圈，便带着我亲爱的哥哥，一头扎入下面飞旋的泡沫中，永远也出不来了。我抱着水桶，下降的速度要慢得多，从我弃船处到渊底，我刚刚降至一半。忽然，旋涡发生了巨大的变化。漏斗形的坡壁变得越来越和缓，越来越不陡峭。旋涡的旋转也逐渐不那么快速了。彩虹慢慢地消失，渊底似乎在一点点升起。天空放晴了，风住了，月亮在西天洒下一片白光。我发现自己已浮出海面，看到了整个罗弗敦海岸，看到了莫斯克海峡大旋涡上方的一切。现在是平潮时刻，但是由于台风，海面上仍然波涛汹涌。我被海浪卷进了海峡，几分钟后又被冲到了渔民们泊船的海岸。一条渔船救起了我。我精疲力竭，尽管危险已经消除，但我对刚才那恐怖的情景一句话也说不出来。把我拉上船的是我的几个老朋友，过去他们天天都同我在一起。但是他们现在几乎认不出我来了。我原来那乌黑的头发，已变成了你现在看到的这样雪白雪白的。他们说我脸上的表情也大大改变了。我向他们讲了我的这番经历，他们全都不相信。我现在把这经历讲给你，并不指望你会比罗弗敦的渔民们更相信我所说的。”

---

① 见阿基米德《论浮体》第二卷。——译者注

心　　脏

我当然紧张，始终极为紧张，可你们干吗说我是疯子呢？疾病并没有毁坏我的知觉，也没使它们迟钝，而是使它们更为敏锐了。特别是我的听觉。我听得到天堂和尘世间的一切声音。我听得到地狱中的声音。所以，我怎么可能疯呢？你们看我有多健康，我有多冷静，我可以把事情从头至尾向你们细细道来。

我也说不好一开始我是怎么产生那一念头的，不过它一旦产生，便日夜萦绕于我的心头。没有目的，没有仇恨，我爱那老先生。他从不虐待我，从不侮辱我。我并不想要他的金子。准是因为他的眼睛！对，就是那眼睛！他的一只眼睛就像是鹰眼：淡蓝色的，蒙着一层膜。每当他的目光落到我身上，我的血液就凝固住了。所以渐渐地，我下了决心结束这老家伙的生命，这样就可以永远地避开那眼睛的注视了。

喏，这就是问题的所在。你们以为我疯了。疯子什么也不知道。可你们要是当时在场就好了，你们会看到我干得多聪明——小心翼翼，深谋远虑，而且伪装得那么巧妙！在我动手杀死老家伙的前一个星期，我对他比什么时候都好。每天午夜，我都拨开他的门闩，轻轻地，轻轻地把门推开。门开得能够伸进脑袋的时候，我把一盏遮住光的提灯从门缝中伸进去。这盏提灯被包裹得非常非常严实，灯光一点儿都漏不出来。然后我把脑袋也探了进去。啊，你们要是看到我何等狡猾地把脑袋探进去，一定会笑的！我的脑袋探得非常非常慢，以免把老先生弄醒。我用了一个钟头才将脑袋探进门，看到老先生躺在床上。哈！疯子会这样聪明吗？等到我的脑袋全进屋之后，我小心地把遮灯罩揭开一点儿。我揭得是那样小心（因为合叶嘎吱响了一声），我把遮灯罩揭开一条小小的缝儿，只让一丝光照在那鹰眼上。我一连这样干了七宿

（每宿都是在午夜时分），可我发现他的眼睛总是闭着的，所以我无法下手。因为使我讨厌的并不是老先生本人，而是他那邪恶的眼睛。每天早上天亮以后，我都果敢地走进他的屋子，勇敢地同他讲话，用热诚的口吻唤着他的名字，问他夜里睡得如何。所以你瞧，凭他这么聪明的一个老先生，也没怀疑到我每天夜里十二点钟都趁他熟睡的时候看他。

第八天晚上，我比平时更为小心地拨门闩。我手的动作比表针的移动速度还要缓慢。以前我从没感觉到自己这么有力，这么机敏。我几乎压抑不住自己的喜悦心情。我在这儿一点点地把门推开，他对我的秘密行为或秘密念头竟然毫无知觉，一想到这些，我就哑然失笑。也许他听见了我的动静，只见他突然在床上动了一下，仿佛受了惊。你们也许以为我会后撤，不，我并没后撤。他的房间里黑得伸手不见五指（因为他怕有贼，把百叶窗关得严严实实），我知道他看不见我开门，于是继续一点点地推门。

我把头探进去，正要揭开提灯罩，大拇指一不小心滑到了灯扣上。只听老家伙噌地一下坐了起来，喊道："谁？"

我没吭声。整整一个小时我一动都没敢动，我也没听见他躺下。他仍坐在床上聆听，就像我现在夜复一夜所做的这样：侧耳聆听着门外那死囚牢看守者的声音。

过了一会儿，我听见一声哼哼。我知道这是人因恐惧而发出的哼哼，它不是那种痛苦或悲伤的哼哼，而是为惧怕所震撼，从灵魂深处发出的一种低沉的声音。我非常了解这种声音，狱中的许许多多个夜晚，午夜时分，当全世界都沉入梦乡的时候，这种声音就从我的胸膛深处涌出。它是那样低沉，还带有回声，那种使我发狂的恐惧的回声。我对此确实非常了解。我了解老先生此时的感受，也很可怜他，尽管我在暗自冷笑。我知道我刚一碰响灯扣老先生就醒了，他在床上翻了个身，此后就再没有睡着。他的恐惧越来越强。看来他试图说服自己：这是杯弓蛇影，恐惧是没有根据的。但是他的恐惧总也无法消除。他似乎不断地对自己说："只不过是烟囱里的风声！只不过是一只老鼠在地上跑！只不过是只蟋蟀叫了一声！"是的，他不断地试图用这些假设来安慰自己，但他发现这种安慰是徒劳的。全然是徒劳的，因为死神正向他一步步逼近，死神的阴影已经笼罩了他。正是因为这察觉不到的阴影的威胁，他才感觉到了，尽管既看不到也听不到，我的脑袋已探进了屋子。

我极为耐心地等待了好久，尽管没听见他躺下，我还是决定将灯罩打开一条小缝。于是我这样做了，你们简直无法想象我的动作有多么蹑手蹑脚。直到最后，一条比蛛丝还细的光线从小缝中漏出，照在了鹰眼上。

眼睛是睁着的，大睁着的。我凝视着这只眼睛，不由得怒从心头起。它是那样的不同寻常，又浑又蓝，充满了仇恨。我一看到它就感到浑身发冷，冷彻骨髓。然而老家伙面孔上的其他部分我却一点儿也看不见，因为我好像出于本能，把灯光直接照在了这只眼睛上。

我不是告诉过你们，你们误认为我是疯子，其实我却是感觉过于敏锐吗？这时我的耳际忽然响起了低沉而急促的声音。我也非常了解这种声音，是老家伙心脏的跳动声。这声音使我越发恼怒，就像是战鼓在激励战士鼓起勇气。

但是尽管如此，我还是克制着自己，别出声。我屏住呼吸，一动不动地举着提灯。我尽可能稳地让光线照在这只眼睛上。这时候，那可怕的咚咚的心跳加剧了。它越跳越快，越跳越响，老家伙准是极为恐惧！它越跳越响，一下比一下响！我说过我紧张，我这时确实很紧张。在这深更半夜之际，身处这寂静的旧房子中，这奇怪的声音使我心惊肉跳。不过有好一阵子我还是能够保持镇静的，我静静地站在那里。但是心跳声越来越大！我觉得那颗心就要跳出来了。这时我又产生了另一种焦虑——邻居可能会听到这心跳声！老家伙的末日到了！我大喝一声，将提灯彻底打开，一个箭步蹿入屋中。他尖叫了一声——只一声。我立时将他拖到地上，把床掴翻，重重地扣在他身上。我开心地笑了起来——事情终于大功告成了。但是有好一会儿工夫，那变弱了的心跳声仍然清晰可辨。然而，这并不要紧，隔壁是听不见这声音的。心跳声最后终于停止了。老家伙死了。我抬起床，查看尸体。不错，他死了，彻底咽了气，他的眼睛再也无法吓唬我了。

如果你们仍然认为我是疯子的话，那么听我讲完我是如何聪明、小心地隐藏尸体后，你们就会不再这么认为了。夜晚一点点地过去了，我匆匆地动手开干，但是没弄出半点儿声响。首先，我肢解了尸体，砍下脑袋、胳膊和大腿。

然后我撬起三条地板，把碎尸放进去，再将地板盖回，盖得那样严丝合缝，谁都不会看出这儿曾被撬起过。我不用进行什么洗刷，因为我没留下任何痕迹，连一丝血迹也没留下。我是在一个大盆里解尸的。哈哈！

一切干完之后，已是四点钟了——仍与午夜时一样的黑。大钟打点的时候，外面有人敲门。我轻松地下楼开门，现在我没有什么可害怕的了。进来三个人，他们极为和蔼地自我介绍说是警察。夜里有个邻居听见一声尖叫，怀疑出了什么事，便报了警，于是他们（三位警察）就奉命来此搜查。

我面挂微笑，因为我没有什么可害怕的。我向他们表示了欢迎，说那声尖叫是我做梦时发出的。我说老先生出门了。我请他们进屋，让他们搜查，到处搜查。最后，我领他们到他的卧房，沉着自如地让他们看他那根本未被动过一下的财物。我一时间感到信心十足，便把椅子搬进屋来，请他们在此休息一会儿，而我自己竟然得意忘形，把自己的椅子放在了藏尸体的那个地方。

警察们很满意。我的从容举止使他们相信了我。我轻松自如，他们坐在那里，我不慌不忙地回答着他们的问题，他们后来竟聊起了天。但是没过一会儿，我觉得自己脸变白了，希望他们赶紧走。我的头也疼了起来，耳朵嗡嗡响。可他们还是坐在那里，聊大天。嗡嗡声变大了！持续不断，越来越清楚。我口若悬河地说话，想以此来驱走这种感觉，可嗡嗡声持续不断，越发清晰可辨。终于，我发现那嗡嗡声并不是我的耳鸣。

我现在一定是脸色煞白，但我更加口若悬河，而且提高了嗓门儿。然而那声音也越发强烈，我如何是好？它是一种低沉而快速的声音，就像是一块包在棉花中的表发出的声音。我几乎喘不上气来了，可警察们仍没听见那声音。我说得越发快了，也越发激烈了，但是那声音越来越强烈。我站起身，指手画脚地尖声就一些细枝末节的小问题争论起来，但那声音仍在增加着强度。他们怎么都没听见？我迈着沉重的大步在房间里走来走去，仿佛是因为他们的观察而恼怒，但是那声音仍在不断地加强着。啊，天哪！我可如何是好？我口吐白沫，我高声喊叫，我赌咒发誓！我坐在椅子里转来转去，用椅子腿碾地板，但是那声音不断增强，压过了一切声音，越来越响！越来越响！越来越响！警察们仍在闲聊，仍在微笑。他们莫非没听见？天哪！不，不！他们听见了！他们怀疑了！他们知道了！他们在嘲笑我的恐惧！这我知道，没错。我忍受不了这种痛苦！我忍受不了这种嘲笑！我再也受不了这些虚伪的笑脸了！我觉得我必须尖叫，要么就死！啊，又响起来了！听！越来越响！越来越响！越来越响！

“坏蛋们！”我尖叫道，“别再装蒜了！我承认我干了！揭起地板来！这儿，这儿！是他那可恶的心脏在跳动！”

人约黎明后

——一个梦想家的故事

等着我吧！我向你保证，
我将在黄泉之下与你相逢！

——奇切斯特主教亨利·金①
《他妻子的挽歌》

倒霉的神秘人物啊！你聪明绝顶，年轻气盛！我在想象中注视着你！你的身形再次浮现在我眼前！不是你在寒冷的死荫之谷②中的身形，而是你原有的形态：在迷蒙的威尼斯靠着大量的药物维持着自己的生命。威尼斯是一个神明眷顾的海上的埃律西昂③，它那些宫殿的窗户就像是一双双目光深邃的眼睛，意味深长地注视着水中的秘密。是的！我再说一遍，你原有的形态。除了这个世界外，当然还有别的世界；除了多重性的思索外，当然还有别的思索；除了智者的推测外，当然也还有别人的推测。那么，你探讨问题有何不对？你整日幻想又有何不对？你把这种整日的幻想称作是浪费生命，其实这却是你无穷精力过剩时的外溢，谁又会因你自称这是浪费生命而责备你呢？

我第三次或第四次遇见我所说的这个人，是在威尼斯叹息桥的拱洞附近。我已经记不太清我是在什么情况下认识他的了。但是却记得（啊！我怎么会忘记？）这个午夜，记得叹息桥，记得那个美丽的女人，记得窄窄的运河边上

① 亨利·金，英国诗人、圣公会主教。——译者注
② 死荫之谷，即临死的痛苦时刻。源于《圣经·诗篇》。——译者注
③ 希腊神话中有福的死者居住的地方。——译者注

那一对对漫步的情侣。

这是一个极为阴沉的夜晚。钟塔广场上的大钟已经敲过十二下。广场上一片寂静，人迹全无，远处古老的公爵府的灯也在一盏盏地熄灭。我从毕亚契达归来，正乘船顺大运河回家。但是当我的小船到达圣马可运河河口对面之处时，圣马可运河河面上传来一个女子的长长的疯狂的尖叫声，打破了深夜的宁静。我吃了一惊，不由得站起身来，而船夫也惊得一失手把桨掉入水中。在漆黑之中，根本不可能把桨打捞起来。河水从大运河流向小运河，我们就任小船随波逐流。我们的船像一只黑羽毛的大鹰，缓缓地向叹息桥漂去。忽然间，公爵府灯火通明，窗口和楼梯上现出无数火炬，一下子把黑夜变成了白天。

原来，在这幢建筑的一个楼上的窗口，刚才有一个小孩从母亲的怀抱中滑落下来，掉进又深又黑的运河。河水静静地吞没了孩子。尽管近旁只有我们这一条船，但是无数壮汉已经跳入了水中，徒劳地在水面上寻找那已在水底的孩子。在公爵府黑色大理石铺地的大门口，离河水水面几级台阶之处，立着一个谁看了都不会忘记的女人。她就是全威尼斯都崇拜的最快乐、最可爱、最美丽的侯爵夫人阿佛洛狄忒。她是那风流老人门托尼侯爵的年轻的妻子，刚才掉入水中的漂亮孩子就是她的独生子。孩子现在沉入黑暗的水底，正在痛苦中想着母亲那温柔的爱抚，用尽小生命中的所有力量，挣扎着想要向她呼唤。

她独自站在那里。她那赤裸的洁白的小脚踩在如镜般的大理石地上，闪闪发光。她跳完舞刚刚卸妆，头发只散开了一半，鬈发上满是钻石头饰。她那苗条的身体上只披着一件雪白的薄纱睡衣，然而这个仲夏的午夜是炎热、阴沉而宁静的，这个雕像般的人形一动不动，就连她身上那轻柔的睡衣的衣褶都像是包裹在尼俄柏①身上的大理石。然而，奇怪的是，她那对明亮的大眼睛并没有注视着吞没她爱子的河水，而是目不转睛地瞧着另一个方向。我不否认，古共和国的监狱是全威尼斯最为堂皇的建筑。但是自己的独生子正在水中被淹死之际，这位贵妇怎么能有闲情去注视这监狱呢？监狱那黑沉沉的墙壁正对着她卧室的窗口，那么，在那黑影中，在那建筑中，在那爬满长青藤的楣柱上，究竟会有什么东西是门托尼侯爵夫人以前没有千百次地看过的呢？胡说！谁不记得，在这样的时刻，人的眼睛就像是破碎的镜子，把受难亲人的形象扩大许多倍，往往到很远的地方去寻找其实是近在咫尺的受难亲人？

侯爵夫人背后，许多级台阶外的水闸拱洞里边，站着的是衣装笔挺、状似森林之神的门托尼侯爵本人。他偶尔地拨弄一下吉他，似乎不想让孩子这么死掉，所以时不时地对抢救工作指导一下。我这时心中极为惊恐。当我刚

---

① 希腊神话中的一个女子，当她的子女全部被杀后，她变成了一块石头。——译者注

一听到尖叫声时，我就站了起来，现在我仍然没有坐下。我这副脸色惨白、四肢僵硬的样子，在这伙激动的人的眼中，一定像个不祥的鬼怪。我们的小船在他们旁边漂行。

所有的努力都毫无收效。许多人都停止了认真的搜索，露出一副无可奈何的表情。孩子看来是没救了。但是刚才提到的那个古共和国监狱的黑影里，走出一个用斗篷严严实实地包裹着的人，他在陡峭的岸边站了片刻，然后一头扎进了运河。过了一会儿，他抱着那个仍然活着、仍然呼吸的孩子，爬上岸，站在侯爵夫人身边的大理石地上。他的斗篷浸透了水，所以他将斗篷解开，扔在脚边。吃惊的旁观者们发现他是一个风度翩翩的青年，在大半个欧洲，他的名字都是家喻户晓的。

他一句话没说。但是侯爵夫人也一句话没说！她现在就要抱回自己的孩子了，她就要把孩子紧搂在自己的怀里，热烈地爱抚他了。啊！接过孩子来的怎么竟然是另一个人？这人抱着孩子默默地走进了公爵府！侯爵夫人那美丽的嘴唇在颤抖，她那水汪汪的大眼睛中含满了眼泪。看！她现在浑身哆嗦，这个雕像般的人又活了！苍白的脸上升起一片红晕。

她为什么脸红？这就不得而知了。只不过刚才孩子掉入水中时，她慌慌张张地跑出来，忘记了穿拖鞋、披斗篷。除了她现在穿得太少之外，还有什么原因使她脸红呢？是因为大伙那爱慕的目光？是因为她狂跳的心中那极大的激动？要么就是因为门托尼侯爵返回府中时，夫人颤抖的手偶然地按在了陌生人的手上？夫人匆匆地向他道别时，低声说出的话究竟是什么意思？“就依你！”她说,要不就是因为汩汩的水声使我听错了，“就依你！天亮后一个钟头！到时候见！一言为定！”

骚乱平息了下来，府中的灯光熄灭了。这位现在我已认出来了的陌生人独自一人站在大理石地上。不知为什么，他激动得浑身发抖。他四下张望着想寻找一条小船，我便主动请他搭乘我的这条。他欣然接受了我的建议。船夫已经在水中找到了自己的船桨，于是小船向陌生人的住所划去。这时他已经恢复了镇静，我俩热烈地谈起了一位以前我们都认识的人。

有些事物我是极为愿意详细描述的。这位陌生人（请允许我姑且隐去其名，仍然这样称呼他）的模样就属此列。他的个子不高也不矮，也许比中等个子稍稍低一些，不过当他非常激动的时候，他的个子也会变高。他体格匀称，身轻如燕，所以刚才他在叹息桥抢救落水孩子时是那么一蹴而就，不过在更为危急的关头，他也曾表现出自己具有海格立斯①的神力。他眉清目秀，唇红齿白，热情洋溢的大眼睛随着情绪的波动而颜色时浅时深，从淡褐色到乌黑，变幻莫测。他那卷曲的头发又黑又密，头发下那极为宽阔的额头时不

① 希腊神话中的大力士。——译者注

时地闪烁着象牙色的光泽。他的这副容貌是我所见过的最为端庄典雅的容貌，也许只有古罗马皇帝康茂德的雕像能够与他相比。然而，他的容貌属于那种人们在自己的一生中都会见过，但后来就再也见不着了的类型。人的记忆力说来也怪，当你见过这样的一个人时，你会很快地把他的容貌忘却，然而虽然忘却了，却又总是淡淡地希望把它记起来。这并不是因为在每一次短暂的激情中，你的精神无法将形象清晰地投在面孔这张镜子上，而是因为当激情消退时，镜子上没有留下激情的痕迹。

分手的时候，他真挚地恳求我第二天一早去他那里。于是，天刚一亮，我就来到了他的宅邸。他的宅邸是丽都区大运河边上那些阴沉却极为壮丽的建筑中的一座。仆人领着我顺着盘旋而又宽阔的马赛克铺砌的楼梯，来到一间卧室。我朝敞开的房门中看了一眼，室内的豪华气派立刻把我震慑住了。

我知道我的这位朋友非常富有。报刊中报道的他的财产的数目简直大极了，有一回我竟斗胆指称这样的数目是毫无根据的夸张。但是此刻我惊讶地环顾左右时，我实在无法相信欧洲竟然有这样的富翁，把屋子布置得如此豪华辉煌。

虽然天已经亮了，可室内仍然灯火通明。从这一状况和我朋友疲倦的表情来看，我知道他整个晚上都没有上床睡觉。这个房间无论是建筑风格还是室内装饰，都豪华得到了令人瞠目的程度。人乍一来到屋里，眼神便不够使，真不知道看什么才好。举目所见，皆是希腊名画家风格奇异的绘画、文艺复兴时期意大利的名家雕塑、埃及的巨大木刻。不知何人在何处弹奏着动听的乐曲，四下里豪华的饰布随着低低的乐曲声轻轻地颤动。造型古怪的香炉喷发出浓郁的香味，吐射着蓝紫色的摇曳火苗。每个窗户都是由一整块紫红色的玻璃做成的。窗帘像银色的瀑布般从房顶垂下，旭日的阳光透过玻璃窗射进来，在窗帘褶的映衬下此明彼暗，与室内的烛光融为一体，投射在一块金色的地毯上。

“哈哈哈！哈哈哈！”我刚一进屋，主人便大笑着靠在躺椅上，示意让我在一把椅子中坐下。他看出我无法一下子适应这种极其独特的欢迎方式，便说道：“我知道你感到吃惊，对我的住所、我的身份、我的绘画、我别出心裁的建筑和装修思想，都感到吃惊。但是请你原谅我，亲爱的先生，”这时他的声音变得极为诚挚，“原谅我这无礼的大笑。你刚才看上去非常吃惊。此外，说起来也很荒唐，有的时候人不笑就会死。大笑而死一定是最辉煌最辉煌的死法！托马斯·莫尔爵士①，你还记得吧，他就是在笑声中死去的。拉维修斯·特克斯特在《荒诞集》中，列举了许许多多的人，都是这么个辉煌的死法。”他思绪重重地继续说道：“你知道吗，在古希腊斯巴达的遗址，我是说

---

① 托马斯·莫尔，英国人文主义者、作家、政治家。——译者注

在城堡的西边，有一个石座，石座上仍然可以看到几个清晰的字母：ΛAΣM。这显然是TAΣΛ的一部分。斯巴达有一千多所神庙，供奉着一千多尊各式各样的神祇。为什么唯独'诸神大笑'的圣坛保留了下来，这真是十分奇怪!”他停顿了一下，然后以一种大大改变了的口气说道：“不过我可并不是想嘲笑你。你刚才可能非常惊异。全欧洲也没有一处我这样精美的小陈列室。我的其他房间可同这儿风格完全不一样，它们时髦有余，却高雅不足。而这儿，却不仅仅是时髦，对吧？为了避免招致闲言碎语，为了不亵渎这里的艺术气氛，我这儿从不接待客人，你是例外。这儿只有我自己，我的仆人也只是得以在其他地方走动走动，因为你也看到了，那些地方都布置得比较俗气。”

我点头表示明白，因为屋子里的光彩、香味、音乐，以及他那出人意料的怪癖的讲话和做派，使得我无法用言辞来表达我对这一切的欣赏。

他站起身，拉着我参观他的这个房间，并且介绍道：“这儿的绘画从古希腊到契马布埃①，从契马布埃到现在。你也看得出来，许多画都算得上是古董一级的。不过，它们在这样的一个房间里，全都起着挂毯的作用。这儿也有一些无名画家的杰作，还有一些著名大师未完成的作品。学术界都不知道这些作品的存在，它们却保存在了我这里。”他突然转向我，说道：“你认为这幅《宝座上的圣母子》怎么样?”

“这是圭多②的真品!”我由衷地说道，完全被这幅旷世之作吸引住了，“这是圭多的真品！你怎么弄到它的？正如维纳斯像是天下第一雕一样，它是天下第一画。”

“哈!”他思绪重重地说，“维纳斯像，美丽的维纳斯像，你说的是梅迪契的维纳斯像吗？那个小脑袋、金头发的维纳斯?”他的声音忽然低了下来，几乎听不清楚，“就是那个修复了半条左臂、整条右臂的维纳斯像？我认为，正是因为真诚的爱，她那条右臂才修复得那样风情万种。我更喜欢卡诺瓦③的作品！那尊阿波罗像也是个复制品！这是毫无疑问的。我是一个有眼无珠的笨蛋，竟然看不出阿波罗那所谓的灵感！我真可怜啊，竟然情不自禁地更喜欢安提诺乌斯④。苏格拉底⑤不是说过，要雕塑家用整块的大理石去雕刻他的像吗？由此看来，迈克尔·安杰洛的那几句诗也不过是老调重弹：'人人皆知，雅士之翩翩，俗人之龌龊，二者截然不同。但是谁又能立刻准确地说出，这不同的风度举止，究竟是何物寓于其中。'”

---

① 契马布埃，意大利画家。——译者注

② 圭多，十三世纪意大利著名画家。——译者注

③ 卡诺瓦，意大利杰出的新古典全义雕刻家。——译者注

④ 安提诺乌斯，罗马皇帝哈德良宠爱的娈童，淹死在尼罗河，哈德良在各地为他立祠。——译者注

⑤ 苏格拉底，古希腊最优秀的哲学家。——译者注

我觉得这几句诗用在我这位朋友的气质和性格上倒是很合适的。我也说不清楚他那博大精深的精神气概究竟是怎么回事，反正与常人的大不一样。我只能说他有一种持续用心思考的习惯。即使在一些极小的小动作中，即使是在诙谐的调侃当中，即使是在刹那间的快乐溢于言表的时刻，他都不放弃他这种思索的习惯。

然而，在他大谈琐事时那种时而快乐时而严肃的语调当中，我也不断地感觉到一种激动——一种动作和语言上的紧张。我总也弄不清他的这种激动和紧张是怎么回事，有时我甚至觉得有点儿害怕。他还常常将一句话说到一半就停顿下来，仔细地聆听，仿佛在等待一个马上就要到来的人，或者是在聆听一种只存在于他自己的想象中的声音。

我旁边的土耳其矮凳上放着一本大诗人、大学者波利齐亚诺①写的动人的悲剧《奥菲欧》（第一部真正的意大利悲剧）。趁他有一次出神地沉思冥想时，我翻看这本悲剧，发现了一个用铅笔勾过的段落。这是第三幕的最后一段，是全剧中最感人的高潮，尽管这一段的思想内容不太道德，但是每一个男人读到它都会产生一种全新的情绪，激动得发抖；而每一个女人读到它都会深深地叹息。整页纸上都布满了尚是新鲜的点点泪痕，在旁边的空白页上是一首用英语写成的诗，字迹颇为潦草，很难辨认，不像是出于我朋友这种性格的人之手。其文如下：

你主宰着我的一切——爱海的波涛，
你扬起的浪花使我梦魂萦绕。
爱是汪洋中的琼岛，
岛上绿树成荫，
有一个带喷泉的神庙。
神庙中供奉的每一朵鲜花，
都寄托着我一份爱的祈祷。

啊，花开百日终会凋！
啊，希望之星升得再高，
也终会被云彩遮掉！
一个未来的声音呼喊道：
“快来啊，前方多美好！”
但是我的灵魂却在过去的海峡上方旋绕。

因为，啊，在我心中，

---

① 波利齐亚诺，意大利诗人和人文主义者。——译者注

生命之光已经熄灭。
雷击过的枯树不会再抽芽，
受了重伤的雄鹰难以再飞得高高。
（这样的话语响彻茫茫的海面，直传至陆地和海岛）
现在我总是恍惚发呆，
灵魂出窍。
即使在深夜的梦境中，
见到的也是你那洁白的双脚，
在意大利的小河边，
踏着音乐的节拍轻盈地舞蹈。
还有你那美丽的黑眼睛，
像火一般地燃烧。

啊，我要诅咒，
诅咒那把你从我身边卷走的恶潮。
它把你推向功名利禄，
肮脏的枕头和强暴。
你失去了爱情和宜人的田园，
这里的柳树仍在为你悲哀地轻摇！

我原来并不知道我的朋友懂英语，然而这段文字是用英语写的。这一点并没有使我感到惊讶。我非常清楚，他知识渊博，却不愿意暴露自己的博学。所以无论发现什么，我都不会感到吃惊的。然而我必须承认，这首诗的成诗地点却引起了我的极大惊异。这个地点最初写的是“伦敦”二字，后来又被小心地划掉了，但是仔细看还可以看出原来的字迹。我说这使我吃惊不小，是因为我记得以前有一回聊天的时候我曾特别问过我的这位朋友，问他过去是否在伦敦遇见过门托尼侯爵夫人（她结婚前曾在伦敦住过几年），可他却回答说（我想我没记错）他从没去过英国首都。我不妨在此提一句，我曾不止一次地听说（当然，我并不相信），我的这个朋友不仅生来就是个英国人，而且从小就在英国上学。

“还有一幅画，”他说，没有意识到我在注意那本悲剧，“还有一幅画你还没看呢。”他撩开一方幔布，展示出一幅与真人一般大小的侯爵夫人阿佛洛狄忒的全身肖像。

她那超凡的美丽在凡人的画笔之下，这可以算是最好的一幅了。昨晚站在我前面公爵府台阶上的那个轻盈的身形现在又出现在了我的面前。但是在她那满脸的笑容中却潜藏着那种时不时会呈现的忧郁，这种梨花带雨般的忧郁成了这位美人的一种不可或缺的特点。她的右手抬在胸前，左手朝下，指着一个样子奇特的瓶子。一只半掩半露的小脚将将挨地。她那美丽的身体被明亮的空气包围着，仔细看去，隐隐可见一对展开的翅膀。我的目光从画上转向我的朋友，不由自主地想起了查普曼①《忙碌的丹布瓦》中的两句诗：

他站在那里活似一尊古罗马的雕像！
他将永远站下去，变成大理石去迎接死亡！

“好啦！”他终于说道，转向一个由华丽的珐琅和白银制成的桌子。桌子上有几个用过的高脚杯，还有两个埃特鲁斯坎②大瓶子。瓶子的样子与画中的瓶子完全一样，我猜想瓶中盛着的是德国高级白葡萄酒。“好啦！”他忽然说道，“咱们喝一杯！虽然现在还早，可咱们还是喝一杯吧。现在确实还早，”他继续说道，这时座钟上那手持金锤的小天使敲响了天亮后的第一个钟点，“但这又有什么呢？咱们喝一杯！咱们也敬伟大的太阳一杯，它使这些俗气的灯烛黯然无光！”他同我碰了一下杯之后，自己又迅速地连喝了几杯酒。

“我的全部生活就是做梦。”他把一个大瓶子举到华丽的烛光下，继续讲了起来，又恢复了刚才闲聊时的那种语气，“所以嘛，你瞧，我给自己布置了这么一间梦之屋。在威尼斯的市中心，我还能把房子搞得比这更好吗？你前后左右看一看，这完全可以说是集建筑装饰之大成。多立斯柱与洪荒器皿为伴，古埃及的人面狮身兽趴在金色的地毯上。不过，只有胆小的人才觉得这种效果不协调。正确的位置感与时代感，这在装修设计中是非常困难的事，一旦搞得合适，便会产生一种宏伟的气势。过去我本人就是一名装饰家，但是现在我已经打心眼儿里干腻了。现在这里的一切都是按照我的意思，让装修匠为我布置的。我的灵魂是扭曲着的，就像那个阿拉伯香炉。错乱的神经正使我越来越适合于那个我正要前往的更为广阔的真正的梦之国。”他忽然不说话了，垂下头来，似乎在聆听一种我听不见的声音。他最后终于站起身，抬起头，突然高声吟诵起奇切斯特主教的诗句：

等着我吧，我向你保证，
我将在黄泉与你相逢。

他好像是不胜酒力，一下子扑倒在矮凳上。

楼梯处传来急促的脚步声，接着便是咚咚的敲门声。我正要去开门，门托尼家的一名小侍童已推门进来，他哭着说道：“我的女主人！我的女主人！

---

① 查普曼，英国诗人和剧作家。——译者注
② 意大利的古代民族。——译者注

服毒身亡了！啊，美丽的阿佛洛狄忒啊！”

我慌忙跑到矮凳边，想把我的朋友给弄醒。但是他四肢僵硬，嘴唇发黑，刚才还目光炯炯的眼睛现在是直呆呆的。我踉踉跄跄地退回桌边，我的手落在了一个破裂、变黑的高脚杯上，一个可怕的念头在我心头闪过，我一下子全都明白了。

威廉·威尔逊

怎么解释它？怎么解释这冷酷的感知？
它就像一个幽灵般时时出现。

——钱伯兰①《法伦妮达》

我暂时把自己叫做威廉·威尔逊吧。我不想用自己的真实姓名弄脏摊开在我面前的洁白的白纸。我的真名早已成为一种被人们蔑视、害怕和厌恶的东西。愤怒的风不是已经把我那举世无双的恶名传遍了天下吗？啊，被唾弃者中的被唾弃者啊！就连那永恒的大地，那绵绵的云朵，不是都已经知道了你的恶名吗？

我真不想在此详述近年来我所犯下的那些令人难以启齿的罪恶。这些年来我的恶行愈演愈烈，我现在只想讲讲我是怎么开始走上这条堕落之路的。人们大都是逐渐地变好或变坏的。而我呢，我的全部美德犹如一领披风，一下子就滑了下去。我就像一个巨人，一步跨过“小恶”直奔巨大无比的“大恶”。我现在要讲述的是，究竟是什么样的事件使我一下子就变成了大坏蛋。我就要死了。鸟之将死其鸣亦悲；人之将死其言亦善。在临死之前，我渴望得到同胞们的同情（我差点儿说成是“可怜”）。但愿他们相信，在某种程度上，我犯下的罪恶是由于一种非人所能克服的客观环境所致。但愿人们在这个我将要详细讲述的故事中，能发现我犯的那些巨大的错误，其中一小部分是天命使然。我希望人们都体谅到我的特殊情况：尽管罪恶的诱惑比比皆是，但是像我这样受到诱惑，像我这样因特殊的诱惑而堕落，以前却是从未有过的。这种倒邪霉的人，我不是应该算作第一个吗？我不是一直生活在梦境中

① 钱伯兰，英国诗人。——译者注

吗？我现在不是要因世界上最恐怖、最神秘、最疯狂的幻象而丢掉自己的性命吗？

我们家的人都善于想象，容易激动。我很小的时候就已表现出自己继承了家族的这一特点。随着年龄的增长，我的这种特点也越发明显了起来。为此，我给朋友们造成了不少麻烦，也给自己招来了大量的伤害。我越来越任性，并常常沉湎于疯狂的异想天开。我也总是管不住自己的情绪。我的父母同我一样，意志薄弱，优柔寡断，所以他们无法阻止我这种性格上的不良倾向继续发展。他们也对我采取过一些无力而不当的管教措施，全都归于失败。而我呢，当然是大获全胜。从那以后，我的声音成为了家中的法律。当与我同龄的孩子们还扶着学步车学步的时候，我已经开始凭着自己的意志行事，并且在所有的事情上自作主张了。

我对学校生活的最初回忆是与伊丽莎白女王时代的一幢不规则的大房子联系在一起的。那是在英国的一个雾蒙蒙的村庄里，那里有许多高大多节的大树，那里的房子都是非常非常古老的。说实话，那个历史悠久的小镇令人心旷神怡，是个梦幻般的地方。现在，我好像又感觉到了它那林荫道上的荫凉，嗅到了它那大片灌木丛的芬芳，听到了教堂那每小时敲响一次的钟声，那深沉的钟声打破了那包围着哥特式建筑的宁静的气氛。

现在对我来说，回想回想学生时代的生活，也许算是最为愉快的事情了。我现在极为痛苦，所以请读者原谅，我想在一些无关紧要的小事中寻求一种暂时的小小安慰。这些小事尽管微不足道，尽管听起来有些可笑，但我却觉得它们有一种偶然的重要性，因为就是斯时斯地，我头一回模糊地意识到了命运的警告，这种命运后来笼罩了我的一生。那么现在就让我来回忆吧。

我说过，那幢老房子的形状很不规则。它占地面积极大，一堵又高又结实的砖墙包围着整幢房子。砖墙的顶上抹着一层灰泥，栽着尖尖的碎玻璃。这个监狱般的堡垒就是我们全部的活动空间。我们每周只有三次机会可以到外面看看：一次是星期六下午，两名助理教员领我们到墙外的田野中散一会儿步；两次是在星期天，我们衣装笔挺地排着队去村里的教堂作早弥撒和晚弥撒。我们的校长是这个教堂的牧师。我常常是怀着非常好奇和窘困的心情，注视着他从远处的边座站起，迈着庄严的步子，缓缓地登上讲道坛！他的面孔是那样慈祥，他的长袍是那样光滑飘逸，他那斑驳的假发是那样浓密坚硬，他怎么可能是那个面孔阴沉、爱吸鼻烟、手持戒尺、执掌着全校生杀大权的人呢？啊，天大的矛盾，简直无从解释！

我们的校门上镶满了大头钉，门顶上插着铁蒺藜。它多么令人生畏啊！除了上述的那三个时间外，校门从不打开。当校门真的嘎嘎响着打开时，我们觉得这一情景充满了神秘色彩。

墙里面的院子非常大，形状极不规则，形成了许多宽阔的凹进之处。其中的三四个最大的凹进之处合成了一个运动场。它那平平的地上铺着硬硬的砾石。我记得运动场上没有树，也没有长凳之类的东西。运动场当然是在房子后面。而房子前面有一片小小的平地，平地中栽着些黄杨和灌木。但是我们一般是难得到这儿来的，只有在很偶尔的时候，比如说刚入学的时候和最后离开学校的时候，或者是家长或朋友来接，我们愉快地回家去过圣诞节或暑假的时候，只有在这样的时候，我们才打这片神圣的平地经过。

但是这房子！它是一幢多么古老的老房子啊！对于我来说，它简直是一座魅力无穷的宫殿！它的弯曲迂回，它的错综复杂，都到了无以复加的地步。房子有两层，人在里面走动时，很难一下子确切地说出自己究竟是在哪一层。每一个房间到另一个房间都有三四级台阶，有的台阶是向上的，有的台阶是向下的。房子里还有数不清弄不明的侧支旁道，相互串联勾通，我们觉得复杂得像是迷宫，永远休想搞清楚它的布局。我在住校的五年中，从没确切地弄明白我与那一二十个学生共居的小卧室究竟是处于这幢楼房的哪一个偏僻部位。

教室是整幢房子中最大的一间。我不禁想到，它也是全世界最大的一间。它又窄又长，屋顶极低，有着哥特式的尖形窗户和橡木天花板。它的一个怪让人害怕的角落里有一个三米见方的小间，这儿是我们的校长布兰斯比长老的“圣殿”。它被修造得很结实，有一扇厚厚的大门。我们都对这“圣殿”怕得要死，即使校长他老人家不在的时候，也没有谁胆敢推开门进去看看。在其他角落里也有两个相似的小间，是的，它们还不如校长的小间神圣，但也颇为令人生畏。它们一个归“古典文学”助教，另一个归“英语和数学”助教。数不清的板凳和课桌横七竖八地散布在教室里，它们又黑又旧，上面堆满了被翻破了的书本。课桌上刻着学生名字的缩写或全称，也刻着些奇形怪状的小人，此外还有许许多多其他形式的刀痕，使得桌面完全丧失了原来的面貌。教室的一端立着一个盛满水的大桶，另一端立着一个尺寸极大的大钟。

我就是在这高大的院墙里，愉快地度过了十到十五岁这五年的时间。少年儿童富于想象的头脑不必借助外部纷杂的世界，自己便已经是很充实、很快乐的了。学校的生活状似单调，其实也充满了激动人心的事件，我在这里得到的快乐，远比我青年时代从花天酒地中得到的快乐多，更比我长大成人后从犯法行径中得到的快乐多。然而，我必须认为，我幼年的心智发展是有着不平常的因素的，甚至是有着荒诞的因素的。对大多数人来说，孩提时期发生的事很少在人长大后仍留下明显的印迹，留下的只是一些模糊的影子——一种淡淡的记忆，比如说，一种朦朦胧胧的快感或痛苦之情油然涌上心头之类的。而我却不是这样。我现在仍清楚地记得，我从小就体会到一种男子汉的力量，这种记忆是如此鲜明深刻，就像迦太基勋章上的字迹一样永不磨损。

然而事实上，用常人的观点来看，这段学校生活根本没有什么可值得回忆的！每天早上起床，每天晚上睡觉，日复一日地读书、背诵，每隔一段时间享受一次半日假和散步，还有运动场上的炎热、娱乐和鬼主意。这一切，通过一种奇特的思想巫术，变成了一种疯狂的情绪，形成了一个丰富多彩的世界，它充满激情，令人激动不已。啊，这是一个多么美妙的时期啊！

我这种热情而又傲慢的性格很快就使我在同学中出了名，逐渐地，我压过了所有的那些并不比我大多少的学生——压过了除了一个人之外所有的人。他也是一个学生，虽然和我不是亲戚，姓名却同我完全一样。这其实也算不上什么，因为，尽管我出身贵族，我的名字却是那种普通人常起的，而且长期以来，似乎成了犯罪分子们的专利。因此，在本文中，我隐去了自己的真实姓名，称自己为威廉·威尔逊，这一假名与我的真名并无太大区别。在学校里号称“我们那一伙”的人当中，只有我的同名者敢于在学习中、在激烈的体育比赛中，与我竞争；敢于拒绝盲从我的主张，不按照我的意志行事。事实上，对于我的任何独断专行，他都敢于顶撞，敢唱对台戏。如果说世上真有一种十足的专制的话，那么就是一个性格霸道的孩子对一个较为懦弱的同伴所进行的欺凌。

威尔逊的反抗变成了一件最使我伤脑筋的事情。而更让我伤脑筋的是，尽管我当众恐吓他，打击他的自负，可我暗地里却觉得自己怕他，并情不自禁地想到他向我挑衅时是那么自如，这证明他确实比我更强大，而我却为了不输给他而做着不懈的斗争。不过他的这种优势（甚至他同我作对），只有我一个人心里明白，同学们似乎都瞎了眼，他们甚至根本没注意到这些。一点儿不错，他的抗争，特别是他傲慢无礼地同我唱对台戏，其实都是在暗中进行的。他看起来就像是一个胸无大志、性格平和的人，似乎我完全可以压制住他。他之所以同我竞争，好像完全是为了阻挠我，抑制我，或震住我似的。不过有时我也情不自禁地怀着一种奇异、羞愧、恼火的心情观察到，他是以一种极为讨厌的装模作样的态度来伤害我，侮辱我，与我作对的。我只能认为，他的这种作法完全是出于不知天高地厚的自负：他故意摆出一副保护人的架子来。

也许正是由于威尔逊的这种充当保护人的劲头，再加上我俩同名同姓，又是同一天入学的，所以学校里高年级的同学都以为我们是亲兄弟。他们这些人一般不怎么仔细打听低年级学生的事。我刚才说过，或者应该说过，这个威尔逊同我家无半点儿亲戚关系。但是假如我们真是兄弟的话，那就肯定是孪生兄弟，因为离开这所学校后，我在一个偶然的场合听说了我的同名人生于一八一三年一月十九号，这真是一个奇特的巧合，因为那天也恰恰是我的出生日。

说来也怪，尽管由于威尔逊同我作对，我时时担心，可我却无法使自己真心地仇恨他。我们几乎是每天必吵一架，每次吵架他都把表面上的胜利让给我，而却以某种方式巧妙地让我感觉到，真正得胜的其实应该是他。然而，由于我的妄自尊大，由于他也不肯纡尊降贵，我俩的关系始终保持在所谓的“泛泛之交”上。而我俩的性格在许多方面都极为相投，这一点常常使我产生一种感情，也许只是因为我俩的特定处境，我对他的这种感情才没有发展成为友谊。的确，我对他的真实感情是很难描述的。这种感情是一种复杂的混合物，里面包含着一定成分的敌意，但这敌意还没到仇恨的地步；也包含着一定成分的佩服，以及更多的尊敬；还有就是一定成分由于不安的好奇而引起的恐惧。此外，也许哲学家最为明白，我和威尔逊其实是不可分的一对。

毫无疑问，正是由于我俩之间存在着这种反常的情结，我才这样猛烈地攻击他（我的攻击是多方面的，既有公开的，也有暗中的）。我主要是拿他来开涮，取笑他，而不是真正地与他为敌。但是我千方百计地取笑他，却不总是成功。即使我的计谋极为机智，也还是有不奏效的时候，因为我的同名人在性格上朴实无华，极为严肃。他欣赏我的玩笑，但他自己却无懈可击，而且不甘沦为笑柄。我在他身上只找到一个可攻击之处，即，他有一种生理缺陷。他的任何对手，即使黔驴技穷了，也不会在他这一缺陷上做文章，而我却会：我的对手在嗓门或喉咙上有毛病，嗓门儿永远提不高，说话总是像耳语。我常常利用他的这一缺陷，不遗余力地捉弄他。

威尔逊的报复手段是多种多样的，他有一种机智，能惹得我极为不安。我怎么也搞不清楚，他究竟是怎样聪明地发现，一件如此小的事情会刺激得我无比恼怒。然而他一旦发现了，就不断地用它来刺激我。我常常讨厌自己的粗俗姓氏，这姓氏虽然不是平民专有的，却很大众化。我觉得自己的名字是俗不可耐的。我来学校那天，这位第二个威廉·威尔逊也来到了学校。他与我同名同姓。我感到生气，一个陌生人也叫这个难听的名字，我便加倍地讨厌起这个名字来了。由于他的存在，这个讨厌的名字就在数量上增加了一倍，再说此人将经常同我在一起，在学校的日常学习和生活中，他的名字势必常常同我的名字发生令人难堪的混淆。

随着每一次我与我的对头表现出在精神和外表上都极为相似，我的心情也越发不安。当时我还不知道我俩是同年同月同日生，可我却看出我俩的个子一般高，我也感觉到我俩的体态和相貌都极为相似。人们谣传说我们是亲兄弟，这也很使我生气。现在这个谣言已搞得尽人皆知了。简言之，最惹我恼火的事情（尽管我小心地隐藏着自己的这种恼火）莫过于有人暗示我俩在心智和外形上有相似之处。但是事实上，我们俩的相似并没有成为人们的真正话题，同学们认为这种相似没有什么了不起，只是威尔逊自己常把它挂在口头上罢了，而别人顶多不过说说我们是亲哥俩。他从各方面谈论我俩的相似，这正如我总拿他恶作剧一样，动机是明摆着的。但是他居然能充分利用这一点，把它当做惹我恼火的法宝。正如我刚才所说，这只能说明他极有洞察力。

他挤对我同我挤对他一样，既用语言，也用行动，手法同我如出一辙，表演得出色极了。我的服装他是很容易模仿的，我的步态和举止他也可以毫不困难地盗取。尽管他的嗓子有毛病，可就连我的声音他都可以学得惟妙惟肖。我的高嗓门儿他当然是学不来的，但是一个人的声音特点不在嗓门儿高低，而是在音频音调，他那嘶哑的公鸭嗓活脱是我的说话声的回音。

我现在简直不敢描述他的这种惟妙惟肖的模仿（称其为“讽刺”是不公平的）是如何强烈地刺激着我。只有一点能稍稍使我感到宽慰，那就是这种模仿显然只有我一个人注意到了，而且只有我和他两个人心里明白，所以我只需忍受我的同名者一个人脸上的嘲讽微笑。他给我造成了预期的心理伤害，颇为自鸣得意。他似乎因狠狠地刺痛了我而在窃笑。他凭着自己的高智商，不费吹灰之力就博得了众人的喝彩，可他对这种喝彩却毫不放在眼里，这就是他的典型特点。好几个月中，我始终弄不明白，这个学校里的人怎么这么木，竟没看出他的居心，反而还跟着他一起瞎笑。也许这是因为他模仿得太高明了，一下子察觉不出来；或者更为可能的是，我当不当众出丑完全在这位具有大师气派的模仿者的一念之间，而他却瞧不起我这个被模仿者，他发挥自己的独创精神，追求神似，以此来表现我本人的沉思和懊恼，所以别人看不太出来。

我已不止一次地说过他那种以保护人自居的可恶派头，以及他是何等频繁地干涉我的意愿。他进行这种干涉时总是以一种讨厌的劝告的面貌出现，既有口头上的直接劝告，也有暗示性的劝告。我对他的这些劝告极为反感。随着时间一年年地过去，我的逆反心里越发强烈。然而说句公道话，现在回想起来，他的每一个劝告都是正确的。尽管他小小年纪，可权衡起问题来却从无误差。姑且不言他劝告我时所表现出的才智，就是他所依据的道德观念，也是远远高于我的。我当时对他那些在我耳边悄悄说出的意味深长的劝告恨之入骨，假如当时我不那么每次都驳回他的劝告，那么现在我将会是一个好得多的人，我也不会把自己弄得这么惨。

在他那讨厌的监督之下，我终于忍无可忍了。我觉得他太高傲了，太狂妄了，我气不打一处来。我刚才说过，在我俩同窗的最初几年中，我对他的感情本来是很容易发展成为友谊的。但是在后来的一段时间中，尽管他的言谈举止无疑使我感到亲切，但也同样激起了我的仇恨之心。有一回他看出了这一点，我觉得从此以后他就躲着我，或者是故意表现出躲着我的样子来。

如果我没记错的话，就是在这段时间中，我与他大吵了一次。在这次大吵当中，他的言行超乎寻常的直率。我从他的腔调、神态和举止中发现了一种东西，这种东西一开始把我吓了一跳，随后就深深地吸引住了我，使我淡淡地回忆起自己的童年，回忆起尚未记事时那种混乱、繁杂的印象。我无法准确描绘出当时的心态，我只能说我费了好大力气才摆脱开自己的这一念头：这个站在我面前的人早就同我认识，我们从小就在一起。然而，这种幻觉来得快去得也快。我现在提起它来，只是为了描述我与我这位了不起的同名者最后一次谈话的情景。

这幢巨大的老房子中有数不清的房间，但它也有几间相通的大卧室，学生们大都住在这些卧室中。然而，与其他老房子一样，这幢房子在设计上也很不科学，有许多犄角旮旯之类的地方。善于精打细算的布兰斯比博士将这些地方充分利用，改作宿舍，安排上一个学生住在里边。威尔逊便住在一个这样的小旮旯里。

我入校将近五年的一天晚上，在我刚才提到的同威尔逊吵架后不久，大家都睡着了，我下了床，手拎提灯，走出宿舍，顺着狭窄的走廊向我对头的住处走去。我早就策划着要这样做一次了，但始终未能成功。现在正是好时候，我要向他发泄我全部的仇恨。到了他下榻的地方，我悄悄地走进门，把已掩上灯罩的提灯放在门外。我向前迈了一步，聆听他那平静的呼吸声。我弄清楚他确实睡得很死，便返回门外，拿起提灯，再度来到床边。床边挂着帘子，我轻轻地把帘子撩开，灯光同时照亮了他和我的脸。我定睛细看，忽然觉得浑身发凉，四肢僵硬。我呼吸急促，膝盖发抖，心中无比恐惧。我大口地喘着气，将提灯凑到他脸前。这就是——这就是威廉·威尔逊的脸？我看出，确实是他，但我浑身打战，心中真希望这并不是他。这张脸上究竟有什么，竟然使我如此无地自容？我注视着他，而我的大脑则在飞快地旋转，千百个毫不相关的念头一下子都搅在了一起。他平时不是这样的，他醒着的时候当然不是这样的。同样的名字！同样的相貌！同一天入学！还有他那无穷无尽的对我音容笑貌的无聊模仿！我现在看到的不正是每天讽刺模仿我的那个人吗？我心中一惊，打了个冷战，灭掉提灯，悄悄地跑过卧室，走出这个老学校的大厅，从此再没回来。

我在家休了几个月的病假，然后进了伊顿公学。这段短暂的休息使我淡忘掉了布兰斯比学校中发生的事情，或者至少改变了我想起那些事情时心中产生的情绪。悲剧结束了。我现在可以心安理得地怀疑自己是不是记错了，那件事是否是真的。我很少再想它，只不过偶尔对人类的轻信程度感到惊异。我对自己天生的丰富想象力一笑置之。然而伊顿公学的生活并没有减轻我心中的怀疑。我很快地就投入一种什么都不想的放荡生活中去了，这种放荡生活犹如一个强大的旋涡，卷走了一切，使我只记得几个钟头内发生的事情；这个旋涡还一口吞掉了我头脑中全部重要的印象，留下的只是过去生活中一些极为浅层次的东西。

然而，我并不想在此追述我是怎样不幸堕落的，这是一种公然向法律挑衅的堕落，这是一种钻学校空子的堕落。我在伊顿公学混了三年，什么知识也没学到，只是身体长得格外强壮，并增添了一身臭毛病和恶习。有一次，我放荡了一个星期后，邀了几名最能胡闹的同学，来我宿舍喝酒。我们在深夜聚在一起，准备玩个通宵，一直折腾到早上。我这儿的酒要多少有多少，而且不乏其他更为危险的兴奋剂。当东方露出鱼肚白时，我们玩兴正浓。我赢了牌，又吸了几口鸦片，因而得意洋洋，要大家再干一杯。这时候门开了，一个仆人走了进来，说厅里有个人急着见我。

由于当时我的心情正如腾云驾雾，所以不速之客的打扰并没有使我惊讶，反而使我挺高兴的。我立刻摇摇晃晃地走了过去，三步两步就来到了门厅。又低又小的门厅里没有灯，除了从半圆形玻璃窗透进一点儿晨光外，就再没有其他亮光了。我一跨过门槛，就辨别出一个青年人的身形。他的个子和我差不多，身穿一件白色开司米睡衣。这件睡衣的式样同我身上的一模一样，我通过淡淡的晨光可以看出这一点，却看不清他的脸。我一进门厅，他就匆匆地向我走来，极不耐烦地做了个手势，一把抓住我的胳膊，在我耳边轻声说道："威廉·威尔逊！"

我立刻变得极为清醒。

这个陌生人在我面前举起了颤抖的手指。在淡淡的光亮下，他的这一动作使我感到非常惊异，但是真正打动我的却并不是这个。真正打动我的是他那低而嘶哑的嗓音，是他那告诫性的口气，是他小声说出这一名字时的那种语调。听到这嗓音，这口气，这语调，以往的事情千头万绪一下子全部涌上了心头，像电流般击打着我的灵魂。待我恢复了理智时，他已经扬长而去。

尽管此事给我紊乱的想象力造成了生动的印象，但是这种生动的印象并没有维持很久。我确实认真地调查了几个星期，也病态地沉思冥想了好一阵子。我并不打算假装没认出这位不速之客。但是这威尔逊究竟是怎么回事？他从哪儿来？他要做什么？这些问题我都回答不上来。我只是知道，就在我从布兰斯比学校逃走的那天，他家出了事，所以他也离开了那所学校。过了一段时间以后，我不再想这件事了，开始一心一意地考虑去牛津上学。不久我便去了那里。我那虚荣的父母在花钱方面从不计算，他们供给我一切开销，于是我便越发挥霍起来，与英国最富有的贵族子弟们比起花钱的本事来。

这种通往罪恶的道路使我激动不已，于是我那天生的恶劣气质变本加厉，我越发放浪形骸。我不想详述我是怎样挥霍放荡的。打个恰当的比喻，我比任何败家子都败家。在这所欧洲最为放荡的大学中，我的罪恶行径比任何浪子都更胜一筹。

然而，说起来简直难以让人相信，早在这个时候，我已经堕落得如同市井无赖了。我学会了职业赌棍最高超的赌术，并深得其要领。我时常参加赌博，赢同学们的钱，增添我那本已颇丰的收入。不过，我做这一切时从不隐瞒自己的动机。即使我最大的仇人，也不得不承认，威廉·威尔逊是个豪爽诚实的人，是牛津大学最具自由之心的高贵学生，他的放荡行为全都是因为年轻，全都是因为想象力过于无拘无束，他的错误均属头脑一时发热，他最大最大的罪恶也只不过是轻率、浮华和挥霍。

我在牛津胡闹了两年。这时，大学里来了一个名叫格伦丁宁的年轻新贵，他富比希罗德·阿提库斯①。可他的财富却很容易被攫取。我很快就发现他的智商不高，当然了，我把他定作了自己赌技的运作目标。我常同他一起打牌，并挖空心思，使出赌徒的惯用伎俩，让他先赢上几笔小钱，使他最终落入我的圈套。时机终于成熟了，我与他在一位名叫普雷斯顿的同学的宿舍里相会了（我已盘算好，这次将是一锤子买卖）。普雷斯顿同我们俩都很熟，不过说句公道话，他根本没怀疑到我安排此番聚会的真正目的。为了弄得像是真的，我请来了十来位同学，并小心地造成一种假象：偶然谈到打牌，引格伦丁宁本人先提出打牌的建议。简言之，我用尽了坏蛋下圈套时常用的一切手段，当然，这些手段其实都是些用旧了的俗套子。居然还有会上这种当的傻瓜，也算是奇事一桩了。

我们一直玩到深夜，我的计划终于得逞了，我和格伦丁宁“单练”了起来。我们打的是我最拿手的埃卡泰②。其余的人都被我俩的赌局吸引住了，放下自己手中的牌，站在一旁观看。这个暴发户刚一来的时候就中了我的计，喝多了酒，现在身体有些摇晃，神情紧张，这种紧张有一部分是因为酒精的缘故，但并不全是。没过多久，他就欠了我一大笔债。他一口饮干一大杯红葡萄酒，正如我预先冷静地预料的，他要求将本已很大的赌注加倍。我装出一副不情愿的样子，一连拒绝了好几次，急得他甚至骂起了娘。我最后终于同意了他的要求。当然了，结果可想而知，他成了我陷阱中的牺牲品，不到半个钟头，他欠的债翻了四番。他那被酒精烧红了的脸也失去了颜色，后来他的脸色竟白得吓人，这使我颇为吃惊。我说这使我颇为吃惊，是因为尽管我想一下子赚格伦丁宁一大笔钱，他也确实输了不少，可这笔输掉的钱对他来说本应该算不上一回事。也许这是因为他酒喝得太多的缘故。我断然提出不再玩了，我这样提议并不是因为我想在同伴们眼中保持一种仗义的形象，而是因为我现在已对继续玩下去不感兴趣了。这时，旁观者们的脸色和格伦丁宁一声绝望的尖叫使我忽然明白，由于我使他沦为了大伙的同情对象，他的面子已经全然丢尽了。

此刻我真有些不知如何是好了。我对手的这种可怜状况弄得在场者都十分尴尬，有好一会儿大伙一言不发，我觉得人们都在用谴责的目光看着我。接下去发生了一件事，打破了这尴尬的局面。只见房间那沉重、宽大的折叠门忽然打开，猛烈的气流像变戏法似的一下子吹熄了屋里所有的蜡烛。黑暗中，我们看到一个紧裹斗篷、体格与我差不多的陌生人走了进来。现在屋里一片漆黑，我们只能感觉到他站在我们中间。还未等大家从惊讶中恢复过来，这个不速之客便开始张口说话了。

---

① 希罗德·阿提库斯，雅典巨富，也是著名演说家和作家。——译者注

② 一种两个人玩的牌戏。——译者注

“先生们，”他用耳语般的声音低而清晰地说道，这声音震动我的骨髓，使我终生难忘，“先生们，我并不想对自己的行为表示道歉，因为我这样做是在履行一种责任。你们当然不了解这个今晚赢了格伦丁宁勋爵一大笔钱之人的真实面貌，所以我要让你们看看他精心策划的计划，从而弄清他的嘴脸。请诸位检查检查他左边袖子的衬里，再检查检查他绣花睡衣那很能盛东西的口袋里的那几盒牌。”

他说话的时候，房间里一片寂静，静得连一根针掉在地上都可以听见。说罢，他便立刻转身离去，真是来也匆匆，去也匆匆。我能够描述出自己的感受吗？我一定要说出自己所感到的那种极大的恐惧吗？有一点可以肯定，那就是我根本没时间进行考虑。人们七手八脚地抓住我，蜡烛重新被点燃了。接下去是搜身。他们在我袖子里搜出了我们在打的这副埃卡泰牌中所有带人头的大牌，在我睡衣的口袋里搜出了几盒备用牌，这些牌同正在打的这副牌样子很相似，只有一点不同：我兜里的这几副牌全有记号，点大的牌都上下两边有些凸，点小的牌则左右两边有些凸。这样一来，我的对手捯牌的时候（他习惯于竖着捯），就肯定会把一张大牌捯在最上面，被我抓走；而我捯牌的时候则横着捯，那么捯在最上面给他抓的就肯定是一张小牌了。

大家发现这个秘密后所表示出的愤怒是轻蔑的沉默，或者换句话说，人们没发火，而是臊着我，不理我。这种态度比打我一顿还难受。

“威尔逊先生，”房间的主人说道，他弯下腰，从地上捡起一件华贵的皮毛斗篷，“威尔逊先生，这件斗篷是您的。”这天天气很凉，所以我离开宿舍时，在睡衣外面披了一件斗篷，到这儿后又将斗篷脱了下来。他苦笑着看了看斗篷，说道：“我不必再在这件斗篷上寻找一番您‘高超技艺’的其他证据了。我们的证据已经足够了。我希望您有自知之明，明白自己必须离开牛津大学，并且必须马上离开我的房间。”

我当时真是被挤对得羞愧难当，简直无地自容，若不是一种极为令人惊异的事情转移了我的注意力，我本会因为他的这番撮火的话和他就地翻脸的。我穿来的斗篷是极为珍贵的皮毛质地的，它究竟有多昂贵，我都说不出来。它的式样是我本人设计的，因为我崇尚虚荣，对服装的式样极为挑剔。当普雷斯顿在靠近门口的地上捡起斗篷，把它拿给我时，我不禁吓了一跳，因为我知道我自己的那件斗篷就搭在胳膊上，而他递给我的这件斗篷竟与我的斗篷一模一样。我忽然想起刚才那个无情揭露我的人就是紧紧地裹着一件斗篷的，而屋子里的人，除了我之外，就再没有穿斗篷来的了。我努力使自己冷静下来，接过普雷斯顿递给我的斗篷，趁人不注意，把它搭在我那件斗篷的上面。我挑衅般地绷着脸，大踏步地走出了房间。这时东方已露晨曦，我怀着又羞又怕的心情，离开了牛津大学，去了欧洲大陆。

我的逃跑并不成功。我跑到哪里，邪恶的命运就跟到哪里。事实证明，我神秘的厄运还远未结束呢。我刚一到巴黎，就马上发现这个威尔逊又跟上了我。时间一年年地过去，我始终没摆脱开他。这个坏蛋！在罗马他又从天而降，恰是寸节上的时候出现在了我和我的对手之间！还有维也纳、柏林、莫斯科！他都给我添堵。你们说我能不恨他恨得牙根疼吗？我像躲瘟疫似的躲避着他，可我逃到天涯海角都甩不掉他。

我常在内心深处一遍遍地自问："他究竟是什么人？他到底从哪儿来？他究竟想达到什么目的？"但是却百思不得其解。于是我便仔细地分析起他那蛮横地监督我时所使用的方法和形式来。但是从这些分析中也还是无法建立一种讲得通的推测。不过有一点却是明显的，每回他出现，都是在我采取行动的紧要关头。我的这些行动若是得逞，将会给人造成极大的损害，而他一出现，我的诡计就全都泡了汤。

我同时也注意到，在很长很长的时间中，他这个冤家每回来给我添乱时，都穿得和我一模一样，但我却没有一回看到过他的面孔。不管这个威尔逊有多大本事，在这一点上他却干得很蠢。无论是在伊顿公学他对我低语警告，还是在牛津大学他毁了我的名誉，或是在罗马破坏我的计划，或是在巴黎阻挠我向敌人复仇，或是在那不勒斯弄黄了我的爱情，或是在埃及弄得我无法满足自己的贪欲，他都没暴露出自己的面孔。莫非他就那么傻，以为不露出脸来，我就认不出他，就认不出他是我的头号仇敌、那最邪恶的鬼才、我小时候的同学威廉·威尔逊吗？我就认不出他就是我的同名者、我的死对头——我在布兰斯比学校上学时势不两立的死敌吗？休想！但还是让我把故事讲完，讲讲那最富戏剧性的最后一幕吧。

这时我已经对威尔逊的专横无可奈何了，服气了。我敬畏他那高我一筹的气质，敬畏他的大智大勇，敬畏他的无所不在，敬畏他的样样全能。我甚至对他那种傲慢的天性也存有几分畏惧之情。这一切使得我深感自己软弱无力。我虽然心中很不情愿，但也不知不觉地开始向他的专横屈服。但是近来我已经嗜酒成性，而一喝了酒，我那天生的反抗精神就又倔强地冒出头来。我开始自言自语，开始犹豫，开始反抗。不知是受了想象力的驱使还是怎么的，我居然相信，只要我自己坚强起来，这个折磨我的家伙便会软下来几分。于是我的心中重新燃起希望，我暗自下定决心，绝不再向他低头。

一八××年狂欢节，我寓居罗马。我去那不勒斯大公迪布罗格利奥的宫殿参加一个假面化装舞会。我开怀畅饮，比平时喝得还要多得多。我觉得这拥挤的舞厅中空气令人窒息，简直无法忍受。我在人群中费力地挤来挤去，寻找年老昏聩的迪布罗格利奥公爵那年轻美貌的妻子（让我姑且隐去寻找她的动机）。舞厅中拥挤不堪，我越发心中冒火。以前公爵夫人曾像说贴心话似的极为信任地向我说起她穿衣服的秘密。现在我看见了她，便赶紧朝她那边挤过去。忽然，有人轻轻地把手搭在我肩上，我听见了那永生难忘的低低的耳语。

我勃然大怒，蓦地转向这个打扰我的人，一把抓住他的脖领子。不出我所料，他的装束与我一模一样：身披蓝丝绒西班牙斗篷，腰束紫带，佩挂长剑，脸上蒙着一副黑绸面具。

“无赖!”我气急败坏，嗓音嘶哑地越说越火，“无赖！骗子！该死的恶棍！我绝不允许你这样盯着我，盯我一辈子！跟我来，不然我就在这儿一剑把你捅死!”我挤出一条路，拖着他来到毗邻的一个接待厅。

一进屋，我便一把将他推开。他踉踉跄跄地退到墙根，我破口大骂着关上门，命令他拔剑。他只犹豫了一下，轻轻地叹了口气，默默地把剑抽出，拉开了架势。

击剑没用多一会儿时间。我心中激动不已，觉得自己膂力无穷。几秒钟后我就把他逼到了墙根，我接连朝他胸口猛刺了几剑。

这时，门外有人在试图把门弄开。我赶紧到门口把门锁弄牢，然后立刻返回到我那濒死的对头跟前。但是眼前的情景吓了我一大跳，吓得我灵魂出窍。在刚才那短暂的一小会儿工夫里，房间这头的摆设发生了巨大的变化。威尔逊不见了，那儿不知什么时候出现了一个大镜子。我愣了一下，然后胆战心惊地朝镜子走过去，只见镜中一个与我一模一样的影像，脸色惨白，浑身血污，摇摇晃晃地走上来与我相会。

原来这里并没有什么镜子，所谓“镜中的影像”，其实就是我的死对头，就是威尔逊。他站在我面前，一副濒死的痛苦相。他已将面具和斗篷摘下，扔在地上。他身上的每一件衣服，他脸上的每一条纹路，都同我一模一样。

他是威尔逊，但他不再用耳语般的声音低语了，他说话时我觉得就是自己在说。

“你赢了，我输了。但从今往后你也等于死了——你失去了这个世界，你失去了天堂，你失去了希望！我在，你才在。而我一死，瞧我这副样子，这其实就是你的样子，你杀掉的就是你自己。”

贝雷尼丝

不幸的事情有多种形态，犹如绵延万里的大地有高山和沟壑，又如那地平线上的彩虹，有七彩颜色，每一种颜色都是那么清晰，但所有的颜色却又紧密地交织在一起，难分难离。我怎么竟然从美中得到了丑，从平静中引出了痛苦？然而在伦理学中，恶是善的结果，所以嘛，痛苦也从快乐中诞生。回忆以往的快乐会给今天带来巨大的痛苦，而这巨大的痛苦又源于过去的快乐之中。

我的洗礼名叫作埃格斯。我不想在此提起我的家庭，但是在那一带，我们家那阴沉的灰色大厦是最为古老的。我们家的人多少代以来都被称做幻想家。这种称呼看来很有道理。从许多明显的细节来看，无论是我们家大厦的样子，还是大厅里的壁画、屋里的挂毯、族徽中的图案、古老的藏画、风格独特的图书室，以及图书室中的藏书，都明确地显示出我们家的人善于幻想。

我童年时的早期回忆就是与那个图书室联系在一起的，是与图书室中的藏书联系在一起的。那里的藏书，我下面就不再多说了。我母亲就死在了这个图书室里。我也是降生在这个图书室里。但是如果说我不曾有过前生，如果我的灵魂以前没存在过，那么我认为这一定是在瞎说。你不相信这一点？好了，咱们不要争。我自己相信就得了，我不要求别人同我观点一致。然而，我却有一种状似气体的回忆，我记得那神圣而意味深长的眼睛，我记得那哀伤的音乐般的声音——这些记忆永远不会磨灭，它们像影子一样，模糊，变幻，摇曳不定。它们的另一点也像影子：当我理智的阳光存在的时候，我就不可能驱赶掉它们。

我出生在那个图书室里。我从那似乎并非实在的长夜中醒来，并没有立刻进入一个仙境般的地方——想象之宫——进行宗教的冥想。我瞪着大眼惊异地观看周围的东西。我的少年时代是在读书中度过的，而我的青年时代则是在冥想中打发过去的。但是不同寻常的是，随着时间一年年地过去，我到了年近中年时，仍待在祖辈留下的大厦里。我的生命之泉枯竭了，我最平常的思想也发生了逆转。我觉得现实世界就像是幻想，只是幻想，而梦幻之国的疯狂却反而一下子成了真的，变得那么实在。

我和贝雷尼丝是表兄妹，我俩一起在我们家的大厦中长大。然而我俩却相差很大：我体弱多病，心情忧郁；她健康美丽，充满活力。她喜爱在山坡上漫步，我喜欢作修士式的研究。我性格内向，内心丰富，总是全身心地做着沉思冥想。她无拘无束地生活，从不为人生道路上的不开心的事而费神。“贝雷尼丝！”我呼唤着她的名字。这样呼唤，那阴暗记忆中的无数个快乐片段就会一下子全都涌上心头！啊，现在她的倩影生动地出现在我的眼前，那么快乐！那么苗条！那么美丽！真是倾城倾国，胜似天仙！后来，后来的事情则充满了恐惧和神秘，成了一个惨得令人不忍讲述的故事。疾病——一场致命的疾病，如同沙暴般降临在她身上。我眼见着她，无论是在心理和习惯上，还是在性格上，都发生了巨大的变化，她完全变成了另外一个人！啊，原来的贝雷尼丝哪儿去了？就连我都认不出她了。

这场大病在身心上给我的表妹留下了许许多多的后遗症，其中一个痼疾就是癫痫。这种癫痫时发时止，不发作的时候她同好人一样。就在这一时期，我也忽然患了病，这个病最终发展成了偏执狂，它越来越严重，后来我根本就控制不住自己了。我的这种偏执狂的主要症状是极易激动，考虑起问题来总钻牛角尖。也许读者一时弄不明白这种病究竟是怎么回事。用普通点儿的话来说，我这病就是心里搁不住事，再小的问题我也穷琢磨个没完。

我会对一本书的印刷格式和纸边形式不知疲倦地一连研究上好几个钟头。我也会对挂毯或门上的一个有趣的阴影琢磨上大半天，或者关起门来，整整一宿目不转睛地凝视着蜡烛那一动不动的火苗，或炉火的余烬。我也常一整天都闻着、嗅着芬芳的鲜花，或者不断地重复一个普通的单词，直到这个词重复得太多了，在我心中已失去了任何意义，才作罢。我的这种精神疾病导致的最常见却不是最严重的特点之一，就是长时间地一动不动。

不过请读者们不要误解我的话。我的这种对鸡毛蒜皮之类的小东西的病态的关注，与正常人的沉思冥想或运用想象力的创造性思考，完全是两回事。正常人沉思时，没有我这种极端的性质。幻想者或热情者所感兴趣的一般不是那种琐碎的小东西，吸引他们的东西会使他们产生出一连串丰富的联想和推论，他们会在不知不觉中对吸引他们的东西反而视而不见了。白日梦结束时，他们的内心世界往往非常充实，他们会把最初引起自己兴趣的那件东西完全忘掉。而我呢，引起我注意的东西一律是鸡毛蒜皮之类的小东西，尽管在我失常的目光里，这些小东西似乎也具有一种变了形的不真实的重要性。

在沉思冥想中，我有时也会产生一些联想，可是联想来联想去，思想总还是回到最初的东西上，仿佛它就是思考的中心。我的沉思冥想绝无愉快的成分，思考结束时，我所注意的东西不仅仍然存在，而且显得越发重要了，就像是放在一面放大镜下，呈现出一种不真实的夸大了的形象。简言之，我的心理特征属于病态的关注型，而幻想家的心理特征是观察思考型。

我这一时期读的书也都是一些内容混乱、富于想象力的书籍，如果说这些书不是我的精神疾病的直接起因，那么至少也对我的病负有一定的责任。我清楚地记得，它们当中包括对奥斯汀的名篇《上帝之城》和德尔图良的《论基督的肉体复活》。尤其是后面这本书，书中一些似是而非的句子引得我一连琢磨上好几个星期，也琢磨不出个所以然来。

我的这种只对小东西感兴趣的心理，很有些像托勒密·赫费斯提翁所说的那块海边的岩石，它不断地受到人类的破坏，受到海浪的冲击，受到狂风的吹袭，始终岿然不动，可它一沾到一种叫做阿福花的鲜花，就颤抖起来。也许有人以为，贝雷尼丝得了病，她精神上时好时坏的状况可能成为我观察和思考的目标。实际情况并非如此。我不犯病的时候，神智比较清醒，这时候我确实对她的不幸感到痛苦。她的美好的生活全毁了，我也确实为此感到惋惜，我确实常常想：红颜竟如此命薄，如花似玉的美人一下子就变成了败花落絮。然而，这些思考并不是我病中的病态思考，而是任何人在这种情况下都会产生的对人类同胞的一种感慨。我犯病的时候，注意的只是贝雷尼丝身上不太重要却更为引人注目的变化——外表上的巨大变化。

她健康的时候曾无比美丽，可那时候我肯定是没有爱上她。后来我的神经出了毛病，心灵与大脑发生了错位，我不再有那种源自心底的感情，有的只是大脑驰骋时产生的热情。以前，从早晨天蒙蒙亮，到中午在随风摇曳的树林里，到晚上在我那安静的图书室里，她总是在我近旁。我从不把她看做是活生生的贝雷尼丝，而是看做梦中的贝雷尼丝；从不把她看做吃五谷杂粮实实在在的女人，而是看做一件抽象的东西；从不把她看做崇拜的对象，而是看做分析的对象；从不把她看做爱的对象，而是看做深奥的思考对象。而现在呢——现在她一出现我就发抖，她一走过来我就脸色苍白。不过我极为同情她的不幸，回想起老早以前她就爱着我。我一时昏头，向她求了婚。

我们的婚期终于逐渐临近了。这年冬天的一个颇为暖和、潮湿的下午，我坐在图书室的里间，我以为屋里只有我一人，但是抬头一看，我看见贝雷尼丝就站在我面前。

她的身形模糊不定，这是因为我的想象力太丰富了，还是因为空气中的潮气太重了？是因为房间里的光线太黯淡了，还是因为她的衣服太飘逸了？我也说不好。她一言不发，我也一句话都说不出来。我脊梁骨一阵发冷，心里感到一种难以忍受的焦急。我非常好奇，不禁屏住呼吸，一动不动地坐在椅子里，坐了好一会儿，两眼紧盯着她。啊呀！她极为憔悴，瘦得成了秫秸秆，完全失去了原来的轮廓。我火热的目光终于落在了她脸上。

她那高高的前额苍白而光滑，那一度乌黑的头发现在变得又稀又黄，有几绺散在额前，有几绺在太阳穴上打成卷，与她那南欧人的人种特征极不相称。她的眼睛暗淡无光，就像是没有瞳仁。我不由自主地避开她呆滞的目光，转看她那萎缩了的薄嘴唇。她的嘴唇微张，浮现出一抹意味奇特的微笑，牙齿慢慢地露了出来。啊，天哪，这牙齿可真吓人，我死也不想看它们！

关门声惊醒了我。我抬起头，发现表妹已经离开了房间。但是我却无法把她那一口可怕的白牙驱出我混乱的脑海。这些牙齿上没有一丝斑痕，珐琅质上没有半点儿污迹，牙缝上没有一点儿缺口，但是她当时的那种微笑却深深地烙在了我的记忆中。现在这口白牙在我的脑海中比当时我看着它们时还要清楚。白牙！白牙！它们在这儿，它们在那儿，无所不在！它们清晰可见，一个个又长又尖，无比雪白，还有那欲笑未笑时微微咧开的没有血色的嘴唇！接下去我就犯起了偏执狂，我徒劳地试图抵抗住它们那不可抗拒的奇怪影响。外部世界上有那么多东西，但我全都不想，只想那一口白牙。我对它们有一种疯狂的渴望。我一心想着它们，把其他的一切都抛诸脑后。白牙——只有白牙——在我眼前浮现，我的脑海里除了白牙就再没有别的了。我从各种角度考虑它们。我以各种态度揣摸它们。我研究它们的特点。我思索它们的与众不同之处。我琢磨它们的构造。我对它们性质的改变冥想不已。当我想象它们具有一种感觉方面的敏感力量时，当我想象它们即使不靠嘴唇的帮助也具有一种精神上的表现力时，我不由得吃了一惊。人们都说舞蹈大师莎莱的脚步充满了感情，而我则坚信贝雷尼丝的白牙充满了思想。我这愚蠢的念头毁掉了我！看来我是如此疯狂地垂涎于这些白牙！我觉得，拥有了它们，我就可以恢复理智，从而重获平静。

就在我这样地沉思冥想时，黄昏来临了。接着，天黑了，夜晚一点点地过去了。天亮了——现在第二个夜晚又开始了——我仍一动不动地独自坐在屋里，沉思冥想。那些白牙的幻影仍清晰可怕地留在那里，不论是白天还是黑夜，都在房间里飘动。在我的梦中，白牙终于随着一声凄惨可怕的尖叫，破碎了，接下去是骚乱和喊声，夹杂着低低的痛苦呻吟。我站起身，打开图书室的窗户，看见一名女仆站在前厅里。她泪流满面，告诉我说贝雷尼丝死了。她一大早犯了癫痫，现在，在傍晚时分，坟墓已经为她备好，葬礼的一切准备工作均已就绪。

我发现自己坐在图书室里，又是一人独坐。我好像是刚刚从一场混乱而激动的梦中醒来。我知道现在已是午夜，我也很清楚，太阳一落山，贝雷尼丝就入了殓。但是在此之前的那些事情我却感到糊里糊涂的。然而它们在我的记忆中却留下了巨大的恐惧。这是我一生中感到最为可怕的时刻，而这些恐怖的记忆似乎都是用晦涩难懂的符号写成的。我试图破译这些符号，却破译不了，而与此同时，我的耳边总鸣响着一种离去的灵魂的声音，这是一种女人的尖叫声。我干了一桩事情。“是什么事情呢?”我这样高声自问。房间里的回音似乎在回应我：“是什么事情呢?”

我旁边的桌子上有一盏灯，灯旁有一个小盒子。这个盒子的样子很普通，我以前常看到它，它是给我们家看病的医生的东西。但是它怎么出现在了这里，出现在我的桌子上？为什么我看到它就心里发慌呢？对此，我怎么也说不清楚。我的目光终于落在一本打开的书上，落在一个下面画着线的句子上。这是埃本·扎伊亚特的一句简单的奇诗：“同伴对我讲，去情人的坟墓一趟，将会减轻我的忧伤。”一名脸色惨白的仆人悄悄走了进来。他看上去像是被吓破了胆，他对我小声说话，嗓音颤抖、嘶哑。他说的是什么？我听到的是一些结结巴巴的句子。

他说，夜深人静时，人们忽然听到一阵可怕的哭声，于是仆人们都起来，聚在一起，循着哭声的方向寻找。接下去，他的讲述声变得瘆人，他小声地讲述他们如何打开坟墓，如何找到一具穿着殓衣的尸体，这具尸体尽管已经变得非常丑陋，却仍在呼吸，仍有心跳，人仍然活着！

他指着我的衣服，我的衣服上沾满了泥土和血迹。我没言声。他又轻轻地拿起我的手，上面满是指甲抓出的道子。他让我看墙边的一件东西。我看了好一会儿，是一柄铁锨。我尖叫一声，冲到桌边，一把抓起那个盒子，扑在上面。但是我怎么也弄不开它。我两手发抖，盒子出溜下去，重重地落在地上，被摔得七零八落。从破盒子里当啷啷地掉出一些牙医手术器具，还有三十二颗洁白如玉的小东西，它们像珠子般在地板上滚来滚去。

厄舍古厦的倒塌

他的心脏像是一个悬挂着的琴箱，稍一碰触便发出音乐的鸣响。

——贝朗瑞①

在这年秋天的一个阴暗、寂静的白日，天上云彩低垂。整整一天，我独自一人骑着马走过乡下一大片极为凄凉的土地。暮色降临时，我终于看见了那阴沉的厄舍古厦。不知怎么搞的，我一看到这幢房子，就不由得产生出一种难以忍受的忧郁感。我说难以忍受，是由于这种感情中没有半点儿美的味道，要知道，即使是最荒凉、最可怕的自然景象，在人们心中也往往会引起一种近乎诗意的感伤，而我现在的忧郁感中却毫无诗意可言。我望着前面的景象——望着这幢房子和它周围的地貌，望着光秃秃的墙壁，望着眼睛般的窗户，望着那一排排衰草，望着那几株死树的白树干，心中极感压抑。这感觉就如同吸足鸦片的人从美梦中醒来，重新回到冰冷的现实中一样。我心里冰凉冰凉的，心猛地往下一沉，感到一阵恶心——不论运用何种崇高的想象力，这种忧郁感都是无法驱散的。我不由得想到：这是怎么了？为什么我一看到厄舍古厦心里便极为别扭？这是一个难解之谜，我无法解释为什么我一想到它便心中充满种种阴森恐怖的想象。我只好得出一个十分牵强的结论：一方面，毫无疑问，自然景物的这种组合，确实产生了一种力量，可以影响人的情绪；而另一方面，对于这种组合的感受和分析，却应该是因人而异，寓于人本身的思考当中的。我想到，假如把眼前的这些景物重新安排一下，它们的压抑性很可能就会大大减弱，甚至完全消除。这样一想，我便策马来到池塘陡峭的边缘，观看灰色的衰草、丑陋的枯树干，和那眼睛般空洞洞的

① 贝朗瑞，法国人，民歌作家。——译者注

窗口。我忽然打了一个冷战，情绪变得比刚才更为压抑。

然而，我却将在这幢阴沉的古厦中住上几个星期。它的主人罗德里克·厄舍从小就是我的好朋友，但是现在我俩已经许多年未曾谋面了。最近我收到了一封来自远方乡下的信，来自他的信，纠缠着我、必须我亲自答复的信。从信中的口气看，我的朋友显然情绪极为不佳。他声称自己患了一种急性疾病，目前精神紊乱，所以很想见我这个他唯一的、最好的朋友，他希望通过与我愉快的会面，来减轻自己的病症。他措辞恳切，提出的要求发自肺腑，我毫无犹豫的余地，于是遵从了这个我认为是非常奇特的召唤。

然而，尽管我们小时候是非常亲密的伙伴，可实际上我却不怎么了解我的这位朋友。他性格极为内向。不过我知道，他那身世很古老的家族一直是以敏感的气质著称的，这一点在家族成员创作的许许多多高贵的艺术品中都有所表现。我也知道，厄舍家族乐善好施，十分慷慨，常常不加以声张地行些善事。同时，这个家族的人都酷爱音乐和艺术。当然，他们最热衷的并不是正统易懂的音乐，而是更为复杂的绘画。此外我也知道一个非常重要的情况：古老的厄舍家族始终是一线单传，它的支系都繁衍不了几代便断了香火。我想，也许正是由于这种不派生旁支出的缺陷，这个家族才得以在多少世纪的漫长岁月中，一代代相互影响，子承其父，始终保持着它特有的性格特点；也终于使得其庄园“厄舍古厦”这个易生歧义的有趣名字①，在当地农民心目中既代表这幢古建筑，又成为该家族的同义语。

我有点儿孩子气地把头探向池塘。这时候，我的压抑感越发强烈了。我知道这肯定是迷信在作怪，可我越是心里明白自己是迷信，就越迷信。我完全明白，这种以恐怖为基础的感伤情绪是荒谬的。也许就是因为这个，当我再度举目观看这幢居于水塘中的古厦时，我的心中陡然产生了一种奇怪的想象，这种想象是那么荒唐，我现在说出它来只是为了说明造成我压抑感的那种力量。我努力说服自己的想象力，使自己相信古厦及其周围的地区笼罩着一种特有的气体。这种气体与天上的空气不一样，它是从朽树、灰墙和宁静的池塘中溢出来的，是一种神秘的毒气，十分压抑，隐约可以看到，呈铅灰色。

我努力摆脱这种恍如做梦的感觉，更为仔细地一点点观看古厦的真实面貌。它看上去极为古旧。由于年代久远，房子的色泽消退得厉害。古厦的外表生满了苔藓，屋檐上蛛网密布。然而房子并没有被严重损坏，没有一处坍塌。它的各部分仍然十分完好，不过古厦上的每一块石头似乎都要粉碎。整体的完好与局部的败落，这二者看上去极不协调。这一点使我不由得想起那些长年无人问津的地窖中的外强中干的木器，它们多年未接触过外面的空气，看上去是好好的，里头其实早已朽烂不堪了。然而，这座古厦除了这种广泛

① 厄舍（Usher）既为英美姓氏，亦有礼宾官、看门人等意思。——译者注

的败落迹象外，在结构上却没有什么不稳定的征兆。仔细观察，也许会发现一道难以辨识的裂缝，从房子正面的屋顶开始，呈锯齿形沿墙而下，一直通入池塘的死水之中。

我一边这样观察着，一边策马来到房子跟前。一名在门口迎候的仆人牵走了我的坐骑，我走进了大厅那哥特式的拱门。一名走路蹑手蹑脚的仆人一言不发地领我走过许许多多黑暗、复杂的走廊，前往主人的书房。在路上，我不知道怎么才能打消自己的忧郁心情。随着我的脚步，周围的东西——屋顶的雕刻、墙上的挂毯、乌黑的地板——都在颤动，这类东西其实都是我打小就熟悉了的，可这些普通物品引起我很多想象，这种想象却是我不熟悉的。我在楼梯上遇见了一位医生。他那老谋深算的表情中混杂着窘怯的神情。他从我身边走过时似在发抖。仆人打开一扇门，引我见古厦的主人。

我走进的这个房间又大又高。房间中的窗户是细长的，我站在黑色的橡木地板上，觉得这些窗户是那么遥远，好像永远也够不着。微弱的红光透过玻璃射进，使我可以看清周围的大件物品。然而，不管怎么努力，我也看不清远处角落里是什么样的，更看不清那高高的拱形屋顶。墙上挂着深色的壁布。屋子里家具很多，全是老古董，一点儿也不舒服，而且十分破旧。屋里还乱扔着许多书籍和乐器，但这些东西并没有给这里增添丝毫生气。这儿到处都弥漫着一种强烈的忧郁气氛。

我一进屋，躺在长沙发上的厄舍就站了起来，快活而热情地向我问好。我觉得他的这种举动有点儿过分礼貌了，像是一个百无聊赖的人在拘谨地做出一种努力。然而，我只看了他的面孔一眼，便看出他是非常诚挚的。我俩坐了下来，在他不说话的时候，我怀着一种又是怜悯又是忐忑的心情，注视着他。我真没想到，几年没见，罗德里克·厄舍的变化竟然如此大。我简直无法相信，面前的这个脸色苍白的人就是我小时候的好朋友。然而他始终是仪表堂堂的。尽管他面如槁灰，他的大眼睛却是水汪汪的，炯炯有神。他的薄嘴唇缺少血色，但轮廓却极为漂亮；精美的鼻子上生着两个宽大的鼻孔，就像是希伯来雕塑；下巴精巧雅致；头发又细又软；额头平坦宽阔。他的这副相貌让人看上一眼便不会忘记。现在他脸上的表情极为夸张，与以前大不一样，所以我几乎怀疑自己是在同谁说话了。他的这种苍白的皮肤、目光灼灼的眼睛，也都极为震慑我的心灵。还有他那柔软光滑的头发，显然是久未梳洗，这薄薄的一层头发不是垂在脸边，而是散在头顶，让我看着十分陌生。

我立刻在我朋友的作派中感到了一种不断变化的东西。我很快发现，这是因为他怎么也抑制不住自己那因神经过分激动而引起的习惯性颤抖。我来之前心理上确实作好了准备，知道会遇上这类情况。这不仅是因为他在信中有所提及，而且是因为我还记得他那种小孩子脾气。我根据他的健康状况和性格特点，推断出他会这样。他的行为一会儿活泼，一会儿冷静。他的嗓音一会儿颤抖、犹豫不决（在他情绪低落的时候），一会儿短促有力，一会儿又生硬、沉重、空洞、慢条斯理，一会儿又非常和缓。在他最兴奋的时候，就像是喝了酒，或是吸了鸦片。

他就这样向我说起了邀我来访的目的，说起他亟想见我，说起他希望我能够给予他安慰。他又谈了谈他的疾病，说这种疾病是天生的，是家族性的，他很想找到一种方法缓解自己的病症。他马上又补充说，这种病只是一种神经方面的病，肯定很快就会过去。它的症状是，患者被一些不可名状的感觉所控制。他详细地向我描述了自己的这些感觉。他的讲述引起了我的兴趣，也使我感到困惑，不过，这也许是因为讲述者的神态和所用的词汇产生的作用。他的这种神经上的毛病属于急性的，他只能吃最淡、最无味的食物，只能穿特定质地的衣服。他受不了任何鲜花的香味，也见不得一点儿光亮，除了特定的几种声音和弦乐外，别的任何声音都会刺激得他恐惧不已。

我发现他已被几种反常的恐惧折磨得不像样了。“我要完蛋了，”他说，“我肯定会悲惨地死掉。结局必然是这个样。我害怕未来的事情，我怕的不是这些事情本身，而是它们产生的后果。即使是最小的事也会刺激我的灵魂，使我发抖。其实我并不痛恨危险，我只痛恨危险造成的后果，我痛恨恐怖。我处于这种心力交瘁的可悲状态之中，觉得自己早晚会在努力挣脱心理恐惧时，放弃掉生命和理智。”

接下去，通过他那些断断续续的含糊暗示，我又了解到他精神状态方面的一些其他特点。他对自己所住的古厦有一种迷信的心理，这些年来他从不敢在这里到处走动。这种迷信的影响力太小了，简直无法言传。然而，无论是古厦的形式还是建材，或是那灰墙、角楼，以及那包围着古厦的惨淡的池塘，都给他的精神造成了极大的压力。

不过，他却有些犹豫地承认说，他的这种忧郁是有根有源的，他的爱妹就长期患有这种严重的精神病，精神几乎崩溃。这个妹妹是他多年来的唯一同伴，也是他世上的唯一亲人。他痛苦地说：“她若是一死，我们厄舍老族就剩下我这一根独苗了。”他这样说着的时候，他妹妹玛德琳小姐从远处走过。她没注意到我，很快就消失了。我怀着一种惊恐的心情注视着她，这种心情我是无法描述的。我望着她那逐渐远去的身影，不由得茫然失措。当房门终于关上时，我的目光本能地回到我朋友的脸上，急切地想看看他是怎么个表情，但是他已用手捂住了脸，我只能看到他那张开着的手指显得越发苍白，滴滴泪珠顺着指缝漏出。

玛德琳小姐的疾病久治不愈，医生们都束手无策。医生对她的诊断是：性情冷淡，身体逐渐消瘦，时常表现出阵发性僵硬症的某种特点。到目前为止，她一直在与疾病做着顽强的斗争，尚未最终卧床不起。但是在我到达古厦的当天傍晚，她向强大的病魔屈服了。这天晚上，厄舍极为激动地告诉我，我才知道，我看到的那一眼她的背影，将是最后一眼。只要她还活着一天，我就不会再见到她了。

以后的几天，我和厄舍都没有提起她的名字。这几天我全力以赴地试图治疗我朋友的心病。我俩一起绘画，一起读书。有时我也像做梦一般，听他用如泣如诉的吉他，弹奏那即兴创作的曲子。我俩的关系日益亲密，他向我毫无保留地敞开了心扉。我这才知道他是何等痛苦而徒劳地试图驱走心头那与生俱来的黑暗，使自己振作起来。

我将永远不会忘记我与厄舍古厦的主人在一起单独度过的这段有意义的时光。然而，我却无法准确地描述出他从事的是一种什么样的研究。他极富想象力。他那些即席吟唱的哀歌将永在我耳畔回响。他弹唱的曲子很有韦伯①最后一曲华尔兹的味道。而他精心创作的画则使我震惊不已，因为尽管这些画都画得极为生动，可我却无法用语言说出它们的意思来。它们那简洁的笔调、质朴的构图，都深深地吸引了我，震撼了我的心灵。如果说世上哪个凡人可以画出一种思想来，那么此人便是罗德里克·厄舍。他这个忧郁症患者是在用抽象的东西，来表现一种无法忍受的强烈畏惧。即使在欣赏极富想象力的画家富塞利②的作品时，我也没产生过与此类似的感觉。

我的朋友的绘画中也有一个不太抽象、可以言传的特点，那就是它们显得变幻不定，不过这种特点十分模糊。他有一幅不大的作品，画的是一个拱洞或坑道的内部情景，除了又平又白的短墙外，没画任何东西。从画中的一些不重要的小东西可以看出，这个拱洞位于地表以下很深之处。此洞不见任何出口，也不见火炬或其他光源，然而画中却有一种强烈的光亮，将一切都照耀得恍如白日。

我刚才说过，我的朋友神经过敏，除了某些弦乐外，听不得别的音乐。也许正因为此，他才只弹吉他，弹得非常好。不过他那出色的即兴演唱才能则是别有来源，肯定是来源于他的强闻博记，来源于他对音律的精通，和他经常诵诗的习惯。我清楚地记住了他朗诵的一首诗。这首诗深深地打动了我，因为我在这首诗中头一回体验到了厄舍对古厦的真正感觉，明白了他坚持住在这儿的高尚动机。此诗名为《鬼宫》，诗文如下：

1

在天使护卫着的碧绿的翠谷之中，
曾经有一个庄严美丽的王宫。
多么辉煌！瞧，它昂首挺胸！
屹立在皇家的领地上，
魅力无穷。

---

① 韦伯，德国音乐家。—译者注

② 富塞利，瑞士出生的英国画家。——译者注

2

黄色的王旗闪烁着金光，
在宫殿顶上随风飘扬。
(这一切都发生在以往)
那一天是那样美丽和祥。
轻风拂面，
一股气味如此芬芳，
顺着白色的壁垒飘荡。

3

流浪汉们在快活谷眺望着宫殿那美丽的窗户。
但见天使们和着古琴的旋律，
围着一个宝座翩翩起舞。
宝座上端坐着尊贵的王储。
他气吞山河，
恰似万民之主!

4

王宫的大门金碧辉煌，
珠宝金玉闪闪发光。
门中涌出一队美丽的山林女神姑娘。
她们用悠扬的歌声，
把贤明聪慧的君主颂扬。

5

但是邪恶的势力驱动悲郁之气，
袭击了皇家的领地。
啊，让我们哀悼吧，
因为他再不会感受到明日的晨曦，多么悲戚!
而包围着他的那些辉煌和美丽，
只留下一个淡忘的故事，
发生在遥远的过去。

6

如今，行人在谷中仍过往频频。
透过王宫那闪着红光的窗户，
他们看见黑影纷纷，
和着嘈杂之音疯狂地舞动、呻吟。
忽然，一大群人激流般涌出破落的大门。
他们狂笑着，
笑得是那样可怕、阴沉。

我清楚地记得，这首诗的寓意引得我们浮想联翩。厄舍提出了一种我尚未提过的新思路，他的想法又新奇又固执。总的来说，它是压抑感的表现。但是通过他那纷杂的想象力，这种想法呈现出一种大胆的特色，并且在特定的条件下，进入了一种不拘形式的境界。我无法用言词来准确地说出他是如何纵情于自己的信念的。然而，他的信念却是与他祖宅的灰色石头联系在一起的。他认为，他的压抑感寓于这些灰色石头的排列方式之中，寓于石头上的青苔之中，寓于宅子周围那些枯朽的树木之中，尤其是寓于这一切东西长期给人造成的压力之中，寓于那静静的水塘映照出的古厦的倒影之中。他说，这种压抑的情绪是可以用肉眼看到的，它在水塘周围，在石墙上，形成一种气氛，并越积越浓。他又补充说，虽然结果是无法预料的，但是它却形成了一种强大而可怕的影响，多少世纪以来，无声地铸就了这个家族每一代人的命运，也使他成为了他现在的这副样子。他的这种观点不需要评论 ，我也不想作评论。

我们读的书也都是幻想方面的。确实，多年以来古厦中的藏书对于塑造他的精神世界起到了很大作用。我俩一起读的书包括格雷塞①的《韦尔韦尔和沙尔特勒》、马基亚弗利的《贝尔佩格尔》、斯维登堡②的《天堂和地狱》、霍尔堡③的《尼尔斯·克里姆地下之行》、弗卢德④等人的《手相学》、蒂克⑤的《蓝色远方之行》、康帕内拉的《太阳城》。我们最爱读的是“多明我会”教士艾梅里克⑥写的一个八开本的《宗教法庭指南》。而梅拉⑦的某些拉丁文文章，厄舍读完之后总要坐在那里，一言不发地冥想上几个钟头。然而，他最喜欢读的还是一本哥特体活字印刷的四开本善本奇书，它是一个早已被人忘却的古老教堂的手册。

我不禁想到这部著作中描写的那种疯狂的礼仪，不禁想到也许这本书对我朋友的忧郁症是有着一定影响的。有一天晚上，他忽然告诉我，玛德琳小姐去世了，他说他打算把她的尸体放进古厦的地窖中保存两个星期，再举行葬礼。他之所以要采取这种偏颇的做法，是有原因的，至于这些原因是否站得住脚，我是无权探讨的。他说他是考虑到死者所患之病的特殊性质，考虑到医生们多嘴多舌的询问，考虑到厄舍家祖坟离此较远，也比较暴露，所以

---

① 格雷塞，法国诗人、剧作家。——译者注

② 斯维登堡，瑞典科学家、神秘主义者和哲学家。——译者注

③ 霍尔堡，斯堪的纳维亚的文学巨匠。——译者注

④ 弗卢德，英国作家、奥秘哲学家。——译者注

⑤ 蒂克，德国浪漫主义作家。——译者注

⑥ 艾梅里克，西班牙神学家。——译者注

⑦ 梅拉，罗马地理学家。——译者注

才择此下策的。我不想否认，听了他的这番话，我忽然想起我刚到这儿的那天在楼梯处遇到的那个医生，他表情是那样阴险。我认为厄舍的这种处理方法虽然不太正常，却不失为一种无害的最佳谨慎行为。

在厄舍的请求下，我帮助他把尸体弄到了那个临时墓穴中去。尸体已经入了棺，我俩的任务只是把棺材抬到那里。存放尸体的地窖就位于我卧室的正下方，它又小又潮，照不进一丝光亮。由于它已被封闭很久了，所以乍一打开，里面凝滞的空气差点儿把我们手中的火把弄灭。这个地窖在中世纪时显然是个地牢，近年来变成了一个存放火药或其他易燃物品的地方，因为地窖的地面上，以及通往这间地窖的长长的拱道上，都被仔细地包着铜皮。就连大铁门都采取了类似的保护措施，打开这沉重的铁门时，合叶发出极为刺耳的嘎嘎声。

我们把棺材抬进阴森森的地窖，放在架子上，稍稍将尚未钉死的棺盖移开来一点儿，看了看死者。我现在才发现，这对兄妹长得极为相像。厄舍可能看出了我的心思，小声嘟囔了几句，我这才知道，原来他与死者是孪生兄妹。他俩之间一向存在着一种别人难以理解的心灵感应。然而，我俩并没有长时间地观看死者，因为不得不承认，尸体毕竟有几分可怕。死者是在芳菲之年被僵硬症夺去生命的，身上留有僵硬症的一切特征。她的脸和脖子上有一层像是涂上去的淡淡的红晕，嘴角上挂着一丝仿佛是装出来的浅浅的微笑，这种现象出现在死人脸上，的确怪叫人毛骨悚然的。我们合上棺盖，拧上螺钉，走出地窖，关好铁门，浑身脏兮兮，心情挺压抑。回到上面，我们各自去了各自的卧室。

几天的时间过去了，由于悲痛，我朋友的精神失调变得越发明显。他放弃了日常的起居习惯，漫无目的地从一个房间走到另一个房间，脚步匆匆。他的脸色越发（如果“愈发”是可能的话）苍白难看，眼睛中的光泽全然消失了。他以前的那种嘶哑的嗓音现在也听不见了，他的声音颤抖得厉害，仿佛心中极为恐惧似的。有时候我真觉得，他之所以这样永远平静不下来，可能是因为在努力鼓起勇气，去吐露一件沉重的秘密。而又有些时候，我又不得不觉得，他只不过是沉浸于一种莫名其妙的疯狂怪想。他总是长时间极为专注地凝神发呆，仿佛是在谛听某种想象中的声音似的。他的这种状态自然吓住了我，也传染了我。我逐渐受到了他那种奇异的迷信观念的强大影响。

特别是在把玛德琳小姐放进地窖的第七天或第八天，那天深夜我尤其强烈地体验到了这种影响。时间一个钟头一个钟头地过去，我怎么也睡不着。我努力运用自己的理智，驱赶开心头的紧张。我竭力说服自己：我所体验到的一切只不过是环境所致，是因为房间里那令人压抑的家具，还有热气上升时形成的风，它窸窸窣窣地在墙根游动，掀起破旧的黑窗帘，也弄得床饰摆来摆去。但是我的所有努力全是白搭。我逐渐开始不由自主地颤抖起来，终于，我心中无缘无故地感到极为惊恐。我拼命地喘息，试图压住这种惊恐。

我坐起来，靠在枕头上，全神贯注地向黑暗中窥视。不知是出于本能还是怎么的，我仔细地侧耳聆听起来。在暴风雨的间歇中，我听到一种低沉难辨的声响，隔好长一段时间响那么一下。我听不出这声音究竟是从哪儿发出的。我心中产生了一种无法言传的极度恐惧，简直无法忍受。我连忙穿上衣服（因为我觉得今晚是不能再睡了），在房间里踱来踱去，想以此来摆脱自己的恐惧情绪。

我刚这样踱了几遭，忽然发现不远处的楼梯上有人提着灯上楼。是厄舍。不一会儿，他就手拎提灯，敲了敲我的房门，走了进来。他的脸色与平时一样，惨白惨白的，然而他的目光却显得极为兴奋，他举手投足都透出一种无法克制的歇斯底里的劲头。他的样子吓了我一跳，但是不管他现在是什么样，也总比平时那种让我受不了的离群索居的孤独劲儿强，我甚至觉得他现在能这样倒也不错，也不失为一种解脱。

"你还没看见他吧？"他默默地向周围审视了一番后突然说道，"你刚才还没看见他吧？待在这儿别动！你会看见的。"他一面这样说着，一面小心地掩上提灯，匆匆地走到窗口，不顾外面的暴风雨，一把将窗户推开。

一阵狂风吹进，差点儿把我们掀个跟头。外面的黑夜中风雨交加，呈现出大自然那既可怕又美丽的壮观景色。这一带正在起旋风，天幕上乌云低垂，低得几乎就压在房檐上。旋风起时，但见滚滚的乌云迅速聚到一起，相互撞击。天上无月无星，没有一丝光亮。但是那大团大团的乌云，它们朝向地面的一面，以及我们周围的一切物体，却在那笼罩着古厦的水蒸气的映衬下，发出一种淡淡的、不自然的光亮来。

"你不要看这个！"我浑身颤抖着对厄舍说道。我硬把他从窗口拉开，让他坐下。"这种把你迷惑住了的景象只不过是一种常见的大气放电现象，或许是水塘里产生的瘴气所致。把窗户关上吧，天很凉，对你身体不利。这儿有一本你最喜欢的传奇小说，我来念，你来听，咱们就这样一起来打发这个可怕的夜晚吧。"

我信手拿起的这本古书是朗斯洛特·坎宁爵士的《疯狂的特里斯特》。不过我说它是厄舍最喜欢的书，其实这并不是事实，只不过是一句无可奈何的戏语。因为此书文字粗俗，语言啰唆，情节缺乏想象力，根本不合我朋友的高贵情趣。然而，我手边只有这一本书，我只希望，通过我这种愚蠢的朗读（书中的人也有家族性神经病），他会感到一丝宽慰，从而他那激动的情绪能够平息下来。否则的话，他现在的激动情绪会使他的忧郁症火上浇油。假如我能看到他极为专注、极为快活地听我念每一个字，那么我就是成功了。

我读到了这个故事中著名的一段：特里斯特英雄艾特尔雷德无法和平地进入道士的住所，于是准备强行闯入。我这样读道：

"艾特尔雷德生性刚毅，现在仗着酒劲，更是勇不可当，他等不得与倔脾气的恶人会谈。现在雨点开始落在他身上，他担心天气还会变坏，于是举起狼牙棒，在门板上砸开一个洞，把带着铠甲的手伸进破洞，连拉带拽。一时间，干木头破裂的空洞声音响彻整个树林。”

读到这里，我停了一下，因为我觉得（刚开始我以为自己太激动，想象力太丰富，从而产生了错觉）从古厦里一个很远的地方，传来一种类似于朗斯洛特爵士所描绘的干木头的破裂声，不过这种声音更为沉闷罢了。毫无疑问，引起我注意的只不过是这种巧合，因为与窗外那越来越热闹的风雨声相比，这点儿声音本来算不上什么，不应该干扰我或引起我的兴趣。我继续读道：

“勇士艾特尔雷德进门之后，不禁又惊又怒，原来恶人根本不在里边，只有一条浑身是鳞的巨龙，口吐火舌，守护着一个金子的宫殿。宫殿的地板是银子的，墙上悬挂着一张闪闪发光的黄铜盾牌，上书几个大字：进此门者乃勇士，屠此龙者得此盾。艾特尔雷德举起狼牙棒，朝巨龙的脑袋击去。巨龙倒下，口喷毒气，发出嘶哑刺耳的叫声。这声音是那样难听可怕，艾特尔雷德用手捂住耳朵，即使这样，也挡不住这种他以前从未听过的可怕声音。”

读到这里，我又忽然停下，心中充满了惊异，因为就在这个当口，我又确切地听到了（尽管是从哪个方向传来的我仍弄不清楚）一种来自远处的又低又长，还有几分嘶哑的尖叫声，或碾磨声——与书中描绘的巨龙的叫声一个样。

当这第二次极为奇特的巧合出现时，我一下子就晕了头，千头万绪全都涌上心头，但最主要的感觉还是惊奇和极度的恐惧。不过尽管如此，我还是尽量克制住自己，没有在我这位敏感而善观察的朋友面前表现出激动的情绪来。我绝不是说他肯定也注意到了这种声音，不过这会儿他的神态和举止发生了奇怪的变化。他原来是坐在我对面的，现在却逐渐转动椅子，后来索性脸朝着房门了。我只能看到他的侧脸，只见他的嘴唇一个劲儿地哆嗦，仿佛是在无声地嘟囔。他的头已垂在了胸前，不过我知道他并没有睡着，他那大张着的眼睛中闪着光。他的身体也在动，不断地动来动去，轻轻摇摆，动作很规则。我迅速地将这一切看在眼里之后，又开始读起朗斯洛特爵士的故事来。

“勇士杀死巨龙后，思考着怎样摘取铜盾，怎样破除铜盾上的咒语。他搬开巨龙的尸体，豪迈地沿着银地板，大踏步地向悬有铜盾的墙壁走去。还未等他走到墙跟前，铜盾便掉了下来，掉在了他跟前的银地板上，发出当啷啷的巨响。”

我话音未落，就听见一阵当啷啷的金属落地之声，还带有沉闷的回音，就好像沉重的铜盾真的落在了银地板上一样。我被吓破了胆，噌地一下站起身，但是厄舍却仍然像什么都没发生一样，轻轻地摇来摇去。我跑到他跟前，只见他两眼发呆，脸上紧绷绷的，像是一尊石像。但是当我把手放在他肩上时，却发现他浑身都在发抖。他的唇边浮现出一抹惨淡的微笑。他好像没有意识到我的存在，又急匆匆地嘟囔了起来，声音含混不清。我凑到他嘴边，终于听出了他那可怕的话语。

“没听见吗？是的，我听见了，我早就听见了。很久很久了，很多很多分钟，很多很多小时，很多很多天！我早就听见了，可我不敢！我真是个可怜虫，因为我不敢说！咱们把她活活地放进了棺材！我不是说过我的感觉特别敏锐吗？现在我来告诉你，她刚一在棺材里轻轻动弹我就听见了。好几天以前我就听见了，可我却不敢说！而今晚，艾特尔雷德，哈！哈！砸开了道士的门。巨龙临死前痛苦地呻吟，铜盾当啷一声落地！喂，其实那是她在砸开棺材，嘎嘎地推开铁门，艰难地在包着铜皮的地窖拱道中行进！啊，我该逃往何处呢？她不是马上就要来到这儿了吗？她不是正在匆匆地赶来，谴责我过早地把她送进了停尸房吗？我不是已经听见她上楼梯的脚步声了吗？我不是听出了她那沉重可怕的心跳声吗？疯子！”他噌地一下站起身，使出吃奶的劲儿尖声叫喊：“疯子！门没有了，她就站在那儿！”

仿佛他那超人的喊叫具有一种魔法，话音刚刚落地，他面对的那扇古旧的房门便缓缓地打开了。其实这是一阵风的功力，但是没有了房门，门外站着的确实就是厄舍家的小姐——身穿殓衣的玛德琳。她的白袍上血迹斑斑，瘦削的身体上，每一处都显现出痛苦挣扎的痕迹。她浑身颤抖，摇摇晃晃，在门槛处站了一会儿，然后发出一声长长的呻吟，沉重地跌向屋里，跌倒在她哥哥的跟前。她在做临死前的痛苦挣扎。这时候，她的哥哥也倒在地上死去了，他是被吓死的，被那他已预见到的恐怖吓死的。

我魂飞魄散地逃出房间，逃离了古厦。我跑过古老的堤道，暴风雨势头正猛。忽然，一道光亮照亮了道路。我回头张望，想看看这道如此奇特的光亮究竟是从哪儿射来的，因为我身后只有那幢巨大的古厦。原来，这道光亮是一轮血红的满月发出的，它顺着古厦上那条锯齿形的裂缝照了过来。这条裂缝我曾经说过，从屋顶一直裂到地基，当初还不怎么明显。我眼看着这条裂缝迅速地越裂越大。一阵旋风呼啸着刮来，我只觉得天旋地转，那巨大的宅墙崩裂开来，接下去是一阵长长的巨响，就像是千条瀑布同时倾泻。我身边的水塘逐渐恢复了平静，深深的塘水无声地吞下了“厄舍古厦”的碎石烂瓦。

一桶白葡萄酒

我尽量忍受着福尔图纳托的伤害，但他胆敢侮辱我时，我却发誓要进行报复。然而，了解我为人的人都知道，我绝非口出威胁之辈。我日后定将报仇，这是无疑的。但是正因为我决心已定，目标明确，所以我才不能冒险。我不仅要惩罚他，而且要从容地惩罚他。向仇人报复时自己得不到赔偿，这是错误的。而报复者体会不到向仇人报复时以牙还牙的快感，同样算没得到赔偿。

可我知道，无论是在语言上，还是在行动上，我现在都切不可引起福尔图纳托的怀疑。我继续对他笑容满面。他根本看不出，我这是因为想到了要让他完蛋，所以才微笑的。

尽管福尔图纳托在很多方面都是一个值得尊敬、甚至是值得畏惧的人，但他却有一个弱点：以品酒家自居。其实，意大利人是很肤浅的。他们挖空心思钻营，欺骗英国和奥地利的百万富翁。福尔图纳托与他的意大利同胞们一样，在绘画和珠宝学方面是个假内行，但是在陈年好酒上，他却不愧为真行家。在这一点上我同他一样：极为精通意大利佳酿，一有机会，就购进一大批。

狂欢节期间的一天晚上，天擦黑的时候，我碰上了我的这位朋友。他刚刚喝过不少酒，所以极为热情地同我打招呼。他身穿杂色条纹的紧身衣和喇叭裤，头戴圆锥帽。我看到他，很高兴，亲热地同他握手。我以前从没对他这样热情过。

我对他说："亲爱的福尔图纳托，这么巧遇到了你。你今天的样子可真精神！有人给我送来一大桶西班牙白葡萄酒，我心里挺犯疑的，不知道是不是真的。"

“怎么?”他说，“西班牙白葡萄酒? 一大桶? 在狂欢节期间! 这不可能!”

“我心里也挺犯疑的，”我答道，“我不想不请教请教你就付这么一大笔酒钱。我找也找不着你，我正担心着会上当呢。”

“西班牙白葡萄酒!”

“我不知道是不是真的。”

“西班牙白葡萄酒!”

“我必须付这笔钱。”

“西班牙白葡萄酒!”

“你这会儿正忙，我去找找卢切西吧，也只有他能说说内行话了。他会告诉我——”

“卢切西分不出什么是西班牙白葡萄酒，什么是雪利酒。”

“可有些傻瓜认为，他品酒的能耐同你一样。”

“走，咱们走!”

“去哪儿?’

“去你的地窖。”

“不行啊，朋友，我不想破坏你的好情绪。我看你八成有事情要做。卢切西他——”

“我没什么要做的。走吧!”

“不行啊，朋友。不是你有事没事的问题，而是我觉得你患了感冒，还挺重的。地窖里潮得很，墙上尽是墙硝。”

“让你走你就走。冷算什么! 西班牙白葡萄酒! 你受骗了。至于卢切西，他根本分辨不出什么是雪利酒，什么是西班牙白葡萄酒。”

福尔图纳托一面这样说着，一面一把抓住我的胳膊。我蒙上一个黑丝绸面罩，穿上一件短大衣，与他匆匆前往我的住所。

我的家中没有剩下一个仆人，他们都出去参加狂欢节的庆祝活动了。我曾告诉他们，我要到早上才回来，并明确指示说，不要在房子里折腾。我非常清楚，有了这一指示，我一出门，他们就会一个接一个地溜掉。

我从灯台上拿上两个火炬，交给福尔图纳托一个，领他穿过一连串的房间，来到通地窖的拱道。我走下一个曲折的长楼梯，让他小心地跟着我。我们终于下到了最底层，一起站在蒙特雷索家族那潮湿的地下墓穴里。

我的朋友走起路来连步子都走不稳，随着他的踉跄脚步，帽子上的铃铛也叮当作响。

“那桶酒呢?”他问。

“还在前头。”我说，“你看墙上闪闪发光的网状物。”

他转向我，盯着我的眼睛，他那浑浊的醉眼满是眵目糊。

“是墙硝?”他终于问道。

“是墙硝。”我答道，“你咳嗽有多久了?”

他不停地咳嗽起来，好一会儿说不出话来。

“没事。”他终于说道。

“算了吧，”我坚决地说，“咱们回去。你的身体更重要。你富有，受人尊敬爱戴，同我以前一样，很幸福。你要是有个三长两短，人们是会想念你的。我的事算不上什么。咱们回去吧，不然你会生病的，那我可就担待不起了。再说，卢切西也可以——”

“别啰唆了，”他说道，“咳嗽算不上一回事，我死不了，咳嗽要不了我的命。”

“说得对，说得对!”我答道，“说实话，我并不是想吓唬你，不过你总应该小心为是啊！喝点儿红葡萄酒咱们就不怕这潮气了。”

发霉的地上摆着一排排的红葡萄酒，我捡起一瓶，敲掉瓶塞，递给他，说：“喝。”

他把瓶子凑到嘴边，乜斜着看了我一眼，停了下来，亲切地朝我点了点头。他帽子上的铃铛叮当作响。

“为埋葬在这里的死者!”他说。

“为你长寿!”

他又抓住我的胳膊，我俩继续前进。

“这个地下墓穴可真大啊!”他说。

“我们姓蒙特雷索的是个大家族。”我答道。

“我忘记你们的族徽是什么样了。”

“蓝色的田野里，一个人用脚踩死了一条扭动的毒蛇，毒蛇的牙齿咬进了这人的脚跟。”

“族徽上的箴言呢?”

“孰的可回天。”

“好!”他说道。

由于又喝了酒，他的眼睛闪闪发光，铃铛也叮当作响。我喝了酒之后，想象力也变得格外丰富。我们继续前进。地窖的墙凹处堆着一堆堆枯骨，有的地方摆着一桶桶的酒，或竖着一根根支柱。我们来到了地下墓穴最里面的凹进处。我停下来，抓住福尔图纳托的胳膊，说：“墙硝！看，墙硝越来越多。挂在那里就像是蜘蛛网。咱们现在是在河床底下。骨头上直往下滴水珠。算了吧，咱们还是回去得了。你的咳嗽——”

“没事，”他说，“继续往前走。不过咱们得再喝点儿葡萄酒。”

我敲掉一瓶德格拉夫红酒的瓶塞，把瓶子递给他。他一饮而尽。他两眼放光，大笑着将瓶子向上扔起，做了一个我不懂的手势。

我惊讶地看着他。他又做了一遍这个怪诞的手势。

“你不懂吗?”他说。

“不懂。”我答道。

“那你就不是我们的弟兄。”

“什么弟兄?”

“共济会。”

“不，我是，”我说，“我是。”

“你是？不可能！你是共济会员?”

“我是共济会员。”我答道。

“给我看看你的标志。”他说。

“喏，在这儿。”我答道，从外套底下抽出一柄泥抹子。

“你开玩笑，”他说着，向后退了几步，“不过咱们去看那桶西班牙白葡萄酒吧!”

“走。”我说，把泥抹子放回怀里，向他伸过自己的胳膊。他重重地靠在我的臂膀上。我们继续去找那桶西班牙白葡萄酒。我们走过一排排矮矮的拱门，越走越深，最后走到了一个深深的墓室，这里的腐烂空气把我们手中的火炬弄得没了火苗，只是发光。

墓室的尽里端比较窄小，墙边是一堆堆的人骨，它们的排列方式很像巴黎的地下大墓穴。这个拱形墓室的三面墙边，尸骨都是这样的排列法，而在第四面墙边，尸骨却是散扔在地上的，有一处堆成一堆，状似小山。在这面尸骨乱扔的墙边，我们发现还有一个凹进的小室，一米半长，一米来宽，两米来高。建造它似乎没有什么特殊用途，它只不过是两根支撑墓顶的大柱子之间的一个空当。后面是结实的花岗石。

福尔图纳托徒劳地举起手中昏暗的火炬，想照亮小室中的情况。但是什么也看不见。

“喏，”我说，“那桶西班牙白葡萄酒就在这儿。至于卢切西——”

“他是个傻瓜。”我的朋友这样打断我，又摇摇晃晃地朝前走了一步。我紧跟在他身后。他立刻抵达这个小室的尽头，发现前面只有一块花岗石，于是极为困惑地站在那里。说时迟那时快，我立刻把他捆了起来。花岗石上有两个铁环，相距两尺来宽。其中一个铁环上有一根短链，另一个铁环上有一把锁。我三下两下，飞快地把铁链束在他的腰间。他惊呆了，竟没想到要反抗。我拔下钥匙，退出小室。

“用手摸摸墙，”我说，“你会摸到墙硝的。这儿非常非常潮湿。我再恳求你一遍，回去吧。不回去？那我可就丢下你了。不过我要先让你领教领教我的厉害。”

“西班牙白葡萄酒!”我的朋友叫喊道，他仍然惊魂未定。

“一点儿不错，”我答道，“西班牙白葡萄酒。”

我一边说着，一边拾掇我刚才说过的那堆人骨头。我把骨头扔到一边，很快就找到了足够的石头和胶泥。我开始用抹子和这些材料，在小室的入口处砌一堵墙。

我刚砌好第一层，便发现福尔图纳托的酒劲儿已经过去了。我察觉出他酒醒的头一个迹象是，小室深处传来一阵低沉的哭泣声。这绝非醉汉的哭泣。接下去是一段长长的沉寂。我砌好了第二层，然后砌出了第三层、第四层，这时我听见铁链在哗哗地颤抖。铁链的颤抖声持续了几分钟。我放下手里的活，坐在死人骨头上，心满意足地谛听着这种声音。铁链声终于停止了，我捡起泥抹子，一口气砌出第五层、第六层和第七层。现在墙已高及胸口了。我又停下来，把火炬举到新砌出的墙上，一线微弱的光亮照在里面那人的身上。

那被铁链束缚着的人发出一连串尖叫，差点儿把我吓得后退几步。我犹豫了一会儿，浑身发抖。我拔出长剑，用它朝小室中捅，但是我忽然心生一念，摸了摸结实的石墙，深感满意，便趴在石墙上，回答他的喊声。他喊什么我喊什么，我帮着他喊——我的喊声无论是在高度上还是在强度上，都超过了他。我这样喊着，他就不喊了，沉默下来。

现在已是深夜，我的工作已近结尾。我砌出了第八层、第九层、第十层。我又砌出了最后一层——第十一层。现在只需再添上一块石头，抹上泥膏，一切就结束了。我搬起这块石头，把它半放在最后的位置上。但是，这时小室深处传来一阵低沉的笑声，让人听了头发根往起竖。接下去是伤心的说话声，我几乎听不出这是高贵的福尔图纳托说的话。只听他说："哈！哈！哈！嘻！嘻！好一个玩笑，太妙了！人们在我家会大笑不已的！嘻！嘻！一边喝葡萄酒一边笑！嘻！嘻！嘻！"

"西班牙白葡萄酒！"我说。

"嘻！嘻！嘻！是的，西班牙白葡萄酒！可现在不是太晚了吗？我太太他们会等咱们吗？咱们索性一去不归。"

"是的，"我说，"索性一去不归。"

"坚决不归，蒙特雷索！"

"是的，"我说，"坚决不归！"

但是我怎么听也听不见他的回答。我不耐烦起来，大声喊道："福尔图纳托！"

没有回答。我又喊道："福尔图纳托！"

还是没有回答。我把火炬探进小孔，扔在里边。里边只传来一阵铃铛声。我心中一阵恶心，这个地下墓穴是那样的潮。我得赶紧把这件事结束！我把最后一块石头堵牢，抹上了胶泥，然后把一些死人骨头靠在这堵新墙的边上。现在已经半个世纪了，还没有谁动过这些骨头。愿灵安眠！

死囚牢

罪恶的刽子手不满足长期的疯狂叛乱，
继续制造着流血事件。
无辜的人们刚刚在内战中幸免于难，
又在死亡的黑狱里把身陷，
生与死的任意摆布使他们心惊胆战。
（巴黎雅各宾俱乐部①的旧址上要建立
一个市场，此诗乃为市场大门题咏。）

长时间的痛苦，我简直难受死了。当他们给我松开绑，允许我坐下时，我觉得身子都酥了，所有的感觉能力一下子全都离我而去。我只听清了一个词：死刑。可怕的死刑。随后，审问的声音似乎变成了一片模糊的嗡嗡声。这些声音在我脑海里只造成了一种印象：旋转。也许这是因为在我的想象中，这种声音很像风车在呼呼转动。嗡嗡声只持续了一小会儿，接下去我就什么也听不见了。然而多么可怕啊！我看到身穿黑袍的法官们的嘴巴在动弹。我觉得他们那么的白，白得赛过了我现在正在书写的白纸；他们又是那么的瘦，瘦得到了荒诞的地步。他们脸上的表情极为坚定，坚定而毫不动摇；他们的神情极为轻蔑，一种令人难受的轻蔑。我看到，他们的嘴巴在念念有词地宣布着我的命运。他们的嘴巴在蠕动，吐出一串串可怕的话语。我看到他们的嘴巴形成念我名字的口型，可是却听不见声音，我不禁被吓得浑身发抖。还有几次，我极为恐惧地看到，墙上的黑饰布在轻轻摆动。接着，我的目光转

① 巴黎雅各宾俱乐部，法国大革命中最著名的政治团体，以激进著称。——译者注

向桌上的七根长长的蜡烛。一开始它们充满仁慈，好像是前来搭救我的又细又白的天使，但是刹那间，我心里一阵恶心，好像触了电似的浑身发抖。天使变成了头上冒火的鬼怪，我看出，他们根本不会来救我。一个念头如同美丽的音符般潜入了我的想象：躺在坟墓中一定是一种甜美的休息。这个念头是不知不觉产生的，而产生了好久之后我才体会到它的含义。但是就在我领会了它的含义之时，法官们的身影变戏法似的消失了。蜡烛的火苗全部熄灭，一片漆黑，我所有的知觉都被一种疯狂的坠落感所吞没，我感到就像是在坠入地狱。然后是一片寂静，四下里一团漆黑。

我昏过去了，但这不等于我什么也感觉不到了。我不想具体描绘我还剩有什么样的知觉。人即使是在沉睡中——不！即使是在精神错乱中——不！即使是在昏厥中——不！即使是在死亡之中——不！即使是在坟墓中，也不是一点儿知觉都没有的，否则便不会有永生。当你从沉睡中醒来时，会挣破梦之网的一些细丝。然而也许是因为梦的细丝太脆弱了，没过一会儿你就会马上忘记自己曾做过梦。人从昏厥中醒来有两个阶段。第一个阶段是精神知觉的恢复，第二个阶段是肉体知觉的恢复。当人处于第二个阶段时，似乎可以记起第一个阶段的感觉，也就是说可以生动地体验到在深渊彼端时的那种感觉。那是一种什么样的深渊呢？怎样才能把它的阴影至少与坟墓的阴影区分开来呢？但是，如果我所说的第一个阶段的感觉是无法随意回忆的，那么时隔很久之后，人会诧异自己怎么又体会到了当时的那种感觉！只有昏厥过的人才看见过奇怪的宫殿；看见过熟悉的面孔漆黑一团，闪闪发光；看见过别人都看不见的悲哀幻影在空中飘浮；才嗅到过奇花异草的香味；大脑里才会对某些音乐的旋律感到困惑，而这些音乐旋律以前从未引起过他的注意。

我不断地努力使自己记起一些事情来，拼命想找回那种似乎是人事不省的状态。有那么几次我以为自己成功了，在那短短的瞬间我确实记起来了什么，后来清醒之后，理智却告诉我，那所谓的记忆只不过是一种无知觉的状态。在我模模糊糊的记忆中，好像有几个个子高高的人把我抬起来，抬着我无声地下降，下降。这种下降永不停止，弄得我头晕眼花。而四下里一点儿声音也没有，我心中极为恐惧。忽然间，一切运动都停止了，仿佛抬我的人下降得太快了，快得超过了极限，现在疲劳不堪，要停下来歇上一会儿似的。接下来是一种消沉的感觉，然后我的心中升起一种疯狂，就好像被关在一个什么地方，拼命想出去，却怎么也出不去一样。

忽然，我的灵魂又感觉到了运动和声音，这是心脏的搏动。我的耳朵听见了心脏的跳动声。随后心跳停止了，我的脑海里一片空白。然后又是声音，又是心跳，还有触摸——我感到全身上下一阵震颤。我仅仅是意识到了自己的存在，没有思想，这一状态持续了好久。然后，蓦地，思想出现了，我怀着一种战栗的心情，想弄明白自己的真实状况。然后我又亟想重新回到无知无感的状态中去。接下来，我的灵魂迅速复活了，我能动了。我清楚地记起了审判；记起了法官；记起了黑色的壁布；记起了判决；记起了当时的那种恶心感；记起了昏厥；记起了我是怎样忘掉的这一切，又怎样努力地进行模模糊糊的回忆。

到目前为止，我还没有睁开眼睛。我觉得自己是在躺着，没有被捆绑。我伸出手，手沉重地落在了某种又潮又硬的东西上。我的手在那儿放了好一会儿，而心中则努力想象着这是在哪儿，我现在是什么样子。我亟想弄清楚这些，可我却不敢睁开眼看。我害怕看到周围的东西。这并不是说我害怕看到可怕的东西，而是，我越来越害怕万一自己睁开眼，周围什么都没有，那可怎么办。最后，我狠了狠心，迅速睁开了眼睛。我最担心的情况果真出现了。周围一团漆黑。我大口大口地喘息着，这浓浓的黑暗使我窒息。空气是那样的憋闷，简直让人难以忍受。我仍然静静地躺着，努力开动自己的理智思维。我记起来审讯的过程，试图从这一过程中推断出目前自己的真实状态。判决已经宣布了，我觉得，判决以后已有好长时间过去了。但是在此期间，我从没认为自己死了。根据我读过的小说，死与生是全然不同的。可我现在究竟是在哪儿呢？我又是什么样子呢？我知道，死刑一般是在火刑柱上执行的。就在审讯我的那天晚上，有一个犯人就是在火刑柱上被处死的。莫非我是被送回了地牢，等着几个月后再行刑？我立刻断定这是不可能的，死刑都是立即执行。再说，我的地牢以及托莱多所有的死囚牢，都是石头地面，而且灯也不会全都被熄掉。

忽然间，我的头脑中出现了一个可怕的念头，我不禁心脏狂跳，血液奔流，有那么一小会儿，我再次失去了知觉。再度恢复知觉时，我连忙颤悠悠地站起来，伸出双手，上下左右一个劲儿地乱摸。我什么也没摸到，可我却不敢向前挪动一步，生怕自己会撞在坟墓的墙壁上。我浑身上下每一个汗毛孔都在冒汗，我站在那里，满脑门子豆大的冰冷汗珠。这种痛苦的无着落感终于让我觉得忍无可忍，我小心地朝前挪动，伸着双手，瞪圆两眼，希望能看到哪怕是一丝光亮。我向前走了好几步，但仍是什么也看不见，什么也没摸着。我的呼吸畅快了些。看来，目前的情况至少还不像想象的那么糟糕。

我继续小心地朝前走，脑海中充满了有关托莱多的可怕谣传。这儿的地牢流传着许多离奇的故事，这些故事我一向认为是真的，但它们却太离奇，太可怕了，我不敢再把它们讲出来，只能在心中默诵。他们莫非是把我关在这个黑暗之处，让我活活地饿死吗？或者也许等待我的将是更为可怕的命运，这个命运的结果将是死亡，一种极为痛苦的死亡？我太了解这些法官了，所以对此毫不怀疑。我现在一心想着的就是怎么个死法，什么时候死。

我伸出的双手终于碰到了坚硬的物体。是一堵墙，好像是石墙，非常平，黏糊糊的，冰凉。我小心翼翼地循着墙走，满脑子都是那些可怕的古老传说。然而，这么个走法并不能使我弄清楚地牢的大小，因为它有可能是圆的，我有可能转了一圈后又回到原来的出发点，自己却不知道，还觉得这堵墙怎么如此整齐，如此长呢。于是我在口袋里找刀子，我记得受审时刀子还在身上呢，可现在它却不见了。我的衣服也给换掉了，换成了一件粗布长袍。我原想将刀子插入石墙上的一个裂缝里，这样就可以辨出出发点了。然而，没了刀子，这算不了什么大问题，尽管我头脑混乱，一时不知如何是好。我从长袍上撕下一条布边，把它展开，放在墙边。这样一来，我探索这个监狱时，一旦转回原地，就肯定会摸到这根布条。不过想想容易，做起来难。我这样盘算时并没有考虑到地牢有多大，也没考虑自己的身体有多虚弱。地面上又潮又滑，我摸索了一阵，便绊了一个跟头。我精疲力竭，摔倒后就睡着了。

醒来时，我一伸手，摸到身边有一块面包和一罐水。我太累了，没有多想，就贪婪地大吃大喝起来。吃饱喝足后，我又开始在监狱中继续摸索，花费了好大一番力气，最后终于摸到了那条布。跌倒之前我走了五十二步，再度摸索时，我又走了至少四十八步才摸到布条。两下加在一起是一百步，就算两步为一米，这个地牢的周长也就是五十米了。然而，一路上我碰到了许多个墙角，所以我无法猜出这个拱洞地窖是个什么形状。也不知怎么搞的，我认定这儿是一个拱洞地窖。

我这样调查环境时，心中毫无目的，当然也毫无希望。但是凭着一丝淡淡的好奇心，我却继续调查了下去。我离开墙壁，决定从囚室的中央横穿过去。一开始我走得极为小心，因为尽管地面似乎是坚固材料造成的，但上面却尽是又黏又滑的稀泥状东西。我后来终于鼓起勇气，不再犹豫，脚步坚定地朝前走，尽可能笔直地走向对面。我这样走了十一二步，长袍那被撕破的袍角就绊住了我的腿，使我重重地扑倒在地上。

慌乱之中，我一时没意识到自己是处于一种什么样的状况。过了好一会儿，我仍然趴在地上，这时我才发现这里好生奇怪。我的下巴挨在地上，可是我的双手和我那显然是比下巴更要朝向下方的上半个脑袋，却什么也没挨着。而我的脑门却好像沐浴在潮乎乎的水汽之中，鼻孔里满是腐败的霉臭味。我伸手一摸，发现自己是跌在了一个不知有多大的圆坑的坑边上，不禁吓了一大跳。我在坑壁上抠下一小块石头，扔了下去。小石子碰撞着坑壁往下坠落，过了好几秒钟才传来落入水中的沉闷声响，接下去是响亮的回音。与此同时，上方传来一阵好像是快速开门、快速关门的声音，一道淡淡的光亮迅速地划破黑暗，又迅速消失了。

在这短暂的瞬间，我清楚地看到了自己差点儿步入的灭亡，不由得对自己的死里逃生深感庆幸。假如刚才再多走一步，我就没命了。我逃开的这种死亡，正是人们所说的宗教裁判所的典型特点，既难以置信，又微不足道。受难者有两种死法：要么是肉体极端痛苦地死去，要么是精神饱受折磨而亡。看来，给我安排的是后者。由于长时间受刺激，我的神经极为衰弱，已经到了听见自己的声音都要发抖的地步，把我作为精神折磨的对象，现在是再合适不过了。

我浑身颤抖着爬回了墙边。在这儿等死总比摔死在深坑中强，我觉得这个地牢里到处是深坑。要是换个时候，也许我会勇敢地一头扎进深坑，结束自己的苦难。可现在我却是个最最懦弱的胆小鬼。再说我也读到过有关这些深坑的故事——掉进深坑并不会一下子死掉，还要且受一番罪呢。

由于紧张激动，我久久不能入睡，但是后来我还是睡着了。醒来时，我发现如同上回一样，身边有一块面包和一罐水。我口渴得厉害，一口气喝干了罐中的水。水里可能被下了药，我刚一喝完，就又昏沉沉地睡着了。我睡得死死的，如同一块木头。我不知道自己究竟睡了多长时间，但是再度睁眼时，却可以看到周围的东西了。借着硫黄灯的光亮（一开始我不知道这光亮是从哪儿来的），我看到了这个监狱的规模。

它的规模与我估计的大不一样。狱墙一周的总长度还不到二十五米呢。发现牢房的规模与自己估计的大相径庭之后，有好一会儿我都觉得现在干什么都是白费力气了。我连牢房的大小都估算不准，而在目前的倒霉环境中，还有哪一件事不比估测牢房更为重要呢？但是我完全钻进了牛角尖，不能自拔地为自己的估测错误而懊恼。后来我终于悟出了个中的道理。我头一回测量时，测到第五十二步时跌了一个筋斗。当时我与我放置的那块布条，一定只差一两步远了。也就是说，当时我已经几乎测完了牢房的周长，可我却睡着了。醒来后我准是弄反了方向，从头往回量，于是测出的周长几乎成了实际周长的两倍。由于我的心情极为混乱，所以我没意识到刚开始测量时墙是在左边，睡完一觉后测量时墙是在右边。

在牢房的形状方面，我也上了当。我摸索前进时，摸到许多墙角之类的去处，因此得出结论：牢房的形状极不规则。其实这些墙角之类的去处只不过是一些小小的壁龛，它们彼此之间的距离很不规则。牢房其实是方形的。我当做石墙的东西则是一些大铁板。每一块铁板与另一块铁板的衔接处，就是一个壁龛。牢房的铁墙上到处都是粗俗可怕的迷信故事画。有白骨精，还有更可怖的妖魔鬼怪。我发现，这些图画都很清楚，但颜色却褪得厉害，也许这是因为空气太潮的缘故。随后我又观察石地。石地的中央部位有一个大圆井，它就是我险些掉进去的那个大坑。不过牢房中只有这么一个坑。

我观察这些情况时很费力气，因为在我睡觉的时候，我的境况发生了很大的变化。我现在是仰躺在一个矮矮的木床上，被一根类似于马肚带的长长的带子捆绑着。带子在我的肢体上绕了一圈又一圈，只有我的脑袋和左胳膊没被绑，这样我就可以从地上的一个陶盘里拿东西吃。我惊恐地发现，大水罐已被拿走了。我现在渴得要命。这似乎正是折磨我的人想要达到的目的，盘中的食物是极辣极辣的咸肉。

我仰视屋顶，发现屋顶有十来米高，构造与墙壁大致相同。我被屋顶上的一幅画吸引住了，上面是一个时间老人。这个时间老人与人们通常画的时间老人差不多，只不过他没拿大镰刀，而是拿着一个古代大钟的钟摆。这个钟摆样子很奇特，所以越发地吸引住了我。我凝视着自己正上方的这个巨大的钟摆，不禁觉得它在摆动。片刻之后，我发现并不是自己产生了幻觉。这钟摆是个真物件，它确实在轻轻地动。我这样一连注视了好几分钟，心中惊恐至极。我最后终于看累了，便将目光转向房顶上的其他东西。

地上发出一阵轻微的声响，我低头望去，但见几只大老鼠在奔跑。它们是从我右边的井中钻出来的。我眼看着它们贪婪地向那一盘肉聚去。它们大吃特吃，我怎么吓唬也吓不走它们。

大约半个钟头之后，也许是一个钟头之后（因为我无法留意时间），我才再度将目光上移，朝上看。我所看到的景象使我大吃一惊。钟摆摆动的幅度已达一米。因而，它的摆动速度也加快了。但是真正使我不安的是，我看出它在下降。我感到恐怖地注意到，钟摆的末端是一柄寒光闪闪的月牙刀，有一尺来长，锐利无比。它沉甸甸的，刀刃锋利，刀背厚实。刀子挂在一个沉重的铜杆上，铜杆和刀子摆动时，发出嘶嘶的声响。

修道士折磨起人来可真有一套，他们给我安排了这么可怕的一种死法。宗教裁判所的特务们知道了我已察觉了那个深井。那个深井简直就是地狱，据谣传，抛入深井是宗教裁判所最残酷的惩罚，就连我这样一个无畏的拒不听命于国教者，对这深井也怕得要命。我在极偶然的情况下，未坠入深井。我知道，出其不意地落入痛苦，或者被诱入痛苦的境地，是地牢死刑的一个重要的手段。他们本想让我死于深井中，可我没有掉进去，于是等待我的便是另外一种稍微好受些的灭亡。好受些！当我想到我竟然使用了“好受”二字时，不禁苦笑了起来。

我简直无法描述我是如何度过这无比漫长的恐怖时刻的，我计算着利刃的每一下摆动！它一下又一下地降落着，每一次都只降一小点儿，每下降一次都停留好长好长时间，然而它却是在下降，下降，一点点地下降！又过了好久好久，也许是过了好几天，它终于降得离我那样近，我都可以感觉到它降落时的风声了。利刃的气息钻入了我的鼻孔。我不断地祷告着，祷告它快点儿落下。我简直发了疯，拼命向上挣扎，想要触碰那锋利的刀口。后来我忽然平静下来，微笑着面对这闪闪发光的死亡机器，就像是小孩子见到了什么好玩的玩意儿。

我又失去了知觉。这次失去知觉的时间不算长，因为我醒来时，发现利刃没有下降。不过也许我昏厥的时间并不短，因为我知道，那些恶魔注意到我昏过去了，于是便故意停止了利刃的下降。我醒来后，又感到了那种难以描述的恶心和虚弱，就像长期营养不足一样。人即使是在极为痛苦的时刻，也是需要食物的。我使劲伸出左手，够到那一点点地被老鼠啃剩下的咸肉。当我把咸肉放入口中时，我心中忽然隐隐地升起一种快乐的感觉，一种希望的感觉。然而，我有什么可希望的？我说过，这种感觉是隐隐的。人有许许多多隐隐的感觉，这些感觉并没有真正出现。我觉得这是一种快乐的感觉，一种希望的感觉，但我也知道，这种感觉在形成的时候便破灭了。我徒劳地试图重获这种感觉，但是没有用。由于长时间的折磨，我的思考能力已经消失殆尽。我现在是一个傻瓜，一个白痴。

钟摆的摆动方向与我身体的躺卧方向正好形成了一个交叉的十字。我看出，在这种安排下，利刃恰好会切在我的心脏部位。它将划破我的衣服，然后摆开，再摆回，再摆开，一遍又一遍。尽管它的摆动幅度很大，足有八九米；尽管它摆动得非常有力，足以切开牢房的铁墙，但它蹭破我的衣服却仍需好几分钟。想到这儿，我就再也不敢往下想了，仿佛只要不往下想，利刃就不往下降了似的。我强迫自己去想利刃划开衣服时的声音，去想斯时斯刻的恐怖心情。想着想着，我的上牙和下牙就打起架来。

利刃一下一下地下降着。我怀着一种变态的愉快心情，对比着它下降与横摆的运动速度。它向右摆一下，向左摆一下，摆距极大，发出可怕的呼啸声，像老虎一般，一步步地朝我的心脏逼近！这样比较的时候，我一会儿笑，一会儿哭。

利刃仍在不停地下降，仍在不可遏制地下降！它每降一下，我就大口地呼吸，拼命地挣扎。它每降一下，我就不由自主地畏缩一下。我极为绝望地紧盯着它的每一下摆动。它每降一下，我就不由自主地闭一次眼睛，尽管我也知道死亡其实是一种解脱。然而一想到只要这台机器再下降一些，利刃就会挨近我的胸膛，我浑身上下的每一根神经就都不由自主地为这一念头而震颤。使我神经震颤的，使我身体畏缩的，是希望。在折磨中不肯屈服的，在宗教裁判所的死囚牢中为死囚打气的，也是希望。

我看出，钟摆再摆上十一二下，利刃就会触到我的囚服了。这样观察着，我忽然感到心底升起一种绝望的泰然自若。在这许许多多个钟头，也许是许许多多个日夜中，我头一次开始思考。我忽然想到，捆绑着我的带子，或者是马肚带，其实是一整根。除此之外再没有其他绳子扎在我身上了。只要利刃一蹭到这根带子的任何一部分，都会将带子割断。我只需用左手一拽，即可脱身。但是利刃逼近时将会是何等的可怕啊！挣扎时稍有不慎，就会被开膛破肚！此外，莫非那帮走狗狱卒就没预见到这种可能性，而没采取任何防范措施吗？我胸前的这根带子会恰好处地在利刃摆过的地方吗？我生怕自己这最后的希望也归于破灭，于是尽力翘起头来，向胸前张望。我只看见带子紧紧地束缚着我的四肢和身体，而利刃经过之处却没有带子。

我刚把头垂回原来的位置，脑海中便又闪现出那极不成熟的脱身念头，这一念头是我刚才把咸肉放进嘴里时隐隐形成的。现在这一念头又出现了，既不清楚，也不理智，却十分完整。我立刻开始行动，以一种绝望的力量，把思想变为现实。

在许多个钟头里，我躺的这个木床周围都满是老鼠。它们大胆而贪婪，一个个瞪着血红的眼睛望着我，仿佛只要我一不动弹了，它们就会冲上来把我吃掉。我不禁想到，它们在井里吃什么东西呢？

尽管我极力轰赶，可它们仍然吃掉了盘里的绝大部分咸肉。我所能做的只是在盘子旁边一下下地挥手。没过多久，我这种机械的动作就失去了效力。这群贪婪的耗子不断用尖牙和利爪攻击我的手指头。我尽量把油乎乎的剩肉渣子涂在带子上我够得到的地方。然后我扬起手来，屏住呼吸，一动不动地躺着。

看到我不再动了，贪婪的老鼠们首先是吃了一惊，纷纷惊恐地往后退，有的甚至往井里逃。但是这一情况只持续了一会儿。我没看错，它们的确贪婪成性。看到我始终没有动弹，一两只胆大的老鼠跳上了木床，嗅那根束缚着我的带子。这就像是一个集体冲锋的信号。只见老鼠们纷纷从井里钻出，重新集结成军。它们爬上木床，在上面跑来跑去，跳上我的身体。钟摆那一下下的摆动根本吓不住它们。为了避免被利刃击中，它们拼命地啃着涂了油的带子。它们在我身上滚成一大堆，在我的脖子上蠕动。它们那冰凉的小嘴拱着我的嘴唇，把我闷得透不过气来。我恶心得要命，浑身直起鸡皮疙瘩。已经有一分钟了，我觉得这场挣扎马上就要结束了。我清楚地感觉到带子松了开来。我知道，断的地方绝不止一处。我仍以超人的毅力，一动不动地躺着。

我的算计没有失误，我这番努力也没有白费。我终于感觉到彻底自由了。带子像一截截破布条似的挂在我的身上。但是利刃也已经逼到了我的胸前，它已蹭破了我的囚衣，并且划破了里面的衬衣。它又摆了两下，我感到一阵刻骨铭心的疼痛。但是脱身的时刻到来了。我挥了一下手。老鼠们纷纷逃窜。我小心地缓缓朝旁边挪动身子，离开了破碎的带子，离开了利刃的轨迹。至少在这一刻，我是自由的了！

自由！但仍在宗教裁判所的魔爪之中！我刚一离开恐怖的木床，下到监狱的石地上，杀人机器就停了下来。我认为，是房顶上某个看不见的操纵者把它停下来的。这是我必须牢记的一个教训。毫无疑问，我的一举一动都在受着监视。自由！我只是逃过了一种形式的痛苦死亡，而将被送去品尝另一种更为痛苦的死亡。这样想着，我不由得紧张地打量起四面包围着我的铁墙。有些不对劲儿，这里发生了变化。一开始我还无法完全弄清楚这种变化，但变化却是很明显的。我茫然地在那里浑身发抖，一个劲儿地做着各种推测。这时，我头一次弄明白了屋顶上的硫黄灯是怎么回事。灯光是从一道裂缝中照出的，这道裂缝有半寸来宽，横贯整个屋顶，并沿墙而下，直通两边墙壁的墙基，于是这间牢房便被一劈两半。我拼命往缝隙中看，但是，当然了，什么也看不见。

当我不再试图往缝隙中看时，我忽然一下子意识到了牢房的变化。尽管我已注意到，墙上的那些鬼怪画像是很清楚的，但是它们的颜色却很模糊。

现在，它们的颜色一下子变得非常鲜艳，那些鬼头鬼脸也变得极为吓人。原来什么也没有的地方，现在都出现了无数只妖魔的眼睛，一个个喷着火，恶狠狠地盯着我。我简直觉得这不是真的。

不是真的！即使我嗅到了加热的铁板蒸发出的水蒸气，我也觉得不是真的！监狱里弥漫着令人窒息的气味！那些盯着我痛苦地挣扎的恶魔的眼睛越变越红！那喷出的火苗变成了更为华丽的紫红色。我的心在狂跳！我口喘粗气！这些折磨我的人，他们的用意是明摆着的。啊，这帮残忍的家伙！啊，这伙魔鬼一样的人！我避开火热的铁墙，退到了牢房中央。在这即将被烧死的关头，我想起了那口井，觉得它是那样清凉安逸。我跑到陡峭的井边，紧张地朝下张望，屋顶上的火光照亮了井底。然而有那么一刻，我疯狂的头脑无法理解自己所看到的景象。最后，可怖的深井终于使我的发抖了。我哆嗦了一下，退了回去，双手掩面，悲怆地哭了起来。

牢房里的热度在迅速增加着。我抬起头来，打了个冷战。牢房再次发生了变化。这回的变化是形状方面的。像上回一样，一开始我又是无法理解所发生的事情。但是没过多久我就全都明白了。由于我两度企图逃跑，他们决定不再同我玩欲擒故纵的游戏了，要一下子置我于死地。牢房原来是方形的。现在我看到，房间的两个角落变成了锐角，另外两个变成了钝角。随着一阵隆隆的碾磨声，锐角变得更锐，钝角变得更钝了。没过一会儿，房间就变成菱形的了。但是变化并没有就此停止，我也没希望它会停止。我宁可在火红的墙上求得永远的平静。“死亡，”我说，“怎么死都可以，就是别死在井里！”傻瓜！莫非我就不知道，他们加热的目的不就是把我逼得跳井吗？我能抵御住深井的诱惑吗？即使我能抵御住这种诱惑，我能经得起在火中煎熬的痛苦吗？现在，菱形正迅速地越变越细，变成细长条，我简直没有时间细想。我被挤到了深井的边上。我向回退了一步，但是那越来越近的铁墙逼迫着我向前走。我那被火烧灼着的身体终于没有立锥之地了。我不再挣扎，但是我那痛苦的灵魂却在一声长长的绝望的尖叫声中得到了最后的宣泄。我觉得自己正踉踉跄跄地向井中栽去，于是我掉转开自己的目光。

我忽然听见了乱哄哄的说话声！然后是一声响亮的爆炸，就像是几千个喇叭一起吹响！接下去是刺耳的碾磨声，像无数的雷鸣！喷火的铁墙向后退去！正当我昏沉沉地栽向井里之际，一双有力的臂膀抱住了我。是拉萨尔将军。法国军队攻克了托莱多。宗教裁判所已落入它敌人的手中。

人群中的人

无法孤独的人是痛苦的。

——拉布吕耶尔①

据说，有一本德文书是不准人阅读的，书中有一些不得讲出的秘密。世界上每天夜里都有许多人在病榻上死去，他们痛苦地抓着临终忏悔牧师的手，神色凄凄，心情绝望，喉咙里噜噜作响，不敢把心中的秘密一吐为快。时常有一些人，他们知道某些秘密，但是出于良心，到死他们也不会将这些秘密讲出。犯罪行为不被揭露也是这个道理。

不久前的一个秋天的傍晚，我坐在伦敦 D 咖啡馆的凸肚窗边。我病了几个月，刚刚痊愈，体力正在恢复，心情特别好，我正从一种想象的境界中回到极为理智的状态。人活着，这本身就是乐事一桩。就连从世上的许多痛苦的事情中，我也可以悟到几分快乐。我心中十分平静，却对什么事情都感到好奇。我口叼雪茄烟，手捧报纸，一坐就是大半个下午。我一会儿读读广告，一会儿观察观察咖啡馆里各色各样的男男女女，一会儿透过朦胧的玻璃窗，朝街上张望。

外面的街道是伦敦城的一条主要大街，整个白天都熙熙攘攘的。随着暮色的降临，这里的顾客越来越多。掌灯时分，咖啡馆里的人进进出出，持续不断。我以前从没在这样的时候在这里待过。攒动的人头淹没了我，使我产生了一种新奇的感觉。我终于不再关心咖啡馆里的事情，一心一意地观察起外面的景象来。

---

① 拉布吕耶尔，法国以写讽刺作品见长的道学家。——译者注

一开始，我的观察是没有特定目标的。我观看过往的行人，从总体的角度看他们。但是没过多久我就注意起细节来，开始观察每个人不同的身材、服饰、神态、步伐、面容和表情。

街上的行人大都是志得意满，他们一个个都好像有事情要做，只想着挤过稠密的人流。当他们被其他行人挤着了的时候，便皱起眉头，滚动眼珠，但他们并不因此而发脾气，只是整整衣冠，继续匆匆前行。还有不少行人是结伴而行的，他们大都面红耳赤，指手画脚地边走边谈，一个个旁若无人。当这类人被人挡了路的时候，他们便会突然停止说话，嘴角挂着虚伪夸张的微笑，打着手势，等着阻挡他们的人过去。如果被别人挤着了，他们就向挤他们的人鞠个躬，表情显得十分困惑。我所注意的这两类人没有多少与众不同之处。他们都服装笔挺，显然都是贵族、商人、律师、小业主、股票经纪人之流的人物——世袭贵族和社会上的普通人。有闲阶层的人士和积极忙于自己生意的人士，他们引不起我太大的兴趣。

职员阶层则很显眼。我分辨出两类职员。一类是时髦的新公司中的低级职员，他们都是年轻人，身穿紧身衣，足蹬锃亮的皮靴，头发油光闪闪，嘴角挂着傲慢的微笑。他们举止潇洒，摆出的风度恰恰是一年到一年半之前贵族们的时髦做派。他们捡的是绅士阶层的余慧——我认为，用这句话给他们下定义最合适不过了。

另一类是老公司中的高级职员，这一点一眼就可以看出来。他们的特征是，身穿黑色或棕色的外衣和马裤，衣服都做得肥大舒服。他们还都打着白领带，穿着白西服背心，足蹬宽大结实的鞋子，腿上穿着长筒袜或打着绑腿。他们的脑袋大都有点儿秃，而总是夹着钢笔的右耳朵，则总爱支棱着。我注意到，他们时不时地摘下帽子，或双手把帽子扶正。他们也都揣有怀表，怀表上都系有一截又短又粗、式样古老的金链子。他们透着一副假作斯文的派头，如果真有如此体面的假作斯文的话。

还有许多打扮得华而不实的独行者，我一眼就看出他们属于扒手一类的人物，所有的大城市中都有这类人物神出鬼没，频繁活动。我好奇地打量着这些假绅士，心中诧异不已：真正的绅士们怎么有时竟把他们错当成了自己的同类？单从他们那宽大的袖口和那假作实诚的表情，就可以一眼看出他们是“佛爷”①。

而赌徒则更容易辨认。他们的衣服各色各样，从身穿丝绒背心、脖系漂亮的领带、悬挂金表链、饰有金扣的二流子，到衣着朴素、言行谨慎的教士，不一而足。但是他们一个个都印堂发黑，眼睛黯淡无光，紧抿着的嘴唇灰里透白。他们还另外有两个明显的特点：一个特点是说话时戒心十足，总是压低嗓门儿；另一个特点是大拇指总是伸得老长。我也观察到，与这些具有明

---

① “佛爷”（俚语），意为“扒手”。——译者注

显特征的人在一起的，也常有一些人，尽管他们的习惯与上述的人有些不同，但仍属此类。他们是些靠耍小聪明过日子的绅士。他们也可被分为两类：一类是花花公子，一类是军人。第一类人的主要特点是长长的头发和一脸的微笑；第二类人的主要特点则是华丽的军服和紧皱的眉头。

看完上流社会的人，我又去观察下流社会的人。他们当中有一脸谦卑相、但鹰一般的眼睛却闪闪发光的犹太小贩。有沿街行乞的乞丐，他们怒视着比自己运气好的人。有身体虚弱、行将就木的病残者，他们蹒跚地穿过人群，以恳求的目光看着别人，仿佛是在寻找某种偶然的安慰或失去的希望。有干了一天累活，正往自己那索然无味的家中赶路的羞怯的姑娘，当流氓们挤她们、看她们时，她们的反应不是愤慨，而是被吓得快哭了，一个劲儿地躲避。有各个层次、各种年龄的女人：她们当中有国色天香的妙龄女郎，看上去美如卢西安雕像，洁如帕罗斯素瓷，而肚子里却极为肮脏；有破衣烂衫、浑身麻风、丑陋无比的娘儿们；有满脸皱纹的老太婆，她们涂脂抹粉，珠光宝气，想方设法使自己显得年轻；有尚未成年的雏妓，她们虽然小小年纪，却风情万种，要与成年的同行一争高低。醉汉们的丑态也是各有千秋：有衣不遮体、一步三摇的，他们眼圈发青，眼无光泽；有衣装虽然有些脏，却不失笔挺的，他们走起路来稍有些打晃，厚厚的嘴唇充满肉欲，泛着红光的脸显得志得意满；也有身穿质地曾一度很好的衣服的，即使是现在，这类过时的衣服也还是干净整洁的；有一些醉汉脚步稳健、轻快，可他们的脸色却是惨白的，眼睛也红得吓人；还有些醉汉则在穿越人群时，边走边用颤抖的手去抓每一个够得到的人。除此之外，还有卖馅饼的、掮夫、运煤工、扫烟囱的、手摇风琴师、耍猴子的、边吆喝边唱的民谣歌本叫卖人、破衣烂衫的工匠和精疲力竭的苦力，他们一个个都吆五喝六，异常活跃，吵得人耳朵难受，让人看着眼睛发花。

夜越来越深，夜越深我的观兴就越浓，因为街上的行人在总体性质上发生了变化（好人越来越少，下九流越来越多，各色各样的坏蛋在黑夜中倾巢出动），而且那原先与白日争辉颇显暗淡的煤气灯，现在也终于显得亮了起来，把那忽明忽暗的耀眼光亮投在一切物体之上。而四下里则是一片黑暗，一片与辉煌相对的黑暗。

灯光诱得我想要观察每一个人的面孔。虽然在窗外那闪动的世界中，我对每一个人的面孔只能看上一眼，但凭着这仅仅的一眼，我那处于极为奇特状态的头脑，却好像读到了此人多年的经历。

我把额头贴在玻璃上，仔细地观看行人。忽然间，一张面孔闯入了我的视野。这是一张老人的面孔，大约在六十五到七十岁之间。这张面孔上的表情极有特点，一下子就吸引住了我。我以前从未见过这样的表情。至今我仍然记得，我一看到这张面孔，头一个念头便是：如果雷特奇看到了它，肯定会把它当做魔鬼的模特来画。正当我凭着这短短的一瞥，试图对这张面孔上的表情所传达的含义进行一番分析时，我的心中忽然升起了一系列既混乱又矛盾的想法，这些想法中包含着巨大的精神力量，包含着小心谨慎，包含着吝啬小气，包含着贪婪，包含着冷酷，包含着恶毒，包含着渴望，包含着得意，包含着快活，包含着极度的恐惧，也包含着无比的绝望。我觉得自己仿佛是吃了一惊，心中有一种受到激励、神魂颠倒的感觉，不由得自语道："此人的心中埋藏着一种多么奇怪的往事啊！"我亟想继续观察他，进一步了解他。我匆匆地披上大衣，抓起帽子和手杖，冲到街上，挤过人群，朝我刚才看见他走去的方向追去，这会儿他已不见了踪影。我追了一程，很快就又看到了他。我追上去。紧紧地尾随其后，同时尽量小心，不让他发现。

现在我有一个很好的机会来观察他。他个子不高，瘦瘦的，显然体质很弱。他的衣服又脏又破，但是借着明亮的灯，我看出衣料的质地却很好。他穿着一件扣得严严实实的长外套，这件长外套显然是旧货摊上买来的。也许是我看错了，透过他的衣服缝，我竟看到了一柄镶有钻石的短剑。通过这番观察，我越发好奇起来，我决定跟踪这个陌生人，他走到哪儿我就跟到哪儿。

现在夜已经很深了，潮湿的浓雾笼罩着整个城市。没过多久，一场持续的大雨便又把浓雾驱散了。天气的这种变化立刻在人群中引起了一场新的骚动，人们纷纷打起雨伞，街上出现了一个伞的世界。犹豫、拥挤、嗡嗡声，这一切都在原有的基础上增加了十倍。至于我自己，我并不在乎大雨——我体内隐藏着一种得病发烧时留下来的热度，使我觉得这雨水具有一种稍带危险的愉快气味。我把一块手帕蒙在嘴上，继续跟踪。老人在大街上艰难地行走了半个钟头，我生怕跟丢了他，所以紧跟在他身边。他一次也没有扭头看我。他走进了另一条街，这条街虽然人也很多，却不像刚才走过的那条大街那么拥挤。他的态度发生了明显的变化，脚步慢了下来，也不像原来那样有目标了，他显然有些犹豫。他一会儿在马路这边走，一会儿又到马路那边走，他这样做显然没有什么目的。街上仍然很挤，他每换一个街侧，我都不得不紧跟着他。这条街又细又长，他在街上走了近一个钟头，在此期间行人逐渐减少，减至只有百老汇中午时间常有的那么多人的程度——百老汇中午人少，伦敦城深夜人少，伦敦的老百姓同纽约的老百姓区别可真大。我们又拐了一个弯，拐进了一个灯光明亮、热闹非凡的广场。陌生人又恢复了原来的神态。他低着头，皱着眉，一双眼睛东张西望，打量着四周的人。他不停步地穿过人群。我惊讶地发现，他竟然在广场上绕起了圈子，一连绕了好几圈，有一回他忽然扭回头来，差点儿看见我。

我就这样在广场上又走了一个钟头，到后来行人越发少了。雨越下越急，天气在变凉，人们大都回家了。老人做了个不耐烦的手势，钻进一条比较偏僻的胡同。他在胡同中走了一里来地，便开始以一种他这样年纪的人绝难有的速度疾行起来，我好不容易才跟上了他。几分钟后，我们来到一个热闹的大集市。老人显然与这儿的人都很熟，他又恢复了原来的神态，漫无目的地在一群群的买主与卖主中间走来走去。

我们在这里转了一个半钟头。我必须十分谨慎，才能既跟上他，又不被他发现。幸亏我穿了一双橡胶套鞋，走起路来不出声响。他一次也没发现我在盯着他。他走进一家家商店，不问价，也不说话，只是用一种茫然的目光观看所有的物品。现在我对他的这种举止已不太惊异了，我决心一定要把他弄个水落石出再放开他。

大钟响亮地敲了十一下，人们纷纷离开了集市。一个正在关百叶窗的店铺老板挤了老人一下，我立刻发现老人浑身颤抖。他匆匆地走进街里，焦虑地回头看了一眼，然后撒腿就跑，跑过许多弯弯曲曲的无人小巷，最后来到我们一开始出发的那条大街——D 咖啡馆所在的大街上。不过，现在街上已经变了样子。煤气灯仍然通明，可暴雨却注如倾盆，街上几乎不见人迹。陌生人脸色苍白，他闷闷不乐地在那一度人来人往的大街上走了一会儿，长叹了一声，转身朝泰晤士河的方向走去。他一路上拐了好几个弯，最后终于来到了一座大剧院跟前。剧院正在散场，观众从大门涌出。只见老人深吸一口气，钻进人群，不过我觉得他脸上的痛苦表情减少了。他又低下了头，就像我刚看见他时的那副样子。我发现他专拣散场观众多的地方走，不过我弄不明白他为什么走起路来一会儿东一会儿西。

他这样走着的时候，观众越散越稀，于是他又恢复了原来那种不安和犹豫的神态。他跟在一伙刚喝完酒的人的后面，这伙人大约有十一二个。他跟了一程，这伙人逐一离去，到了一个偏僻的小黑巷中时，只剩下三个人了。老人停下脚步，似乎沉思了一会儿，然后变得非常激动，疾步走开，一直走到城郊。这里与我们刚才走过的地区大不一样，是伦敦最肮脏的地方，一片凄凄惨惨的赤贫景象，犯罪率也极高。借着一盏临时路灯的暗淡灯光，只见一大片七扭八歪、快要倒塌的旧木屋，木屋之间有一条几乎辨别不出的小路。铺路石被铺得乱七八糟，满地蔓延的野草把铺路石挤得错了位。潮湿的街沟里尽是垃圾，一派荒凉的气氛。但是随着我们往前走，逐渐听到了活跃的人声，最后我终于看到了一群群伦敦最为放荡的人。老人就像是一盏即将燃尽的油灯，情绪又忽地一下子提了起来。他再次迂回前进。转过一个弯，但见一片灯光，我们来到了一个郊区的酒馆跟前。

现在天已经快亮了，但是大量的酒鬼仍然从酒馆的大门中进进出出。老人快活地尖叫了一声，挤进人群。他立刻恢复了原来的神态，漫无目的地在人群中来回走动。但是没过多一会儿，人们便纷纷涌出了酒馆——老板要打烊了。只见我始终尾随观察的这个老人，脸上流露出一种比绝望还要强烈的表情。然而他并不肯就此罢休，以一种疯狂的精力，掉过头来，重新向伦敦市中心走去。他疾步走了很久，我极为惊异地跟在他后面，决心切不可丢掉这个我现在亟想弄出个究竟的目标。太阳升起来了，我们又来到了人最多的市区——D 咖啡馆所在的那条大街，现在这里又几乎与昨晚同样热闹了。我在越来越强烈的混乱中紧跟他不舍。但是，与以前一样，他又东钻西窜，整整一天都没离开最热闹的地方。第二个夜晚的夜幕降临时，我累得受不了了。我在这位游逛者的面前停下，直视着他的面孔。他看也不看我，又拔腿大摇大摆地走路。我不再跟踪了，开始思索起来。我最后终于说道："这个老家伙是个极会隐藏自己的高明罪犯。他不甘孤独。他是人群中的人。跟踪他是没有用的。我无法了解他，无法了解他的行为。一颗最为狡猾的心是一本内容比《花园之风》还要多得多的书，也许正是仁慈的上帝不准人读它。"

莫　蕾　拉

自衍自续，始而复周。

——柏拉图①《辩解篇》

我对我的朋友莫蕾拉怀有一种深深的、十分奇特的感情。许多年前我同她偶然相识，我们头一次见面时，我的心中就燃起一种以前从未有过的熊熊火焰，不过这火焰绝非爱情的火焰。使我痛苦不堪的是，我逐渐发现自己怎么也说不清这奇异的火焰究竟是怎么回事，也绝无办法控制这火焰的烈度。然而我们认识了，命运又把我们结合在了一起。我没说起过激情，也没想到过爱。她退出尘世，与我单独厮守，给我幸福。这是一种令人惊异的幸福，是一种令人梦想的幸福。

莫蕾拉学识渊博，聪明绝顶，才智过人，我对此感触颇深。于是在许多事情上，我甘当她的小学生。然而，不久后我就发现，也许是因为她在普雷斯堡上过学，她拿给我看一些非常神秘的作品，这类作品往往被人们仅看做早期文学中的糟粕。不知为什么，她特别喜欢这类作品，并长期对它们进行研究。在她的影响之下，我也逐渐迷上了它们。

我之所以这样，并非理性使然。我稀里糊涂地成了这些哲学的信徒，全然忘却了自己。这并不是因为这些哲学理想发生了作用，也不是因为书中的神秘色彩对我产生了影响，如果有什么的话，也完全是自己走火入魔了。这样一想，我便一心一意地唯妻子之命是从，全心全意地投入到她那复杂的研究中去了。然后嘛，然后当我钻进禁纸堆中，感到自己的心中燃起一种被禁的精神时，莫蕾拉就用她那冰冷的手抚摸着我的手，从这些已然死亡的哲学

① 柏拉图，古希腊三大哲学家之一。——译者注

的灰烬中，挑出几个奇特的古字，这些古字的奇怪意思在我的记忆里留下了深深的烙印。于是我就一连几小时陪在她身边，听她用动听的嗓音向我讲述这些字的意思，直到她的声音中充满了恐怖之情，我的心头笼罩上阴影，我变得脸色苍白，内心深处对她那令人毛骨悚然的语调惊惧不已。于是，快乐之情突然变为了恐怖。就像欣诺姆谷①变成了火焚谷②一样，最美丽的变成了最可怕的。

我不必原原本本地讲述我们的研究究竟是怎么回事，反正好长一段时间里，我和莫蕾拉的唯一话题就是这些怪玩意儿。费希特③的唯意志论，毕达哥拉斯④的“一切都是数”，以及顶顶重要的，谢林⑤所鼓吹的“同一性”学说，这些哲学观点对极富想象力的莫蕾拉来说，都是极有意思的话题。我相信，构成一个理智者的理智的，正是洛克⑥先生的那种同一性。由于我们都明白智慧的本质是理智，由于我们的良知总是与思考一道运作，所以我们才是我们自己，才与别人不同，而我们俩却相同。但是我最感兴趣的则是个性化观点。我之所以对其感兴趣，与其说是由于它具有那种令人困惑、令人激动的性质，还不如说是由于莫蕾拉提到这种观点时的那种热烈的态度。

但是，我妻子的态度终于有一天像符咒般地魇住了我。我无法再忍受她那苍白的手指的触摸，无法再忍受她那低低的动听的嗓音，无法再容忍她那双忧郁的眼睛中的光泽。她知道这一切，却没有责备我。她似乎意识到了我的软弱和愚蠢，笑了笑，说这是命中注定。她似乎也意识到了是什么逐渐引起了我的一种我自己尚不知晓的精神错乱，但是她对此没有做出任何暗示。然而她却一天天地憔悴下来。她脸上的红晕终于完全消失，额头上的青筋变得日趋明显。有一阵子，我对此十分怜悯，随后我从内心深处感到恶心，就像是注视着一个万丈深渊般头晕目眩。

我应该说，刹那间我极为渴望莫蕾拉死掉。是的，我这样渴望了。但是她那脆弱的灵魂紧紧地附在肉体上，附了许多天，许多个星期，许多个月，直到我那饱受折磨的神经产生的怒气压过了良知。见她迟迟不死，我越来越生气。我怀着一种魔鬼的心情，诅咒这拖延的每一天，诅咒这拖延的第一个钟头，诅咒这痛苦的时刻。她的生命延续着，延续着，就像是傍晚的阴影，迟迟不肯消失。

但是在一个秋天的晚上，天空的风住了。莫蕾拉召我到她床边。外面的

---

① 以色列地名，语出《圣经》。——译者注

② 《圣经》中记叙的耶路撒冷西南的一个山谷，是亚扪人以儿童为人祭火化后献给摩洛神的地方。——译者注

③ 费希特，德国哲学家。——译者注

④ 毕达哥拉斯，古希腊哲学家和数学家。——译者注

⑤ 谢林，德国唯心主义哲学家。——译者注

⑥ 洛克，英国哲学家。——译者注

大地上薄雾迷蒙，河水在闪闪发光，一道彩虹从天而降，落在茂密的十月林中。

“时候到了，”当我走上前去时，她说，“要么活下去，要么死掉。今天是大地之子与生命之子的日子。啊，说得更确切些，今天是天堂之女与死亡之女的日子！”

我亲吻她的前额，她继续说道：“我要死了，可是我却该活下去。”

“莫蕾拉！”

“只要你还能爱我，这种日子就不会到来。但是活着的时候被你憎恶的女人，死了以后你就会敬重她。”

“莫蕾拉！”

“我再说一遍，我要死了，可我心中有一种感情。啊，你曾对我莫蕾拉有过这样的感情，尽管它是那么的少！当我的灵魂离开肉体时，那个孩子将会活下去——你和我的孩子，莫蕾拉的孩子。然而你今后的生活将是痛苦的，就像柏树是活得最久的树一样。这种痛苦将是一种最持久的感觉，因为你的幸福日子已经结束了。幸福与帕埃斯图姆一年开两次的玫瑰不一样，一生中只能得到一次。由于你无视长春花和藤蔓，你将像去麦加朝圣的穆斯林身着戒衣一样，背负着大地的尸衣。”

“莫蕾拉！”我哭喊道，“莫蕾拉！你怎么知道这个的？”但是她扭过头去，把脸埋在枕头上，只见她的四肢发出一阵轻微的颤抖。她就这样死掉了，我再也听不见她的声音了。

然而，正如她所预言的，她临死前生下了个孩子，这个孩子直到她咽了气才开始呼吸。这孩子是她的女儿。孩子活了下来，并逐渐成长。这孩子无论是在外形上还是在智力上，都长得极为奇特，酷似其死去的母亲。我对这孩子爱如掌上明珠，这种爱超过了世上任何的爱。

然而，没过多久，乐极生悲，这种纯洁的爱便被悲苦的愁云笼罩了。我刚才说过，这个孩子无论是在外形上还是在智力上，都成长得极为奇特。之所以奇特，是因为她的身体发育得非常快，而更为可怕的则是，每当我眼看着她在心智方面迅速成长时，我的头脑中就充满了一种混乱的激动念头。若不是这样的话，我怎么会每天都从这个孩子的想法中发现成年女子的能力来？这小小年纪的婴儿怎么就会信口说出经验教训之谈？她那思绪重重的大眼睛中怎么又会常常流露出成人的智慧和激情？啊呀，当我惊恐地发现这一切变得明显起来时，当我的灵魂不得不面对现实的时候，我便会不由自主地战栗地想起已故的莫蕾拉说过的话来。从这个茫茫的世界上，我夺来的竟是一个命运之神令我必须敬重的人。我闭门不出，焦虑地观察着与她有关的一切。

时间一年一年地过去，我日复一日地注视着她那神圣、柔和、富于表情的面孔，对她的成熟惊异不已。每一天我都在这孩子身上发现一处与其母的新的相似之处。这种相似常常弄得我心绪不安。她微笑时那么像她母亲，这我无法容忍。有时我看到她的微笑竟与她母亲的一模一样时，便会不由自主地心里发抖；她的眼睛那么像莫蕾拉，这使我受不了，但是更为可怕的是，她的目光也同莫蕾拉那敏锐的目光一样，能够洞悉我的心灵。她那高高的额头，她那光洁的鬈发，她那时时插入发中的苍白的手指，她那动听的嗓音……而顶顶重要的是，她说话时所用的酷似其母所用的字眼，这一切都使我心中极为不安，这一切都极度地折磨着我。

时间就这样过去了十年，我始终没有给我的女儿起名字。我只是亲切地称她“我的孩子”和“亲爱的”。由于闭门不出，她没有任何社会交往。自莫蕾拉死后，莫蕾拉的名字就不再被提起。我从没向女儿讲起过她的生身之母——这是不可能讲的。一点儿不错，这个孩子毫不知道外边的世界什么样，她始终生活在自己这个封闭的天地里。但是我终于想起要给她举行洗礼了，我那紧张的头脑中的念头是，通过给孩子洗礼，来结束自己这种可怕的命运。洗礼是在我家的地下室举行的。在洗礼仪式上，我对孩子的名字总拿不定主意。我想起来许许多多的名字，既美丽又动听，既有古典式的又有现代派的，既有具民族特点的又有带外国风味的，它们都涌到了我的嘴边。不知怎么搞的，我竟然一下子想起了亡妻。天知道是哪路魔鬼搞得我晕头转向，我低声说出了一个名字，这个名字是那样的可怕，只要我一想起它来，我那奔腾的血液就会流回心室。在这昏暗的圣坛边，在这静静的夜晚，我不知是中了什么邪，竟在神父的耳边说出了“莫蕾拉”三个字。更为邪乎的是，我刚一说出这三个几乎难以听见的音节，我女儿的脸便抽搐起来，她目光呆滞地仰望上方，跌倒在石板地上，答道：“唉!”

这个简单的回答清晰、冷静地传入我的耳中，然后又像熔化的铅水一样，嘶嘶叫着灌入大脑。不论再过多少年，我都不会忘记这段记忆，绝不会！虽然我确实没有无视长春花和藤蔓，但是杨树和柏树却日夜都在遮蔽着我。我再也不计算时间，也不考虑自己身在何处，我的命运之星在黯淡下来，因此大地变得十分黑暗。人们从我身上走过，就像迅速掠过的黑影。而在这些人影当中，我只能看出一个来：莫蕾拉。风在空中吹过，但是我只能听见一个声音，那便是海水不停地低吟：莫蕾拉。可她死了。我亲手把她送进了墓穴。当我打开墓室，把第二个莫蕾拉放进去时，我发现墓室里没有第一个莫蕾拉的半点儿痕迹。我凄厉地大笑不已。

木　箱

几年前，我乘坐哈迪船长的“独立”号精美邮船，从南卡罗来纳州的查尔斯顿前往纽约市。如果天气不变坏的话，我们将于六月十五号起航。于是十四号这天，我来到船上，在我的特等舱房中进行了一番安排整理。

我发现，此班邮船上乘客很多，其中女士尤多。我在乘客名单上看到了几个熟人的名字，其中，我尤为欣喜地发现了科尼利厄斯·怀特先生的名字。此人是一位青年画家，是我的挚友。我曾与他在同一个大学中学习，读书期间常在一起。他很有才气，他的性格与其他的天才一样：愤世嫉俗，敏感热情。他是天底下最为真诚的一个人。

我发现他的名下订有三间特等舱房。我又查了一遍乘客名单，发现他是与妻子及两个妹妹一起作此番航行的。特等舱房间很大，每个舱房有两个铺位，一上一下。当然了，这些铺位都很窄，只能睡一个人。可我还是不明白，他们四个人何必要订三个舱房？我当时正处于这样的一个时期：总爱对鸡毛蒜皮之类的小事进行不正常的探听。我现在羞愧地承认，当时我对他订有这么多舱房，是进行了一系列不怀好意的荒谬猜测的。当然了，这不是我该过问的事，但是我却孜孜不倦地试图解开这个谜。最后我终于得到了答案，我不禁奇怪自己为什么早没想到这一点。“这当然是因为有一名仆人。”我说，“我真傻，这么明摆着的答案，我怎么就早没想到!”然后我又仔细地研究了名单，这回我清楚地看出，他们一行四人并没有真带仆人。他们原打算带一名仆人，因为上面原有“仆人一名”的字样，但这几个字被划掉了。“啊，那肯定是因为多带了行李，”我自语道，“带了某些他不愿意存放在行李舱中的东西，某些他要放在眼皮底下的东西。啊，我猜出来了，准是油画之类的东西。他与意大利犹太画商尼科利诺讨价还价的就是这个。”我觉得自己找到答案了，于是不再好奇。

怀特的两个妹妹我也很熟，她们都是最温和、最聪明的姑娘。怀特新婚燕尔，他的新娘我尚未谋面。然而，他却经常热情地向我谈起她，说她极美，极聪明，极有教养。所以，我非常想认识她。

我来船上这天（十四号），船长告诉我，怀特他们也要来。于是我在船上多逗留了一个钟头，希望能一睹新娘的芳容，却没等到他们，据说是怀特太太有点儿不舒服，要到明天起航时才上船。

第二天一早，我从旅馆来到码头，哈迪船长迎接我，说："由于客观原因(好一个愚蠢却十分方便的托词)，'独立'号一两天内不能起航。待到一切就绪，我将派人通知你。"我觉得这挺怪，因为现在南风徐徐，但是究竟是什么"客观原因"他不直说。我虽然心中好奇，但也没有办法，只好回家，不耐烦地消磨时光，等待。

足足一个星期，我没收到船长的通知。后来通知终于来了，我立即上了船。船上满是乘客，一派起航前的热闹景象。我上船后十分钟，怀特一家人也来了，画家、他的两个妹妹，还有新娘。画家正处于他那种惯常的愤世嫉俗的情绪之中。我太熟悉他的这种脾气了，所以对此毫不在意。他甚至没向我介绍他的妻子。还是他妹妹玛丽安——一个非常聪明可爱的姑娘——匆匆地介绍我和新娘认识了。

怀特太太蒙着面纱。当她回报我的鞠躬，撩起面纱时，我承认，我极为惊讶。若不是我太了解我的画家朋友了，知道他描绘起女人的可爱之处来喜欢夸张，我是会更为惊讶的。我知道，如果他觉得哪个女人美丽，就会把她说得完美无瑕，说成天仙。

事实上，我不得不认为怀特太太是个丑女人。用"丑陋无比"这个词来形容她，如果有些过分的话，反正也差不了太多。然而，她身上的衣服却很雅致。于是我得出结论，她一定是用更能持久的心灵美迷住了我的朋友。她只说了几句话，便立刻与怀特先生去了自己的特等舱房。

我打破砂锅问到底的老毛病又犯了。"没带仆人"这个问题已想通了，所以我开始寻找多带的行李。过了一会儿，一辆马车来到码头，车上有一个长方形的松木箱子，这似乎正是我所预料的。箱子一被搬上船，船就起航了。没过一会儿，船便驶过了河口的沙洲，驶入了大洋。

正如我所说的，这个箱子是长方形的。它两米来长，将近一米宽——我仔细地观察着，希望自己估计的尺寸尽量准确。箱子的形状很奇特，我一看完它，就断定自己的猜测是准确的。我在前面说过，我已得出结论，认为这位画家朋友多带的行李会是几幅画，至少是一幅画，因为我知道他已与画商尼科利诺商谈了几个星期了。现在他带来了一个箱子，从箱子的形状看，里面盛着的很可能是达·芬奇的《最后的晚餐》，我早就知道，尼科利诺已买下了小鲁比尼在佛罗伦萨画的那幅《最后的晚餐》。因此，我认为自己的猜测是十拿九稳的。想到自己如此聪明，我不禁悄悄地笑了起来。据我所知，怀特这是头一回把他艺术上的秘密瞒着我，他显然是想在我的眼皮底下，将一幅珍贵的名画偷运至纽约，希望我对此事一无所知。我想趁此机会好好地开他一次玩笑。

然而，有一件事情使我着实懊恼。那个箱子没有被运进那间多余的特等舱，而是被放进了怀特自己的舱房。它几乎占据了全部地面，毫无疑问，这一定使画家和他妻子行走极不方便。箱盖上用沥青或油漆之类的东西写着几行草字："纽约，奥尔巴尼，阿德莱德·柯蒂斯夫人收。科尼利厄斯·怀特先生谨此。注意：轻拿轻放，切勿倒置。"这几行沥青或油漆书写的草字散发着一股令人作呕的臭味。

我想起，奥尔巴尼的阿德莱德·柯蒂斯夫人是画家的岳母，但是接下去我觉得这整个地址显得神秘兮兮的。我认为，箱子其实是要运到我这位厌世的朋友在纽约钱伯斯街的画室里去的。

航行的头三四天，天气很好。我们刚一看不见海岸，南风便徐徐而来，我们一路顺风。由于天气好，乘客们的兴致也都很高，相互交起了朋友。然而，怀特和他的两个妹妹却不这样，我总觉得他们在其他人面前显得十分局促。怀特的行为倒还好解释。他非常阴沉，阴沉得超过了以往的任何时候，换句话说，他现在的情绪很不好。不过我对他的怪脾气是有所准备的。然而，他的两个妹妹现在的这种举止我就弄不清是怎么回事了。她们总是躲在自己的舱房里，尽管我一再邀请，可她们仍然拒不与船上的任何人来往。

怀特太太却随和得多。也就是说，她很善聊，而在漫长的航海途中，善聊不失为一种极大的优点。她几乎成为船上所有女乘客们的挚友，而更令我吃惊的是，她毫不掩饰地同男人们调情。她使得我们大家都很开心。我说"开心"，是因为我几乎不知道该如何解释自己。事实上，我很快就发现，怀特太太常常沦为人们的笑柄。男人们倒不怎么议论她，但是女人们，没过多久就把她说成"一个相貌平平的好心人，没有文化，言谈粗俗"。令人不解的是，怀特怎么竟然娶了这么一个婆娘。一般来说，这种问题的答案是"财富"，但是我知道这却不是本问题的答案，因为怀特告诉过我，她身无分文，而且将来也不会继承什么遗产。他说，他结婚是为了爱情，仅仅为了爱情，他的新娘子非常非常值得他爱。当我回想起我朋友说过的这番话时，我感到极为困惑。莫非他失去理智了？否则的话还会是什么？他这个人是那样的高雅，那样的聪明，那样的挑剔，对缺陷是那样的具有洞察力，审美观又是那样的敏感！当然了，这位女士似乎特别喜欢他，尤其是当他不在的时候，她总是愚蠢地引用她"亲爱的丈夫怀特先生"说过的话。她可着实好笑，"丈夫"二字总挂在口头上。同时，船上的人们也都注意到，怀特先生总是极为直截了当地避开她，自己一个人躲在特等舱房里，听任妻子在主舱中与大伙瞎胡闹。

我根据自己看到和听到的，得出一个结论：画家一时心血来潮，娶了一个远不如自己的女人为妻，结果自然是很快便讨厌起这个女人来。我深深地同情我的朋友，不过他瞒着我偷运《最后的晚餐》，我却无法原谅。我要为此挤对挤对他。

一天，他来到甲板上，我像往常那样挽起他的胳膊，与他一起在甲板上散步。然而，他极为阴沉（我觉得在目前这种情况下，他的这种阴沉是很正常的）。他几乎不怎么说话，说话时也极为勉强，显得闷闷不乐。我开了几个玩笑，他脸上强打起笑容。可怜的家伙！我不由得想起了他妻子，我真不知道他在妻子面前是否也会强作欢颜。最后我直捅他的要害。我决定就他那个木箱展开一系列的暗示，让他逐渐知道，我并没有被他的小花招给糊弄住。我的第一个暗示是揭开一箱电池上蒙着的苫布，说了些“箱子的特殊形状”之类的话。我这样说时，脸上流露出会意的笑容。我还挤了一下眼睛，用手指头捅了他肋条一下。

怀特对我这没有恶意的玩笑做出了一种反应，使我立刻觉得他准是疯了。一开始他瞪着我，仿佛无法理解我这番话中的幽默之处似的。但是他的大脑慢慢理解了我的话的含义，他的眼睛也逐渐瞪得溜圆，好像要从眼眶里瞪出来。接下去，他满脸通红，然后又脸色惨白。过了一会儿，他又好像觉得我的暗示很有趣似的，爆发出一阵狂笑。我吃惊地发现，他越笑越厉害，一连笑了十多分钟。最后他重重地倒在甲板上。我上前去扶他，他的样子就像是死了。

我叫人来帮忙，费了好大劲儿我们才使他恢复了知觉。他醒来时，语无伦次地唠叨了好一会儿。最后我们终于把他抬上了床。第二天早上，他完全恢复了正常，至少他是在身体上恢复了正常。至于他的头脑嘛，我就不便评论了。在后来的航程中，我接受了船长的劝告，避免同他来往。恰恰就是这位船长，同我一起目睹了他的发疯，船长告诫我不要对船上的任何人说起这件事。

怀特这次惊厥之后不久，又出现了一些情况，使我原来就有的好奇心变得更重了。这些情况中有一点是：我一直神经紧张，便多喝了些浓浓的绿茶，所以晚上睡得很不实。事实上，我两个晚上根本就没怎么睡着觉。船上单身男人的特等舱都与主舱或餐厅相通，我的也不例外。怀特的三间舱房位于后舱室，与主舱隔着一道小小的拉门，这道拉门从不上锁，甚至夜间都不锁。由于一路上基本上是顺风，况且风也不算小，所以船身颇有些倾斜。而每当船身朝右倾时，舱房之间的这道拉门就自动滑开了，没有谁起床把它给关上。由于天气闷热，我的舱房门一向是打开着的。当拉门也滑开时，我从自己的铺位上就可以一览无余地看到后舱室。而怀特先生的三个特等舱房恰恰就位于后舱室中。在我失眠的那两个晚上（不是连续的），每到十一点钟，我都清楚地看到怀特太太悄悄溜出怀特先生的舱房，进入那间多余的特等舱。一直到天亮，她丈夫前去叫她，她再返回丈夫的舱房。他俩显然是在分居。他们各住各的舱房，肯定是有离婚的打算。我认为这就是那间多余舱房的秘密。

还有一种情况也使我极感兴趣。在我失眠的那两个晚上，怀特太太一进入那间多余的舱房，她丈夫的舱房里就传出一种沉闷的咚咚声。我仔细地聆听了一阵子，终于弄清了是怎么回事。这是画家在用凿子和木槌启开长木箱子时发出的声音——木槌上显然是包了布或棉花之类的软东西。

我可以听出他什么时候把钉子启出来的；我可以听出他什么时候把盖子揭开的；我可以听出他什么时候把盖子放在下层铺上的（地上是没有地方可放的），尽管他放得非常非常轻，可是盖子碰撞木质的铺边时还是发出了轻微的响声。这以后便是一片沉寂，天亮之前，我什么也听不到了。不过也好像有一种隐隐的抽泣声，或喃喃自语声，可这声音太轻、太低了，几乎辨别不出来。我认为是自己的想象力在作怪。这声音似抽泣，似叹息，但是当然了，也许我根本什么都没听见。说不定是我自己在耳鸣。根据怀特的习惯，我认为他半夜三更开箱子肯定只是出于一种职业上的热情。他打开箱子只是欣赏箱里的稀世艺术珍品。然而，欣赏艺术珍品也不至于哭啊！所以嘛，一定是我喝多了哈迪船长的绿茶，想象力太丰富了。而这两个夜晚每逢天蒙蒙亮的时候，我都清楚地听到怀特先生把盖子盖回箱子，用包着软东西的木槌把钉子重新钉死。然后他就走出自己的舱房，去叫怀特太太。

邮船在海上航行了七天，已到了哈特拉斯角一带。这时，西南方向袭来一股强劲的大风。好在我们早已从天气的种种征兆，看出要有大风，所以作好了一切防范准备。风越刮越大，我们收起了大部分风帆，只靠着缩起一半的后墙纵帆和前上桅帆前进。

我们就这样安全地航行了四十八小时。“独立”号真不愧是一条好船，这样大的风浪，船里居然没进一点儿水。然而，大风最后变成了台风，我们的后帆被扯成了碎布条，船也跌入了波谷，时起时浮。三名水手被卷入了大海，甲板上的厨房和左舷的全部舷墙也都被巨浪掀掉了。我们刚刚从这场灾难中逃脱出来，前上桅就被风暴撕碎了，于是我们赶紧升起一个风暴三角帆，靠着它航行了几个钟头。船在海上乘风破浪，航行得比以前稳了一些。

大风仍在持续，毫无减弱的迹象。由于缆具装得不太合适，三角帆吃力很大。大风的第三天，下午五点来钟，后桅被一阵狂风吹折了。船摇晃得非常厉害，我们折腾了一个多小时才摆脱开折断的桅杆。这时木匠来到船尾，说货舱进水四英尺高。雪上加霜的是，抽水机也坏了。

船上一片混乱，充满了绝望。为了减轻邮船的重量，人们纷纷把船上的货物扔下船去，就连剩下的两根桅杆也被伐倒，扔到了海里。东西很快就被扔得差不多了，但抽水机仍没修好，水顺着漏洞迅速涌入船中。

日落时分，风变小了，浪也随之减退，我们仍在希望乘救生艇逃命。晚上八点钟时，风吹散了天上的云彩，皎月当空，我们那低落的情绪也高涨了一些。

经过一番努力，我们终于顺利地将大救生艇从舷边放入水中，全体船员和大部分乘客都下到救生艇里。救生艇立刻被划走了，经过一番艰苦的航行，终于在沉船后的第三天安全地抵达了奥克拉科克湾。

船长和其余的十四名乘客留在了船上，决定把自己的命运寄托在船尾的杂务艇上。我们没费多大力气就把它放了下去，不过它触到水面时差点儿倾覆。我、船长夫妇、怀特夫妇和他的两个妹妹、一名墨西哥军官和他的妻子及四个孩子，还有一名黑人男仆，都下到了艇上。

艇上没有地方，除了极为必要的东西外，我们什么也不能带，谁也没有想要带上自己的任何财物。令人惊异的是，小艇划出几米后，居于艇尾的怀特先生忽然站起身，神色冷峻地要求哈迪船长把艇划回去，取下他的长木箱子。

"坐下，怀特先生，"船长严厉地说，"你要是不坐好，艇会翻的。现在艇帮都已经快没在水里了。"

"箱子！"怀特先生仍站在那里，大声喊道，"喂，箱子！哈迪船长，你不能拒绝我，你也不该拒绝我。箱子一点儿都不重，它根本就算不上什么。我求求你了，看在上天的分儿上，你千万把箱子给我取来！"

有那么一会儿，船长似乎被画家的诚挚给感动了，不过他很快又恢复了严厉的态度，仅仅说道："怀特先生，你疯了。我不能听你的。喂，坐下，不然你会把小艇给弄翻的。别动！抓住他！他要跳船！小心！"

船长话音未落，怀特先生就从艇上一跃而起。由于小艇就在邮船的背风面，所以他凭着超人的一跃，一把抓住了船头的一根绳索。转眼间他就上了船，疯狂地冲进了客舱。

这时，我们的小艇已经漂过了船尾，漂出了大船的背风面，漂到了仍然波涛滚滚的大海上。我们拼命想把小艇划回去，但是小艇就像是大风中的羽毛一样身不由己。我们一眼便看出，画家这回是在劫难逃了。

我们离大船的距离迅速增加着，我们看到那个疯子（我们现在只能认为他是疯子）出现在了升降口上。他真是力大无比，竟拖出了那个长方形的木箱子。我们极为惊讶地看到，他迅速地把一根绳子捆在箱子上，绕了几匝，将绳子的另一端捆在自己身上。接下去他就抱着箱子跳入海中，马上就沉了下去，再也没有浮上来。

我们哀伤地停下了手中的桨，紧盯着他没入水中的地方，凝视了好一会儿。最后我们终于离开了那里。足足有一个钟头，大家谁都没说一句话。最后还是我斗着胆打破了沉寂。

"船长，你也看到了，他和箱子怎么沉下去得那么快？这不是很奇怪吗？说实话，当我看到他抱着箱子跳入海中时，我还希望他能获救呢。"

"他当然会迅速地沉下去，"船长答道，"不过他和箱子不久还会浮上来，但是要到盐化了之后。”

“盐?”我喊道。

“嘘!”船长说，他指了指死者的妻子和妹妹，“咱们得换个合适些的时间再谈。”

我们经历了千难万险，终于像救生艇上的那些人一样，死里逃生。经过四天的生死搏斗，我们半死不活地抵达了罗阿诺克岛对面的海滩。我们在这儿待了一个星期，受到了营救者们不错的对待。最后我们搭船去了纽约。

“独立”号失事后一个月，我在百老汇遇见了哈迪船长。我俩自然而然地谈起了那场失事，特别是谈起了可怜的怀特的不幸遭遇。于是我了解到了下列情况。

画家一开始确实是给自己、妻子、两个妹妹和一名仆人订的舱房。他妻子也确实是一位才貌出众的闺秀。六月十四号早上（我头一次上船那天），他妻子忽然得了暴疾，死了。年轻的丈夫悲痛欲绝，但是由于客观原因，他又无法不去纽约。他必须把爱妻的尸体交给自己的老岳母，而另一方面，公然带尸体上船会被视为极不吉利的，那样一来乘客们就都会不乘这条船了，因为谁也不愿意同一具死尸一起航海。

鉴于他这种困难的境地，哈迪船长进行了巧妙的安排，先把尸体用防腐香料大致处理了一下，再与大量盐一起放进了一个大小适中的木箱子里，当做货物运上了船。怀特太太亡故之事秘而不宣。由于大家都知道怀特这回是与妻子同行的，于是航程中就得找个人来扮演他妻子。结果选中了怀特太太的女仆。原来给女仆预备的那间舱房现在就多了出来，但仍然保留。当然了，每天晚上假太太来此睡觉。而白天她则尽力扮演太太的角色，反正已经查明，船上的乘客没有一个认识真太太。

我之所以弄错了，是因为我太粗心，太好探听，性格也太容易冲动。但是近来我夜里很少睡实了。我的眼前总是浮动着一个人的面孔，耳边永远回响着一种歇斯底里的笑声。

活　葬

有一些题材极为有趣，却因为太恐怖了，不宜写成正统的小说。浪漫主义作家如果不想得罪人，不想招人讨厌的话，就必须避开这类题材。只有当这类题材的事件足以表明严酷、庄严的真相时，才适于去写。比如说，别列津纳河战役、里斯本大地震、伦敦大瘟疫、圣巴托罗缪惨案，或一百二十三名俘虏憋死在加尔各答黑洞中，对这些事件进行描写会使读者产生一种“愉快的痛苦感”。但是，在这样的作品中，真正激动人心之处却是那活生生的事实，是那真实的历史。如果是杜撰的故事，这样描写则反而会使人觉得恶心。

我在上面提到的是一些极为引人注目的重大灾难，这些灾难使人产生深刻想象的不仅是它们的性质，而且是它们的程度。不用说读者也明白，在人类痛苦史那令人毛骨悚然的长长的记录表中，我本可以选择许许多多由个人不幸构成的故事来讲述，它们比那些集体灾难要可怕得多。一点儿不错，痛苦是特定性的，不是扩散性的，蒙受痛苦的单位是单个的人，而不是集体的人，为此我们应该感谢仁慈的上帝。

毫无疑问，被活活埋葬，可谓最大的痛苦。活葬之事屡有发生，这一点是谁也否认不了的。生与死的界限是非常模糊的。谁能说出何谓生之结束，何谓死之开始？我们知道，人一旦患了某些疾病，一切生命的功能便都停止了，但是确切地说，这种停止只是暂时的，是人体中高深莫测的机器的暂停。过一段时间之后，一种看不见的神秘法则又启动了这部机器的魔力齿轮和神奇的轮子。机器的银弦并没有松，金转筒也没有裂。但是此时此刻灵魂在何处呢？

根据因果关系的原理，我们从这不可避免的结论中能够先验地推断出：这种屡有发生的假死一定常常导致假死者被过早地埋葬。然而，除了这种推断，我们还有医学与日常生活中的直接证据，足以证明有大量的人实际上并未真正死亡就被埋葬了。如果必要的话，我可以立刻举出一百个有根有据的例子来。其中一个极富特点、读者们尚记忆犹新的，不久前就发生在巴尔的摩市，当时它引起了极大的轰动。巴市有一位极受尊敬的市民，他是一位著名律师和国会众议员，他的妻子忽然患了一种无名的疾病，任何高明的医生均无回春之力。在病魔的一番痛苦折磨之后，她死了，或者说被认为死了。事实上，没有人怀疑她是否真死。她具有一切明显的死亡特征。她的面孔憔悴，嘴唇苍白，眼睛无光，遍体冰凉，脉搏消失。她的尸体被一连停放了三天。在此期间，尸体变得十分僵硬。简言之，人们看出这具尸体将会很快腐烂掉，于是便匆匆举行了葬礼。

她的尸体被放在了家族的地窖里，此后整整三年无人来此地窖。后来她丈夫为了往地窖里运一口石棺，打开了地窖门。但是，天哪，他看到的是一副多么可怕的景象啊！他刚把大门推开，一具白花花的东西就倒在了他怀里。原来是妻子的骨架，上面的尸布尚未完全腐烂。

于是展开了一场仔细的调查，结果发现：她显然是入葬后两天又活过来了，在棺材中一通挣扎，于是棺材从架子上落了下来，摔破了，她便爬了出来。人们把一盏灯丢在了墓里，原来里面的油是满满的，现在油已没有了。不过，也可能是蒸发掉的。在墓室的台阶顶上有一大块棺材板，似乎她曾用它来砸铁门，以唤起人们的注意。也许就在砸门的时候，她被吓昏过去了，或者吓死了。倒下的时候，尸布挂在了一件向内突出的铁件上。于是她就一直这样直立着，烂掉了。

一八一〇年，法国发生了一件埋葬活人的事。此事非常离奇，胜过了小说。故事的女主角是一位年轻的姑娘，名叫维克托里娜·拉福卡德。她是一位富家千金，人生得极美。追求她的男人成群结队，其中有一个穷秀才，名叫朱利安·博叙埃，是巴黎的新闻记者。他才华横溢，和蔼可亲，引起了这位富家小姐的注意，并似乎博得了她的芳心。但是由于她出身高贵，十分骄傲，她最终还是拒绝了这位才子，嫁给了一位著名的银行家和外交官——勒内莱先生。然而，婚后这位先生十分冷落她，甚至虐待她。她与他痛苦地生活了几年之后，死去了——至少她的样子与死无异，看见她的人都以为她死了。她被埋葬了，不是埋在地窖墓穴里，而是埋在她家乡村庄的一个普通的坟墓里。那个初恋情人闻讯后悲痛欲绝，他旧情未了，便从首都一路赶往外省的这个村庄，想将尸体掘出，取爱人的一绺长发留作纪念。他来到墓地，半夜三更挖出了棺材，将其打开了。取发之际，他忽然发现自己心爱之人的眼睛是睁着的。事实上，她是被活活埋掉的。她的生命力尚未完全消失，经爱人的一番爱抚，便从假死中还魂了。他激动地将她背回村子，背至自己的住处。他根据自己的医学知识，给她服了一些补药。她终于活了过来，认出了自己的救命恩人。她待在他这儿，一直到逐渐恢复健康。人心都是肉长的，博叙埃的行为深深地感动了她，她把自己心灵的大门向博叙埃敞开了。她没有再回到丈夫身边，而是将复活之事秘而不宣，与心上人一起逃到了美国。二十年后，他俩重返法国，满以为时间已经大大地改变了此女子的容貌，没人会认出她来。然而，他们盘算错了。勒内莱先生一遇见他们，便认出了自己原来的妻子，并要求她回家。她不肯回去，于是事情便诉诸公堂。法院最后裁定：鉴于当时的特殊环境，鉴于原夫妻二十年未在一起，丈夫已在法律上和情理上，失去了自己的权利。

利普西克的《外科杂志》是一份很有权威的好杂志，某位美国书商将它翻译成英文，在美国出版。该杂志的最近一期记载了一起极为可怕的活葬事件。

一位身体强壮的炮兵军官从一匹烈马上摔了下来，头部严重受伤，立刻失去了知觉。他的颅骨轻度骨折，但尚未出现生命危险。医生成功地实施了颅穿孔手术，他血流不止，于是又为他做了一些常规的治疗。然而，他逐渐陷于一种人事不省的状态，最后终于被诊断为死亡。

当时天气炎热，于是他便被匆匆地埋葬在了一个公墓里。葬礼是星期四举行的。星期日这天，与往常的休息日一样，来公墓扫墓的人很多。中午时分，一个农民说他坐在这个军官的墓上时，清楚地感觉到土在动，仿佛是地下有人挣扎引起的。一开始人们对这个农民的话不以为然，可他一脸惊恐相，口口声声说所言无半句假话，于是人们终于相信，骚动起来。大伙纷纷抄起铁锹，没几分钟便把这个浅浅的坟墓挖开，军官的脑袋露了出来。他看上去是死的，不过他几乎是直挺挺地坐在棺材里。由于他刚才的一番奋力挣扎，棺盖已被部分掀开。

人们立刻把他送往附近的医院，医生宣布说他仍活着，只不过停止了呼吸。几小时后他复苏了，他认出了朋友们，便用断断续续的语言，讲述了他在墓中遭受的痛苦。

从他所讲述的来看，他在墓中显然是清醒了至少一个小时，才昏过去的。坟墓上的土埋得很松，很透气，所以墓里有一些空气。他听见了墓外人们的脚步声，于是千方百计地想让墓外的人也听见他的声音。他说，是陵园里的骚动把他从沉睡中吵醒的，他一醒来就意识到了自己处于一种什么样的可怕境地。

该杂志说，这个病人恢复得很好，本有可能完全康复，但是庸医实施了一种试验性的治疗，他成了牺牲品。医生用原电池给他电疗，他在一阵刺激当中断了气。

不过，杂志中提到的原电池电疗却使我想起了另一起与本题有关的著名事件，在那起事件中，一名被埋两天的伦敦律师就是被原电池刺激活的。事情发生在一八三一年，当时引起了很大的轰动，一时成为人们茶余饭后的话题。

病人爱德华·斯塔普莱顿先生死掉了，显然是死于斑疹伤寒和某些异常的病症，这些异常的病症引起了医护人员的好奇。于是医生向死者的亲友们提出，请允许给死者验尸，结果遭到了拒绝。与往常一样，这样的要求一遭到拒绝，医生们便决定悄悄地掘出尸体，私下进行解剖。伦敦有许许多多专为医院提供尸体的盗尸人，请这么一个盗尸人把尸体盗出，很容易办到。葬礼后的第三天晚上，盗尸人将律师的尸体从三米深的地下挖出，运至一所私人医院的解剖室。

医生们在死者的腹部切了一刀后，发现肌体组织完好，毫无腐烂现象，于是决定用电池通电，看看尸体有何反应。一次又一次地给尸体通电，尸体并没有多少特殊的反应，只是有一两回出现了类似于活人的抽搐。

夜越来越深。天快破晓时，医生们终于认为应该立刻着手解剖了。然而，有一个学生很想试一试自己的新方法，坚持要把电池接到死者的胸肌上，于是便在胸肌上切了一刀，匆匆地将电线埋入。只见死者噌地一下跳下手术台，毫无抽搐的迹象，走至屋子中央，不安地看了看周围的情况，然后竟说起话来。他所说的话莫名其妙，却字字清晰可辨。说完之后，他又重重地倒在了地上。

大伙都被吓呆了，过了好一会儿，才想起应该赶紧抢救。现已看出斯塔普莱顿先生仍然活着，但处于昏迷状态。后来他活了过来，迅速痊愈，回到了社会上。他严格地保守着这段起死回生的秘密，直到他后来无法对自己那段死亡自圆其说，才将事情和盘托出。大家是何等的惊讶，这可想而知。

然而，此事件中最可怕的情节还是斯塔普莱顿先生本人所讲述的。他声称他从未完全丧失过知觉，迟钝而困惑地意识到了自己经历的一切事情，从医生宣布他死亡起，一直到他起死回生后晕倒在医院的地上。当时他认出自己所处的地方是解剖室时，努力说出的那句话是："我活着。"

误葬活人之事举不胜举，我没必要将它们一一列出，来证明误葬活人之事确有发生。当我们根据这类事件本身的性质进行分析，从而想到自己分辨假死的能力有多低时，我们就不得不承认，这类事情是经常发生的，它们当中的很多起我们根本就没意识到。事实上，陵园被改作他用时，迁坟之际几乎总会发现死者的枯骨摆出一种极令人生疑的可怕姿势。

这种令人生疑的姿势确实可怕，但是当事人在坟墓中的感觉则更为可怕！我们可以毫不犹豫地说，无论是从肉体上讲还是从精神上讲，世上再没有什么能够比未死就被葬掉更悲惨的了。肺部极度窒息，无法呼吸；蒸人的热气；紧裹在身上的尸衣；窄小的棺材；无边的黑暗；死一般的寂静；还有那虽然看不见却触得到的虫子。这一切，再想起外面的空气和绿草，回忆起自己的亲朋好友——如果他们知道你正遭受如此的折磨，一定会飞奔前来营救，但他们绝不知道你尚且活着。你此刻活等于死。当这一切念头沁入你那尚在搏动的心脏时，一种无法忍受的恐惧就会油然而生，吓退你最勇敢的想象力。

世界上没有任何东西能赶上这阴曹地府的一半可怕。所以，所有的这类故事都极有吸引力。然而，这类故事之所以有吸引力，既是因为事情本身非常可怕，也是因为我们知道这故事是真的。现在我要讲讲我自己亲身经历过的一件事。

我患一种奇特的机能性失调病已经好几年了，医生们称这种疾病为“僵硬症”，因为他们也没有更合适的名字来叫它。尽管这种疾病的起因和实际诊断都尚属医学上的空白，但是医学界对它的症状还是十分了解的。这种病有轻有重，程度各不相同。有时病人只是昏睡上一天或更短的时间。昏睡时病人没有知觉，也停止了一切外部活动，但仍有微弱的心跳和低低的体温，脸上也有一丝人色，口中尚有一线游离的呼吸。也有时病人会昏睡上几个星期，甚至几个月，在此期间，无论怎样仔细观察和检查，都查不出这种状况与实际死亡有何实质性的区别。这种时候病人很容易被活葬，除非他的亲友知道他以前患过僵硬症，并发现尸体长时间不出现腐坏现象。幸好这种病是逐渐发展的。虽然这种病从一开始症状便很明显，但发作起来却一次比一次严重，一次比一次时间长。正因为如此，病人才免于被当做死人埋葬。而有些病人则很倒霉，第一次发病就极为严重，这种病人很容易被人误认为死亡，而活活埋入坟中。

我患的这种僵硬症与医书上描绘的差不多。有时我会毫无原因地陷入半昏迷状态，这时我没有痛苦，也无法动弹，确切地说，我甚至无法思考，只是昏沉沉地意识到自己活着，意识到有人围在床边，直到危机过去，我一下子完全恢复知觉。还有些时候，我会突然发病，觉得恶心、麻木、浑身发冷、头晕眼花，立刻变得极为衰弱。接下去，我会一连几个星期心里极度空虚，头脑里一片漆黑，觉得四下里非常寂静，仿佛世界上什么都不存在。灵魂覆灭也不过如此。这样的发病一般是逐渐恢复，比突发性的恢复得要慢。这种灵魂的恢复就像是无家可归的流浪汉在街头度过了一个漫长、孤独的冬夜，快乐的黎明终于带着阳光，缓缓地降临。

然而，发病时除了这种类似于昏睡状态的倾向外，我的身体状况在其他方面则都很好。我本人也察觉不出自己是犯了僵硬症，因为这种昏睡同正常的睡眠差不多。我从这种长睡中醒来时，无法一下子恢复全部知觉，总会困惑上好一阵子，心智与记忆功能处于一种暂停的状态。

很长一段时间以来，我的肉体并没有因此病而蒙受什么痛苦，只是精神上无比难过。我满脑子阴森森的东西，不断地说着虫子啦、坟墓啦、墓志铭啦之类的东西。我一心想着死亡，想着自己会被活活埋掉。这类可怕的念头日夜在我头脑中萦绕。在白天，这些念头特别丰富，特别多；而到了夜晚，它们则变得无比可怖。当黑夜笼罩大地之后，我满脑子可怕的念头，人就像棺材上的羽毛似的浑身发抖。我实在困得不行，可我仍努力不让自己睡着，因为我生怕一觉醒来，发现自己成了墓中客。当我终于醒来时，我只是一下子坠入了一个幻影般的世界，死神的一对黑色翅膀在这个世界的上方盘旋。

这无数可怕的噩梦，其中有一个给我留下的印象格外深。我觉得自己处于一种比平时更为持久、更为严重的僵硬症之中。忽然，一只冰凉的手放在了我的额头上，一个急促而不耐烦的声音在我耳边小声说："起来！"

我坐直了身体。只见一片漆黑。我根本看不见这个把我唤醒的人。我记不起自己是何时发病的，也记不起发病时我躺倒在了哪里。正当我一动不动地努力回忆时，这只冰凉的手又一把抓住我的手腕，一个劲儿地摇晃，那急躁的声音又响起来："起来！我不是命令过你了吗？"

"你是谁？"我问道。

"在这个地方，我是没有名字的。"一种悲怆的声音响了起来，"我过去是人，现在是鬼。我过去铁石心肠，现在却极为可怜。你可以感觉到我在发抖。我一说话上下牙就打架，可这并不是因为夜晚的寒冷，也不是因为这永无尽头的黑暗。不过这种恐惧是难以忍受的。你怎么竟能平静地睡觉呢？这极为痛苦的呻吟声使我无法休息。我无法忍受他们的叹息。起来！与我一起到外面的黑夜中去，我让你见识见识那些坟墓。多么凄惨的景象啊！看啊！"

我凝神细看。这个仍抓着我手腕的看不见的人已魔法般地打开了所有的坟墓，每一个坟墓中都发出腐尸的磷光。借着淡淡的磷光，我得以看见墓内的情况，但见一具具裹着尸布的尸体一动不动地与虫子躺在一起。但是天哪！他们真正睡着的并没有几个，而成千上万的死人根本没有睡着。他们轻轻地动弹着，身上的尸衣在那数不清的坟坑中形成了一种让人心里发毛的窸窣声。而那些似乎在沉睡的死人，我发现其中有很大一部分已经多少变换了姿势，不是入殓时那样直挺挺地躺着。我这样看着的时候，那个声音又对我说道："这个景象还不够悲惨吗？"还没容我回答，他就松开了抓着我腕子的手。磷光熄灭了，坟墓都蓦地关上了。从墓中传出一片乱糟糟的绝望的喊声："天哪！这个景象还不够悲惨吗？"

这种阴森的梦境出现在深夜，要比发生在醒着的时候更具恐怖性。我的神经完全崩溃了，心中恐惧不已。我不敢走路，也不敢骑马，不敢以任何形式离开家。事实上，我根本不敢离开那些知道我常犯僵硬症的人们，生怕自己会在外面突然犯病，在尚未弄清是否真死之前就被人埋掉。我甚至怀疑最亲密的朋友们对我的照顾，怀疑他们是否真心。我害怕万一有一次自己发病比平时时间长，他们会认为我醒不过来的。我甚至担心，由于我给他们造成了不小的麻烦，他们会以我这种长期的发病作为一个理由充足的借口，把我彻底摆脱掉，而他们的心里却别提有多高兴了。他们口口声声向我保证，但对我来说却是白费。我要他们发毒誓：要到我的尸体腐烂，无法保存时，才把我埋掉。我太害怕了，所以他们怎么劝我，怎么安慰我，我都不听。我采取了一系列的防范措施，其中包括将家族的地下墓穴改造了一番，让门可以从里面打开。墓门上安了一根长杆，伸入墓室，只要轻轻一摁它，铁门便会一下子打开。墓室里十分透气透光，为我预备的那口棺材旁边还放着一盒盒的食物，一罐罐的水，躺在棺材里伸手可取。棺材里也铺得又暖和又软和。棺盖也与铁门一样，安了机关，加了弹簧，只要身体轻轻一动，棺盖即自动弹开。此外，墓室的房顶上还挂着一个大铃铛，拉铃铛的绳子顺着一个孔洞，一直通进棺材里，并将拴在死尸的手上。但是天哪！这些措施又怎么能斗得过命运呢？再机巧的装置也救不了注定要活活受罪的倒霉鬼！

与以前发病结束时一样，我进入了这样一种阶段：从完全无知觉，到开始淡淡地有了一种模模糊糊的存在感。我极为缓慢地逐渐产生了意识，一种迟钝的不安，一种麻木的蒙受痛苦感，没有挂念，没有希望，没有努力。然后，过了好长好长的时间，我开始耳鸣。然后，又过了更长更长的时间，我开始感到一种极度的刺痛。然后是一阵似乎永无尽头的愉快的宁静，在此期间，那逐渐醒来的知觉在努力地转变为思想。接下去我又短暂地陷入无知觉状态。然后又突然苏醒。我的眼皮终于轻轻地颤动了一下，一种电流般的恐怖感击打着我，使我头脑中的血液迅速流向心房。现在我头一次主动尝试着思考，头一次努力进行回忆。我只获得了瞬间的部分成功。回忆的结果，我只弄清了自己的状况。我发现，我尚未完全从普通的睡眠中醒来。我记起，我是犯了一回僵硬症。我终于被一种极大的恐惧感给淹没了，预料中的事到底还是发生了，我不禁浑身发抖。

我满脑子都是这一可怕的念头，一连好几分钟一动不动。为什么？我无法鼓起勇气动弹。我不敢进行任何努力，弄明白自己的厄运。然而，我的心底却有一个声音在小声告诉我这是真的。只是出于绝望，我才在长时间的犹豫之后，迫使自己睁开沉重的眼皮。我的眼睛睁开了，只看见一片漆黑。我知道这次的发病已经结束了。我知道自己肌体上的功能障碍早已不复存在。我知道现在我已可以充分地利用自己的视觉了。然而，我看到的却是一团漆黑——那没有一丝光亮的永无尽头的长夜。

我努力尖叫，嘴唇与干渴的舌头痉挛地一起运动，试图发出声音，但是由于肺部好像是压着一座沉重的大山，喉咙里竟发不出半点儿声响。我心脏狂跳，大口大口地吸着气。

在我试图高呼时，发现嘴巴动弹不得，好像是被什么东西给捆上了，就像死人入殓时那样被捆上了。我还感觉到，自己是躺在某种坚硬的物质上，两侧被同样的硬东西给夹着。到目前为止，我还没敢动动胳膊，动动腿。我的两条胳膊是平伸着的，两手的手腕子交叠在一起。我猛地向上扬胳膊，胳膊碰在了硬邦邦的木头上，这木头在我的上方，完全将我覆盖，离我的脸顶多一尺多高。我终于不再怀疑：我确确实实是被装进了一口棺材里。

忽然间，我在这无尽的苦难当中发现了一线希望——我想起了自己的防范措施。我扭动着身体，拼命地想把棺盖给弄开，却怎么也弄不动。我去摸手腕上的铃铛绳，没摸到。我的希望彻底破灭了，只剩下更加严峻的绝望。我不禁察觉到，我曾在棺材里面仔细铺垫的衬布也不见了。这时我又突然闻到了湿土的气味。答案是明摆着的，我不是被葬在地下墓穴里。我是在外面犯的病，当时身边没有一个熟人。我究竟是在何时、怎样犯病的，这我也记不起来了。人们把我像一条狗似的给葬掉了——钉进一口薄棺材，深深地埋进一个乱葬岗里。

当我的头脑充分地认识到这一事实时，我再次拼命地大喊大叫。这回我终于叫出了声音。一阵长长的痛苦的尖叫声传遍了这黑暗的地下王国。

“嘿！嘿！”一个声音答道。

“是他妈怎么回事?”第二个声音说。

“出来！”第三个声音说。

“嚷嚷什么，狼嚎似的！”第四个声音说。于是，一伙粗汉子抓住我，拼命摇晃了好一会儿。他们并不是把我从睡眠中弄醒——我尖叫时本来就是醒着的。不过他们却使我恢复了记忆。

这段遇险记发生在弗吉尼亚州的里士满附近。我和一个朋友去那里打猎，沿着詹姆斯河的河岸前进。傍晚时分，我们遇上了暴风雨。河里泊着一条装载着花园肥土的小船，它的船舱成了我们唯一可以避雨的地方。我们在船上躲了一宿。舱里只有两个铺位，我睡了其中的一个。一条载重六七十吨的小船，船中的铺位是什么样，这几乎是不必描述的。我睡的这个铺位上没有任何寝具。它的宽度充其量不过一尺半，离舱顶的距离也是一尺半。我费了好大劲儿才挤进去。然而，我睡得却很香。我刚才看到的全部景象（并不是梦）都是由于这样的环境，由于我平日的成见，由于我长睡醒来后无法一下子恢复知觉和记忆，而产生的。把我摇醒的这伙人是这条小船的船员和雇来的卸船工。泥土的气息是船上装的花园土发出的。我嘴上绑着的东西是一方丝手帕，临睡前我曾把它绑在脑袋上，权当睡帽。

然而，毫无疑问，我所遭受的精神折磨是与被活葬一样痛苦的。这种精神折磨是那样的可怕，那样的极端丑恶。但是物极必反，正因为这太可怕了，我的心里才产生出一种强烈的厌恶感。我的灵魂受到了激励，变得坚强起来。我出了国，进行刻苦的锻炼。我呼吸天国的自由空气。我不再思考死亡的问题。我抛开了手中的医书。我烧掉了《布坎》，不再读《夜思录》，不再读关于教堂、墓地、妖怪之类的滥书。简言之，我脱胎换骨，成了一个新人，过起了正常人的生活。那个难忘的夜晚之后，我彻底摒弃了自己对墓穴的恐惧，结果我的僵硬症再没有犯过。看来僵硬症的起因全是心理使然。

即使在理性之神那冷静的眼睛里，我们可悲的人世有时候也很像是地狱。卡拉蒂斯可以进入每个岩洞去探险，而平安无事，人的想象力却不可以这样，对每件事情都刨根问底是要出麻烦的。是啊，坟墓恐惧症并不能完全算做是想象，不过正如阿夫拉西亚布同魔鬼一起在乌浒河上航行一样，必须让魔鬼睡觉，否则魔鬼就会把人给吃掉。我们头脑中的许多事情亦然，必须允许它们“睡觉”，否则我们自己就会完蛋。

鬼使神差

人的冲动（人类灵魂的原动力）究竟与何器官有关，这是颅相学家没有论述到的问题。尽管这种原动力显然属于一种十分激烈、十分原始的复杂情绪，但是就连研究人类思维活动的道学家们也同样没给予这种原动力以足够的注意。我们自以为十分理智，却都忽视了对这种原动力的研究。由于缺少信仰（无论是信仰《圣经·启示录》还是信仰犹太神秘哲学），我们对它视而不见。我们从来没想到过要研究研究它，因为我们认为对原动力的研究是属于自己职责以外的事情。我们看不出人为什么需要冲动，领悟不出它的必要性。若不是这种原动力自己强烈地冒了出来，我们本有可能不理解它是怎样增加了(既暂时又永久地增加了）人文学中的研究客体的。不可否认，颅相学和所有的玄学，它们的理论在很大程度上都是建立在先验性演绎上的。这些进行理性思维或逻辑推理的人，与那些对事物从事观察和理解的人不一样，他们尽力去想象神的意图——用自己的想法来支配上帝。他们探测过一番上帝的意图后，觉得弄懂了，便根据这些意图建立起自己那无数的思想体系。比如说颅相学，颅相学家首先确定，人要吃饭，这自然是神的意图。于是他们便给人类一个吃饭的器官，这个器官就成为了一种惩罚，不管人愿不愿意，神强迫人用这个器官来吃饭。他们其次再确定，人应该世代繁衍，这是神的意志，于是他们便立刻找出了一个生殖器官。好战、理想、因果、积极等人类品质也都是如此。简言之，人类的每一个器官都各司其职，不论它们是负责脾性的，还是代表道德感情的，或仅仅是纯智力的。颅相学一旦把人类的行为这样模式化，不论这种模式是对还是错，或有对也有错，施普尔茨希姆①

① 施普尔茨希姆，德国医生，颅相学的创始人之一。——译者注

的徒子徒孙们便按照这样的模式做下去，以造物主的目的为借口，根据先入为主的人类命运，演绎出一切，确立起一切。

以人类经常或偶尔从事的事情为基础，对人的行为进行分类（如果必须分类的话），要比以我们自认为上帝要人做的事情为基础，进行分类，聪明得多，也可靠得多。如果我们连对上帝那看得见的工作都无法理解，那么我们怎么可能理解他那不可思议的思想，理解他那使其工作付诸实现的力量呢？如果我们无法通过上帝那实实在在的创造物去理解上帝，那么我们又怎么能通过他造物时的心情状态去理解他呢？

进行一番归纳推理之后，颅相学不得不承认，人类行为中有一种颇为幼稚的东西，这种东西甚至有几分反常性，由于缺少合适的字眼，我们姑且称其为“成心作对”。我个人认为，它其实是一种没有动机的心理活动。在它的驱使下，我们的行为会让人觉得难以理解究竟其目的何在，或者换句话说，在它的驱使下，我们会做出一些有悖于常理的事情。在理论上，这似乎极讲不通，但在实际生活中，这却又极有道理。当人处于某种心境，处于某种客观环境中时，这种行为就是绝对不可避免的了。我可以确切无疑地说，人类的错误行为大都是一种不可克制的力量迫使我们行动的结果。这种只是为了干错事而干错事的愿望究竟系何心理因素所致，这是无法分析的。它属于一种固有的原始冲动，具有本质性。可以说我已经意识到，每当我们只是因为某件事明知不可为而偏要为时，我们的行为便是对颅相学“自我保护”观点的一种违背。只需一眼即可看出它的谬误之处。颅相学这一观点的本质是人需要自我保护。自我保护是避免受伤的必要措施，它关系到我们的平安，因此，随着这一原则的发展，人类便开始要求平安。可见，人要求平安的愿望肯定是这类“自我保护”心理所引起的。然而“成心作对”的心理却属例外，人类要求平安的愿望非但不是“成心作对”的心理所引起的，而且是与这种心理完全对立的。

“成心作对”乃心灵使然，可以说是对上述诡辩的一个最好的回答。每一个充分检讨过自己灵魂的人都会承认自己曾强烈地具有过这种原始的冲动。这种冲动虽有些难以理解，却独具特色。比如说，每一个人都会偶尔想用啰唆的语言去愚弄听他讲话的人。讲话者会意识到自己令人不快。他其实亟想让对方感到愉快。他的语言一向是简单明了的。他那简洁的语言在他舌头上打转，舍不得出来。其实，他费了好大劲儿才克制住自己，使自己的话不像泉水般往外涌。他生怕听他讲话的人会生气，然而他却下意识地想到，用许许多多复杂的句子和插入语，就会把对方惹火。这么一想就足够了。这种冲动上升为一种愿望，这种愿望又变成了一种需要，这种需要又变成了一种无法控制的渴望，于是讲话者便怀着一种极为悔恨的心情，不顾后果，一味地沉溺于这种渴望之中了。

我们面前摆着一件必须立即去做的工作。我们知道，拖延意味着毁灭。

如果不全力以赴地将其完成，我们就会陷入重大的危机。我们热情洋溢，极为热忱地着手这件工作。我们预感到，那光辉的结果将把我们的灵魂点燃。这件工作应该在今天做，可我们却把它推迟到明天。为什么？没有答案，只是因为我们“成心作对”。一天的时间过去了，那件工作变得更为急迫了，但是与此同时，我们却怀着一种不可名状的恐惧心情，渴望将其再度推迟。随着时间的消逝，这种渴望越变越强烈。截止日期就要到了。我们因内心的激烈斗争（确定与不确定的斗争、实质与幻影的斗争）而浑身发抖。但是，如果这场斗争就到此为止的话，那么占上风的就是幻影了，我们的挣扎就是徒劳的了。大钟敲响了，这是为我们的繁荣而敲的钟。同时，它也是驱赶开那一直威吓着我们的妖魔的一声鸡鸣。妖魔逃跑了，消失了，我们自由了。原来的精力返回到身体当中，现在我们要大干一番了。啊，已经太晚了。

你站在悬崖边上，向深渊中张望，不禁头晕目眩。你的第一个念头是退离开这危险的境地。不知怎么的，你却站在那里没有动。你的头晕和恐惧逐渐融入一种无法名状的情绪之中。就像《天方夜谭》中瓶子里冒出的烟雾形成一个魔鬼一样，你这种情绪的烟雾也以无法察觉的速度一点点地成形了。然而，你的情绪烟雾在悬崖边形成的却是远比任何神话中的魔鬼都更为可怕的东西，它是一种令人胆战的恐怖思想。这个思想就是：从这么高的悬崖跳下去会是一种什么样的感觉。这样跳下去，这样走向灭亡，将会遭受难以想象的痛苦，而正因为明知如此，你才非常想要这样做。正是因为你的理智强烈地要你退离崖边，所以你才极为鲁莽地向崖边走去。你一面站在崖边浑身发抖，一面急不可耐地想要往下跳，这简直是凶神附体。一时间沉溺于某种尝试性的思想，就会走火入魔。如果当时没有好心人拦住你；如果你没有克制住自己，从悬崖边退回，那么你一旦跳下去，就会粉身碎骨。

检讨一下这类行为，检讨一下与此相似的行为，我们就会发现，这些行为全是“成心作对”的心理使然。我们之所以做这些不对的事，仅仅是因为我们明知道不应该这样做。这种心理并没有什么讲得通的道理，事实上，如果这种“成心作对”不是偶尔的时候也会起到积极作用的话，那么我们倒真可以认为它是被魔王唆使的了。

我已经说了这么多，所以我多多少少应该回答一些你们的问题了。我应该向你们解释我为何在此，让你们多少了解一下我戴镣铐、住死囚牢的原因。如果我的开篇不这么啰嗦，那么你们要么会误解我，要么会因为匆匆的讲述而以为我是个疯子。事实上，你们现在将会很容易地看出，我只不过是无数“成心作对”的心理的受害者中的一个。

“成心作对”，它糟就糟在这“成心”二字上。它是天底下最具“故意”成分的一种心理，一种行为。我用了好几个月的时间仔细琢磨谋杀的方法。无数计划都被我摒弃了，因为它们一旦实施便都有败露的可能性。后来我在读一本法文的回忆录时受到了启发。书中描写了皮劳夫人患了一种致命的疾病，而病因则是不小心使用了一根有毒的蜡烛。我知道我的谋杀对象有躺在床上读书的习惯，我也知道他的住所很小，很不通风。不过我不必讲得这么啰唆，招读者讨厌。我也不必仔细描述我是如何轻而易举地制成一根毒蜡烛，又如何用这根蜡烛替换了他卧室烛台中的蜡烛的。第二天早上他死在了床上，验尸官的结论是：自然死亡。

我继承了他的财产，一连好几年一切平安无事。我从没想到过事情会败露。我已小心地将毒蜡烛的残余部分处置掉了。我没有留下半点儿蛛丝马迹，使人会怀疑是我下的毒手。每当我想到自己是如何绝对安全时，心中就会涌出一种极为自满的感情。很长很长时间以来，我已习惯于沉溺在这种感情之中了，从这种感情中获得的愉快要比我平时干坏事得到的乐趣强烈得多。这种愉快越变越强，后来终于逐渐演变为一种日夜困扰着我的赶也赶不开的念头。它之所以困扰我，是因为我无法将它赶开。每时每刻它都在我头脑中萦绕。这对我的折磨其实算不上什么，就像是耳鸣，或者像是记忆中的一曲平淡的歌曲结尾处的叠句，或是一出歌剧当中的几个无奇的片段。不过话说回来了，歌曲和歌剧在我们头脑中萦绕，折磨我们，并不在于它们的质量。即使歌曲好，歌剧出色，在我们头脑中萦绕时，一样会使我们感到受罪。这样过了一段时间之后，我终于不断地考虑起自己的安全来了。我不断地低声说："我是安全的。"

一天，我在街上闲逛时，又自语起这句话来。我的声音越说越大，在一阵烦躁的情绪当中，我的句子变了样："我是安全的——我是安全的——是的，只要我不犯傻主动坦白，我就是安全的！"

我刚一说完这句话，就感到心中一哆嗦。我以前也曾犯过这种明知不对却偏要为之的毛病，每一回我都没抵制住这种心理的作用。而现在我却用这种不经意的自我暗示，愚蠢地说出自己是杀人犯，就好像死者的冤魂在勾着我，把我往死路上带似的。

一开始，我试图摆脱开这种灵魂上的噩梦。我疾步前行，越走越快，最后终于跑了起来。我感觉到一种想要尖叫的疯狂欲望。一个又一个可怕的念头接连不断地涌上我的心头，我被恐惧所淹没。啊，天哪！思考即迷失——处在我的这种境地，我太理解这句话的含义了。我越跑越快，像个疯子似的跑过拥挤的大街。人们终于被惊动起来，开始追赶我。这时我感觉到了命运的终结。如果我能够把自己的舌头给拽下来，我一定会这样做。但是我听见一个粗暴的喊声，感觉到有人狠狠地抓住了我的肩膀。我气喘吁吁地转过身去，被吓呆了。有那么一会儿，我完全喘不上气来了，眼睛看不见，耳朵听不着，头脑发晕。接下去，准是有一个隐身的魔鬼用它那宽大的爪子给了我后背一巴掌。那长期以来锁在我心头的秘密一下子全都从我口中吐了出来。

他们说，我说话时发音清楚，却又急又快，仿佛生怕被人打断、无法讲完这几个能把我送上绞架、送入地狱的简短而又意味深长的句子似的。

讲完这番足以被定罪的话之后，我晕倒在地上。

但是我何必要再说什么呢？今天我铁链加身，身居囹圄！明天我身上就不会再有锁链了！但是，那时我会在哪里呢？

梅氏男爵

鼠疫正在流行——我们在劫难逃。

——马丁·路德

恐怖事件和天灾可能会出现在所有年代。那么干吗给我下面讲的这个故事定一个具体时间呢？只说这些就足够了：发生这件事的时候，在匈牙利国内，人们正坚定不移地暗中信奉一种使灵魂能够转生的教义。这种宗教本身（不管纯属无稽之谈，还是确有可信之处）我不愿妄加断言，但我深信我们的许多怀疑（正像拉布吕耶尔说我们的所有苦恼）“源自不能忍受孤独”。①

但在某些方面，匈牙利人将这种教义发挥到了荒谬的程度。他们（信这种教的匈牙利人）与其他信东正教的匈牙利同胞完全不同。比如说，前者认为，“灵魂”（我借用一位聪明的巴黎人的话）“只能一次性地存在于一个敏感的躯壳之内，这个躯壳至少是一匹马、一条狗、一个人，而人本身不过是其他动物的另一种同类”。

梅岑格斯坦和伯利菲茨因两大家族已经有几百年的仇史了。从没有哪两个杰出的家族像这两家人这般不共戴天。仇恨产生的原因或许可以从一个古老的预言中找出来：“当骑士骑上马，一个高贵的姓氏就会陨落，凡人梅岑格斯坦将会击败神人伯利菲茨因。”

其实，这些话本身几乎毫无意义。但是比这更小的事情都可以导致严重的后果，这在不久前就曾发生过。另外，这地产相邻的两个家族在政府中都

① 法国戏剧家梅尔西埃在《二四四〇年》中提到过这种灵魂能够转世的教义。伊斯雷利博士认为“没有任何别的体系如此简明，没有歧义，易于理解”。格林山兄弟会的著名军事家艾伦上校也自称确实相信该教义。——译者注

有一定的势力，不免明争暗斗。再说，近邻很少有成为朋友的，何况伯利菲茨因家的人可以从自家城堡高大的扶壁上望到梅岑格斯坦府的每扇窗户。梅家世袭的荣华富贵很让家谱没有那么久远、财产没有那么众多的伯姓人受刺激。但究竟为什么那则无聊的预言能让这两个家族长期不和、互相仇视，并为芝麻大点儿的事大吵大闹呢？那个预言好像暗示（假如它真是有所指的话）最终的胜利将使那个原本就强盛的家族锦上添花。当然了，那个相对衰微的家族自然会因此而恨得牙痒痒了。

在我这个故事发生的时候，威廉，就是伯氏伯爵，早已年老体衰，成了糊涂虫了。尽管时光销蚀了部分仇恨，但这位伯爵依然与他的对头梅家不共戴天。此外，老头酷爱骏马，喜欢打猎，体力不支和精神困顿都没能使他放弃狩猎这种危险的游戏。

他的对手，弗雷德里克，也就是梅氏男爵，却正值青春年少。他的父亲，G 部长先生英年早逝。他的母亲，玛丽夫人也很快就尾随丈夫升天了。当时，弗雷德里克只有二十九岁。在都市里，十八岁不算年长，但在蛮夷之地，在这个故事发生的古老封邑，情况就不同了。在这儿，就连钟摆摆一下都显得格外意味深长。

靠父亲的政坛故旧的帮忙提携，年轻的男爵在父亲亡故后不久就接管了庞大的家产。自古以来，只有极少的匈牙利贵族能拥有这么多的财富。男爵的城堡多得数不清，其中梅岑格斯坦府的华美气派恐怕只能用“宫殿”这个词来描述了。男爵的封地没有明确的边界，大约方圆五十里都归他管辖。

这位继承人非常年轻，个性远近闻名，豪阔无与伦比，以至于没人想到该教教他如何为人处世。也确实，仅仅三天时间，这位比希律王①更希律王的继承人的所作所为就使他那些最热诚的崇拜者们也感到失望：无耻的淫荡，公然的背信弃义，闻所未闻的暴戾。男爵很快就让他那些始终战战兢兢的奴仆们明白，要么是俯首听命、服服帖帖，要么就是面对不拘小节的主人的残酷惩罚。只有奴性十足，才能免遭卡利古拉②毒牙残噬之苦。第四天晚上，伯府的马厩失火了，而邻里人家几乎不约而同地将这项纵火罪添加在了男爵那早已经骇人听闻的不端的行为和无法无天的举动的记录表上。

其实伯家失火的时候，梅家年轻的男爵正自个儿在梅府顶层一间宽敞无人的房间内沉思冥想。原本色彩艳丽的壁毯已经褪色了，在墙上悬挂着，显得阴森森的，就像这个家族许多威名赫赫的祖先们的影子在这儿游荡着，模糊而又庄严。这边壁毯上织的是身穿华贵貂皮长袍的高级教士和主教大人们，他们与独裁者和君王们亲亲热热地坐在一起，拒绝世俗国王的要求，或是遵照至高无上教皇的圣令对敌对势力那难以控制的王权加以限制。那边壁毯上

① 基督教《圣经》中的人物，以暴虐著称。——译者注

② 古马罗皇帝，以残酷著名。——译者注

织的是身材高大的梅岑格斯坦大公们，座下彪悍的战马正踏过敌军的死尸，他们的凛凛威风让神经最坚强的人也不免心生赞叹。再看另一些壁毯，上面那些旧日贵妇们的骄奢和优雅的风度，统统在一种不真实而又杂乱的舞蹈中幻化成了一阵虚无缥缈的曼妙的旋律。

当男爵听到，或是好像听到伯家马厩那边传来的越来越大的嘈杂声时(可能他正想到一些传说，想到一些冒险举动)，他的眼睛不由自主地转向壁毯上的一匹色彩鲜亮的高头大马，这匹马是伯氏家族的一位撒拉逊①祖先的坐骑。这匹位于壁毯上突出位置的骏马，直立着一动不动，像一尊塑像。而它背上的骑手，已然倒毙在一位梅氏祖先的短剑之下。

当男爵察觉到自己的眼睛不经意地瞥向了什么之后，一种残忍的表情显露在他的嘴角。他的眼睛没有再挪开。他压根无法解释自己这种无法抑制的冲动，要看那匹马的渴望产生得那样突然，又是那样强烈，几乎压倒了一切。男爵简直无法把自己梦幻般的断断续续的思维拉回到清醒时的世界秩序之中。

每次男爵凝视的时间越长，思想越集中，他就越深地沉迷进去，就越无法将眼睛从壁毯上的神奇景象上挪开。但这一回，尽管外面的嘈杂声并没有突然变大，男爵还是强迫自己转移注意力，张望窗外火烧马厩映出的漫天的红光。

这一瞥只在一瞬之间，他的目光又机械地回到了墙上。令他毛骨悚然的是，墙上那匹骏马就在这刹那间已经变换了姿势。马的脖子，先前是弯着的，像是同情般地靠着主人的尸体，现在却朝着男爵的方向，伸得又高又长。马的那双眼睛，先前是看不见的，如今却炯炯有神，跟人一样富有表情，并且眼珠异样的红，像火焰般闪烁。这匹狂怒的烈马还张开了厚厚的双唇，露出满口阴森得瘆人的牙齿。

年轻的男爵目瞪口呆，踉踉跄跄地冲向房门。他刚打开门，便有一道红光闪过，照到房间的深处，将他的影子清晰地投映在轻轻晃动的壁毯上。男爵一面心惊肉跳地回头看那影子，一面摇摇晃晃地跨过门槛——影子不偏不倚，刚好落在那位杀了伯氏撒拉逊祖先、显得冷酷无情而又得意洋洋的梅氏祖先的身上。

男爵急匆匆地出了大门，想定定神。在门口的台阶处，他碰到了三个马夫，他们正使出吃奶的劲想制住一匹胡蹬乱踢的枣红色大马。

“谁家的马？你们在哪儿碰到的？”男爵问，语气透着恼怒，声音沙哑。他立刻就意识到，楼上壁毯上的那匹神秘的马跟他眼前出现的这匹暴烈的畜生几乎一模一样。

“它是您自个儿家的，老爷，”一个马夫答道，“至少现在还没谁说自己是

---

① 希腊人和罗马人对十字军东侵时的阿拉伯人或伊斯兰教徒的称呼，后也指阿拉伯人。——译者注

它的主人。我们碰上它时，这畜生正怒冲冲地从伯府失火的马厩里逃出来。我们以为它是老伯爵留种用的外国马，就把它送回去了。可他家的马夫都说没有这么一匹马。这事够怪的，这匹马明摆着是从火里头跑出来的呀!”

“马的前额上还清清楚楚地刺着几个字呢，”又一个马夫插嘴道，“我猜这几个字肯定就是威廉·冯·伯利菲茨因这个名字的缩写。可是他们全府上下都说不知道有这么一匹马。”

“怪得很!”年轻的男爵又陷入了冥想，完全无意识地喃喃自语，“说得对，这是匹怪马，一匹非常怪的马！可尽管你们说得对，这匹马来历不明，性情暴烈，我也要定了。”停了一会儿，男爵又说道：“或许只有我梅岑格斯坦家的弗雷德里克可以降服这个从伯家马厩里跑出来的恶魔。”

“您搞错了，老爷。我们刚才说过了，这匹马不是从他家马厩里跑出来的。如果真是那样，我们就知道该咋办了，就不会把它牵到您老爷的府里来了。”

“不错!”男爵冷冷地看着大家。就在这时，一个内室小听差急匆匆地从梅府中跑了出来，神情紧张。他凑到主人耳边，低声报告说他负责料理的那间屋子里有一块壁毯忽然不见了。接着，小仆人详细地描述起那块失踪的壁毯来，尽管他压低了嗓门儿，却没有半个字逃过马夫们好奇的耳朵。

听了仆人的话，年轻的弗雷德里克好像被某些情绪搅得烦躁不安。但他很快就恢复了镇定，摆出一副豁出去的表情，果断地下令立刻锁上那间失毯的屋子，并且由他亲自保管门上的钥匙。

“您听说过伯家老猎手是怎么惨死的吗?”一个仆人问男爵。这时候，小听差已经走开了，那匹捡来的高头大马尽管更加使劲地又踢又挣，还是被马夫们牵着，顺着梅府长长的林荫道，送往马厩。

“没有。”男爵边说边迅速地转向这个问话的仆人，“惨死？你说什么?”

“千真万确哪，老爷。以您高贵的姓氏起誓，我觉得那是件好事呢。”

男爵的脸上马上浮现出一丝微笑：“他怎么死的?”

“他匆匆忙忙地去救一匹打猎用的爱马，就被大火活活烧死了。”

“真——的?”男爵突然大叫起来，他好像逐渐被某个令人兴奋的真相打动了。

“真的。”仆人重复道。

“实在可怕!”男爵平静地说，然后不再吱声，转向了自己的府第。

从这天起，放荡不羁的年轻男爵弗雷德里克·冯·梅岑格斯坦的外表和举止发生了明显的变化。说真的，他的表现叫每个满怀期待的人失望，就连许多打他主意的淑女也觉得他不再是个如意郎君了。与从前相比，他的言谈举止与周围的上流社会更加格格不入了。在他的领地之外，人们压根见不着他。他原本交友甚广，如今在社交界也绝了迹。确实，只有他常骑的那匹不寻常的枣红色烈马，才堪称他的朋友。

长期以来，邻里间上流人物聚会的邀请大都是定期发出的。“男爵愿意光临我们的聚会，使节日增色吗?” “男爵能否屈尊，和我们一道打猎?”而“梅岑格斯坦不去打猎”“梅岑格斯坦不参加”便是对这类邀请傲慢简短的回答。

这些一再重复的回绝让任何一位同样傲慢的贵族无法容忍。邀请慢慢变得不太热情、不太频繁，最后完全停止了。有人甚至听到那位倒霉的伯氏伯爵的“寡妇”这么说：“大家不希望男爵自个儿闷在家里的时候，他会待在家里，因为他不屑于和他的同类们打交道；大家不希望男爵去骑马的时候，他会去骑马，因为他更喜欢跟马做伴。”毫无疑问，这些话愚蠢地表现出伯爵夫人的怨恨，说明当人们希望自己所说的话特别有说服力的时候，那些话反而极易变得毫无意义。

另一方面，宽厚的人们则把年轻男爵的行为失常归结到他双亲早逝、作为孝子的悲痛上。然而，男爵在短短的时间内不计后果的残暴表现很快便让人们忘记了他的丧亲之痛。有一些人确信男爵的过分傲慢源自于过分的自负与自尊。其余的人（这部分人中包括男爵的家庭医生）则毫不犹豫地声称男爵患有忧郁症，天生身体不健康。各类暧昧的说法一时间在人们中间悄然流传。

确实，男爵对新近得到的这匹马有种反常的依恋，这种依恋又似乎正随着这匹畜生的每一个恶魔般的新癖好而变得越来越深。最终，在一切有理智的人眼中，这种依恋演变成了一种骇人听闻的不正常行为。不管是时当正午还是恰逢子夜，不管是身体健康还是略染小恙，也不管是心情平静还是躁动不安，年轻的梅氏男爵都好像完全沉溺于驾驭这匹高头大马的乐趣之中。这匹难驯的烈马与暴躁的男爵恰好是天造地设的一对。

这些情况，以及随后发生的一些事情，给男爵的疯狂和这匹马的能耐都抹上了神秘而恐怖的色彩。男爵精确地测出了这匹马纵身一跃的准确距离，这种精确远远超出了最有想象力的人所能想象的程度。尽管男爵所有的马都各有其名，他却没有给这匹宠物命名。这匹宠物还被单独养在远离其他马匹的马厩里。就连喂马之类的杂活，男爵也全部大包大揽。他甚至不许别人跨进这个特殊马厩的围栏一步。人们还注意到，尽管是那三个马夫撞到了从伯府大火中逃出的这匹畜生，并用缰绳和套索逮住了它，但已经没有一个马夫敢肯定，在那次危险的擒马搏斗中，或是在以后的任何时间里，自己曾确确实实地用手碰过这匹马。这匹暴烈的骏马拥有特异功能的例子还不足以吸引人们的注意，但是已有一些迹象迫使人们这么想了。据说，每当这匹马令人毛骨悚然地狂蹬乱踢，围观的人群被吓得目瞪口呆、节节后退的时候，年轻的梅岑格斯坦就会变得面无人色，竭力躲避这畜生像人一般骨碌碌乱转、四下搜寻的眼睛。

几乎男爵的绝大部分仆人都不怀疑，主人对这匹性情暴烈的骏马独具情结，只有一个地位卑贱的小听差不以为然，而这个小听差身有残疾，人人都讨厌他，他的看法无足轻重。这个小家伙（如果他的看法值得一提的话）不知天高地厚地说，他的主人跃上马鞍时总是轻轻地打哆嗦；而每次长时间策马狂奔之后，胜利的狂喜和恶毒的自得表情总会使他的面孔整个变形。

一个暴风雨之夜，从熟睡中醒来的梅氏男爵，像个疯子似的冲出卧室，急急忙忙地跨上马背，直奔森林深处。这种怪事出现得太频繁了，所以谁也没有在意。但是几个钟头之后，邻居们便都火急火燎地盼着他回来，因为梅府那高大气派的雉堞墙忽然起了火。大火劈里啪啦地烧个不停，围墙摇摇欲坠，滚滚浓烟形成了稠密的铅灰色烟雾。

当人们发现梅府起火的时候，火势已经相当严重，怎么救也救不灭了。万分惊讶的邻人们站在梅府四周，不知所措。这时，一件新出现的怪事一下子把众人的视线拉了过去，可见观看活人受罪远比观看无生命的灾难场面更令人兴奋。

人们顺着梅府正门直通森林的那条老橡树夹成的林荫长道望去，但见那匹马驮着它那丢了帽子、狼狈不堪的主人，正狂奔而来。这畜生的凶猛暴躁，丝毫不亚于传说中呼风唤雨的恶魔。

骑手已根本无法驾驭烈马。他脸上的表情极为痛苦，身体痉挛般地抽动着，这一切都表明他在极力挣扎，但他那已经被咬碎的双唇之间却吐不出一丝声音，而由于恐惧和紧张，男爵越来越拼命地咬自己的嘴唇。转眼间，尖利刺耳的马蹄声嗒嗒地回响着，压住了火的声势和风的呼啸。只见烈马纵身一跃，跳过梅府的大门和护院的深沟，踏上摇摇欲坠的楼梯，带着他的主人，一起消失在漫天的烈焰之中。

狂风暴雨很快就停下来了，随后是死一般的静谧。一团白色的烟雾像块尸布，包围着梅府，又飘远了，直到宁静的天空闪动着难以捉摸的光亮。同时，却有一团烟云静静地悬浮在梅府上空，像一幅清晰的巨大肖像——一匹马的肖像。

红　死　魔

"红死病"长期在这个国度里肆虐。任何一种瘟疫也没有这么致命，这么让人恐惧过。血液是它的化身和代表——鲜红而可怕的血液。患者先是感到剧痛，接着突然昏迷，然后全身每个毛孔都大量出血，暴亡。这个倒霉蛋身上，特别是脸上的殷红血迹，让边上想帮上一把的人和满怀同情的亲属们望而却步。这种病从染上、发作到死亡，只需区区半个小时。

不过普罗斯佩罗王子却仍不失快活、勇敢和精明的气度。在他的领土内人口减少了一半的时候，他召来了一千位强壮、快乐的骑士和贵妇，带着他们来到他的某个僻静的城堡修道院。这是一座高大奇伟的建筑，是按照王子那古怪而又高贵的品味建造的。一道牢固高耸的围墙环绕四周。墙上的大门都是铁的。客人们进了修道院后，便用带来的炉子和大锤子，焊死了铁门的插销。他们决心不给关在里面因绝望的狂想而会突然冲动的人们留下进出的路口。修道院内食物充足。有了这些预防措施，这帮人应该与传染病无缘了。外面的世界不要去管它。在这种时候悲伤和思考都是愚蠢的。王子已经准备好了各式娱乐，有演滑稽戏的小丑，有即席弹唱的艺人，有跳芭蕾舞的，有音乐家，有美人，还有美酒。这里样样俱全，绝对安全，没有的只是"红死病"。

普罗斯佩罗王子就这样一连隐居了五六个月，在外面"红死病"流行最厉害的时候，王子用一场华丽非凡的假面舞会款待他的一千位朋友。

这是个充满欢乐的化装舞会。我还是先描述一下举办舞会的地方吧。一般的舞厅共有七间屋子，可以形成一个特大的套间。许多宫殿都有这种套间，它们一字排开，当各间屋子的门全都打开的时候，从套间的一头可以一览无余地看到另一头的一切情况。可能是由于王子喜欢稀奇古怪的东西吧，这儿的结构却不是这样。七个房间排列得很不规则，所以站在一个位置上最多只能看到一个房间的景象。每隔二三十米就有一个急转弯，拐过弯去就会出现一种全新的景象。不论是拐角左面的墙还是右面的墙，每堵墙的中部都开着一扇又高又窄的哥特式窗户，窗户外面是与套间并行的封闭式走廊。窗户上镶嵌着彩色玻璃，玻璃的颜色与房间内的主要色调保持一致。例如，东头房间挂的是蓝色饰布，它的窗玻璃就是天蓝色的。第二间房内的装饰物和壁毯是紫色的，窗玻璃便也用紫的。第三间房内全是绿的，窗玻璃便也是绿的。第四间房子装修成橘黄色的。第五间是雪白的。第六间是紫色的。第七间房子的天花板和墙壁统统被严严实实地遮着黑丝绒壁毯，壁毯的褶皱正好垂在一块与壁毯一样的黑丝绒地毯上。但是就在这个房间，窗户的颜色没有同室内装饰协调一致。这儿的窗玻璃是猩红色的——一种血一样的深红色。七个房间内都四处悬挂着黄金饰物，却没有一盏灯或一座烛台。房间中的任何光亮都不是来自灯或蜡烛。但在贴着房间的走廊里，正对着每扇窗子的地方，却都立着一个坚固的三脚架。架子上放着一个铜火盆，火光透过有颜色的玻璃，影影绰绰地照进房间，造成一种华丽、俗气而又奇妙无比的幻象。但是西头那间，也就是黑色的房间，火光透过血红色的窗玻璃，照到黑色的挂毯上，形成一种极可怕的效果，使每个进屋的人都不禁露出惊恐的表情。客人中很少有谁敢独自跨进这个房门。

就在这个房间靠西墙的地方，立着一个乌木大钟。钟摆来回摆动，发出一种沉闷粗重的单调声响。当分针在钟面上转完一圈，大钟要报时的时候，钟内的黄铜发音装置就清晰、响亮地发出一种音乐般的深沉鸣响，这声音是那样特别，甚至乐队的乐师们都要暂停演奏片刻，侧耳倾听这美妙的报时声。这样一来，跳着华尔兹舞的人们就不得不停下舞步，整个寻欢作乐的人群便出现短暂的张皇失措。在大钟仍然鸣响的时候，年轻人变得面色苍白；年长者则以手加额，好像陷入了一种困惑的沉思冥想中。但是每当钟声完全消失，大厅内便立刻恢复了轻松的笑声，乐师们互相张望，好像在嘲笑自己的紧张和愚蠢，并且轻声发誓，下次敲钟的时候不再犯同样的错误。然而，六十分钟过后，当大钟重又敲响的时候，同样的仓皇，同样的神经过敏，同样的沉思，又全都出现了。

尽管发生了这种事，但假面舞会仍不失为一次愉快而豪华的狂欢。王子的品位特殊，在色彩和效果的审美上，是独具慧眼的。在房间的装饰方面，他完全抛弃了风雅与时髦，而采用了大胆激烈、闪烁着野性光彩的方案。有些人认为他疯了。他的信徒们则觉得他没疯。为了确信他没有疯，听听他说话，观察他的行为，与他接触一下，是很有必要的。

此次盛会前，王子亲自按照自己的风格，对这七间房子进行了布置。参加舞会的人也全都迎合王子的喜好，一个个打扮得怪里怪气的。舞场上金碧辉煌，但又格调活泼，充满幻觉，就像《欧那尼》① 中描述的一样。一些阿拉伯式的人物雕像，竟生有西方神话式的翅膀，极不协调地摆在风格迥异的家具上。许许多多东西都充满了疯狂的想象。举目所见，皆是美丽，皆是放纵，皆是怪诞，还有几分恐怖，当然也不乏一些令人生厌的景象。在这七间房中，徘徊着许多梦幻一样美妙的人影，他们扭动着进进出出，将嘈杂声传到屋外。相形之下，乐队那疯狂的演奏反倒成了他们舞步的回响。忽而，黑丝绒房间中的乌木大钟敲响了。所有的人都停了下来，一片寂静，只剩下钟声。跳舞的人们像被冻僵了一样站在原地。但是这种沉静只持续了一小会儿，打钟的余音刚一消失，舞伴们便彼此分开，轻轻的笑声重又在人群中荡漾。现在音乐重新响起，舞伴们又跳了起来，更加快活地扭动着身体，把嘈杂声从彩色玻璃窗中传出去，而三脚架上火盆的火光则透过窗户照了进来。但是现在却没有一个戴着假面具的舞者敢到西头的那间房里去了，因为夜已经很深了，透过血红的窗玻璃，流进屋内的光显得越发的猩红，而黑色的帷幔也越发吓人。站在这间屋子的黑地毯上，乌木大钟近在咫尺，沉闷的钟声也自然要比在别的房间中听得真切。

不过别的房间却都非常拥挤，里面的人们一个个脸红心跳。假面舞会就这样乱哄哄地进行着，直到乌木大钟终于敲响了午夜的钟声。这时就像前面说过的那样，音乐停下来了，跳华尔兹舞的人们停止了旋转，一切的运动都像前几次一样令人不安地停了下来。但是这次大钟是要敲十二下的，在这更多的时间中，那些好观察思考的狂欢者也许会做更多的观察和冥想。于是嘛，在最后一下钟声余音最终消失之前，人群中的许多人都意识到舞场中多了一个以前从未见到的戴面具的陌生人。这个新人物的出现引得人们悄声议论，嘁嘁喳喳声很快就传遍了全场。人们的议论先是表达不满和惊奇，最后终于变成了害怕、恐惧和厌恶。

在像我描绘的这个迷幻的舞场里，一般的装束自然引不起如此的轰动。今夜的假面舞会确实是什么都可以穿的，但这个不速之客的装束却有些太过分了，超出了王子那无限宽容的心地所能忍耐的限度。最鲁莽的人，心弦也有被感情拨动的时候。即使能把生死都当做玩笑来开的人，在有些事情上也会不知所措，开不出玩笑来。确实，在场的每一个人都觉得这个陌生人的装束和举止太不像话了。此人又高又瘦，从头到脚裹着尸布。他脸上戴着一副僵尸面具，即使仔细查看也很难看出是假的。狂欢者们虽然对这样一种装束很不喜欢，但也本是可以容忍的。然而现在大伙议论来议论去，开始说他像红死魔了。他的衣服上溅满了血，他那宽大的额头，以及眼睛上、嘴上、鼻子上，也都洒着猩红色的血。

普罗斯佩罗王子的目光投向这个鬼怪似的人（一阵沉闷的肃静之后，这

① 《欧那尼》，法国作家雨果的浪漫戏剧，一八三〇年首演。——译者注

家伙好像完全适应了自己的角色，在宾客中来回走动），人们发现王子抽搐了一下，起初是由于恐惧或是厌恶而冷不丁地打了个哆嗦，但接着他被气得脸色发红。

“这人是谁?”他声音嘶哑地问身旁的朝臣们，“好大的胆子，竟敢用这等卑劣的手段来侮辱我们！抓住他！掀开他的面具，让大伙看看明天一早我要吊死在城垛上的这个人是谁!”

普罗斯佩罗王子说这番话的时候，正站在最东头的蓝色房间内。他洪亮的声音清晰地传遍了七个房间！王子是个勇敢强壮的汉子！他一挥手，音乐声就停了下来。

王子站在蓝色房间内，一群面色苍白的廷臣们围在边上。王子一发话，廷臣们便骚动了一下，似乎要冲向这个不速之客。这家伙就在附近，只见他步子不慌不忙、大摇大摆地向王子走来。但是由于刚才那场低声议论，人们都产生了一种无名的敬畏之情，所以没有一个人上前去抓他。于是，他毫无阻碍地走过人群，从距王子只有一步远的地方走了过来。与此同时，舞会上的人们像是受到了推力似的，纷纷从屋子的中央退到墙边。这家伙畅通无阻了，迈着刚出场时那种庄重、缓慢、与众不同的步子，穿过蓝房间，进了紫房间；穿过紫房间，进了绿房间；穿过绿房间，进了橘黄房间；又穿过橘黄房间，进了白房间；最后走进了那个可怕的黑色房间，一路上没有一个人敢上前抓他。这时候，王子已经被气得发疯，并深深为自己那一时的怯懦感到羞愧。他飞快地穿过六个房间，追上前去，而大伙却全都被恐惧震慑住了，竟没有一个人跟在王子后面。王子高举着一把短剑，迅猛地冲了过去，离那个家伙只有一米之遥。这时候，陌生人已走到了黑色房间的尽头，他蓦地转过身来，面对着追上来的王子。只听一声尖叫——闪亮的匕首掉在了黑色的地毯上。片刻之后，普罗斯佩罗王子倒地身亡。绝望的狂欢者们鼓起疯狂的勇气，冲进黑屋子，去抓这个一声不吭、笔直地站在乌木大钟的影子里的家伙。人们疯狂地去扯他身上裹着的尸布和脸上的僵尸面具，结果只抓住了尸布和面具，连个人影也没摸到，吓得他们喘不过气来。

现在大家知道他就是红死魔了。他在夜里悄悄地溜进来了。狂欢者们一个接一个地倒在那满地是血的舞厅中，倒地后立刻气绝身亡，姿势狰狞可怕。乌木大钟也走完了最后一丝快乐的发条，停了下来。三脚架上所有的火焰都熄灭了。黑暗、腐烂和红死病统治着一切。

推 理 篇

莫格街凶杀案

塞壬①唱的是什么歌？阿喀琉斯②藏身于脂粉队中时取了一个什么样的假名字？虽然这些问题颇难回答，但也并非绝对无法猜测。

——托马斯·布朗爵士③《骨灰塚》

人们认为人的心理特征可以分析，而实际上这些特征是很难分析的。我们只能在它们的功能和影响上领略到它们。我们因此而认识到，当一个人智力超常时，他往往会从中得到极大的快乐。正如壮汉以自己的体能为荣，喜欢运动自己的一身肌肉一样，善于用脑的人也爱在心智活动中一展自己的能力，因“解开难题”而洋洋得意。他从那些可以发挥自己天才的事情中获取快乐，哪怕这些事情颇小，颇不足道。他喜欢谜，喜欢难解的问题，喜欢神秘的符号，通过对它们的解答，表现出不同程度的“敏锐”，而在常人看来，解开这些问题简直是不可思议的。他解决问题的方法，从本质上讲，完全是凭直觉。他的分析能力很可能是裨益于数学，特别是数学中的尖端分支——解析学（只因此学具有逆算推理之性质）。然而，计算本身并非分析。比如说，一位棋师，做计算时不一定做分析，做分析时也不一定做计算。由此可见，下棋对心智是有影响的，人们对此是常常产生误解的。我并非在此写论文，而只是在把一些随心想到的观点写出来，作为一篇故事简短的开场白。我想索性借此机会提出一种看法：思考能力较强的人，下普通的十五子棋要比下复杂的象棋更能发挥能力。象棋的每一个棋子都有其特定的步法和各自

① 希腊神话中的海上女妖，常用美妙的歌声引诱航海者，使其触礁。——译者注

② 希腊神话中的英雄。其父为避免他死于战争，曾将其扮作少女，与女孩子们生活在一起。——译者注

③ 托马斯·布朗，英国医生和作家。——译者注

的价值多变性。由于它复杂了些，人们便认为非常深奥了（这是一种常见的谬误）。下这种棋需要极为专注。比如说，稍有疏忽，便会丢子儿，乃至满盘皆输。象棋的招式不仅五花八门，而且极为复杂，一不小心便会功亏一篑。得胜者十有八九是因为全神贯注，而不是因为思想敏锐。而十五子棋则恰恰相反。十五子棋的棋路单一，疏忽的可能性就变得微乎其微了。因此，下十五子棋不必那么专注。双方孰胜孰负，则全仗思想敏锐了。说得具体些，假设在一盘十五子棋的残局中，只剩下了四个子，那么自然就不会有疏忽发生。如果双方棋手势均力敌，那么孰胜孰负就只有靠一招"妙棋"来决定了，而这招"妙棋"便是智能高度发挥的结果。在这种形势下，分析家是赤手空拳的。他完全投入到对方的心思中去，想其所想，常常是一眼即看出对手所擅长的一些方法（这些方法有时确实是简单得出奇）；知己知彼，引诱对手犯错误，或做出草率的推算。

人们一向认为惠斯特牌对人的计算能力有影响，凡是智商极高的人都喜欢玩这种牌，而不屑玩象棋，认为象棋太简单。毫无疑问，再没有别的棋牌类游戏像惠斯特牌一样，需要那么高的分析力。天下最好的象棋师也许只是一个象棋师，但是精通惠斯特牌的人则表明他有足够的能力，可以在一切更为重大的斗智活动中取得成功。我说精通，是指对该活动驾轻就熟、运用自如，因势利导地利用一切有利条件，取得优势。这种精通不仅是全方位的，而且是多层次的，潜伏于常人所不了解的头脑深处。用心观察，就能够记忆清晰，因此，全神贯注的象棋棋师打惠斯特牌也能打得很好。而且霍伊尔①规则（仅仅基于牌类游戏的技巧）则算是很全面的了，并且基本上是易懂的。因此，只要记性好，并按照规则行事，就不难打一手好牌。但是分析家的技巧却不限于规则。他默默地观察、推理。也许他的同伴、对手也这样做。他们所获情报的多少主要是基于观察的细致与否，而不是在于推理的正确与否。他必须懂得观察什么。我们的这位牌手绝不会先入为主，把自己的思想框起来；也不会因为一门心思打牌，而不对牌局以外的事情进行推论。他察看搭档的脸色，仔细地用它与每一个对手的脸色进行比较。他琢磨每个人手里握有什么牌，从握牌人看王牌和大牌时的目光来判断此人抓到了什么王牌和大牌。他边打牌边看大家的面孔，从每个人狐疑、自信、惊异、兴奋或懊悔的表情中来获取供自己思考的资料。他还从收牌者的态度上来揣测此人是否能收这副牌的下一墩。他能从某人把牌摊在桌上时的神情，辨出其虚张声势的目的究竟何在。一句漫不经心或粗心大意的话；一张不小心掉下来或翻过来的牌；以及接下去掩饰这张暴露之牌时的焦虑，或任其暴露时的无所谓；按排列次序计算墩数的方式；不安、犹豫、急切或仓皇——他用直觉将它们捕

---

① 埃德蒙·霍伊尔，牌戏技术类图书的著者，著有《惠斯特牌戏浅说》，并为十五子棋制定了规则。——译者注

捉，去伪存真，辨别出事情的真相。玩过两三圈之后，他就能洞悉谁手里有什么牌，然后便极有把握地出起牌来，仿佛其他所有人的牌都亮给他看过一样。

分析能力不应与单纯的机灵混为一谈，善分析的人必然是机灵的，可机灵的人往往未必善分析。能够体现机灵的那种善推定的能力，或善归纳的能力（颅相学家们将其错误地归于一个单独的官能，认为这是一种原始的官能），常常在一些近乎白痴的人身上出现，这一点引起了心理学家的普遍注意。其实，机灵与分析能力之间有很大的差异，这种差异比幻想与想象之间的差异更大，只不过这两对矛盾体有许多特征非常相似罢了。不难发现，事实上，机灵的人必然充满了幻想，而真正富于想象的人却绝不会不善于分析。

下面的故事将会说明前面的论述，供读者参考。

一八××年春夏之间，我寓居巴黎，结识了一位名叫奥古斯特·杜邦的先生。这位青年绅士出身名门，但是由于命运的阴错阳差，发生了种种变故，使他家业中衰，落得一贫如洗。于是，他一蹶不振，不再奋发自立，也无意重整家业。多亏他的债权人对他还算客气，竟给他留下了一点儿财产，他就靠着这一小笔财产节俭度日。他量入为出，当然不会有盈余。他的唯一奢侈品是书籍，而书籍在巴黎是很容易弄到的。

我与他的首次邂逅是在蒙马特街的一家冷清的图书馆里。由于我俩都在查找同一本非常稀有的好书，我们就认识了。此后，我俩常常来往。他以他那种法国人谈到自己时所特有的坦诚向我讲述了他家的历史，我对此极感兴趣。他博览群书，对此我十分惊异。我尤其被他那生动的想象力所感染，我觉得自己的灵魂都被这种热烈而新鲜的想象力给点燃了。当时我正在巴黎寻找素材，我觉得与他这样的人交往，对于丰富我的素材是极为有用的。于是，我将自己的想法直言不讳地告诉了他。我们最后决定，我在巴黎逗留期间，同他住在一起。我手头比他宽裕些，于是他答应由我来租房子、买家具，把房子布置成我俩都喜欢的低调风格。我们租的是一幢被风雨剥蚀却别有风味的大房子，位于偏僻的圣日耳曼区。由于迷信的缘故，这幢房子久无人住。

如果有人知道我俩在此的日常起居，一定会以为我们是疯子，并且是不伤害别人的疯子。我们不与外界来往，谢绝任何客人。实际上，我甚至没把这个地方告诉以前的任何一位熟人。而杜邦呢，他有好几年不同人来往了，巴黎没有什么了解他的人。我俩就这样孤独地生活在一起。

我的朋友有一种怪癖（我只能这样称他的这种癖好），那就是喜爱黑夜，无缘无故地喜爱黑夜。我也不知不觉地受他的感染，喜欢上了黑夜，就像我染上了他的别的癖好一样。我开始和他一样地狂想。虽然长夜总有尽头，但我们可以假想它永远存在。天将破晓时，我们就关上房子里所有的大百叶窗，点上几支香味极郁的小蜡烛，让蜡烛发出鬼火般的淡淡微光。在这种人为的黑夜中，我们沉湎于白日梦之中——看书、写作、聊天，直到钟声告诉我们：

真正的黑夜已经降临。然后我们便跑到街上，手挽着手，继续聊白天所谈的话题，或者四处游逛。在这人口稠密的城市的灯光下，在黑影中，我们以冷眼的观察来获得精神上的刺激。

就是在这样的时候，我发现杜邦有一种极为独特的分析能力，使我不禁颇为钦羡。当然了，从他那丰富的想象力上，我早就料到他会有这样的分析能力了。他显然也很喜欢运用他的这种分析能力。他毫不掩饰自己分析正确时所产生的快乐，尽管这算不上是一种卖弄。他常咯咯地笑着向我夸口说，在他看来，人们的胸口都有一扇窗户，所思所想，一望便知。接着，他便举出一些惊人的例证，来说明自己的这种看法。每到这时，他就变得态度冷淡、神色茫然、面无表情，就连他那平时很圆润悦耳的男高音，也尖锐了起来，并发出了颤声。若不是他那由于深思熟虑而发音清楚的语言，单听他那嗓音的变化，还真会以为他在同人怄气呢。每当我看到他处于这种情绪中时，就会暗暗想起古人所言的“双重人格”，从而想象出一个两面性的杜邦——既有创造性，又有分析力。这时我便感到非常有趣。

读了上述内容，请读者不要以为我在讲什么神秘的故事，或在写爱情小说。我所描写的这位法国人的种种行为，其实是受了刺激的结果，或者是心智变态的结果。不过我想最好还是举个实例，让读者来了解他这种时候的谈吐究竟是什么样的。

一天晚上，我俩在皇宫附近的一条肮脏的长街上散步。显然，我俩都在沉思，所以至少十五分钟两个人都未发一语。杜邦忽然打破了沉默，说道：“他的个子很矮，没错，在杂技场演杂要倒挺合适。”

“说得对。”我信口答道。由于我一直在沉思，所以竟未意识到他所说的与我所想的完全不谋而合。过了一会儿我才清醒过来，不禁大为惊异。

我严肃地说道：“杜邦，这我就不明白了。换句话说吧，我感到很惊讶，几乎不相信自己的判断力了。你怎么会知道我在想——”我故意欲言又止，想看看他是否真的知道我在想什么。

“你在想尚蒂利。”他说，“你何必停下来不往下说？你刚才想的是，他个子那么矮，不适合演悲剧。”

我刚才想的确实是这个。尚蒂利本是圣丹尼斯街的一个鞋匠，因为酷爱戏剧，便在克雷比永①的悲剧中客串了薛西斯的角色。他吃力不讨好，演出大遭嘲讽。

“天哪，告诉我，”我高声叫道，“你究竟是怎么看穿我的心事的？”事实上，我心中所感到的惊异，远比我所表现出的大得多。

他答道：“是那个卖水果的使你觉得鞋匠个子太矮，演不了薛西斯。”

“卖水果的？你又让我吃了一惊！我才不认识什么卖水果的呢！”

---

① 克雷比永，法国剧作家。——译者注

“十五分钟前，咱们刚走进这条街的时候，有个人迎面跑来，撞上了你。他就是卖水果的。”

我想起来了，我们从C街走到现在待的这条街时，确实看见有个卖水果的。他头顶一大篓苹果，差点儿把我撞了个跟头。可我不明白，他与尚蒂利有什么关系呢？

杜邦的脸上没有一丝糊弄人的表情，他说：“我一解释，你就明白了。咱们先顺着你刚才的思路谈吧。从我向你说话的时候，到咱们遇见那个卖水果的人，在这段时间，你思维之链中最重要的几环是尚蒂利、猎户星座、尼古拉斯博士①、伊壁鸠鲁②、切石块术、街石、卖水果的。”

人们在有些时候，喜欢追思那使自己达到某种心境的过程。这种遐想是很有意思的。人第一次尝试这种追思时，往往会对思维的起点与终点之间是何等遥远、何等不连贯而感到惊异。所以，当我听到杜邦的这番话时，便非常惊异。我不禁承认他所言句句是真。他继续说道：

“如果我没记错的话，咱们从C街走过来时说的是马。这也是咱俩说的最后一个话题。当咱们走进这条街时，一个卖水果的，头顶一个大篓子，匆匆走来，与咱们擦肩而过，把你挤到了一堆修马路用的铺地石上。你一脚踏在一块摞得不稳的石头上，滑了一下，轻轻地扭了一下脚腕子。你有些不高兴，嘟哝了一句，回头看了一眼石头，随后就默默地往前走了。我其实并不是有意注意你的举动，只不过近来我非常喜欢观察罢了。

“你始终双目低垂，一脸的懊恼相，扫视着地上那些小小的坑洼和坎坷不平的地方，所以我知道，你仍在想那些石头。直到咱们走进那条叫做拉马丁的小巷，你的脸色才开朗起来。那条小巷的铺路石是用一种试验性的方法铺成的：石板相互重叠，固定在一起。我看见你的嘴唇动了动，知道你是在嘟哝‘切石块术’几个字。这几个字用在这种铺路法上是很合适的。我知道，既然你自语‘切石块术’，心里就肯定会想到原子，因此也就一定会想到伊壁鸠鲁的理论。因为不久前你我讨论这个话题时，我曾向你提到过，这位古希腊的哲人当初所做的一些模糊猜想，后来竟被星体宇宙学给证实了，这是多么奇特的事，然而大家对此又是多么的不在意！我说这番话时，你不禁仰望苍穹，目光投向猎户座大星云。我当然料到你这次也会那样做。你确实抬头看了，所以现在我可以肯定地说，我正确地跟上了你的思路。昨天的《博物馆》杂志上有一篇关于尚蒂利的文章，刻薄地挖苦了那个鞋匠，说他穿了戏靴便改了名字。文中使用了一些不太高雅的比喻，还引用了一句咱们常谈到的拉丁诗，是这句：‘第一个字母改了音。’

---

① 尼古拉斯，英国博物家。——译者注

② 伊壁鸠鲁，古希腊的哲学家，原子理论的创始人。——译者注

“我曾告诉你，这句诗说的是猎户座，因为猎户座的头一个字母改了音。这种解释很有几分辛辣的味道，所以我认为你是不会把它忘掉的。所以嘛，你肯定会把猎户座同尚蒂利联系在一起的。当我看到你嘴角掠过一丝微笑时，我知道你确实把二者联系在一起了。你想到了那个倒霉鞋匠。那一会儿，你弯腰塌背，而现在你的身子又挺直了。于是，我知道你肯定是想到了尚蒂利那个矮个子。随后我打断了你的思考，向你说，他——尚蒂利——个子很矮，到杂技场演杂耍倒挺合适。”

过了不久，我们俩在看一张《论坛报》的晚刊时，报中的一条消息引起了我们的注意。

离奇的凶杀案

今晨3时许，圣罗克区的居民们被一阵凄厉的尖叫声从睡梦中惊醒。尖叫声显然是从莫格街的一幢房子的第四层发出的。这幢房子里只有一家住户：莱斯帕纳耶太太和她的女儿卡米耶·莱斯帕纳耶小姐。大家叫门，却没人来开，所以耽误了一段时间。最后只好用一根铁棍把门撬开，八九个邻居和两名巡警一同闯了进去。这时，叫声已经停止了。但是，当他们跑上楼梯时，却又清楚地听到楼上传来两三个人激烈的争吵声。当大家到达第三层的楼梯平台处时，上面的声音消失了，周围一片沉寂。大家匆匆散开，一个房间一个房间地搜寻。搜到第四层的一间大卧室时，发现门被反锁着。大家将门撬开，里面的场景触目惊心，每个人都感到心惊肉跳。

房间里的东西零乱不堪：被砸碎的家具扔得到处都是。房间里只有一张床，床屉离开了床架子，被扔到了地板中央。有一把椅子上放着一柄剃刀，刀上满是鲜血。壁炉的炉架上有几撮长长的头发，上面血迹斑斑。看来，头发是被人从头顶上生生揪下来的。在地板上找到了四枚二十法郎的金币、一只黄玉耳环、三柄银质的大调羹、三把阿尔及尔的小银勺，还有两个口袋，里面盛有四千来枚金法郎。墙角有一个小衣柜，抽屉全部被拉开，显然是有人在里面翻找过，不过里面还留有不少东西。大家抬起床屉，发现下面压着一个铁质的小保险柜。保险柜是开着的，钥匙仍挂在柜门上。柜里除了几封旧信和一些不重要的文件外，空空如也。

此处没有一点儿莱斯帕纳耶太太的痕迹，但是壁炉里却有大量的煤烟。大家检查了烟囱。哎呀，说来极为可怕，从烟囱里拽出来的竟是这家的闺女——莱斯帕纳耶小姐——头朝下的尸体！这具尸体不知被谁顺着这个狭窄的烟道，硬塞进去好大一截子。尸体尚有温度。经过检查，发现皮肤上有多处擦痕，这肯定是被人用力往烟囱里塞时蹭的。

死者的脸上有擦伤，喉部有一大块黑黑的淤痕，还有深深的指甲印，好像是被人活活掐死的。

大家仔细地在房子里搜查了一遍，没有进一步的发现，于是便到房后的一个石板铺地的小院子里去寻找。老太太的尸体就躺在这儿。她的喉咙被深深地切断了，当人们想把她扶起来时，脑袋竟掉了下来。她的身体和头上都伤痕累累——身体上的伤尤为严重，几乎是支离破碎。

我们认为，这桩可怕的谜案至今尚无丝毫的线索。

第二天的报纸又对此案进行了补充报道。

莫格街凶杀案。许多与这桩可怕的案件有关的人都已受到了传讯，但是仍然没有找到任何线索。现将全部重要证词摘录如下。

洗衣妇波莉娜·迪布尔供称，她认识两位死者已有三年。三年中，她一直为她们洗衣服。老太太和女儿相依为命，看来关系很和睦。她们付洗衣费时出手很大方。至于这对母女以什么为生，就不得而知了。莱斯帕纳耶太太八成是个算命的，据说有些积蓄。证人迪布尔去她们家取送衣服，从没在那儿遇到过外人，她们肯定没有雇用仆人。她们家，除了第四层有些家具外，别处的房间都是空的。

烟贩皮埃尔·莫罗供称，莱斯帕纳耶太太常到他的烟摊上去买烟叶和鼻烟，已经快四年了。证人莫罗，生于斯，长于斯，他说死者母女在那幢房子中住了至少六年。这以前，这幢房子中住的是一位珠宝商，他把楼上的房间转租给了几个其他的人。这幢房子是莱斯帕纳耶太太的产业。房客转租她的房产，她很不高兴，于是就将房子收回，自己搬了进去，不再出租任何部分。老太太很像个老小孩。在这六年当中，证人莫罗见过她的女儿五六次。母女俩过着一种深居简出的生活，大伙都说她们很有钱。证人莫罗也曾在邻里间听说过老太太是算命的，不过他不相信。除了老太太她们母女外，他没看见过什么人进入这幢房子。他倒是看到有个挑夫来过一两次，还有个医生来过八九次。

其他许多人和邻居，提供的证词大致相仿。没有一个人说自己常到这幢房子里去。大家都不知道莱斯帕纳耶母女在世上是否有什么亲戚。房子正面的百叶窗很少被打开，而后面的百叶窗则永远是关着的，只有四层那间大卧室的窗户有时被打开。房子的质量很好，也不太旧。

巡警伊西多尔·穆塞供称，他是在凌晨三点钟被人叫到那幢房子里去的。他发现房子的门口聚集着二三十个人，正在想法子进去。最后，他将门撬开，用的是一把刺刀，而不是铁棍。弄开门没费多大劲，这是因为那是双扇门，上边和下边都没有上栓。打开门后，里面的尖叫声戛然而止。那尖叫声似乎是由一个或几个遭受巨大痛苦的人发出的。声音很高，调子拉得很长，不是那种短促的。证人穆塞领着大家上了楼梯。

他们到达第一个楼梯口时，听见两个人在愤怒地大声说话。其中一个人的声音粗哑；另一个人的声音很尖锐，听起来怪怪的。前者可以听出是法国人，肯定不是女人。他的话中有“天哪”和“魔鬼”两个词。尖嗓子的是个外国人，听不出是男是女；也听不出说的是什么，不过八成是西班牙语。证人穆塞对房间和尸体的供词与我们昨天所描述的一致。

邻居亨利·迪瓦尔，职业为银匠。他供称，他是首先入房者之一。他的证词基本上证实了穆塞的供词。大家一把门撬开，就立刻又把门关上了，以免外面的人群拥进来。尽管已夜深人静，可外面的人却越聚越多。证人迪瓦尔认为，那个尖嗓门儿的是意大利人，绝非法国人。听不出是男是女，可能是女的；也听不出说的是什么话，不过根据语音语调，像是意大利语。证人迪瓦尔认识莱斯帕纳耶母女，并常同她们俩说话。他坚信，那个尖嗓门儿的绝非两位死者中的一个。

饭馆的老板奥登海默主动作了证。他不会说法语，所以通过翻译来提供证词。他是荷兰阿姆斯特丹人。房子里发出尖叫声时，他恰好打那儿经过。尖叫声持续了好几分钟——大概有十分钟。尖叫声又长又响，非常凄厉、可怕。他是进入房子者之一。他的证词与迪瓦尔的证词基本相仿，只不过他坚信那个尖嗓门儿的是男人，而且是法国人。他听不出说的是什么话，声音又高又快，又快又乱。说话者显然又惊又怒。那声音很粗暴，它的特点与其说是尖锐，还不如说是粗暴。而那个粗嗓门儿的则不停地说“天哪”和“魔鬼”两个词，有一次还说了一句“我的上帝”。

银行家朱尔·米格诺是德洛赖纳街米格诺父子银行的老板，是“父子”中的“父”。他说莱斯帕纳耶太太有些财产，曾于八年前的春天在他的银行中开了一个户头，并常去存些小额款子。她从未提过款，只是遇害前三天，亲自来银行提了四千法郎。银行支付的是金币，还派了一名工作人员把钱送到了她家。

阿道夫·勒邦是米格诺银行的职员。他供称，那天中午他曾陪莱斯帕纳耶太太回家。他把分成两口袋装的四千法郎送到了她的府上。门刚一打开，莱斯帕纳耶小姐就迎出来接过一个口袋，老太太接过另一个口袋。于是他鞠了个躬，便告退了。他当时没看到街上有什么人，那是一条小街，很僻静。

裁缝威廉·伯德供称，他是撬门进屋者之一。他是英国人，已在巴黎居住了两年。上楼梯时，他也是走在前面的一个。他听见了争吵声。粗嗓门儿的是法国人。证人伯德听出来了几个字，但没全记住，他清楚地听见了“天哪”和“我的上帝”这两个词。当时还有一种声音，好像是几个人在扭打，发出拳打脚踢的声音。尖嗓门儿的说话声音比粗嗓门儿的高，讲的肯定不是英语，像是德国人，也有可能是个女人。证人本人不懂德语。

以上四个证人已被复讯，均供称，大家到达那间发现莱斯帕纳耶小姐的尸体的卧室时，卧室的门是被反锁着的。当时房间里静得很，没有任何声音。撬开门之后，没有发现一个人。里屋和外屋的窗户都是关着的，从里面闩死了。两间屋之间的门也是关着的，但是没锁。外屋通向走廊的门是锁着的,钥匙还在房间里面的锁孔上。第四层走廊口上有一间小屋，门敞开着。屋里堆放着旧床、旧箱之类的东西。警方将东西全部搬出，进行了仔细的搜查。实际上，警方对这幢房子的每一处都进行了搜查，就连烟囱都用长扫帚通了一遍。这幢房子共有四层，最上面还有一个小阁楼。顶层有一道活板门，早已用钉子钉死了，看来已经多年未打开过了。从听见争吵到撬开房门，这中间究竟有多长时间，证人们众说纷纭。有的说只有三分钟，有的说五分钟。反正撬门很费了一番工夫。

阿尔方索·卡尔奇奥是个小业主，西班牙人，也住在莫格街。他也是进房者之一。他供称，他没上楼，因为他神经质，害怕受刺激。他听见了吵架。粗嗓门儿的是法国人，他听不清那人说的是什么。而尖嗓门儿的则肯定说的是英语。他本人虽然不懂英语，可从语音语调上能听出说的是英语。

糖果商阿尔贝托·蒙塔尼供称，他是领头上楼者之一。他也听到了争吵的声音。粗嗓门儿的是法国人。他听清了几个字。说话者好像是在训斥什么人。他听不出尖嗓门儿的说的是什么，那人说话又快又无节奏，可能是个俄国人。他的其他证词和别人差不多。蒙塔尼本人是意大利人，从未同真正的俄国人交谈过。

被复讯的几位证人作证说，第四层所有房间的烟道都很窄，进不去人。他们说的“用扫帚通烟囱”，是指用打扫烟囱的人用的那种圆形的烟囱刷去捅。这幢房子的全部烟道都已用这种刷子捅过一遍了。这幢房子没有后梯楼，大家上楼梯的时候，里面的人不可能从其他地方下楼。莱斯帕纳耶小姐的尸体被紧紧地塞在烟囱里，四五个人合力才把她弄出来。

内科医生保罗·杜马供称，破晓时分，他被叫去验尸。两具尸体都放在发现莱斯帕纳耶小姐的那间卧室里，摆在床屉的粗麻布垫上。姑娘的尸体遍体擦伤，这显然是从烟囱里往外拽时蹭的。她的喉咙上有一大块淤痕，下巴底下有几处深深的抓痕，还有许多青紫色的斑点，显然是手指留下的印记。死者的脸变了颜色，十分可怕，眼珠子也往外凸，舌头被咬烂了。死者的腹部有一块青紫，显然是膝盖压出来的。杜马医生认为，莱斯帕纳耶小姐是被一个人或几个人掐死的。老夫人的尸体则伤得不成样子：右腿和右臂的骨头都粉碎性骨折；左胫骨和左边的肋骨也都成了碎片。尸身上下青一块紫一块，全都变了颜色。很难说出她是怎么被弄成这等模样的。大木棒、粗铁棍、一把椅子，凡是有一把子力气的男人，用笨重粗钝的武器进行殴打，都可以造成这种效果。而女人用什么武器，则都不会打成这样。医生见到，死者的头已和身体分了家，头上也是伤痕累累，喉咙显然是被利器所割——可能是把剃刀。

外科医生亚历山大·埃廷内也被召去与杜马医生一起验尸。他的看法与杜马医生的证词一致。

虽然还传讯了其他几位证人，但并没有问出什么重要的线索。如果此案真是一桩谋杀案，那么它就是巴黎有史以来最神秘、最扑朔迷离的谋杀案了。警方现在束手无策——他们以前办这种案子时从未这样一筹莫展过。案子没有一点儿线索。

当天晚上，这家报纸的晚刊说，圣罗克区仍然人心惶惶。警方再次仔细搜查了一遍案发的房子，重新讯问了证人，但毫无结果。然而报道在附注中说，阿道夫·勒邦已被捕入狱，但是除了前述事实外，没有能证明他有罪的证据。

杜邦似乎对此案的进展特感兴趣，至少从他的表现上看是如此。他对案子未做任何评论。直到勒邦被捕后，他才问我对这桩谋杀案是怎么看的。

我只能附和全巴黎的看法，认为此案是一桩破不了的谜案。我觉得没有法子把凶手找出来。

杜邦说："不能只凭这么一点点讯问口供，就断定没法破案了。巴黎的警察一向以敏锐著称。其实他们除了狡黠一些，就再也没有别的本事了。在办案方面，他们除了现在使用的这套法子，就没有新招儿了。他们总是炫耀自己有许多法子，可是这些法子在实践中却常常行不通。这不得不使人想起汝尔丹先生①的故事，他之所以要睡衣，是为了更舒服地听音乐。巴黎的警察们也常办成一些令人拍案叫绝的漂亮案子，不过这主要是靠勤快和积极行动。当单靠勤快和积极主动不足以破案的时候，他们就一筹莫展了。比如说，维多克②是一个极善猜想、极有毅力的人，但是因为他的思想未经训练，便反而因为勤于调查而常犯错误。他把目标盯得太死，这样反而限制了自己的视野。他也许能把一两点看得特别清楚，但是正因为如此，他对宏观上的把握就反而差了。所以嘛，有些事情是存在于范围很广的面上的。真相并不永远是埋藏在井底。至于更为重要的知识，我则坚信它们总是很浅的。我们在山谷中寻找深谷，其实它就在我们的脚下，而不是在山顶，不过只有我们站在山顶上时，才能看到深谷有多深。这类错误的形式和缘由恰恰像是世人揣摸天体。看一眼星星，也就是说，用余光瞟一眼，让瞳仁的外部接受光线，你就可以清楚地看到那颗星星，充分地感受到它的亮度，因为瞳仁的外部比内部更容

---

① 法国剧作家莫里哀所作的喜剧《贵人迷》中的主人公，是一个醉心于贵族的资产者，贵族的一切举止便是他的行动标准。——译者注

② 维多克，法国著名侦探，曾帮助建立法国的"保安警察"。——译者注

易接受微光。而如果你把视线完全集中在星星上，那么亮度就会相对减弱，目光越集中，亮度越弱。不错，目光集中时落在眼睛上的光线更多，可是目光不集中时，眼睛具有更为细致的接受能力。过分集中只会导致思想混乱，思维能力减弱。即使是最明亮的太白星，你若是直勾勾地盯着它看，最后也会弄得看不见它了。

“至于这桩凶杀案，咱们不妨自己先来分析分析，再做结论。进行一番调查也是趣事一桩嘛!”（我觉得他的“趣事”二字用在这件事上很不合适，不过我没说什么）“此外，勒邦过去也帮助过我，我不能那么忘恩负义，见他冤沉海底，袖手旁观。咱俩亲自去那幢房子走一遭。我认识警察局长，得到许可证是不会很难的。”

我们果然得到了许可证，我俩立刻前往莫格街。留塞黎街与圣罗克街之间有几条破烂的街道，莫格街就是其中之一。由于莫格街离我们的住处很远，我们到达时已将近傍晚。我们一下子就找到了那幢房子，因为那里仍聚着许多人，站在马路对过，好奇地张望房子那紧闭的百叶窗。这是一幢普通的巴黎住房，有个大门，门旁是个镶着玻璃的小门房，门房的窗户有块可移动的玻璃，上书“门房”两字。我们决定先转上一圈再进去。我俩沿街走去，拐入一个小巷，然后拐弯，从房子的后门口经过——杜邦不仅观察房子本身，还仔细观察整个附近地区的情况。他观察得极为仔细，我真不懂他何必要这样。

我俩顺原路返回，来到大门口，摁响门铃，向警察出示了证件。警察放我们进去了。我俩上了楼，来到发现莱斯帕纳耶小姐的尸体的那间卧室，两名死者的尸体现在仍陈放在这里。根据保护现场的惯例，房间里的凌乱场面仍然保持原状。我所看到的都是《论坛报》中描述过的，没有什么新情况。杜邦把所有的东西都仔细看了一遍，连被害者的尸体也不放过。然后我俩又到其他房间去，随后回到了院子里。一名警官始终陪伴着我们。我们一直查看到天黑，才告辞离去。回去的路上，杜邦去了一趟《世界报》报社。

我在前面说过，我这位朋友有各种各样的怪念头。直到第二天中午，他才第一次和我谈有关这件谋杀案的事。他忽然问我，我是否在现场看到了什么特别的东西。

他加重了“特别”二字，语气意味深长。我也不知道怎么搞的，听了他这话，竟然哆嗦了一下。

“没什么特别的，”我说，“和报上说的差不多嘛!”

他说道：“我看《论坛报》并没有揭示出此案的出奇恐怖之处。不过咱们且不去读报上的蠢言浅见。大家认为此案是个难解难破的离奇之案，而我觉得，它的难解难破之处也正是它的易解易破之处，也就是说，它有许多非常离奇的特点。警方之所以弄昏了头，是因为找不到明显的动机——不是说找不到明显的杀人动机，而是说找不到采用那么凶残的手段的动机。此外，大伙都听见楼上有争执的声音，可上去一看，除了被杀的莱斯帕纳耶小姐之外，什么人也没有，真是不可思议！而且，凶手若是下楼，不可能不被大伙看见。这些颇使警察局摸不着头脑。房间里极为凌乱的场面、尸体被‘倒栽葱’塞进烟囱里、老太太尸身上的可怕伤痕，这一切，再加上我刚才说过的，现在不必再重复的情况，足以使警察们一向自认为具有的‘敏锐’失效，使他们无用武之地。他们犯了一个极为常见的大错误，即：把特殊性与难解性混在了一起。然而，理智的人正是在平凡的现象中进行推理，找出事情的真相。而咱们进行调查的时候，则不该总考虑‘发生的是什么’而是要考虑‘什么是以前没发生过的’。其实，我是可以查出这个案子的，而且已经查出了。警察局越觉得它难破，我就越觉得破起来全不费工夫。”

我惊讶得说不出话来，只是直勾勾地瞪着他。

“我在等待，”他朝我们寓所的房门看了一眼，继续说，“我在等待一个人，这人虽然也许不是此案中的凶手，但多少同凶杀案有些关系。这起凶杀案如此残酷，可能责任根本不在他。我希望我在这一点上的推测是正确的，因为我把解谜的希望全压在这个推测上了。我随时在此——在这个房间中——等待此君。他当然有可能不来，但也有可能会来。如果他果真来了，咱们就必须把他扣住。给你手枪，在必要的时候你我都是知道如何放枪的。”

我接过手枪，头都大了，几乎不知道自己在干什么，也简直无法相信这些自己亲耳听到的话。而杜邦还在说着，就像是在自言自语。我在前面说过，他一到这种时候就变得心不在焉。他的话是对着自己说的，可他的声音呢，虽然一点儿也不高，从声调上听，却像是在对很远很远之处的人讲话。他的眼睛盯着墙壁，漫无表情。

他说：“根据顺楼梯上楼的那伙人的描述，吵架的声音不是那两个女被害者的，现在证据也已证明了这一点。所以嘛，咱们就大可不必考虑这样的可能性：老太太先杀死了女儿，然后又自杀。我谈起这一点，主要是想弄清楚凶杀的方法。就凭莱斯帕纳耶太太的那点儿力气，她是无法把女儿的尸体塞进烟囱里的。再者，她本人身上的那些伤痕，也完全排除了自杀的可能性。因此，凶手肯定是另外一个人，大家听到的争吵声就是他的声音。现在咱们再来看看证人们的证词——不是关于争吵声的全部证词，而是证词中的特别之处。你注意到有什么特别的地方了吗?”

我说，证人们一致认为那个粗嗓门儿的是法国人，而那个尖嗓门儿的，人们的说法就不一致了。

杜邦说：“这本身就是一个证据，不过这还算不上具有特殊性的证据。你没注意到特殊的地方，然而确实存在需要注意的特殊之处。你说，证人们对粗嗓门儿的看法是一致的。但是那个尖嗓门儿的，就众说纷纭了，这就是特殊之处。一个意大利人、一个英国人、一个西班牙人、一个荷兰人，还有一个法国人，都试图对它做出解释，他们每一个人都认为那声音是一个外国人的。每个人都说那人说的不是他们国家的语言，而是一种外国语。法国人认为那人说的是西班牙语：‘如果他懂西班牙语，也许就会听清一两个字了。’荷兰人坚持认为那人讲的是法语，不过报上也说了：‘他不懂法语，所以通过翻译来提供证词。’英国人则认为那人说的是德语，而他本人却‘不懂德语’。西班牙人则说那‘肯定’是英语。可他本人不懂英语，是从语音语调上听出是英语的。意大利人相信那人讲的是俄语，可他‘从未同真正的俄国人交谈过’。而第二个法国人的看法却与第一个大相径庭，他坚信那人讲的是意大利语，他和那个西班牙人一样，是根据语音语调做出的判断。你瞧，这人的声音简直太神了，咱们不妨做出这样的结论：这种声调，欧洲五大语种的人听起来都不熟悉！你也许会说，说不定是亚洲人或非洲人呢，然而巴黎的亚洲人和非洲人毕竟不多。我暂且不否认这种推论，我现在只想提醒你三点：有一个证人说这个声音‘与其说是尖锐的，不如说是粗暴的’；有两个证人说它‘又快又乱’。没有一个证人说它是清晰易懂的。”

杜邦接着说道：“我不知道到目前为止你对我的见解做何看法。不过我却完全可以说，即使仅仅从证词的这一部分——关于粗嗓门儿与尖嗓门儿的这一部分——咱们就已经可以得出一个合理的推论，从而产生出一种疑问，这疑问本身便为破案指明了方向。我刚才说的‘合理的推论’这几个字，还没有充分表达出我的意思。我是想说，这个推论是唯一合理的，这个推论导致的唯一结果，就是必然产生出那个疑问来。然而，那个疑问究竟是什么，我现在还不准备说。我只是希望你记住，对我本人来说，这足以告诉我要采取什么方式了。这个结论给我指明了方向，于是我去那个房间进行了调查。

“现在咱们再回想一下那间卧室。咱们在卧室中首先调查的是什么？是杀人凶手所使用的脱身手段。我完全可以这样说，咱俩都不相信超自然的怪事。莱斯帕纳耶母女当然不会是被妖怪杀死的。凶手是有血肉之躯的，而逃走的时候也并没有化作一道白光。那么，他究竟是怎么逃走的呢？幸好，关于这一点只有一种推理，这种推理势必使咱们得出一个明确的结论。咱们来把有可能采用的逃遁方式过一遍。大家上楼时，凶手是在那间发现莱斯帕纳耶小姐的屋子里，或者至少是在那间相连接的屋子里的。所以，咱们只有在这两个房间中寻找出口。警察已经揭开了地板、天花板和墙皮。如果有什么秘密出口，他们肯定是会发现的。不过，我信不过他们的眼睛，我要用自己的眼睛看一看。我一看，确实没有秘密出口。两个房间通走廊的房门都从里面反锁着。咱们再来看看烟囱。内外两间房的烟囱虽然和一般的烟囱一样宽，离壁炉顶两三米高，但是不论是烟囱的哪一部分，都是连只大猫都钻不进去的。凶手绝无可能从烟道中逃走。现在只剩下窗户了。凶手若是从临街的房间的窗户逃走，肯定会被聚在街上的人看到，所以嘛，他肯定是从后屋的窗户逃走的。既然咱们已经毫不含糊地得出了这一结论，那么你我这两位推论者，就不应该因为‘这一点看上去不太可能’而轻易否定掉它。咱们现在只有努力去证实‘这所谓的不可能未必就真是不可能’。

“卧室里有两个窗户。一个窗户不为家具所挡，一览无遗。另一个窗户的下半部分则被一个笨重的床架紧紧地顶住，所以看不见。第一个窗户是从里面紧闩着的，即使使出吃奶的劲儿，也难把它拉起来。窗户的左边被一根大钉子钉死了。钉子钉得很深，只露着钉帽。检查另一个窗户时，警察也发现了一枚同样的钉子。他们试着往上拉窗户，结果拉不动，于是他们便相信凶手绝不会从窗户逃遁。他们也认为没必要拔起两枚钉子，打开两个窗户，进行进一步的检查。

“我自己的检查则多少更为仔细一些。我刚才也说过了，我认为表面上看起来不可能的事情，实际上却未必不可能。

“进行了一番归纳后，我就开始想，凶手肯定是从这两个窗户中的一个逃出去的。但如果真是这样，那么凶手也就无法从里面闩上窗户了，而窗户却是闩得死死的。这是一个明显的事实，足以使人不再做进一步的推想，检查现场的警察就是因此而不再生疑了的。然而窗户确实是闩着的，那么窗户肯定有一种自动闩上的能力。这是一个必然的结论。我走到那个没被家具挡住的窗户跟前，使劲拔起那根钉子，然后试图将窗户拉起来。不出我所料，根本拉不动。现在我知道了，里面一定有一个暗藏的弹簧机关。第一次判断的正确增强了我的信心，我觉得，不管钉子周围的东西有多神秘，可我的假定显然是对的。我再次仔细搜查，果然很快便找到了暗藏的弹簧。我按了按它，对自己的发现颇为满意，就暂且不去把窗户拉起来。

“我把钉子重新安上，仔细地观察它。假如一个人打窗户逃出去，虽然借助弹簧的力量，窗户可以自动关上，可是钉子却不可能回到原来的孔洞。结论是明显的，我的调查范围进一步缩小了。凶手一定是从另一个窗户逃出去的。假如两个窗户的弹簧都是一样的——这是很可能的——那么两个钉子就可能不一样了，至少钉法上不一样。我爬到床架上的麻布垫上，仔细察看床头上方的窗户。我把手伸到床头后面，一下子就摸到了弹簧。如同我估计的那样，这个弹簧和第一个窗户的弹簧一模一样。我又研究钉子。钉子也和那个钉子一样，又粗又结实，钉法也是相同的，一直钉到头。

“你准会说我迷惑不解了，但是如果你这样想的话，你就误解了这一推理的实质。用一句体育上的话来形容，我以前从没‘失手’过。我不曾有片刻失去过线索。事情一环套一环，没有一环是断开的。我已将这个谜追踪到了它的最终结果。这一结果便是那个钉子。虽然那个钉子从外表上看与另外一个窗户上的钉子没什么两样，但外表的相似绝不会使‘线索到此为止’。我对自己说：‘这里一定有什么不对头的地方。’我用手去摸钉帽，一摸不要紧，大约六毫米的一截被我的手指头给掰掉了下来。剩余的半截钉子仍留在钉孔里。断痕是旧的，上面生满锈，当初一定是重锤的一击，将其敲断的。这一击也使钉头深陷入窗框。我把钉头小心地放回到原来的断痕上，果然又成了一个完整的钉子，连一点儿裂缝都看不出来。我按下弹簧，把窗户抬起几寸，钉头果然跟着窗框一同起来了。我又把窗户关上，钉子又恢复了完整的样子。

“现在这个谜总算是被解开了。凶手是从床头的这个窗户逃走的。他一出去，窗户就自动关上了，弹簧又将窗框闩牢了。警察错就错在把弹簧的力量当成了钉子的力量，于是认为不必再深究了。

“第二个问题是凶手究竟是怎么下楼去的。关于这一点，幸好咱俩曾绕楼走了一周。距离窗户 1.8 米高的地方有一根避雷针。没有谁能从这根避雷针上够到窗户，更别说顺着避雷针爬进窗户了。不过，我注意到第四层的百叶窗很特别，巴黎的木匠管这种百叶窗叫‘铁窗’。现在这种百叶窗不多见了，但是里昂、波尔多等地的旧宅子却仍常有这种窗子。这种窗子状似普通的房门，只不过上半部分镶着小玻璃格子，或做成镂空的花格——这恰恰提供了手抓的地方。这个窗户的百叶窗宽 1.1 米。咱们从房后看窗户时，两个窗户都是半开着的，恰与墙面成直角。警察可能也和我一样，去房后看过。不过，如果他们果真看过，那么他们是顺着宽度的方向去看‘铁窗’的，没有留意到宽度本身。即使留意到了，他们也没有加以考虑。事实上，他们已经确信凶手绝不会从这儿逃掉了，所以他们对这儿的检查也就不那么仔细了。然而，我却清楚地知道，挨着床的那个窗户的百叶窗，如果全打开来，贴着墙，便可达到离避雷针六十公分的地方。不难看出，一个动作灵敏、勇气十足的人，是可以顺着避雷针进入窗户的。咱们姑且认为百叶窗是全打开的，那么一个盗贼的手如果可以够到八十公分的长度的话，他就有可能稳稳地抓住窗格子。然后，他双脚抵墙，松开避雷针，大胆一跃，便可以借着荡势将百叶窗关上。如果这时窗户是敞开着的，他就可以荡进屋去。

“请你特别记住，我所说的是一种不同寻常的灵敏，只有具有这种不同寻常的灵敏，才有可能做出如此危险、如此高难度的动作。我想向你说明两点：第一，这种动作是可以做到的；第二，这一点更为重要，我希望你能明白这一动作有多么‘不同寻常’，几乎需要异乎常人的敏捷身手，才能完成它。

“你一定会用法律上的语言对我说：‘要想使你的立论站住脚，你就不应对事物做出过高的估计，而是应该留有一定的余地。’这种观点在法律上是有道理的，但在推理上却不一定有必要。我的最终目的是查出事情的真相。而我首先要做的是引导你把我刚才所说的‘不同寻常的’动作和那个‘特别’尖锐、粗暴、‘又快又乱’的声音联系在一起加以考虑。证人们对那个声音的国别众说纷纭，而且没有谁听出他说的是什么。”

听到这里，我对杜邦的想法略有所悟。我似乎就处在理解的边缘了，可我却没有这种理解的能力，就像人有的时候就要记起什么，却怎么也记不起来一样。我的朋友继续解释着。

“你明白吗？”他说，“我把问题从逃脱的方式转移到了进入的方式。我是想说明，这种方式，在这个地点，用于出入其实是同样有效的。现在咱们来谈一下室内的情况，看看现场。小衣柜的抽屉被人翻过，可是里面仍然剩有许多衣物。这结论是荒唐的。我仅仅是猜想，非常初步的猜想。咱们怎么不可以认为衣柜里原本就只有这些东西呢？莱斯帕纳耶母女深居简出，很少出门，也很少与人来往，所以她们没有必要常换衣服。衣柜里剩下的衣服都是上等质量的，对于这样的母女俩来说，这些衣服应该算是最好的了。如果贼偷衣服，那么为什么不拣最好的偷？他为什么不把衣服全偷走？简而言之，他为什么放着那四千金法郎不拿，却去背一捆不值钱的衣服？金子扔在了这里。银行家米格诺提到的那笔钱一个子儿也没动，全在地板上的袋子里。一位证人提到曾在大门口交割过一笔款子，于是警察便认为这笔款子就是杀人动机。我希望你不要有这样的成见。某人给了某人一笔钱，收款人三天之内遭杀身之祸，比这明显十倍的'巧合'时刻都在发生，却引不起我们的片刻注意。人文研究离不开或然性，一个人如果不懂得或然性，巧合的事往往会成为他分析问题时的障碍。比如说此案，如果三天前送来的金子不见了，那么事情就不仅仅是巧合了，实际情况也就与大家所认为的动机相符合了。可是，此案的实际情况却是，如果假定作案动机是盗金，那么咱们只能认为凶手是个优柔寡断的白痴，他不仅丢下了金子，而且放弃了自己原来的动机。

"现在请记住我向你着重提到的这几点：特殊的声音、不同寻常的敏捷身手、极其残酷却缺少动机的凶杀。对于这一点，咱们不妨来看看屠杀的情形：一个女人被人活活地扼死，头朝下塞进烟囱。一般的凶手绝不会这样杀人，更不会这样处置尸体。根据这种将尸身塞入烟囱的情形进行推测，你必须承认，这里面有某种'极为异常的'成分——普通的人是干不出这种事的，哪怕是一个最丧失人性者。再想想看，把尸体塞进那么窄小的烟道，这需要多大的力气。要知道，好几条大汉一起往外拖，才好不容易把她拖了出来！

"咱们再来看看凶手具有惊人的力量的其他证据。壁炉炉台上有很大的一撮灰色头发。头发是被生生地连根拔出来的。你应该知道，把二三十根头发一起拔出来，需要很大的力气。你我都亲眼看见这些头发了。真是太可怕了，发根上还沾着皮肉呢！这说明拔头发用的力气非常大，简直足以一把拔下五十万根来。老太太不仅被切断了喉咙，而且整个脑袋都几乎与身体分了家，而凶器只不过是一柄小小的剃刀。你同时也应该注意到杀人者的手段是多么残忍、凶猛。莱斯帕纳耶太太身上的累累伤痕我就不必说了。杜马医生和他的同行埃廷内医生都说这是被某种钝器毒打所致。这两位先生说得非常对。那钝器显然就是院子里的铺路石，被害人从挨着床头的那个窗子掉下去，摔在了铺路石上，摔得肢离骨碎。现在说起来，这一道理是如此简单，但警察却没注意到，就像他们没注意到百叶窗的情况一样。因为，那两枚钉子把他们糊弄住了，他们绝没想到那两个窗户可能根本就是开着的。

"除了以上这些，你可以回想一下卧室中那极为混乱的场景。咱们不妨把这些线索都合在一起：惊人的敏捷、超人的力量、极端的残忍、非人的怪异恐怖、谁都听着像外语却无人听懂的发音。那么，咱们会得出什么结论来呢？

听了这番话，你会产生什么样的联想?”

当杜邦问我这些问题时，我觉得身上直起鸡皮疙瘩。我说道：“是一个疯子干的，一个从疯人院逃出来的疯子。”

他答道：“你的看法不能说完全不对。但即使疯性大发的疯子，他说话再语无伦次，也和人们在楼梯上听到的声音不一样。疯子总有个国籍吧！疯子说的话再不连贯，也能听出是哪国话。此外，疯子的头发和我手里的这些头发也不一样。这是莱斯帕纳耶太太紧握的手里取出的一小撮。你看看这是什么头发?”

“杜邦!”我说，心里怕得要命，“这头发太不同寻常了——这根本不是人发!”

“我早就知道它不是人发，”他说道，“不过咱们待会儿再来研究它是什么，你先来看看我画的两张图。这张是一些证词中所说的，莱斯帕纳耶小姐喉咙上‘黑色的淤痕和深深的指甲印’。另一张是杜马和埃廷内医生所说的莱斯帕纳耶太太身上的‘许多青紫斑痕，显然是指头的印子’。”

杜邦把图纸在我们前面的桌子上摊开，继续说道：“你可以看到，这张图表明了凶手的手劲儿有多大，他掐人掐得有多紧，看不出丝毫‘移动’的迹象。每根手指都没动过一下，可能一直到把人掐死为止，始终保持着一开始的那种巨大力量。现在你来试试，把你的手指头分别按在图上这些指印上。”

我试了试，但我的手指绝对无法与图上的指印重合。

“这样试可能不太对，”他说，“纸是平摊开来的，而人的脖子却是圆柱形的。给你一根圆木，它和脖子的粗细差不多。把纸包在圆木上，你再来试试。”

我照着做了，但是这回我的手指和纸上的指印差距更大了。

我说道：“这不是人手留下来的痕迹。”

杜邦答道：“现在来读读居维叶①的著作里的这一段。”

这段书讲的是东印度群岛上的大猩猩，既有详细的解剖论述，又有一般性的总体概述。这种哺乳类大猩猩以体格魁伟、力量巨大、跳跃敏捷、性情凶残和善于模仿而著称于世。于是我茅塞顿开。

我读完之后说道：“书中关于大猩猩指头的描述，和你图上所绘如出一辙。除了书中所讲的这种大猩猩之外，没有哪种动物能够留下你所画的这种指痕。这撮褐色毛发，也同居维叶所言的大猩猩的毛发相吻合。可是我仍然弄不懂这可怕的谜案的详情究竟是怎么回事。此外，人们曾听到两个人争吵，并认定其中一个人是法国人。”

“一点儿不错。你总记得吧，几乎所有的证人都提到了那个法国人说的一句话：‘我的上帝!’其中一个证人——糖果商蒙塔尼——还听出这句话是训

---

① 居维叶，法国动物学家。——译者注

斥性或告诫性的。这句话是一把钥匙，凭着它，我有希望解开这个谜。有一个法国人知道这桩凶案。他可能——非常可能——是无罪的。也许大猩猩是从他那里逃出来的，他追赶猩猩，一直追到那间卧室。不过后来事情乱了套，在那血腥的关头，他无法将猩猩擒住。猩猩目前仍然跑在外边。我所说的这些只不过是猜测。我不打算再往下猜了，因为有些事情只可意会不可言传，我也无法一下子让别人完全听明白。咱们姑且认为那个法国人真像我说的，是无罪的，那么昨晚咱们回来的路上我留给《世界报》（一家经常报道海运、极受水手青睐的报纸）报社的这则广告，便会使他主动来咱们寓所。”

他把报纸递给我，我看到这样的广告：

> 招领——本月×日（凶杀案发生之日）清晨，在布洛涅树林捕得博尔涅什种身材巨大的棕褐色大猩猩一只。得悉猩猩的主人是马耳他轮船上的水手。若失主确认无误，并肯偿付捕捉及收养费用，则可将此兽领回。请到圣日耳曼区××街×号接洽。

我问道：“简直神了！你怎么知道那人是马耳他轮船上的水手？”

“我并不知道，”杜邦说，“我是猜的。你看这根小缎带，从它的形状和上面的油渍来看，一定是那些喜欢留长发的水手们扎辫子用的。此外，这种结只有水手才能打，特别是马耳他的水手。我是在避雷针底下拾到这根缎带的，它不可能是死者的。话说回来，即使我对这根缎带的推论是错误的，即使那个法国人并不是马耳他轮船上的水手，那么我在广告中这样说也不会有什么坏处。如果我弄错了，那么他也只会以为我是被某种情况误导的。至于是什么情况，他是不屑去问的。但是如果我弄对了，那我可就收获大大的了。虽说那个无罪的法国人不敢贸然来招领猩猩，可是看过广告后他却会想：‘我是无罪的。我很穷。对我这样的人来说，我的猩猩值一笔钱。我干吗因为无端的胆小怕事，而白白丢掉它呢？它就在这里，唾手可得。人们是在布洛涅树林逮到它的，那儿离凶杀现场相当远。人们怎么会想到是一只畜生杀的人呢？警察现在也束手无策，他们一点儿线索都没找到。即使他们查出是这只猩猩干的，他们也无法证明我知晓凶杀之事，更不能控我知情不举。尤为重要的是，已经有人知道我是猩猩的主人了，广告中明明白白地说出了这一情况。我不知道他们究竟掌握了多少情况。既然他们已经知道我是猩猩的主人了，而我又不去认领这只值很多钱的畜生，那么人们不就反而更会对这畜生生疑了吗？我不应该使我自己和猩猩招致人们的注意。我要去认领猩猩，把它好好看管起来，直到事态平息。’”

说话间，楼梯处传来脚步声。

杜邦说道：“准备好手枪，不过我不发信号不要开枪，也先别把枪亮出来。”

房子的大门本来就没关，来客没摁门铃便径直进了大门，上了楼梯。但是走了几步他便停了下来，似乎在犹豫。我们听见了下楼的声音。杜邦赶紧跑到门口，这时楼梯处又传来上楼的脚步声。这一回他没有打退堂鼓，他脚步坚定地往上走，敲了敲我们的房间的门。

杜邦快活而热情地说："请进！"

一个人走了进来。他又高又壮，肌肉发达，脸上一副颇为可爱的蛮勇神情，一看便知是个水手。他那晒得黝黑的脸上密密地生满了络腮胡子，手里拎着一根短短的木棍，不过看来他并没有带什么武器。他笨拙地鞠了个躬，用法语说了声"早上好"。虽然他的口音很有些讷沙泰勒地区的味道，但是还听得出来是个巴黎人。

"请坐，朋友！"杜邦说道，"你是来认领大猩猩的吧？说真的，我真羡慕你有这么好的一只猩猩。它肯定非常值钱。它有几岁了？"

水手如释重负，深吸了一口气，然后用自信的口气答道："这我也说不好。不过它不会超过五岁。它现在在你这儿吗？"

"不在。我们这儿没有养它的地方。我们把它关在杜布尔格街的一个马厩里了，就在附近，过会儿就可以给你。你当然是准备认领它喽？"

"那还用说，先生。"

"我真舍不得放它走。"杜邦说道。

"我当然不能让你白麻烦这么一场，先生。"水手说，"我真没想到能把它给找回来。我愿意付一笔找寻费。开个价吧，只要合理就行。"

杜邦答道："啊，这样做当然很公平。我来想想。我应该开个什么价呢？啊，有了！我的报酬条件是这样的：你把你所了解的莫格街凶杀案的全部情况都告诉我。"

杜邦说最后这句话时声音非常低，非常平静。他不动声色地走到门口，锁上门，把钥匙装进口袋，然后从怀里掏出手枪，不慌不忙地把枪放在桌子上。

水手的脸涨得通红，好像被人卡住脖子，喘不上气来似的。他忽地站起身，握紧短棍，但是马上又一屁股坐下，浑身发抖，脸色灰白得如同死人一样。他一言不发。我打心眼儿里可怜他。

杜邦和气地说："朋友，你实在没必要这么害怕。我们根本不想把你怎么样。我以绅士和法国人的荣誉向你保证，我们绝对不想伤害你。我十分清楚，莫格街凶杀案非你所为。不过你也无法否认，你与此案多少还是有一点儿关系的。从我刚才所说的，你应该知道，我有法子得到情报，我得到情报的方法是你做梦也想不到的。现在的形势是这样的：你没做什么犯法的事，所以你没必要藏着掖着。你甚至没拿人家家里的东西，当时你是完全有条件趁火打劫一下的。所以你不必隐瞒什么，你也不应该隐瞒什么。从另一方面讲，作为一个正直的男子汉，你应该把自己知道的事情都讲出来。一个无辜的人现在被捕入狱，被当做那起凶杀案的凶手，而真正的凶手你却是可以指出来的。”

听完了杜邦的一席话，水手不那么紧张了，不过他一开始的那种蛮勇的神态却有增无减。

沉默了一会儿，水手说：“保佑我吧，老天爷！我把事情的真相告诉你，不过我说的话你们恐怕连一半都不会相信，肯定不会相信。然而无论如何，我确实是无罪的。我要把事情原原本本地讲出来，哪怕我因此而送命。”

他的讲述大致是这样的：他前不久曾航往印度洋群岛。他们一行人在婆罗洲登陆，进入内陆做游乐远足。他和他的一个同伴捉住了这只大猩猩。后来他的同伴死了，于是大猩猩就归他一人所有。返航的途中，这只凶暴难驯的猩猩惹了不少祸，但他终于还是把它带回了巴黎，关进了自己的住所。为了避免邻居对它好奇，他小心地看管着它，不让它抛头露面。他想先藏着它，直到它脚上的伤口完全复原（伤口是被船上的一块碎木屑扎的），然后把它卖掉。

凶案发生的那天深夜，更确切地说是凌晨，他与水手同伴们乐过一番之后，回到家里，发现猩猩已经盘踞了他的卧室。猩猩原本是关在隔壁的一间斗室中的，他还以为挺保险，没想到这畜生竟破门而出。猩猩手握剃刀，满脸肥皂沫，坐在梳妆台前，正准备自己给自己刮脸呢。毫无疑问，这畜生准是从锁孔中看主人，跟主人学的。他一看到这样凶猛的畜生拿着一件这么危险的武器，使用得又如此得心应手，不禁吓毛了，一时不知道如何是好。不过，他已经习惯用鞭子制服这畜生了，哪怕是在它兽性大发的时候。于是他故技重演。猩猩一看他抄起鞭子，便一下子蹿出卧室的房门，跑下了楼梯。不巧楼下恰好有个窗户敞开着，猩猩纵身一跃，从窗口跃到了街上。

水手赶忙追赶。猩猩手握剃刀，边跑边停下来回头张望，朝追赶它的主人做怪相。待到主人快追上来的时候，它又撒腿往前跑。水手就这样追了很长时间。这时已是凌晨三点钟了，大街小巷一片寂静。猩猩逃到莫格街后面的一条小巷中时，发现四楼莱斯帕纳耶太太的卧室那敞开的窗户里面亮着灯。猩猩跑到房子跟前，看见了那根避雷针，于是便以异乎寻常的敏捷爬了上去，一把抓住那完全敞开、敞开得贴着墙的百叶窗，就势一荡，荡到了屋里的床头上。这一连串的特技动作充其量用了不到一分钟。猩猩一荡进房子，便顺势一脚把百叶窗重新踢开。

外面的水手目睹此状，不禁又惊又喜。喜的是，他认为这下子这个畜生可又落入自己的手心了，因为它进入了一个除了靠避雷针便无法出来的“陷阱”，而只要它一下来，他就可以把它擒住。惊的是这畜生进了屋，什么事都干得出来。一想到这儿，他着了急，赶紧继续跟踪追击，欲将其迅速捉拿。他是一个惯于攀桅的水手，所以毫不费力地就爬上了避雷针的铁杆。当他爬到窗户的高度时，窗口却位于他的左面，距他很远，够也够不着。他只好停在这里，探头向屋里张望。他一望可不要紧，差点儿被吓得松手掉下来。半夜里那阵把莫格街的居民惊醒的凄厉尖叫就是这时候开始发出的。屋子里，身穿睡衣的莱斯帕纳耶母女刚才显然是在整理保险柜里的文件。保险柜已被推到屋子中央，敞着柜门，里边的东西都摊在柜边的地板上。母女俩刚才肯定是背朝窗户坐着，所以，猩猩进屋后过了好一会儿她们才尖叫。她们一开始显然是没看见猩猩，而以为百叶窗发出啪的一声响是风吹所致。

水手往里窥视时，正赶上大猩猩抓住莱斯帕纳耶太太的头发（她刚才梳头来着，所以头发是披散着的）。它学理发师的样子，用剃刀在她脸上刮来刮去。而女儿则吓得趴在地上，一动不动，她已经昏过去了。老太太拼命尖叫，奋力挣扎，结果头发连根带皮被扯了下来。原本还心平气和的猩猩被这番折腾拱火了，它那有力的胳膊一挥，手中的剃刀斩断了老太太的喉咙，几乎把脑袋齐齐地切掉了。猩猩一见血，便越发狂暴起来。它龇牙咧嘴，眼冒怒火，扑到姑娘身上，用爪子紧紧地掐住她的喉咙，直到她气绝身亡。这时候，它那四处乱望的疯狂目光落在了床头上，床头上方的窗口正好是它主人那惊呆了的面孔。这畜生无疑仍记得主人那可怕的鞭子，于是它的愤怒一下子变成了恐惧。它知道自己会受到惩罚，于是便设法掩盖证据。它惊恐恼怒地在屋子里转来转去，推倒家具，再把家具砸碎，把床屉从床头上拽了下来。最后它发现了烟囱，于是先抓起姑娘的尸体，塞进烟道，随后又抓起老太太的尸体，就势一抛，将尸体头朝下、打着转抛出了窗外。

当猩猩拖着伤痕累累的尸体走向窗口时，水手吓得赶紧出溜下避雷针，径直逃回家去。这场屠杀将造成重大后果，这使他魂飞魄散，早已将猩猩的命运抛到了脑后。大家在楼梯上听见的那几句话，就是这个法国人恐惧的叫喊，中间还夹杂着大猩猩那野性的吱吱声。

我几乎没有什么可以补充的了。大猩猩想必是在大伙撬开门时顺着避雷针逃出卧室的。它钻出窗户时一定是顺手把窗户给带上了。后来，这只猩猩终于又被它的主人亲手捉住，卖给了巴黎植物园，得了好大一笔钱。我们把真相（加上杜邦的一些评论）报告给了巴黎警察局，于是勒邦立即获释了。警察局长尽管很欣赏我们的才干，但见事情真相竟然是如此出乎自己的预料，不禁有几分懊恼，不免也说了几句泼冷水的话。

“随他们说去好了！”杜邦说道，他觉得根本没必要还嘴，“他们爱怎么讲就怎么讲，这样他们心里会好受一些。我毕竟是在他的本行里胜过了他。不过，他没能侦破这桩谜案，并不是因为这桩案子像他估计的那样非常复杂，而是因为这位局长大人聪明得过了头，反而不从大面上进行考虑。他有智无慧，就像拉维尔娜女神的画像一样，有头无身。或者充其量像一条大头鱼，只有头和肩。不过话说回来了，他到底也算个人物，我喜欢他。特别是他极有口才，靠着三寸不烂之舌赢来了‘足智多谋’的名声。他有本事把白的说成黑的，把黑的说成白的，这也是很不得了的。”

玛丽·罗杰之谜[1]

——《莫格街凶杀案》续篇

人们设想的连锁事件，似乎应该与真实事件的事实相去不远，但二者其实很难完全一致。由于人本身的主观因素和外界环境的客观因素，人对连锁事件的初衷往往会在实践中变形。于是事情变得不尽如人意，后果也同样变得不尽如人意。宗教改革运动[2]便是如此，出乎改革发起者之料，出现的不是新教，而是路德教。

——诺瓦利斯[3]《道德观》

说起“巧合”二字，有头脑的人是不会相信纯粹的巧合的。但是世上确

---

① 《玛丽·罗杰之谜》首次发表时，并没有现在所附的这些注释。但是案件过了若干年之后，这篇小说所依据的那桩惨案，已被人淡忘。于是作者认为有必要在此解释一下全文的总体构思。有个名叫玛丽·塞西利娅·罗杰斯的少女在纽约近郊被人杀害。她的死虽然轰动一时，但直至本文发表的时候(一八四二年十一月)，该案仍未被侦破。作者在本文中假借一个巴黎女店员的遭遇，一方面详细追述了“玛丽·罗杰斯凶杀案”的真实情况，另一方面也对一些细枝末节之处进行了猜测性的描写。因此，小说中的全部观点均可适用于真实事件，目的在于调查真相。

《玛丽·罗杰之谜》是在远距案发现场之处写成的。作者除了报刊文章作为资料来源，再无其他方法进行调查。他没有去过现场，因此有些第一手资料也无从得到。尽管如此，我们不妨在此一提，案子涉及的两个人(其中一个是故事中的德吕克太太)曾在此文发表很久以后，先后供述说，不仅本文所做的推理结论是正确的，而且那些进行推理的主要的假设细节也都完全是正确的。——译者注

② 十六世纪由马丁·路德领导的基督教新教运动。——译者注

③ 德国十九世纪的诗人封·哈登贝格的笔名。——译者注

有一些奇妙的巧合，即令最有头脑的人，也会为之震惊，从而对那种超自然的存在拍案叫绝，弄得信也不是，不信也不是。他们这种半信半疑的心态只有靠“偶然性”学说，亦即“或然率微积分学”的推证，才能扫除。至于这种微积分学，其实仅仅是一种纯数学。因此，现在我们来一手新鲜的：把最严谨的科学方法用于思维，来分析最难解释的幻影与幽灵现象。

我应大家的要求即将公布于此的奇案，按照时间顺序排列，可成为一条主线，贯穿于一连串不可思议之“巧合”，而它的另一条线，则是最近发生在纽约的“玛丽·塞西利娅·罗杰斯凶杀案”。

一年前，我曾在《莫格街凶杀案》一文中讲述了我的朋友奥古斯特·杜邦是如何聪慧过人，善于分析。当时我万万没想到我会再写他的破案故事。我当时写《莫格街凶杀案》是为了通过该案来说明杜邦的性格特点。我本可以举些别的例子，不过别的例子不那么具有代表性。然而，最近发生的事是惊人的，我不得不带着某种认错的口吻再次将其付诸纸笔。由于我近来听到了种种事情，如果我仍然对以前耳闻目睹之事保持沉默，那倒反而不合常情了。

杜邦智破莫格街凶杀案后，便立刻将其抛诸脑后，又恢复了过去那种沉思冥想的老习惯。他整天茫然出神，我恰恰与他气味相投。我俩仍住在圣日尔曼区的房子里，我们不去管什么“未来”，只在“现在”中沉睡，将身边的平凡世界编织成梦幻。

但是我们的梦并不是不被打扰的。不难想象，由于杜邦在莫格街凶杀案中的出色表演，巴黎警察局对他颇为另眼相看。杜邦之名也与警方的大侦探们一样，变得家喻户晓了。他解开那桩谜案所用的推理方法其实是极为简单的，这一点他从没向警察局长说明过，所以除我之外，可以说谁也不知道。这样一来，难怪大家都觉得那是奇迹一桩，也难怪大家都认为他的分析能力之所以那么高，是因为他有超人的直觉。杜邦是个诚实坦白的人，本是可以把事情讲明的，但他却又生性懒散，事过之后就兴趣顿失，懒得再旧事重提。因此他在警方眼中成了热门人物，巴黎警察局有不少案子都想请他帮忙。其中最重要的一起便是一个名叫玛丽·罗杰的少女被杀的案子。

这件事发生在莫格街凶杀案过去两年之后。玛丽·罗杰，无论是她的教名还是姓氏，都颇像惨死于纽约的那个“雪茄女郎”玛丽·罗杰斯，因此会一下子就引起人们的注意。她是寡妇爱丝黛·罗杰的独生女。她幼年丧父，自从父亲死后，直到本案发生以前一年半，母女俩一直住在圣安德烈街①。母亲经营家庭客店，玛丽给她帮忙。姑娘出落得如花似玉，二十二岁时，她的美貌引起了一个名叫勒布兰克②的香水商的注意。勒布兰克先生在皇宫街的地下室

---

① 在“玛丽·罗杰斯案”中为拿骚街。

② 在“玛丽·罗杰斯案”中为安德森。

开店，顾客大都是那一带的投机商。勒布兰克先生非常清楚，让漂亮的玛丽替他卖香水，肯定会生意兴隆。于是他重金相聘。玛丽欣然接受，只是母亲不太愿意。

香水店老板的预料果然变成了现实，金发女郎的美貌使他的店铺名声大噪。姑娘在店里干了一年多，有一天忽然失踪了，弄得那帮给她捧场的老主顾们颇为困惑慌张。勒布兰克先生也说不清楚她去了哪里，而罗杰太太则急得六神无主。报界立刻将此事大肆渲染，警方也准备对其立案调查。可是在一个风和日丽的早上，失踪了一个星期的玛丽又忽然回到了香水店，站起了柜台。她身体健康无恙，只是稍带愁容。当然了，除了亲友的问安外，谁来询问她都是一概不答。勒布兰克先生同以前一样，什么事皆是一问三不知。而玛丽和她母亲的对外口径则一致是她在乡下亲戚家住了一个星期。于是事情平息下来，被人淡忘了。而姑娘显然是为了摆脱流言和大家对她的好奇，不久后便向老板辞了职，回到圣安德烈街她母亲那里去住。

回家后大约过了五个月，姑娘忽然再度失踪，这不禁又引起了亲友们的一场惊慌。三天当中她杳无音讯。第四天有人发现她的尸体漂在塞纳河①上，就在圣安德烈街那一区对面的岸边，离僻静的圆木门②一带的荒郊不太远。

这显然是一起谋杀。由于此案的残暴性质，由于受害人的年轻美貌，特别是她以前颇有名气，敏感的巴黎人不禁对此案极感兴趣。我真想不起来有哪件类似的事情曾产生过如此广泛的强烈影响。人们一连好几个星期都谈论着这个热门话题，连重大的政治新闻都抛诸脑后。警察局对此案特别卖力，巴黎的全部警力当然发挥到了最大的程度。

警方认为凶手不会逃得很远，因为一发现尸体警方就开始了侦查。可是一个星期过去了。凶手仍逍遥法外，这时警方才认为有必要悬赏通缉。而赏金不过是一千法郎。与此同时，这场漫天撒网的调查仍在如火如荼地进行，警方毫无目标地传讯着证人。而由于此案仍然没有线索，公众反而变得越发对案情好奇了。过了十天，有人建议应将奖金加倍。两个星期过去了，案情仍毫无进展，于是巴黎人对警方固有的成见便通过几次骚动发泄了出来。警察局长见状，亲自宣布，“擒得凶手者，赏金两万法郎”，或者，如果凶手不止一人，则“每擒一名凶手，赏金两万法郎”。同时还宣布，同谋犯若出面检举，可获全赦。公告正文以外，还附有一个市民委员会的私人悬赏，说除警方的悬赏外，该委员会另赏一万法郎。这样一来，全部赏金至少已是三万法郎了。那姑娘本是一个平民，此类案子在巴黎这样的大城市也屡有发生，所以这样的赏金当然就算是破格的高了。

人人都认为这起谋杀案会被马上侦破，警方也逮捕了几名嫌疑犯。案子

① 在“玛丽·罗杰斯案”中为哈得孙河。

② 在“玛丽·罗杰斯案”中为威肯霍地区。

看上去确有水落石出的希望，但是审讯之后，才发现所捕之人均与此案毫无瓜葛，只好予以释放。说来也怪，案发三个星期后，侦破工作仍一筹莫展。后来弄得谣言四起，事情也传到了我和杜邦的耳朵里。我俩当时正全神贯注地从事研究，差不多整整一个月没怎么出门，也没接见朋友，甚至连报纸都很少看，只看一眼政治新闻的大标题。首先把这起凶杀案告诉给我们的是警察局长本人。他于一八××年七月十三号下午登门造访，一直和我们谈到深夜。为了将凶犯绳之以法，他已使出了浑身解数，却终告失败，因此颇为气愤。他带着巴黎人特有的那种神情说，此事关系到他本人的荣誉，弄不好他会名声扫地。公众都在看着他，只要能解开这桩疑案，任何代价他都在所不惜。他最后以半开玩笑的口气恭维了杜邦一番，说他对杜邦的"杰出才能"敬佩之至，并提出一笔优厚的酬金。酬金的具体数目我无权在此披露，这毕竟是与此案无关的事。

我的朋友没有接受局长的恭维话，却欣然接受了酬金条件，虽然要到破案之后方可兑现这笔酬金。条件谈妥之后，局长立刻言归正传，解释了自己的看法，并就证据发表了冗长的评论，这些证据目前我们还一无所知。局长侃侃而谈，当然了，谈得也算是有板有眼。我曾暗示过一两次夜已很深了。而杜邦则稳坐在他常坐的那把靠背椅里，显出一副洗耳恭听的样子。他始终戴着一副墨镜。在局长大人这长达七八个钟头的大侃之中，杜邦偶尔顺着墨镜底下往外瞟上一眼。从他的目光中我不难看出，他这个长长的瞌睡，睡得还真够甜的。

第二天早上，我去警察局调出全部证词的详细笔录，又到各家报社，将所有刊载此案的报纸各取了一份。剔除掉那些已证明为不真实的消息后，这批资料的内容是这样的：

一八××年六月二十二日，星期日，上午九点钟，玛丽·罗杰离开圣安德烈街她母亲的住所。出门时她只与一个名叫雅克·圣尤斯塔谢①的先生打了个招呼，说她要到德罗姆街的姑妈家待一天。德罗姆街是一条又短又窄、人口稠密的街道，离塞纳河不远，从罗杰太太家去那里，抄近路只有两英里。圣尤斯塔谢是罗杰太太家庭客店的房客，也是玛丽的男友。他说好晚上去接玛丽，陪她回家。可巧那天下午下起了大雨，他认为玛丽可能会在姑妈家住一宿（以前遇到这样的情况她都是留宿的），所以他就没有如约去接她。晚上，年逾七十、体弱多病的罗杰太太念叨说她恐怕"再也见不到玛丽了"。不过当时她的这句话并没有引起人们的注意。

到了星期一，才知道姑娘根本没有去德罗姆街。一天过去了，仍无她的音讯，于是大家去城里城外各处寻找。然而直到她失踪的第四天，才有了她

① 在"玛丽·罗杰斯案"中为佩恩。

的确切下落。那天，亦即六月二十五日，星期三，一个名叫博韦①的先生同一个朋友一起去圣安德烈区河对岸的圆木门一带寻找玛丽。在圆木门，他们听人说塞纳河上的渔夫发现水中漂着个女尸，就拖到了河边。博韦先生看了一番尸体，认定这就是"香水女郎"。而他的朋友第一眼就将死者认出来了。

死者的脸上满是污血，有些血是从嘴里流出来的。溺死者大都口吐白沫，可这个死者的脸上却没有白沫。死者的皮肉尚未变色。喉部有青紫印记和指甲痕。双臂弯于胸前，已经僵硬。右手紧握成拳状，左手半张。右腕有两圈擦伤，显系绳索勒系所致。右腕亦有部分擦伤。背部满是伤痕，以肩胛骨一带为最严重。渔夫们是用绳子将尸体捆住，拖上岸来的，但并没有因此而造成擦伤。死者的脖子肿得很厉害，未见刀口，亦未见任何硬伤。她的颈部紧勒着一条花边带子，带子已勒入肉中，几乎看不见，在右耳下方打了一个死扣。仅仅这条带子就足以置其于死地。法医检查后，肯定死者已不是处女，曾遭暴力奸污。尸体被发现时状况完好，所以不难被亲友认出。

死者的衣服很凌乱，被撕破过。外衣上有一道三十多公分宽的口子，从臀部往上撕到腰间，不过没有撕断。这条布在腰间绕了三圈，在背后打了个扣结，系住了。外衣里面的衬衣是细麻纱质地的，撕了一道半米长的口子，撕得非常均匀，看来撕的时候是很小心的。撕下的那一条，松松地绕在她的脖子上，打着一个死结。这条麻纱和那条花边带子之间拴着一根帽带，帽带上连着一顶无边女帽。帽带打的不是女人们通常打的那种结扣，而是水手常打的滑结。

认尸之后，尸体并没有按例送至停尸所（因为这样做已是多余），而是在岸边不远的地方草草埋掉。博韦没有声张，尽量将此事掩盖起来，直到好几天后，公众才有所知晓。然而一家周报②到底还是把这件事给宣扬开来，于是警方将尸体挖出，重新检验。结果，除了上述情况外，什么也没验出。警方把衣服拿给死者的母亲和朋友们看，他们都证实说这正是姑娘出门时穿的。

这时，公众的好奇心越来越强烈。警方逮捕了几个嫌疑犯，又都给放掉了。圣尤斯塔谢特别受到怀疑。一开始他说不清楚星期天玛丽出门那天他自己在什么地方来着，然而后来他又交给警察局长一份具结书，把那天每个钟头他在干什么都列得详详细细的。时间一天天过去，案情仍无进展，于是无数相互矛盾的谣言迅速传开，新闻记者们也忙于推测分析。在这些推测分析中，最引人注意的一个是认为玛丽·罗杰仍然活着——塞纳河中捞到的尸体是另外一个不幸者。我看不妨把这些推测分析摘几段给读者，奇文共赏。以

---

① 在"玛丽·罗杰斯案"中为克罗姆林。

② 在"玛丽·罗杰斯案"中为纽约《信使报》。

下几段就是从一家名叫《星报》① 的办得相当不错的报纸上摘录下来的。

一八××年六月二十二日，星期天，早晨，罗杰小姐离开母亲家，说是到德罗姆街去看姑妈，或别的亲戚。从此以后，就再没有人看到她了。她踪迹全无。到目前为止，尚无人声明在她离开母亲家后还见到过她。我们没有证据说六月二十二日，星期天，上午九点钟以后玛丽·罗杰仍在人世，不过我们却有证据可以说，直到那天上午的九点钟她还是活着的。星期三中午十二点，圆木门附近的河岸处漂浮着一具女尸。如果假设玛丽·罗杰离开母亲家三个小时即被人抛入河中，那么从她离家到尸体出现，也只有三天——离三天还差一个小时。但是如果玛丽果真惨遭杀身之祸，那么认为凶手动手很早，得以在午夜前将尸首抛入河中，则是讲不太通的。杀人犯通常是选择月黑风高之际行凶，而不会在光天化日之下动手。推而论之，如果河中女尸确系玛丽·罗杰，那么死尸在水中也只泡了两天半，充其量不过三天。经验证明，溺水者之尸体，或者暴力致死后立即被抛入水中的尸体，需要六至十天才会因严重腐烂而浮出水面。即使用一门大炮轰击一具浸在水中不足五六天的尸体，强使其浮出，但事过之后，若不去管它，它又会重新沉下去。因此我们不禁要问，在此案中，是什么力量使尸体违反自然规则，提前浮出水面的呢？如果死者遇害后，尸体一直放在岸边，一直放到星期二晚上才被扔下水，那么在岸上就可以发现凶手的痕迹了。此外，即使是人死两天后才被扔下水，尸体也未必那么快就浮上来。何况，如果事情真像大家所想的，是桩凶杀案，那么杀人凶手也太蠢了些，抛尸时居然不系重物——在当时，系重物只需举手之劳。

编辑进而推论说，尸体泡在水中一定“不止三天，至少十五天”，因为尸体已经严重腐烂，连博韦都辨不出了。接下去，他的笔锋一转，开始对博韦发难。文章如下：

那么，博韦先生根据什么事实确信那就是玛丽·罗杰的尸体呢？他一撕开衣袖，就说发现了记号，证明死者是玛丽。大家普遍认为，他所说的“记号”一定是疤痕之类的东西。其实他却只是摸了摸死者的胳膊，摸到了上面的汗毛——这也有点儿太玄了，胳膊上有汗毛，这很正常嘛，这和袖子里有胳膊没什么两样。博韦先生当天晚上没有回来，只是到了七点钟的时候才捎话给罗杰太太说，她女儿的案子仍在调查中。即使退

---

① 在“玛丽·罗杰斯案”中为纽约的《约拿单兄弟报》，系哈斯丁斯·威尔德先生所编。

一步说，罗杰太太上了年纪，又悲伤过度，无法亲临现场（这一步退得可够大的），那么如果尸体被辨明是玛丽的，也总该有个亲朋好友之类的人想到应该去现场了解一下验尸的情况才对。可是竟没有人出这个头。圣安德烈街好像什么事都没发生一样，就连寓居在罗杰太太家的房客都一点儿消息也没听到。玛丽的未婚夫圣尤斯塔谢先生也是房客之一，他供称，直到第二天早上博韦先生来他房里，他才知道找到了尸体。人命关天的大事，大家竟这样淡漠待之，真使我们惊讶。

这家报纸刻意描述玛丽的亲友那种无动于衷的态度，暗示这些亲友并不真认为尸体是玛丽的。文章的寓意不言自明：因有人指责玛丽失贞，于是玛丽便在亲友的帮助下，离开本市前往他处。塞纳河捞出的女尸有点儿像玛丽，于是这些亲友便借此机会，使公众相信她死了。不过《星报》的结论下得未免过早了。事实上，亲友们对玛丽之死的反应并不真是那么冷淡。老太太本已身体极弱，再加上这么一刺激，当然无法前往现场。而圣尤斯塔谢呢，对这个噩耗也绝不是麻木不仁。他悲痛欲绝，弄得激动异常，神志昏乱。博韦只好找来一位亲友照顾他，并严禁他去参加开棺验尸。此外，尽管据《星报》说，重新下葬是公家花的钱，说死者家属力拒私人赠送的购置坟墓的厚礼，说没有一名死者的亲人参加葬礼。我是说，尽管《星报》以这一切来给人们造成一种印象，蓄意加强它所宣扬的观点，可是这一切却全部被事实推翻了。后来，《星报》又撰文，企图将脏水泼到博韦身上去。该文说：

现在此案又发生了新的变化。据说，有一次B太太去罗杰太太家，正赶上博韦先生要出门。博韦先生对B太太说，过会儿有个警察要来。他嘱咐B太太，对警察什么也不要说，等他回来由他来说。由此可见，博韦先生显然是知道一些不为人知的情况的。没有博韦先生，案子就一筹莫展，不管你从哪里下手，都要先攻开博韦先生这一关。出于某种原因，他决心自己独揽此案，不容别人插手。据某位当事人说，他巧妙地将死者的男性亲属挤出了此案的调查。看来他极为反对家属看尸体。

文中又举了一例，使博韦先生显得格外可疑。姑娘失踪前几天，有个人曾造访博韦先生的办公室，恰值博韦先生不在。此人发现房门的锁孔上插着一朵玫瑰花，旁边还挂着一个小留言牌，上书“玛丽”二字。

到目前为止，我们从各报得到的印象是玛丽被一帮流氓所害，他们把她劫过河去，糟蹋了她，然后杀死了她。然而，颇有影响的《商报》① 却竭力反对这一流行看法。我在此引述几段它的文章。

① 在“玛丽·罗杰斯案”中为纽约《商业日报》。

我们认为，侦查工作已经误入歧途，这是因为侦查的目标始终是河对岸的圆木门荒郊。玛丽是一个大众都认识的女子，所以如果她走过三个街区，那么就不会没人看到她。不论是谁，只要是看到她，就会记住她，因为每一个认识她的人都对她感兴趣。她离家出门时，正是街上人多的时候……若是她跑到圆木门或德罗姆街，一路上至少会有十几个人认出她来。但是，至今尚无人呈报说在她出门后见过她，而且除了有关人士提供的"她说她要出门"的证词外，再没有一样证据证明她确实外出了。她的衣服被撕破，缠在身上，又打了结。这样一来，尸体就成了一个可以拎提的包裹。如果凶杀确实就发生在圆木门荒郊，凶手就不必这样做了。尸体的确是在圆木门一带的水面上被发现的，但这并不足以证明凶手就是在那里弃尸的。……凶手将这个可怜姑娘的裙子撕下七十公分长、三十公分宽的一条，绑到了她的下巴底下，绕到脑袋后面。这样做可能是为了防止她喊叫。由此看来，凶手是没有带手帕的。

然而，就在警察局长拜访我们之前的一两天，警察局得到一则重要情报，这则情报至少可以将《商报》的主要论点推翻。德吕克太太的两个儿子在圆木门附近的树林里玩耍时，偶然走进了密林深处，发现三四块大石头，它们的排列形状就像是一个有靠背、有脚凳的座位。状似靠背的石头上有一条白裙子，状似座位的石头上则放着一条丝围巾。地上有一柄阳伞、一副手套和一方手帕。手帕上绣着"玛丽·罗杰"的名字。附近的矮树丛中又发现了衣服的碎片。地上有践踏的痕迹，矮树枝条都折断了，肯定是搏斗所致。在密林与河流之间，还发现一处被弄倒的篱笆。根据地面的状况可以看出，有人拖着重物打此经过。

一家名叫《太阳报》① 的周报，对这一发现作了如下评论——它的评论只不过反映了巴黎报界的普遍看法：

这些物品在那里显然已经至少三四个星期了，都已因雨淋而发了霉，板结成了硬硬的霉块。有几件物品的周围长起了草，就连物品上面也生了草。阳伞的绸伞面质地结实，但是伞里面的丝线却缠在了一起。阳伞是折叠式的，上部已发霉朽烂，一撑开就破了……被矮树丛扯下来的布条都是十公分宽、二十来公分长。有一条是上衣的衣襟，缝补过。还有一条是从裙子上撕下来的。它们挂在离地一尺来高的荆棘上，像是扯碎的布条……因此，现在可以肯定地说，凶杀现场已被找到。

---

① 在"玛丽·罗杰斯案"中为C.I. 彼得森先生主编的费城《星期六晚邮报》。

在这个重大发现之后，又出现了新的证据。德吕克太太证称，她在离河岸不远的地方开了一个路边小酒馆，正对着圆木门荒郊。那一带人迹罕至，十分荒凉。一到星期天，城里的流氓们就乘船过河，来此胡闹。在出事的那个星期天的下午三点来钟，一个年轻姑娘和一个皮肤黝黑的青年来到了酒馆。他俩在这儿待了一会儿，就顺着小路往密林的方向走去了。姑娘身上的衣服引起了德吕克太太的注意，因为那衣服很像她的一位故去的亲人穿过的。她特别注意到了那条围巾。俩人走后不一会儿，就来了一群流氓。他们大吃大喝，吵吵闹闹，吃完了一抹嘴，连钱都不付就顺着那对青年男女所走的路走去，直到快天黑了才回来，匆匆地过河离去。

这天晚上天刚刚黑下来，德吕克太太和她的大儿子听到附近有女人的尖叫声，声音凄厉短促。德吕克太太不仅认出了在密林中发现的那条围巾，而且认出了死者身上的衣服。一个叫瓦朗斯①的公共马车车夫现在也供称，出事的那个星期天，他曾看见玛丽·罗杰和一个皮肤黝黑的小伙子一起乘渡船过塞纳河。瓦朗斯认识玛丽，所以不会看错。密林中发现的物品，经玛丽的亲属辨认后，认明全部系死者之物。

我根据杜邦的建议，从报纸中收集了许多证据和情报，它们除了上述内容外，还有一则是极为重要的。发现玛丽的那些衣物后不久，便又发现玛丽的未婚夫圣尤斯塔谢奄奄一息地躺在那被认为的凶杀现场附近。他的身边有一个空瓶子，上面标有“鸦片酊”字样。从口中呼出的气息中可以闻出，他是服了毒。他一句话没说就死掉了。在他身上找到一封信，简短地说，他深爱玛丽，所以决计自杀。

杜邦仔细地读完了我摘录的资料，说道：“不用我说你也看得出，这个案子比莫格街凶杀案可复杂多了。此案有一点与莫格街凶杀案大不相同。虽然此案的手段也十分残酷，但它仍是一个普通的刑事案件。它毫无特别之处。正因为如此，人们才认为这个案子容易破。其实，也正因为如此，这个案子才真正不容易破呢。所以嘛，一开始警察局认为不必悬赏，以为局长大人的部下可以马上查明惨案的来龙去脉。他们能想象出凶杀的方式——种种的方式。他们能想象出凶杀的动机——种种的动机。由于这许许多多的方式和动机都是说得通的，他们便想当然地相信了其中的一种方式和动机，以假当真。以为很容易，干起来就难了。因此，我认为，一个人若是凭着自己的智慧来探求事情的真相，那么他就应该具有超于常人的见地。而在这类案子中，要问的不是‘发生了什么’，而是‘发生的事情中有哪些是以前没发生过的’。在莫格街凶杀案中，警察们检查莱斯帕纳耶太太的住所时，就是被那些‘不同寻常的情况’弄昏了头。而对于头脑训练有素的人来说，‘不同寻常的情况’正是打开成功之门的钥匙。而能破莫格街凶杀案的人，碰上这个‘香水

① 在“玛丽·罗杰斯案”中为亚当。

女郎案'中的这种'平常'的性质，却很可能会一筹莫展，尽管他好似胸有成竹，一味地向警察吹嘘说胜券在握。

"莱斯帕纳耶母女一案，咱们刚一开始调查，就断定是他杀，而不是自杀。此案亦然，咱们也排除了自杀的可能性。根据在圆木门发现的尸体之状况来看，咱们大可不必为断定自杀或他杀而多去费心。有人认为死者并不是玛丽·罗杰。可是警察局悬赏捉拿的却是杀害玛丽·罗杰的凶手，咱们同警察局长达成的协议也是查出杀害玛丽·罗杰的元凶。你我都很了解局长的为人，不可对他过于相信。如果咱们从那具尸体着手查起，最后查出一个杀人凶手，却发现那具尸体其实不是玛丽的；或者，咱们假定玛丽仍活在人世，以此作为调查入口，最后找到了好端端的她。这两种情况不论哪种，咱们都是白费力气。因为那样一来，局长先生是不会给赏钱的。所以嘛，即使不是为了伸张正义，而是为自己着想，咱们首先要做的也必须是验明尸体的正身，看死者是否就是失踪的玛丽·罗杰。

"《星报》的观点对公众的舆论很有影响，这家报纸自己也认为自己的观点很重要，所以它在一篇评论文章的一开头就说：'今天好几家日报都提到了本报星期一的那篇具有定论性的文章。'而在我看来，那篇文章中的定论性充其量不过是作者的一片热心而已。咱们应该牢记一点：报纸的目的，一般来说并不是想探讨事情的真相和原因，而是想炮制一种观点，制造出一场轰动来。只有当探讨事情的真相与制造轰动，这两者不相矛盾时，新闻界才愿意探讨事情的真相。一家报纸，如果只提出普普通通的看法，不管这些看法多有根据，它也不会得到大众的青睐。只有观点同普通的看法大相径庭时，才被大众认为深刻。推理与文学颇为相似，只有发些惊人之论才会立刻受到普遍的赞赏。其实，不论推理还是文学，'故发惊人之论'都是最低层次的东西。

"我说这话的意思是，《星报》声称玛丽·罗杰仍活着，其实并不是因为有什么可靠的根据，而是故作惊人之论，再作些夸大性的渲染，来哗众取宠，吸引读者。咱们来分析分析该报观点中的几个头绪，且不管它一开始就表现出的先后矛盾。

"作者的第一个目的是要表明，从玛丽失踪到发现浮尸，这中间的时间很短，所以尸体不会是玛丽的。于是这位推理者便故意将这段时间缩短到最短程度。由于急于达此目的，他便一开始即作臆测，说：'如果玛丽果真惨遭杀身之祸，那么认为凶手动手很早，得以在午夜前将尸首抛入河中，则是讲不太通的。'咱们自然要问：为什么？认为姑娘离家五分钟后即被杀害，这为什么讲不通？认为谋杀是在那天的某一时间发生的，这为什么讲不通？任何时候都可以有杀人案发生。只要凶杀是在星期天早九点到晚十一点四十五分之间的任何一刻发生，凶手就都会有足够的时间'在午夜前将尸首抛入河中'。所以，作者的这一臆测等于是这样的：凶杀案根本就不是发生在星期天。如果允许《星报》这样臆测的话，那么便无异于允许它胡猜乱测了。这段文章一上来就是：‘如果玛丽果真惨遭杀身之祸，那么认为……则是讲不太通的’等等，等等。然而，尽管它是登在《星报》上的，却可以想象，其实撰文者的脑子里就是根深蒂固地这样想：‘如果玛丽果真惨遭杀身之祸，那么认为杀手动手很早，得以在午夜前将尸首抛入河中，则是讲不太通的。而如果同时还认为，午夜之后尸体仍未被抛到河里，这也是讲不通的。’这句话看起来很矛盾，但其实并不如登在报上的那句话那样荒谬。”

杜邦继续说道：“假如我只是想驳斥《星报》的这一观点，那么以上的一番评论就足够了，事情本可以到此为止。然而现在的任务不是评论《星报》的文章，而是查出事实真相。《星报》中的那句话表面上看只有一个意思，这个意思很明显，我也已做了足够的论述。但是咱们需要了解它的潜台词，了解作者欲说未说的那些话。作者是想说：‘无论凶杀案发生在星期天的何时，无论是在白天还是在夜晚，凶手都不会冒险在午夜之前将尸体弄到河边去。’我认为作者的这种看法是不对的。作者以为，凶杀案发生在这么一个地方，凶手就必须把尸体拖到河边去。其实凶杀也可以就发生在河边，或干脆发生在河上。这样一来，就可以在那一天的任何时间，不论是白天还是晚上，抛尸入水，因为这是一种最便捷的方法。你应该明白，我现在并不是提出什么可能性，也不是想印证自己的观点。我目前尚不想就事论事，我只是想让你注意《星报》一开始就表现出的那种片面性，提醒你警惕它的弦外之音。

“《星报》作者认为，如果尸体是玛丽的，那么它在水中浸泡的时间就非常短暂。这样一来，他就大大缩小了推理的范围，使其适合自己的需要。他接着又说：‘经过证明，溺水者之尸体，或者暴力致死后立即被抛入水中的尸体，需要六至十天才会因严重腐烂而浮上水面。即使用一门大炮轰击一具浸泡在水中不足五六天的尸体，强使其浮出，但事过之后，不去管它，它又会重新沉下去。’除了《箴言报》[①] 外，巴黎的各家报纸都默认了这一观点。而《箴言报》则极力驳斥‘溺水者之尸体’这一段。列举了五六个实例来说明溺水者的尸体不必用《星报》所说的那么长时间，便可浮出水面。不过，《箴言报》想用几则特殊的例子来驳倒《星报》的总论点，这样做未免不太聪明。即使它举出的不是五个例子，而是五十个尸体两三天就浮出水面的例子，这些例子对《星报》声称的‘自然规则’来说，也只能算是例外。除非将《星报》所说的这种‘自然规则’本身推翻。只要承认这一‘自然规则’（《箴言报》没去否定这一‘规则’，只是强调有例外），《星报》的论点就依然十分有说服力，因为这一论点只是想谈论尸体是否有可能在三天之内浮出水面。《箴言报》极为幼稚地列举了那些例子，这只会有利于《星报》的论点，除非那些例子太多了，足以成立一个与之抗衡的新的‘自然规则’。

---

① 在“玛丽·罗杰斯案”中为斯通上校主编的纽约《商业广告报》。

“你一定会马上明白，若想驳倒《星报》的论点，就首先要驳倒《星报》提出的‘自然规则’。因此，必须先讨论讨论这一规则。人的身体与塞纳河的河水比重差不多，既不比河水轻，也不比河水重。也就是说，在正常状态下，一个人身体的浮力，等于其排水量。骨小脂多者的身体，一般比骨大肉瘦者的身体比重轻；女人的身体一般比男人的身体比重轻。河中之水的比重有时是要受海上涌来的潮水的影响。不过，即使不考虑海水的因素，也还是可以说，在淡水中也极少有谁的身体会沉下去。落水者差不多都可以浮出水面，只要他肯把自己全部浸于水中，使身体的排水量达到浮起自身的程度。不会游泳者在水中最好采取陆地上走路时的那种直挺挺的姿势：头尽量向后仰，浸于水中，只让鼻子和嘴露出水面。这样一来，准可以毫不费力地漂浮。然而，人体的体重与其排水量很不容易保持平衡，一不小心，其中之一就会超过另一方。比如说，伸出一条胳膊，胳膊失去了水的托浮，就成了额外的重量，头也就随之沉下去了。而如果借助一小块木头的浮力，头就可以完全探出水面，四下张望。不会游泳的人在水中挣扎时，手总是往上举，而头则总想像平常那样直伸着。结果鼻子和嘴都浸入了水中，当他在水中挣扎着呼吸的时候，水就进入了肺里。与此同时，大量的水也进入了胃里。胃里和肺里本来都是空气，现在灌满了水，重量就发生了变化，整个身体比以前重了。一般来说，这增加的重量足以使人体沉下去，可是如果是骨小脂多的人，却不致沉下去。所以，这类人即使被淹死了，依然会浮在水面上。

“尸体一旦沉到河底，会一直留在那里，直到由于某种原因，它的比重变得再度轻于水。尸体腐烂会造成这种结果。腐烂会产生气体，气体充满了细胞组织和五脏，使全身呈现可怕的肿胀。随着气体越充越多，尸体的体积也越变越大，但重量却未增加。这样一来，它的比重就比水轻了，尸体便会浮出水面。但是腐烂是受到各种客观因素影响的，有的因素使腐烂加快，有的因素使腐烂减缓。季节的冷暖、水的纯度和矿物质的含量、水的深浅和流动状况、尸体本身的体温、死者生前有无疾病，所有这些因素都会影响尸体的腐烂速度。所以，很难准确地断定究竟需要多长时间尸体才会因腐烂而浮出水面。有的时候它可能一个钟头就浮出来，有的时候则可能根本浮不上来。某些化学液体可以使尸体永不腐烂，二氯化汞就是其中之一。然而，除了腐烂之外，胃里的蔬菜等物发酵也会产生气体，别的脏器里可能也会由于这样那样的原因而产生气体，致使尸体因充气而浮出水面。朝尸体放一炮，只会造成一些震动，强使尸体脱开水底松软的泥土，这时其他因素产生的效果就会使尸体浮起来。震动也会消除部分腐烂组织的黏性，使内脏在气体的作用下膨胀。

“把这一问题的整个道理弄明白之后，就可以方便地用它来检验《星报》的说法了。上面说：‘经验证明，溺水者之尸体，或者暴力致死后立即被抛入水中的尸体，需要六至十天才会因严重腐烂而浮出。即使用一门大炮轰击一

具浸在水中不足五六天的尸体，强使其浮出水面，但事过之后，若不去管它，它又会重新沉下去。'

"这段文章现在看来就是极为矛盾和不合理的了。经验并没有证明'溺水者之尸体'需要六至十天才会因严重腐烂而浮出水面。无论是科学还是经验，都告诉我们，尸体浮出水面的时间是无一定之规的。此外，如果用炮轰击尸体，强使它浮出水面，再不去管它，它也不会'重新沉下去'，除非尸体已极度腐烂，尸体里面的气体已经逸出。但是请你注意，'溺水者之尸体'和'暴力致死后立即被抛入水中的尸体'，二者是有区别的。文章作者虽然也承认这种区别，但却把二者归为一类。我刚才已经说过，溺水之人为什么会比水重；我也说过，一个不会游泳的人，只有当他挣扎着把胳膊伸出水面，脑袋在水下呼吸，致使水挤走了肺中的空气，他才会往下沉。但是'暴力致死后立即被抛入水中的尸体'，却不会这样地挣扎和呼吸。因此，对于这样的尸体来说，通常的自然规则是，尸体根本不会沉下去。《星报》显然忽略了这一事实。等到尸体极度腐烂的时候，即肉在巨大的压力下脱离了骨头，只有到了这种时候，我们才看不见尸体。

"现在咱们再来讨论讨论《星报》的另一个观点：尸体可能不是玛丽·罗杰的，因为照它看来，刚刚过了三天，尸体怎么就会浮上来呢？她是一个女人，即使是被淹死的，也有可能沉不下去。即使沉下去了，也有可能在二十四小时内重新浮上来。但是并没有人认为她是淹死的。如果她是被害后才被抛下水去的，那么随时都有可能发现她漂在水面上。

"《星报》又说：'如果死者遇害后，尸体一直放在岸边，一直放到星期二晚上才被扔下水，那么在岸上就可以发现凶手的痕迹了'。这句话乍看起来很难辨出推理者的用意。他其实是预料到别人会对他的观点提出反驳，即：尸体在岸上放了两天，迅速腐烂，比沉在水里腐烂得还要快。他认为，如果此具尸体是这样的话，它有可能星期三就会浮出水面。他认为，只有在这种情况下，它才会在这时漂浮。于是他赶紧指出尸体并没有被放在岸上，因为，如果被放在岸上的话，'那么在岸上就可以发现凶手的痕迹了。'你对这一推论一定也感到好笑。尸体放在岸上的时间长短，怎么会增加凶手的痕迹呢？你不明白，我也不明白。

"这家报纸接着说：'何况，如果事情真像大家所想的，是桩凶杀案，那么杀人凶手也太蠢了些，抛尸时居然不系重物——在当时，系重物只需举手之劳'。你看，这种思维逻辑有多么混乱可笑！包括《星报》本身在内，没有一家报纸说这具尸体不是凶杀致死，因为暴力留下的痕迹太明显了。推理者的目的其实只是想说尸体不是玛丽的。他想证明玛丽并未被杀，而不是想证明尸体的主人并未被杀。然而，他的这番评论只能证明后面一条。尸体上未系重物，凶手抛尸时理应系重物，所以尸体不是凶手抛入水中的。作者只证明了这一点。他甚至没探讨死者究竟系何人。《星报》不遗余力地论述，只不

过是否定了它刚刚承认的事实。上面说：‘我们完全相信，打捞上来的这具尸体是一位被谋杀致死的女性。’

“这并不是这位推理者自相矛盾的唯一一个例子，他总是不自觉地做出有悖于自己论点的推论。我已经说过，他的目的很明显，是尽可能地缩短从玛丽失踪到发现尸体这一段的时间长度。可是他却总是强调：‘姑娘离开母亲家后，就再没有人看到过她。’他说：‘我们没有证据说六月二十二日星期天上午九点钟以后玛丽·罗杰仍在人世。’由于他的观点显然是片面的，他至少应该不提这一问题。假如真有人在星期一或星期二见到过玛丽，那么时间长度就又大大缩短了，而根据他的理论，尸体是女店员的可能性也就大大减少了。可是说来有趣，《星报》是由于充分相信这样说可以加强自己的论点，所以才坚持这样说的。

“咱们再读一读该报对博韦辨认尸体的看法。关于胳膊上汗毛的描写，《星报》显然是信口雌黄。博韦先生不是傻瓜，绝不会一上来就看汗毛，仅仅凭着胳膊上的汗毛就断定了死者的正身。每个人的胳膊上都有汗毛。《星报》文中所说的话非常含糊笼统，其实这正好暴露出它篡改了证人的证词。证人一定说到了汗毛的某种特别之处。准是在颜色、疏密、长度等方面有什么特别之处。

“《星报》还说：‘她的脚很小——其实女人的脚都是很小的。她的吊带袜不成为任何证据，鞋子也不成为任何证据，因为吊带袜和鞋子都是市场上成批出售的。她帽子上的假花当然也属于上述情况。博韦先生坚持指出的一件事是，死者吊带袜上的吊钩是翻转过来的，往下移了一些。这其实也说明不了什么问题，因为妇女大都不在商店里试吊带袜，而是买一双回去，如果不合适就再将吊钩调整。’从这段文字中不难看出，作者绝不是在认真推理。如果博韦先生在寻找玛丽尸体的时候，发现了一具女尸，这具女尸在体格和外貌上都与失踪的姑娘差不多，那么他不必多考虑死者的穿戴，尽可放心地认为自己已经找到了玛丽的尸体。如果除了体格和外貌相似外，他又在尸体的胳膊上发现了特别的汗毛，与玛丽生前他所看到的汗毛一样，那么他对这一辨认的准确性就更有把握了。汗毛越具特殊性，他的辨认准确性就越大。如果玛丽的脚小，尸体的脚也小，那么死者就是玛丽的这一可能性便又增加了——不仅仅是以算术级增加的，而是以几何级增加的，也就是说，这种增加是积累性的。除此之外，再加上死者的鞋子与她那天失踪时所穿的鞋子一样，尽管这种鞋子可能是‘成批出售的’，那么死者就是玛丽的可能性就几乎达到了无疑的地步。有些东西本身并不足以作为辨尸证据，但通过它与其他证据互相吻合，便构成了确凿的证据。比如说，死者帽子上的花与失踪姑娘帽子上的花是一样的，那么仅此而已，无法再做进一步的深究。但是如果花有两朵、三朵或者更多呢？每增加一朵，证据的可靠性就增加几倍。证据可靠性的增加，不是像做加法那样一一相加，而是像做乘法那样百千相乘。现在再来看看死者的吊带袜，这双吊带袜同玛丽生前穿的一样，这点倒没什么。但是这双吊带袜的吊钩翻转过来，因此变紧了，而玛丽离家时，她的吊带袜也是吊钩翻转，收紧过的。这一点是确凿无疑的。《星报》对缩紧吊带袜的解释，只能说明它坚持自己的错误观点而已。吊带袜是有弹性的，所以翻转吊钩，这本身就是不寻常的，自身可以变长变短的东西，当然不需要借助外力来调节其长短。玛丽用翻转吊钩的方式收紧吊带袜，那准是因为某种偶然的情况。所以，单单吊带袜本身就足以证明死者系玛丽。但是说死者就是玛丽，这并不是因为死者穿有玛丽的吊带袜，或穿有玛丽的鞋子，或戴有玛丽的帽子，或帽子上有玛丽戴的花，也不是因为死者的脚同玛丽的大小相仿，或胳膊上有特殊的记号，或身材与外貌酷似玛丽，而是因为死者具有所有的这些特征，正所谓样样齐全。假如在这种情况下《星报》的编辑大人还真的怀疑死者就是玛丽，那么他就没必要请律师为证人做心智状态调查了。他认为从律师们的闲谈中拾些牙慧，拉大旗作虎皮，诚为明智之举。而其实律师们也大都是法庭成见的应声虫而已。我要在此说明，有许多事物虽然不被法庭承认为证据，但在有识者眼里却是最好的证据。因为法庭只讲事物的普遍性，根据已被大家公认并且已成为文字的原则办事，而不讲事物的特殊性，不愿意在特殊的案子中背离大原则，根据特殊的情况来办事。法庭这种墨守成规的作风，以及不具体事情具体分析的态度，形成了一个固定的模式，即：在任何一段相关联的长时间中，最大限度地获得可获得的真相。从总体上看，这种模式是明智的，但是在许多单个的案子中，这种模式却会产生错误。①

“至于说博韦值得怀疑的那一段，你当然只会对它嗤之以鼻。你已经充分地调查过了这位好好先生，他是个爱管闲事的人，人挺浪漫，心眼儿不多。大凡这样的人，遇上极为刺激的事情，都会有点儿举止失措，从而引起神经过敏者或别有用心者的怀疑和中伤。根据你的报刊摘录来看，博韦先生同《星报》的编辑私下里交谈过几次，他不管那位编辑对案情的看法，而是把自己的意见一股脑儿地提出来，说尸体肯定就是玛丽的。这使编辑先生大为不快。《星报》说：‘他坚持说尸体是玛丽的，但是除了上述的证据外，他再拿不出别的证据来使人相信他所做的辨认了。’现在且不评论《星报》所说的他‘再拿不出别的证据’，咱们只说说这一点：在这类案子里，某人对某事极为了解，因此对某事深信不疑，但他却完全可能说不出一个简单的道理，使别人也相信他的深信不疑是有根据的。辨认人的事情尤为如此，没多少道理可

① 英国作家兰多说：“一个基于特定对象制定的理论，无法施之于各个不同的对象。一个将事物按其原因分类的人，则无法对事物的结果进行正确的估价。各国的司法制度也表明，一旦法律成了一门科学和一种体系，它就不再公平合理了。在‘普通法’中盲目遵循分类原则，则会导致种种错误，这一点，只要看看立法者是如何经常地不得不想方设法恢复其法律制度中已丧失的公平，便十分清楚了。”——译者注

言。每个人都认得出自己的邻居，然而却很少有谁能说出他认出邻居的道理。博韦先生对自己的辨认深信不疑，这完全是正常的，《星报》的编辑大可不必为此生气。

“我觉得，用‘浪漫而好管闲事’来解释博韦的可疑行径，要比作者所推论的‘博韦有罪’，合理得多。一旦接受了这种‘度人以善’的解释，就不难理解锁孔上的玫瑰花、来客留言牌上的‘玛丽’、‘将死者的男性亲属挤出此案’、‘反对家属看尸体’、嘱咐B太太在他本人回来之前不要同警察谈话，以及‘他决心自己独揽此案，不容别人插手’之类的事情了。依我看，博韦肯定是玛丽的追求者之一，玛丽曾对他卖弄风情，而他则想让人们认为他与玛丽有着极为密切的特殊关系。对此我不想再多说了。至于玛丽的母亲及亲人对玛丽之死所持的冷淡态度嘛，如果他们真的都相信尸体是玛丽的，那么漠不关心当然就不合情理了。不过有关的证据已经将《星报》的这一说法完全驳倒，他们对玛丽之死并不是麻木不仁，漠不关心。现在咱们姑且认为‘尸体身份’的问题已经解决，认为尸体就是玛丽的，然后再一步步往下分析。”

我插嘴问道：“你对《商报》的观点作何看法?”

“它的观点比其他报纸那些哗众取宠的叫喊值得注意得多，它所做的推论是尖锐而有一定深度的。但是它所依据的前提，至少在两点上，观察不够准确。《商报》想说明，玛丽出家门不远就被一伙流氓劫持。上面说：‘玛丽是一个大众都认得的女子，所以如果她走过三个街区，那么就不会没有人看到她。’这是一个久居巴黎之人所持的观点，比如说一位政府官员，此人在城中走来走去，范围主要局限于政府机构。他知道，他从自己的办公地点走上十来个街区，一路上肯定会碰到熟人。他知道自己的社交范围有多大。他用自己的知名度与这位‘香水女郎’的知名度相比较，发现二者差不多，于是便马上认定，玛丽在街上走同他在街上走一样，会碰上熟人。这种论点若要成立，前提是玛丽的行走一定要像那位官员一样，是在自己特定的熟人多的街区之内。官员在固定的时间，从固定的街区走过，这些街区中有许多人因为自己的职业关系而与这位官员有关联，从而对他产生兴趣，仔细观察他。然而玛丽的出门行走，总的来说则可能是没有规律的。在她最后一次出门的时候，咱们几乎可以这样说，她走的路线并不是她常走的。《商报》所认为的那种玛丽会像别的名人一样被人认出，这种两个人的完全相似，只有在两个人都横穿全市时才会发生。在这种情况下，如果两个人的熟人相等，那么他们也就有同样的机会遇到同样多的熟人。我个人认为，如果玛丽在某一时候上街，在从她家到她姑妈家的许多路线中拣一条去走，那么她不仅可能，而且大有可能没碰上一个熟人。这类问题应该这样看：即使巴黎最有名的人，他的熟人，在巴黎的总人口中，也只是沧海一粟。

“但是不论《商报》的观点看上去多有说服力，只要一考虑到这位姑娘出门的时间，这种说服力就大打折扣了。《商报》说：‘她离家出门时，正是街上人多的时候’。其实并非如此。那是上午九点钟，上午九点钟确实正是街上人多的时候，但是星期天却例外。星期天的上午九点钟，人们大都在家里准备去教堂。善于观察的人都会注意到，每个安息日，从早上八点到上午十点钟，城里格外冷清。十点到十一点钟，街上就熙熙攘攘了，但九点钟却没有多少人。

“还有一处也可以看出《商报》的观察不够仔细。上面说：‘凶手将这个可怜姑娘的裙子撕下七十公分长、三十公分宽的一条，绑到了她的下巴底下，绕到脑袋后面。这样做可能是为了防止她喊叫。由此看来，凶手是没有带手帕的。’咱们回头再分析这种论断是否有根据，不过编辑用‘凶手是没有带手帕的’这句话，是想表明凶手属于流氓中最下等的。然而，他所说的这种人，即使不穿衬衣，也总是带手帕的。你可能也已注意到，近些年来，十足的下流痞也总是身带手帕的。”

我问道：“怎么看《太阳报》的文章呢？”

“极为可惜，此文的作者生下来时不是一只学舌的鹦鹉，如果是的话，他肯定会成为同类中的佼佼者。他的文章不过是把那些已经见报的看法一一重复一遍而已。他勤奋可嘉，把各家报纸上的观点收集到一起。他说：‘这些物品在那里显然已经至少三四个星期了。现在可以肯定地说，凶杀现场已被找到。’《太阳报》在文中重述的这些事实，根本无法消去我对这一问题的怀疑。这一点等咱们谈到此案的另一方面时再来详细讨论。

“现在必须先看看其他方面的调查。你一定注意到，验尸是很草率的。当然了，死者的身份问题很好确认，但是还有其他问题也需要确定。死者是否遭过抢？她出门时是否戴有珠宝首饰？如果戴了，那么发现尸体时珠宝首饰还在吗？这些问题非常重要，可却居然没有半点儿这方面的证据。还有一些问题也很重要，它们也一样未受到注意。咱们必须亲自调查这些情况。圣尤斯塔谢自杀案也要重新调查。虽然我并不怀疑他与玛丽之死有关，可咱们还是要一步一步地把事情弄清楚。他交给警察局长的那份关于他星期天行踪的具结书，咱们也得查查上面说的是不是都是实话。这类的具结书很容易被弄得神神秘秘的。不过，如果圣尤斯塔谢在具结书中所言全是实话，咱们就可以不再去调查他了。他自寻短见，确实很有些可疑，但是只要他在具结书中没有撒谎，那么即使他与此案有些关联，也是可以理解的，咱们也就不必多在他身上下工夫了。

“我的想法是，咱们且不去管这桩惨案中的各种内部因素，而是从外往里攻。进行这类调查时，人们往往只顾研究直接证据，而全然不管那些附带的细节，这是一种不算小的错误。法庭审理案件时也常常失当，它只对明显有关的事情进行查证、讨论。实践和正确的理论均表明，真相大都来自那些看起来似乎无关的事情。就是根据这一原则，现代科学才总是要考虑偶然性因素。也许你没完全明白我的意思。人类知识的历史始终表明，无数重大的发现都是通过不重要的偶然事件实现的，所以归根结底，为了科学的不断进步，必须尽量留有余地，允许意想不到的发明通过偶然的机遇来得以实现。以想象为基础，这已经是人们常做的事情了，人们已经承认意外事件是基础结构的一部分。我们认为机遇是一件完全可以计算进去的因素。我们甚至可以用数学公式去计算那些未曾期待、未曾想象的东西。

“我重申一遍，真相大都来自细枝末节的小事，这不仅是事实，而且涉及了重要的原则。在本案中，我就是要本着这种原则，先不去调查那些人们已调查了好久却毫无收获的重点线索，而去研究与其相关的环境证据。你去核实那份具结书，而我再仔细地看看报纸资料，范围更广泛地看看报纸资料。到目前为止，咱们只是弄清楚了调查范围。说真的，如果我广读报纸之后，仍无法确定调查方向，那可就怪了。”

我遵照杜邦的建议，仔细地对圣尤斯塔谢具结书中的内容进行了调查核实，发现圣尤斯塔谢所言句句是实，所以他是清白的。与此同时，我的朋友仔细而广泛地阅读了各种各样的报纸。苦干了一个星期后，他给我拿来这样一份摘录：

三年半前曾发生过一件轰动一时的新闻事件，那便是同一位玛丽·罗杰从皇宫街勒布兰克先生的香水店贸然出走，弄得也和现在一样舆论沸腾。但是一星期后，她又像平时那样出现在了顾客面前，只是略显憔悴罢了。据勒布兰克先生和她母亲说，她只是去乡下看了一趟亲戚。这件事很快就平息了下来。我们估计，她现在的这次失踪和上回的情况差不多，过上一个星期，或者顶多一个月，她就又会回到我们大家中间了。——六月二十三日星期一《晚报》①

昨天，一家晚报提到了罗杰小姐上一回的神秘失踪。很多人都知道，那次她从勒布兰克香水店出走，是去找一个放荡得出了名的青年海军军官。据猜测，只是因为他俩吵了一架，她才回了家。这位海军军官名叫洛塔利奥，目前驻于巴黎，却因种种不言自明的理由，不愿公开自己的身份。——六月二十四日星期二晨版《信使报》②

前天傍晚，本市近郊发生了一起极为残酷的暴行。有六名青年在塞纳河上划船游玩。一位偕妻带女的绅士雇这些青年划船送他们过河。船抵对岸，三位乘客离船登陆。他们走了没多远，但已看不见船了。女儿忽然发现遮阳伞丢在了船里。她回去取伞时，这伙青年歹徒将她劫持，堵住她的嘴，载入河中强暴糟蹋，然后将她送至原岸，离她与双亲上船

① 在“玛丽·罗杰斯案”中为纽约《快报》。

② 在“玛丽·罗杰斯案”中为纽约《先驱报》。

之地不远的地方。目前歹徒在逃，不过警方正在加紧追缉，其中几名很快就会被擒。——六月二十五日《晨报》①

我们收到一两封检举信，指控曼纳斯②为前几天发生的强奸少女案的罪犯之一。但是由于曼纳斯先生已然经法律审查证明无罪，且检举信均热心有余，证据不足，所以本报认为不宜发表。——六月二十八日《晨报》

我们收到数封措辞有力、来源各异的读者来信，来信者均肯定地认为，玛丽·罗杰是被一伙星期天在塞纳河一带捣乱的流氓分子害死的。本报认为这些来信者的推测是可信的。我们将开辟一个专栏，陆续登出部分来信。——六月三十日《晚报》③

星期一那天，一名受雇于税务局的驳船船夫看见塞纳河上漂来一条空船。船帆被置于船底。船夫把这条船拖至驳船办事处。第二天，有人未同驳船办事处的工作人员打招呼，即将该船取走。现在这条船的船舵仍留在驳船办事处。——六月二十六日星期四《交通报》④

读过这几则摘要后，我觉得它们之间不仅是风马牛不相及的，而且同本案也没有多大关系。我等着杜邦做出解释。

杜邦说道："这些摘录中的前两条，我现在并不想多谈。我把它们抄下来，是为了让你了解警察是多么粗心大意。我从局长那里得知，他们竟然还未去调查那位海军军官。然而，如果因为缺少证据就认为这两次失踪没有联系，那就太愚蠢了。咱们暂且认为《晚报》所言是实：第一次私奔后，两个情人发生了口角，致使受骗者归家。现在咱们不妨把第二次私奔（假如确实知道这是私奔的话）看做是偷花贼的再度得手，而不应看作另一个男子的偷香窃玉。也就是说，要看做旧情人的'鸳梦重温'，而不看做新情人的喜结连理。如果说一种可能性是那个曾同玛丽私奔的旧情人再次向玛丽提议私奔，另一种可能性是玛丽被另外一个男人拐跑了，那么这两种可能性的比例便是十比一。在这个问题上请你记住这样的事实：第一次私奔与第二次假设的私奔相隔数月，二者的时间差与海军军舰的出海周期差不太多。是否可以这样认为：玛丽的情人第一次诱拐玛丽时，由于出海任务而好事中断，于是他刚一回国，就赶紧去完成他那未竟之业？对此，咱们尚一无所知。

"然而你一定会说，玛丽的第二次出走，并不是人们想象中的那种私奔。当然不是，不过莫非咱们就不能认为这次出走是一种未遂的私奔吗？除了圣

① 在"玛丽·罗杰斯案"中为《信使与询问者报》。

② 曼纳斯系最初涉嫌被捕者之一，后因证据不足而获释。——译者注

③ 在"玛丽·罗杰斯案"中为纽约《晚邮报》。

④ 在"玛丽·罗杰斯案"中为纽约《旗帜报》。

尤斯塔谢，也许还要除了博韦，咱们就再找不出大家公认的、公开追求玛丽的体面人了。没有什么关于其他男子追求她的传闻。由此看来，约她的人一定是个秘密情人。玛丽的亲戚（至少大部分亲戚）都不知道此人，不过星期天上午玛丽却是与此人幽会的。玛丽对此人极为信任，所以才同他一起在圆木门一带的密林里一直待到暮色降临。玛丽的亲戚大都不知道的这个情人究竟是谁呢？玛丽离家的那天上午，罗杰太太曾说：‘恐怕我再也见不到玛丽了。’这句预言性的话究竟是什么意思呢？

“如果咱们不便认为罗杰太太暗中参与了这起私奔的策划，那么就不可以假设玛丽接受了偷情者的私奔计划吗？她离家时向别人说是去看望德罗姆街的姑妈，并让圣尤斯塔谢傍晚去接她。乍一看，这些事实与我的假设大相径庭，不过咱们不妨好好想上一想。现在已经知道，她确实遇见了一个男人，并在下午三点钟的时候才同那人一起过河，去了圆木门荒郊。但是在她答应同那男人在一起的时候（不论出于什么目的，不论她母亲是否知道这一目的），她肯定是想到了她离家时向别人说的她要去姑妈家的话。她肯定也想到了，当她的未婚夫圣尤斯塔谢在约好的时间去德罗姆街接她，却找不到她，回家后发现她仍未回来时，圣尤斯塔谢的心中会涌起什么样的惊恐、怀疑之情。我敢说，当时她一定想到了这些。她肯定预见到了圣尤斯塔谢的苦恼神色，预见到了众人的怀疑表情。她不敢回去面对人们的这种怀疑。不过，如果她决定不回去了，那么这种怀疑对她来说也就无足轻重了。

“咱们不妨设想她是这样考虑的：‘我要去见一个人，同他一起私奔，或者是为了干一件只有我自己知道是什么目的的事情。这件事情一定不可以被别人打断，一定要有充足的时间逃过追寻。所以我要大家以为我这一天是去德罗姆街看姑妈了，我要让圣尤斯塔谢傍晚再去接我。用这种法子比用其他法子，我可以得到更长的时间，离家而不引起怀疑，而且合情合理。我让圣尤斯塔谢傍晚接我，他就不会在傍晚之前接我。但是如果我没告诉圣尤斯塔谢傍晚接我，我的逃跑时间就会减少，因为那样一来人们会以为我傍晚之前会回来。如果我没回来，势必很快就会引起人们的不安。再说，假如我真打算回来，假如我回来后解释说我只是同某个人散了散步，那么我就不必让圣尤斯塔谢接我去了，因为他一来接我，就会发现我是在骗他。而如果我真的只是骗骗他，我就索性不跟他打招呼就走，天黑以前赶回来，然后说我去德罗姆街看姑妈了。这样一来，他就会蒙在鼓里，根本不知道我把他给耍了。但是，既然我是要永远不回来，或者几个星期后再回来，或者藏一阵子之后再回来，那么对我来说最重要的就是争取时间了。’

“从你所摘录的资料来看，大家对这不幸事件的普遍看法始终是，这个姑娘是被一伙流氓给弄死的。当然了，在一定情况下，大众的看法是值得重视的。当公众自发性地形成某种看法时，咱们应该把这种看法当做一种类似于直觉的东西来对待，因为直觉属于天才者的特性。在一百起案子中，九十九起我要跟着大众的看法走。但是它的前提是，这种公众的看法中必须不含有受人指使的痕迹。也就是说，它必须完完全全是公众自己的看法，而这一点又是极难判断，也极难保持的。在此案中，我觉得这‘公众的看法’有偏激之处。我摘录的第三则消息是一起歹徒强暴少女的事件，大众对玛丽案的看法多多少少受到了这种案件的影响。玛丽，一个年轻貌美、人人皆知的姑娘，竟尸浮塞纳河，这当然震惊了全巴黎，而且尸体上还伤痕累累。然而大家听说，在玛丽遇害的这段时间里，有一帮少年流氓也对另一名少女实施了类似的暴行，尽管程度稍逊。一桩已被大众所知的暴行竟然会影响大众对另一桩尚不知道原由的暴行的判断，你说这妙不妙？大众的判断是需要在方向上加以引导的，而那桩已知的暴行恰逢其时地引导了它！那桩暴行是在塞纳河上发生的，而玛丽的尸体也是在塞纳河上被找到的。两桩暴行的联系，实在是太明显了，大众若看不出这种联系，不趋之若鹜，那才叫怪了呢。但是事实上，把一桩已知的暴行当做另一桩几乎发生在同一时间的暴行的证据，那么它证明的多半是‘那件几乎发生在同一时间的暴行其实并不是像这件已知的暴行那样发生’。如果一伙流氓在某地干了一件令人发指的恶行，而在同一个城市的一个相似的地点，另一伙流氓也在同样的状况下，在同一时间，用同样的手段、同样的器具，干了一桩同样的恶行，那可真是奇迹了！然而，大众这种‘受到意外指使’的看法要我们相信的，不是这种令人惊奇的巧合，又是什么呢？

“在作进一步的深入探讨之前，咱们先来研究研究圆木门密林中那所谓的凶杀现场。这个密林尽管幽深，却离公路不远。密林里有三四块大石头，状如一张带有靠背和脚凳的座椅。上首的石头上发现了一条白裙子，第二块石头上有一条丝围巾，还发现了一柄遮阳伞、一副手套和一方手帕。手帕上绣有‘玛丽·罗杰’的名字。周围的灌木丛的枝条上挂着衣服的碎布片。地面被踩踏过，灌木丛的树枝被折断了，种种迹象都表明这里发生过一场搏斗。

“尽管新闻界与大众一样，对密林中的这一重大发现喝彩不已；尽管人们一致认为这就是凶杀案的现场，但是咱们却极有理由对其表示怀疑。这就是现场，这一点我可以相信，也可以不相信，但我却极有理由表示怀疑。如果如《商报》所说，真正的凶杀现场是在圣安德烈街一带，那么杀人凶手假如仍住在巴黎的话，自然就会因为大众的目光密切注视正确的方向而感到胆战心惊。按照一般人的思维方式，凶手就会立刻想到必须采取某种行动，转移人们的注意力。因此，既然圆木门一带的密林已受到怀疑，凶手自然就会想到把玛丽的遗物放到那儿去，好让人发现。虽然《太阳报》认为，密林里的那些物品已放了好长时间了，但它却没有足够的证据说明这点。而许多间接证据却表明，从出事的星期天到那天下午两个男孩发现它们，这中间整整隔了二十天时间。在这么长的时间中，它们是不可能在那儿而不被人看见的。《太阳报》说：‘这些物品都因雨淋而发了霉，结成了硬硬的霉块。有几件物品的周围长起了草。遮阳伞的绸伞面质地结实，但是伞里面的丝线却缠在了一起。遮阳伞是折叠式的，上部已发霉朽烂，一撑开就破了。’关于‘有几件物品的周围长起了草，甚至物品上面也生了草’，这显然是那两个小男孩说的，是他们凭着当时的记忆说的，因为他们把这些东西拿回家后才告诉的别人。但是应该想到，凶杀案是发生在这种潮湿炎热的夏季，在这种季节，青草只需一天就可以长两三寸高。而一个星期，草就会长得又密又高，把遮阳伞完全掩埋，看也看不见。咱们再来说说《太阳报》一再强调的‘发霉’吧，在这段短短的段落里，这位编辑提到的‘霉’字竟有三次之多。莫非他真不懂‘发霉’是怎么回事吗？莫非他没听说过所谓‘霉’，即是一种真菌，而这种真菌的最普通的特性之一就是能在二十四小时之内迅速成长和凋萎？

“于是一眼便可看出，《太阳报》得意洋洋地提出来证明这些物品在密林中‘至少有三四个星期’的理由，依照事实证据来讲，其实是最最站不住脚的。另一方面，实在难以相信这些物品在密林中的时间会超过一个星期，即，从那个星期天到下一个星期天。凡是对巴黎郊区稍有了解的人都知道，除非在很远的远郊，否则要找到一个‘僻静’之处是极为困难的。而要在圆木门树林里找到一个人迹罕至的隐秘场所，那根本是不可能的，连想都不要想。一个衷心热爱大自然，却因工作终日被束缚在这个又脏又乱的大都市里的人，让这样的一个人去试试看，让他在游人极少的工作日，到近郊那些风景优美的地方去满足自己对幽静的渴望。他一路上会不断看到成群的流氓恶少大吵大闹，侵犯人权，于是他便会兴趣全无。他想在密林深处找个没人的去处，但绝不会找到。密林深处成了最肮脏的角落，是最遭玷污的殿堂。这位漫游之人会心中作呕，赶紧返回污染严重的巴黎，仿佛肮脏的都市都比恶人横行的郊区干净几分。然而，既然郊区在游人较少的工作日都这样流氓成群，那么到了节假日则会何等不堪！节假日中，城里的下流人不必上班了，再加上这时城里的人少了，犯罪分子缺少了作案的机会，便一窝蜂全涌到了郊区。他们来郊区并不是想接近美好的大自然，他们对大自然根本就没兴趣，他们来这里是为了逃离社会的种种习惯和束缚。他们渴望的并不是新鲜的空气和翠绿的树木，而是乡村环境给予人的‘放纵’条件。这里，无论是在路边酒馆还是在林荫之下，狐朋狗友聚在一起，没有人向他们投来责难的目光，他们可以毫不拘束地狂饮胡闹，尽情享乐，哪怕闹它个昏天黑地也不要紧。我所说的这番话毫无添枝加叶的成分，这种情况许多人也都亲眼见过，所以我要再次指出，在这种情况下，上述物品在巴黎近郊的树林中放了至少一个星期，竟没人发现，这实在算是奇事一桩了。

“除此之外，其他的一些理由也可以使人产生怀疑，认为密林中的那些物品意在转移人们的视线，使人们不去注意真正的作案现场。首先，请你注意发现那些物品的日期。你把这个日期同我摘录的第五则消息的日期比较一下，便会发现，刚有人寄信给《晚报》报社，那些物品就出现了。读者来信虽然来源各异，但用意却都是一样的，即：把人们的注意力引向一伙流氓，说他们是杀人凶手，并且把人们的注意力引向圆木门荒郊，说那里是行凶现场。当然了，这种情况并不意味着，是由于读者来信，由于人们的注意力被报上的读者来信所引导，那两个男孩子才找到那些物品的。但是咱们却很可以产生这样一种怀疑：为什么孩子们以前没发现这些物品呢？这是因为这些物品以前根本就不在密林里，是写信的‘读者’在写信的当天，或写信前不久，亲手放到那里去的。

“这片密林很特别，非常非常特别。它密得很。在密林深处，有几块特殊的石头，它们的排列形状就像是一个有靠背、有脚凳的座位。这片充满艺术气息的密林，离德吕克太太家非常近，不过几十米罢了。德吕克太太家的两个孩子常在密林的灌木丛中仔细地寻找黄樟树皮。不信你我就赌上一赌，一对一千的赌注，我说他俩每天至少有一个要在这‘林中大殿的宝座’上坐上一坐。凡是打小时候过来的人，没忘记什么是男孩子的天性，就都会同我一样，敢打这个赌。我重申一遍，那些物品若是放在密林中，即使一两天尚不被人发现，就是咄咄怪事，令人难以理解了。所以咱们可以完全不管《太阳报》那教条式的无知，而产生怀疑，认为那些物品是在相当晚的时候才被放到那儿去的。

“除此之外，我还有其他更有力的理由相信东西是后搁的。现在请你注意这些物品摆放方式中的人为痕迹。状似靠背的石头上放着一条白裙子，状似座位的石头上放着一条丝围巾，地上扔着一柄遮阳伞、一副手套和一方手帕，手帕上还绣着‘玛丽·罗杰’的名字。这样一种摆放方式肯定是一个不太精明的人，想使‘现场’显得是自然搞出的把戏。但是这种摆放其实并不自然。如果这些东西都扔在地上，被人踩过、踏过，那倒更像是真的。在这片狭小的林荫地，经过许多人激烈的搏斗，裙子和丝巾竟然还在石头上，这简直是不可能的。据说，‘土地有践踏的痕迹，矮树枝条都折断了，肯定是搏斗所致’。但是，裙子和丝巾竟然还好好地搁在那儿，就像放在架子上一样。而《太阳报》则说：‘被矮树丛扯下来的布条都是十公分宽、二十公分长，有一条是上衣的衣襟，缝补过。它们像是被扯碎的布条条。’《太阳报》无意中一语道破天机。它说那些碎布‘像是被扯碎的布条条’。它们确实是被扯碎的，是用手故意扯碎的。这种质地的衣服，居然被荆棘扯成条，这是极为罕见的。如果把荆棘或钉子缠在衣服里面，会把布撕出三角形的口子来，但绝不会把布撕下来，撕成条。这种情况我从未见过，我想你也一样。要想从这样的布料上撕下一条来，需要不同方向两股力量同时用力。如果这块布料两面都有边，比如说像手帕那样，这时候，只有在这种时候，一股力量就足以撕下一条来了。但是现在咱们讲的是一件衣服，它只有一道边。而从衣服中间开撕，则一道边都没有，在这种情况下，荆棘是绝对无法把它撕开的。但是，即使有一道边，也需要有两根荆棘，而且布边还得是没缝上的。如果缝上了，那就根本撕不开了。由此可见，单靠‘荆棘’的力量把布撕下来，这有何等困难。而现在咱们面对的却是，不仅撕下来了，而且还扯成了许许多多条。其中有一条竟是上衣的衣襟！还有一条是从裙子上撕下来的。也就是说，凭着荆棘的力量，把它们从没有边的衣服上完完全全地撕了下来！这很难让人相信。然而，从整件事上来看，这只能算是一处小小的疑点，而更为显著的疑点则是，凶手既然是谨慎地将尸体转移，却如此粗心地对这些物品不管不顾，留在了密林里。然而，如果你认为我是想否定此片密林为杀人现场，那么你就没有充分理解我的意思。这儿有可能发生过犯罪，或者更为可能的是，在德吕克太太的酒馆里发生了一起事件。然而这一点其实并不怎么重要。咱们现在找的不是犯罪现场，而是要查出谁是杀人凶手。我这繁琐的推论首先是想证明《太阳报》的武断结论是错误的；其次，这一点更为重要，是想让你顺着一条最自然不过的思路去思考，去推理，进一步地去怀疑：这起凶杀案究竟是不是一伙流氓干的？

“只要一想到法医的验尸报告，就不得不重新产生这样的怀疑。我只需说，巴黎所有著名的解剖学家都嘲笑该法医验尸报告中关于流氓数目的推论，认为这一推论是全无根据的。这并不是因为此事不可以这样推论，而是因为，如果这样推论是无根据的，那么就没有充分的理由做另一种推论了吗？

“咱们现在再来想想文中所说的矮树枝条折断‘肯定是搏斗所致’。我倒要问一问这种混乱的现场应该表明的是什么？表明有一伙流氓。但事实不是表明并没有一伙流氓吗？一方是一个手无缚鸡之力的姑娘，另一方是所谓的‘一伙流氓’，力量对比如此悬殊，怎么可能发生一场如此激烈的搏斗，竟然把现场弄得一塌糊涂呢？两条大汉只需抓住她的胳膊，一切就都办成了。姑娘从也得从，不从也得从。我的这番论断并不是否定这个密林是犯罪现场，而是否定这个密林是一伙人作案的犯罪现场。如果作案的只有一个人，那么留下这种激烈搏斗的痕迹倒是说得通的。

“再有，刚才我已提到现场那些物品的可疑性。罪犯竟然会这么傻，任这些证据留在林子里，等着让人发现。这一事实本身就是非常值得怀疑的。罪犯偶然把这些证据留在那里，这几乎是不可能的。罪犯想到了要转移尸体，其实尸体经过一段时间的腐烂就会特征消失。而罪犯却把比尸体更能说明问题的证据大大方方地留在了现场——我是指绣有死者姓名的手帕。如果说这是一种偶然，那么凶手就绝不会是一伙歹徒了。可以想象，这种偶然性只会发生在单个儿人的身上。咱们来看一看。某人杀了玛丽。林子中只有他和死尸。躺在地上一动不动的尸体令他心惊肉跳。他的一时之鲁已经消退，头脑冷静了下来，恐惧之情自然也就油然而生。作案者人多的时候，会互相鼓劲儿，一个个贼胆包天，而凶犯是单枪匹马的时候，就不那么有信心了。他单独守着一具尸体，会浑身发抖，不知所措。然而，尸体无论如何也是要打发掉的。他把尸体背到河边，却把其他犯罪证据留了下来，因为一下子把东西都弄走不仅是困难的，而且是不可能的，再说处理完尸体后回头再拿这些东西也很容易。然而，他费尽力气往河边弄尸体的一路上，心里的恐惧也在不断地增加着。他总是听见有声响，有十几次，他以为有人在跟着他，就连市区的灯光都使他疑神疑鬼。他一路上心惊肉跳，走走停停，终于赶到了河边，也许是借助一条小船，处理掉了这具可怕的尸体。此时此刻，想到那冤冤相报的凶兆，即使给凶手再大的甜头，他也不肯重走这条恐惧之路，重温那令人心寒的一切了。他绝不再回去。他只有一个念头：逃之夭夭。他转过身，逃离这可怕的灌木丛，生怕报复会降临在自己头上。

“如果凶手是一伙流氓呢？他们人多势众，贼胆包天，况且这种家伙本来一个个就都胆子不小。他们人多，所以不会像单个儿的作案者那样，被吓得魂不守舍。如果说一两个人或三个人，还有可能发生疏忽的话，那么四个人就绝对不可能疏忽了。他们绝不会把任何证据留在身后，因为他们人手够，一下子就可以把证据全转移走，没必要再回来一趟。

“现在再来看看尸体外衣的情况，‘外衣上有一道三十多公分宽的口子，从臀部往上撕到腰间，不过没有撕断。这条布在腰间绕了三圈，在背后打了个扣结，系住了’。这样做显然是想弄出一个提手，好拎尸体。但是请问，在几个人的情况下才会想到使用这样的运尸法？如果有三四个人的话，有抓胳膊有抓腿的，尸体的四肢正好派上用场，抬起来方便之极。这种打扣法是供一个人运作的。这使人想起了警察局的那番描述：‘在密林与河流之间，还发现一处被弄倒的篱笆。根据地面的状况可以看出，有人拖着重物打此经过。’如果凶手是一伙人，那么他们何必为了拖一具尸体而把篱笆弄倒？他们完全可以毫不费力地把尸体抬过篱笆去嘛！况且，他们又何必非将尸体拖着走，留下那么一长串拖痕呢？

“在此，咱们必须回顾一下《商报》上的一番话，这番话刚才我已经读到过了一次。该报说：‘凶手将这个可怜姑娘的裙子撕下七十公分长、三十公分宽的一条，绑到了她的下巴底下，绕到脑袋后面。这样做可能是为了防止她喊叫。由此看来，凶手是没有带手帕的。’

“我刚才说过，十足的下流痞也总是带手帕的。不过，我现在想谈的并不是流氓们带不带手帕的问题。既然已在林子里找到了一块玛丽的手帕，这足以说明事实并非像《商报》所言那样，没有手帕。凶手使用布条，而不使用好用得多的手帕，这也足以说明凶手的目的并不是在于‘防止她喊叫’。然而警方证词中却说那条麻纱布是‘松松地绕在她的脖子上，打着一个死结’。这句话虽然相当含糊，但却与《商报》所言大有出入。这条布尽管是麻纱质地，但是有三十公分宽，叠在一起或搓在一起，也足以成为一条结实的带子。发现尸体时，这条布就是这样搓成一条带子的。我的推论是这样的：这个单个儿作案的凶手把带子缠在尸体的腰上，把尸体提了一段距离——也许是从密林中往河边提，也许是从别处往河边提。他觉得尸体太重了，这么提不是个办法，于是改为拖拽。证据也已显示，尸体是被拖着走的。要想拖着走，就得在尸体的头上或脚上系上一根绳索之类的东西。而把绳子系在脖子上则最好不过，这样一来头可以防止绳索滑脱。于是凶手就一下子想到了尸体腰间的那条布带子。凶手本来是会用这条现成的带子的，可是这条带子在尸体上绕了好几遭，还打了个死结，况且它又是从外衣上被撕下来的。凶手一想，从衬裙上另撕一条也很容易。他就这样撕了一条，绑在死者的脖子上，这样把尸体一路拖到了河边。凶手之所以使用这条得来费事而又不甚合用的带子，只能说明当时已经没有手帕了，换句话说，这时他已经把尸体弄出密林了(如果密林果真是现场的话)，他当时处在密林与塞纳河之间的路上。

“可德吕克太太的证词却是怎么说的呢？‘一群流氓……大吃大喝，吵吵闹闹，吃完了一抹嘴，连钱都不付就顺着青年男女走的那条路走去，直到快天黑才回来，匆匆地过河离去。’

“这所谓的‘匆匆’，可能是德吕克太太所认为的匆匆，因为她在痛惜那些白白葬送掉的点心和啤酒，希望至少得到一点儿补偿。否则的话，既然‘快天黑了’，‘匆匆’便是理所当然，她何必还要强调‘匆匆’二字呢？即使是一群流氓，暮色将至，要乘一条小船过河，当然也是赶早不赶晚，行色‘匆匆’，这是不足为怪的。

“我说‘暮色将至’，是指夜晚尚未到来。正是因为‘快天黑了’，这伙流氓的匆匆行色才在德吕克太太那明亮的眼睛中显得格外刺目。但是据说当天晚上德吕克太太和她大儿子‘听到附近有女人的尖叫声’，德吕克太太是怎样形容她听到尖叫声的时间的呢？她说的是‘天刚刚黑下来’。但是‘刚刚黑下来’，就是说当时天是‘黑’的。而‘快天黑了’，则是说天仍然是‘亮’的。由此可见，德吕克太太听见尖叫声肯定是在这伙流氓离开圆木门之后。然而尽管许多证词中也都无一例外地表达了我所说的这层关系，但是却没有一家报纸，没有一个只知道执行主子命令的警察注意到这一情况。

“我再为‘凶手并非一伙流氓’补充最后一个论据，这个论据在我看来也是最有分量的一个。警方既然已经公布了检举者重赏、自首者特赦的政策，那么这伙全是由下流痞组成的流氓团伙中，就应该有人站出来出卖自己的同谋犯。流氓团伙中的每一个成员，也许并不贪图赏金，也许也并不急于逃命，但却唯恐自己被别人出卖。于是为了避免自己遭人出卖，他就先下手为强，赶紧出卖别人。然而，始终未有人站出来泄密，这本身就足以证明，它确实是个秘密。这也就是说，世上只有一个人或两个人知道凶杀案的真相，除此之外，就只有老天爷心里明白了。

“现在咱们来把这番冗长的分析归纳一下。咱们分析的结果是凶杀案有两种可能性：一种可能性是凶杀案发生在德吕克太太的小酒馆；另一种可能性是凶杀案发生在圆木门荒郊的密林里。而凶手则是死者的情人，或者至少，是一个暗中与死者关系暧昧的人。此人皮肤黝黑，这种肤色，再加上死者背后的‘扣结’和帽带上的‘水手结’，说明凶手是一个海员。死者是个风流美女，却不轻浮，此人能与死者交上朋友，足见他不是一名普通的水手。各家报社收到的那些言词恳切的读者来信，也都说明了这一点。单从《信使报》报道的第一次私奔来看，咱们很容易产生一种想法：这个海员就是那个最初引诱不幸姑娘的‘海军军官’。

“而这一点恰恰又使人不禁想起，黑皮肤的此君已经好长时间不露面了。我要在这里插上一句，说说此君的皮肤。他的皮肤不是普通的黝黑，而是黑得足以使瓦朗斯和德吕克太太过目不忘，把这肤色在记忆中留作唯一的特征。可此君为什么不露面了呢？莫非他也被流氓团伙杀害了？如果是这样的话，为什么现场只留下了姑娘的痕迹？现场发生两起凶杀案，这总应该通过蛛丝马迹看得出来。再说，他的尸体在哪儿？在绝大多数情况下，凶手是会用同样的方法处置同案中的两具尸体的。但是也许有人会说，此君还活着，只是因为怕受到杀人嫌疑，不敢露面了。他现在的确有可能这样考虑问题，因为证词上说，有人见到他与玛丽在一起。不过这并不能说明就是他杀害的玛丽。一个无辜的人对这种事首先想到的应是说明事情的真相，并且协助警方辨识凶手，这是上策中的上策。有人看见他与姑娘在一起。他俩又一道乘敞篷渡船过河。即使是傻瓜也会明白，检举凶手才是开脱自己的最佳方法。在那个出事的星期天晚上，他是不可能自己清白无辜，又不知道发生了这起暴行的。如果现在他仍然活着，那么只有一种情况使他不去报案。

“咱们用什么方法来探明真相呢？随着一步步的分析，就会发现方法会越来越多，越来越具体。咱们来查查第一次私奔的底细，查查‘海军军官’的全部历史、他目前的状况，以及案发时他究竟在哪里。咱们再来仔细地比较一下每一封投寄给《晚报》、旨在说明凶手是一伙人的读者来信。然后，再按文风和笔体，同那些早些时候投寄给《晨报》的、旨在诬陷曼纳斯的揭发信进行一番比较。比完之后，咱们再用两家报纸收到的信件与那位海军军官所写信件的笔体进行比较。咱们还要再盘问盘问德吕克太太和她儿子，盘问盘问公共马车的车夫瓦朗斯，进一步弄清那个‘皮肤黝黑’的人的长相和举止。只要会问，问得有技巧，肯定会问出一些连被盘问者本人都没意识到的有用的东西。接下去咱们就要去问问六月二十三日星期一早上拾到那条小船的驳船船夫。这条‘没有舵的’小船是在发现尸体之前拾到的，有人没向驳船办事处打招呼，就把它给取走了。只要咱们仔细寻查，锲而不舍，就准可以找到这条小船，因为不仅那个拾到船的驳船船夫能把它给认出来，而且船舵就在驳船办事处。一个问心无愧的人，不会连问都不问一声，连船舵也不要了，径直把自己的船给取走。在此我要插入一个问题。驳船办事处并没有登广告招领失船。船是被悄悄地拖到办事处，又悄悄地被人取走了的。但是船主也好，船夫也好，既然没有广告，他怎么会星期二一大早就知道船被谁捡去了呢？除非这人与航运业或海军有关，知道船舶方面的一切小小动态。

"至于那个单个儿作案的凶手把尸体拖往河边嘛，刚才我已经说过他很可能有一条船。现在咱们应该这样认为：玛丽·罗杰是被人从船上扔下去的。实际情况应该是如此。凶手绝不会将尸体扔在岸边的浅水中就一走了事。死者背部和肩部的伤痕是船底硌的。尸体上未系重物也证实了这一点。如果凶手在岸边抛尸，肯定会在尸体上系上重物。咱们现在只能推测凶手划船离岸时一时疏忽，忘记带重物了。他投尸入水时，当然发现了这一疏忽，但是这时已没别的法子了，手边确实没东西。即使不系重物日后会有很多风险，也总比返回那倒霉的岸边强。凶手抛下尸体后，就匆匆赶回市区，找了一个僻静的码头，便一跃上岸。但是小船呢，他为什么不把它系住？他准是太着急了，来不及系船。再说，他觉得把船拴在码头上，这无异于留下了一份对自己不利的证据。他本能地希望，把一切与这桩凶杀案有关的东西都扔得越远越好。他不但要逃离码头，而且不许这条船留在这里。他当然希望它远远地漂走，随波逐流。咱们再继续想象下去。第二天早上，这个倒霉蛋惊恐地得知小船已被人拾到，并被拖到了一个他每天都要去的地方——也许是出于工作需要每天都必须去的地方。到了夜里，他把小船偷走，但没胆量去把舵一起找来。现在这条无舵的小船在哪儿呢？这是咱们首先要查明的事情。只要找到了它，胜利就为期不远了。这条小船将会以惊人的速度把咱们引向那个星期天午夜划过它的人。这样一来，证据一环套一环，凶手就无地藏身了。"

（由于一些我们不便明说而许多读者完全明白的理由，我们在此文中省去了原稿里查明凶手的过程细节。总之，正是依照杜邦得出来的这些看起来微不足道的线索，追查下去，才将凶手绳之以法的。我们认为在此只需简要说明：结果悉如所愿，局长大人虽然不太情愿，但也还是履行了他与杜邦定下的条件。下面是爱伦·坡先生文章的结尾部分。——编者①）

我在这里大谈巧合，除此之外再无别的，这一点我想大家是可以理解的。对此我在前面已经讲了很多。我打心眼儿里就根本不相信什么超自然的力量。大自然与它的造物主是两码事，这一点稍有头脑的人都不会否认。造物主创造了大自然，他也能根据自己的意志去控制和修改大自然，这一点也是毋庸置疑的。我说"根据自己的意志"，这是因为问题在于意志，而不在于疯狂的逻辑学所认为的那种力量。这并不是说上帝不能修改自己的法律，而是说，我们自己想象出一种修改的必要性，这其实是玷污了上帝。上帝的法律在初创时就包罗了有可能寓于未来的一切。对上帝来说，一切皆是现在。

那么我再重申一遍，我把这一切都说成是巧合。此外，我所讲的这个故事中也说明了这样一点：美国纽约的那个不幸的玛丽·塞西利娅·罗杰斯的命运（就目前我们所知道的她的不幸遭遇而言）同法国巴黎的这个玛丽·罗杰的命运（在她有生之年的某个时期中），二者有着惊人的一致。二者之间的

① 此文系载于杂志时编者加的按语。——译者注

这种平行现象简直无法从理性上去理解。也许将来人们会弄清这一切。我讲述玛丽·罗杰的不幸遭遇和这个谜案的侦破结果，不是有意要表明这种平行的关系，不要以为杜邦在巴黎侦破“女店员”凶杀案所采用的手段，用在别的案件中，也会产生类似的结果。

因为，巴黎和纽约两桩命案里的种种事实，倘若有细微的差别，那么用同一方法侦查，就会导致极大的失误。这就像是做数学题，一个单独的小小错误可能未引起人们的注意，但是由于在演算过程中它与其他因素的相互作用，到了最后就会导出一个与标准答案大相径庭的结果。至于两案之间存在的平行关系嘛，我们也一定要明白，我所使用的“偶然性规律”也不允许将这种平行作进一步的引申，因为这两条平行线已经拉得很长，很一致了。这种思维方式看起来与数学全无关系，但实质上只有数学家方能完全理解。比如说，读者最难理解的莫过于这样的事情：一个掷骰子的人连续两次掷出六点。于是他便信心十足，下最大的赌注，认为第三次仍能掷出个六点来。有头脑的人在这种状况下一般是不会为诱惑所动的。前两次已经完全成为过去，它们根本不可能影响到那尚存在于未来的事情。这一次掷六点的可能性只是与平时掷六点的可能性一般大小，也就是说，这次掷骰子并不受前两次的影响，而只受本次掷骰子时的种种因素的影响。这个道理是再明白不过的，否定它只会招致嘲笑。我现在无权在此多说人们在此案中所犯的错误，但是明哲之人其实是不用我多说的。我只需说，推断事实真相时，如果只见树木不见树林，过分注重细节，那么就会推出一连串的错误结果。而人们在此案中，犯的就是这样一种错误。

金 甲 虫

看啊！看啊！这家伙在狂跳！
他被毒蜘蛛蜇了。

——《全都错了》

许多年以前，我和威廉·莱格朗先生做了好朋友。他出身于一个古老的胡格诺[①]家庭，曾经一度富于家财，但是遭到了一连串的不幸，以致陷于贫困。为了避免不幸遭遇引起的屈辱，他离开了新奥尔良故居，移居到南卡罗来纳州查尔斯顿附近的沙利文岛上。

这座小岛相当特殊。它大约三英里长，上面几乎只有海沙，宽处不超过四分之一英里。有一道看不清楚的沟，把它与大陆隔开。这道沟弯弯曲曲地穿过一片芦苇和烂泥的荒地，成了秧鸡喜爱的栖息之地。可以猜想得到，那里植物稀少，即使有也是十分矮小，高大的树木根本看不见。靠近西头，有座莫尔特里要塞[②]，那里有几间简陋的木屋，到了夏季，就有人为了远离尘埃和炎热，从查尔斯顿城里来到这里租房住下。的确，西端还可以看到一些鬃毛样的棕榈。但是整个小岛，除了这西边一头，以及海岸边一长条坚硬雪白的沙滩之外，都被茂密芬芳的桃金娘矮树丛所覆盖。这树在英国园艺家的眼里可是宝贝。这种灌木在此地常常长到十五至二十英尺，纠结成几乎穿不透的矮树丛，散发出一阵阵的香气。

在这片矮树丛的最深处，靠近东头，即小岛最偏远的一头，莱格朗为自

① 十六世纪宗教改革运动中兴起于法国的宗教教派，曾受迫害，大批教徒逃往美国。——译者注

② 美国独立革命时期，莫尔特里将军在此建要塞抵抗英军。——译者注

己搭了一间小茅屋，住在里面。就在那里，由于偶然的机会，我最初结识了他，不久我们就成了好朋友——因为他离群索居，使人钦佩。我发现他受过良好的教育，脑力出奇的强，然而感染了愤世嫉俗的观念，而且情绪变化不定，忽而热情洋溢，忽而郁郁寡欢，反复无常。他有丰富的藏书，但是很少阅读。他的主要娱乐是打猎和垂钓，否则就在海滩边、桃金娘丛中徜徉，或者寻找贝壳，或者采集昆虫标本——他收藏的标本简直可以让斯瓦姆默丹①眼红。在这种漫游的时候，通常由一位老黑人做伴。此人名叫朱庇特，在莱格朗家道败落之前就已获得自由，但是他却既不怕威吓，也不听利诱，就是不肯离开他所称的“威尔少爷”，认为继续服侍他是自己的权利。也可能是莱格朗的那些亲戚认为莱格朗这游荡汉智力上有点儿不对头，因而故意把这种固执灌输给朱庇特，好让他监督和保护这游荡汉。

沙利文岛所处的纬度，使它的冬季很少严寒，不到年终的时候，很少用得着生火。然而，一八××年大约十月中旬，有一天特别的寒冷。太阳下山前，我吃力地摸索着穿过灌木丛，到我朋友的茅屋去。我已经好几个星期没有拜访他了。我当时住在查尔斯顿，离该岛有九英里路，来去都并不像现在这样方便。到了茅屋门前，我像惯常那样敲门，里面没人答应，我就在我所知的藏钥匙处找到钥匙，开门走了进去。壁炉里生着旺火，这是少有的事，然而正合我意。我脱下大衣，拉过一把圈椅坐到噼啪作响的木柴前面，耐心地等着屋主人回家。

天刚黑，他们回来了，对我表示衷心的欢迎。朱庇特露出笑脸，忙着收拾几只秧鸡做晚餐。莱格朗正在热情大发作——除了这么说，我还能怎么说呢？他发现了一种前所未见的双壳贝，是一个新品种，而且不仅如此，他继续搜寻下去，靠着朱庇特的帮助，还找到了一只金甲虫。他认为这是一个全新的品种，但是关于这个问题，他想等到第二天再听听我的意见。

“为什么不今晚呢？”我一边问，一边在火上搓着双手，心里想的却是让所有的金甲虫都滚开。

“唉，我早知道你要来就好了！”莱格朗说，“但是我们已经好久没见面，我怎么会想到偏偏你在今晚上来看我？我在回家的路上遇到了要塞的格××上尉，我真傻，竟把甲虫借给他了。因此，不到明天早晨就看不见那只甲虫。在这里过夜吧，太阳出来了我就派朱庇特去取。那真是最可爱的东西！”

“什么？太阳出来？”

“废话！它闪着金光，大约有大个儿的山核桃那么大。靠近背上的一头有两个乌黑的斑点；还有一个点稍微长些，在另一头。至于触须——”

“它身上没有锡，威尔少爷，我还是对你这么说。”朱庇特这时插了嘴，

---

① 斯瓦姆默丹，荷兰博物学家，著有《昆虫通史》、《大自然的圣经》等作品。——译者注

“那甲虫是一只金甲虫，实心的，完全实心的，里外都是金子，除了翅膀。我从来没有发觉一只甲虫会那么重。”

“好吧，也许是，朱庇特。”莱格朗回答得更加认真了，“这难道是你让秧鸡烧坏的道理？那色彩，”这时，他对着我，“确实足以证明朱庇特的看法。你从没见过比它甲壳上的金光更明亮的光泽了，但是这个你得等到明天才能判断。不过，我倒可以先让你知道它的外形。”他说着，在一张小桌旁坐了下来。桌上有笔墨，但是没有纸。他拉开抽屉寻找，却找不到。

“没有关系，”最后他说，“这就可以说明。”他从背心口袋里掏出一片碎纸，我看大概是片很脏的书写纸，就用笔在上面画了一个草图。在他这么做时，我回到了炉火前的座位上，因为我还觉得冷。他把草图画完，没起身就递给了我。我刚接过来，就听见一阵咆哮，接着就是抓门的声音。朱庇特开了门，莱格朗养的一条纽芬兰大狗冲了进来，扑上我的肩头，连连地舔我，因为我以前来拜访的时候对它相当关心。等到它撒过欢后，我才看起这纸片来。老实说，我感觉我朋友画的东西简直莫名其妙。

“哎哟！”我看了几分钟后说，“这可是一只奇怪的金甲虫！我得说：非常稀奇，以前从没见过——除非它是一个骷髅，或者死人头骨——这才像我正在观察的这个东西。”

“一个死人头骨！”莱格朗重复说，“噢！是的，不错，毫无疑问！在纸上看来，就像那样的东西。上头的两个黑斑看来像眼睛，是不是？下头长的这个像嘴巴，而整个外形则是个椭圆。”

“也许是吧，”我回答，“可是莱格朗，恐怕你不是个美术家。我一定要等到亲眼看见那只甲虫，才知道它那特殊的模样。”

“好吧，这我可不懂了，”他说，有点儿不高兴，“我画画儿还不错——至少应该错不了——拜过名师，自己觉得也不算外行。”

“但是，我的好朋友，那么你是在开玩笑了。”我说，“这是一个不错的骷髅，一个十分出色的骷髅！按照一般人对这类生理学标本的看法——而你的甲虫必定是世界上最古怪的甲虫了，如果它跟它相似的话。凭着这点儿线索，我们倒可以弄出十分惊人的‘迷信’来了。我建议你可以把这只甲虫叫做人头甲虫，或者别的这类名称——在自然史中，不乏这类的称谓。但是你说的触须在哪里呢？”

“触须！”莱格朗说，看来他竟然无缘无故地因为这个问题而激动起来了，“我肯定你一定看见了触须。我把它们画得跟真的虫子一模一样，我想那就够了。”

“好啦，好啦，”我回答说，“也许你已经——我却仍然没有看见。”我没有再说什么，就把纸片递还给他，不想惹他生气。但是令我惊讶的是这件事情发生的转折：他的坏脾气使我感到莫名其妙！至于画的那只甲虫，肯定没有什么触须，整个外形完全跟一般的死人头骨一模一样。

他气恼地接过纸片，正要把它团皱，显然是想扔进火里，却无意中朝那张画瞥了一眼，似乎被那张画突然吸引住了。他的脸一下子变得发红——猛地又变白了。他坐在那里，把那画仔细地打量了好几分钟。然后他站起来，从桌上取了一支蜡烛，走到茅屋最远角落里的一只航海用的箱子上坐下。在那儿，他又焦急地打量那片纸，翻来覆去地观察。可是，他什么也不说。他的举止使我十分惊讶，但是我想，还是谨慎些为好，不要用什么话来刺激他，使他越来越恼怒。不一会儿，他从上衣口袋里取出一个钱夹，把纸片小心地夹在里面，放进了写字桌的抽屉，锁上了。如今他的脸色比较镇定，不过原来的那种兴奋情绪几乎消失了。然而他看来并不很忧郁，倒有点儿茫然。黄昏过去了，他越来越沉浸于冥想，我对他说什么话，都鼓不起他的兴致来。我本想在茅屋里过夜，以前我常常这样，但是看见我的主人处在这样的情绪之中，我觉得最好还是告辞。他并不劝我留下，不过我走的时候，他比以往更热诚地握了我的手。

这事情大约过去了一个月（这期间我没有再见过莱格朗），他的仆人朱庇特到查尔斯顿来看我。我从来没有见过这老黑人那么没精打采的样子，我担心有什么严重的灾祸降临到我朋友的头上了。

“什么事，朱庇特，”我问他，“有什么事吗？你家主人怎么样？”

“唉，说老实话，先生，他身体不太好。”

“不太好？听你这么说，我很难过。他有什么不舒服？”

“不！不是的！他没有什么不舒服，但是他真的病得很厉害。”

“病得厉害？朱庇特，你为什么不早说？他卧床不起了吗？”

“没有，没有上床！问题就是出在这里！那可怜的威尔少爷真要把我急死了！”

“朱庇特，我想弄明白你说的是些什么。你说你的主人得了病。他说没说他什么地方不舒服？”

“啊，先生，为了这件事着急可没有必要！威尔少爷根本没有说他自己不舒服，可是他怎么会走来走去，东张西望，低着头，耸着肩，脸色发白呢？后来又一直拿着一根吸管——”

“拿着什么，朱庇特？”

“拿着一根吸管，在石板上解数字——那种数字我从来没见过。这可真叫人害怕！我不得不紧紧盯着看他在那里干什么。有一天，太阳刚露头，他就溜了，不知在哪里待了整整一天。我准备好一根粗木棍，准备等他回来了就狠狠地揍他一顿。但是我太傻，我不忍心这样做——他看起来那么可怜。”

“怎么了？啊，是的！总之，你最好不要对那可怜的家伙太严厉！别揍他，朱庇特，他会受不了的！不过你知道不知道他怎么得的病，或者说他怎么会行为异常的？自从上次我跟他分手以后，他遇到什么不愉快的事了？”

“自从那天以后，先生，他没遇到什么不愉快的事！恐怕是在那天以前，就是你来的那一天。”

“怎么？你这话是什么意思？”

“怎么，先生，我说的是甲虫！就是那个……”

“那个什么？”

“甲虫！我敢担保威尔少爷脑门上的某个地方被那只金甲虫蜇了一下。”

“朱庇特，什么原因使你有这种迷信的思维？”

“它爪子很多，也有嘴巴。我从没见过一只甲虫像它那样，一有东西挨近就又抓又咬的。威尔少爷先抓住它，但是立即把它放了。我敢说，就是这时候他被它蜇了一下。我真不喜欢那甲虫嘴巴的样子，不知怎么，我也不愿意用手指头抓它，不过我找到一张纸，用纸把它抓住，包了起来，还拿另一张纸塞住了它的嘴巴。”

“那么，你认为你的主人真的被甲虫蜇了，蜇得生了病？”

“用不着想，我心里明白。如果他不是被金甲虫蜇了，又怎么会那么梦想金子呢？从前我就听说过这金甲虫。”

“你怎么知道他是在梦想金子？”

“我怎么知道？他在梦中老是说！”

“好吧，朱庇特，也许你是对的。不过我交了什么好运，这么荣幸，让你今天特意来拜访我呢？”

“怎么说呢？先生！”

“莱格朗先生让你带什么口信来吗？”

“没有，先生，我带来了这个东西。”于是朱庇特就交了一张便条给我，上面写的是：

亲爱的朋友：

好久不见面了，希望你不是由于我过分唐突而生我的气。不过想来并不至于。

分别以后，我很挂念你。我想与你谈谈，但是不知道怎么谈，该不该谈。

过去几天，我不太舒服，而朱庇特的关心惹得我心烦，简直不堪忍受。你会相信吗？那天，他准备了一根棍子，想惩罚我，因为我溜了出去，独自到大陆山丘上去待了一天。我相信，要不是我的病容，真难逃一揍。

分手以来，我的藏品并无增添。

如果有便，无论如何与朱庇特同来。来吧，今晚我就想见你，有要事相商。我向你保证，此事十分紧要。

你的朋友

威廉·莱格朗

便条中的口气使我十分不安，整个风格和莱格朗惯常用的大不相同。他不知在梦想什么？他激动的头脑里不知又有了什么新鲜的念头？他想告诉我的“此事十分紧要”是什么？从朱庇特的话来看，他的情形不妙。我害怕也许会有什么倒霉的事临到他的头上，最终使我们这位朋友丧失了理智。因此，我毫不犹豫，准备跟着黑人走一趟。

到了码头，我看见我们要乘坐的船底有一把镰刀和三把铲子，显然都是新的。

“这些东西是干什么用的，朱庇特？”我问。

“是镰刀和铲子，先生。”

“不错，但是有什么用？”

“这镰刀和铲子都是威尔少爷让我在城里买的，花了一大笔钱呢！”

“但是，这么神秘，你那威尔少爷究竟要镰刀和铲子干什么呢？”

“这我可不知道，大概连他自己也不知道。这都是甲虫引起来的。”

既然朱庇特也说不清楚是怎么回事，他的头脑里想的只有“甲虫”，我就上了船，扬帆启程。一会儿，强劲的风就把我们送到了莫尔特里要塞北边的小海湾里。上岸步行大约两英里，就到了茅屋门前。我们到达那里的时候，大约是下午三点。莱格朗正在焦急地盼着我们。他神经质地紧紧抓住我的手，使我吃了一惊，加深了我心中已存在的疑虑。他的脸苍白得像死人，深陷的眼睛射出不自然的光芒。我问了几句关于他健康状况的话，因为不知道再说点儿什么为好，然后又问他，他是否要回了格××上尉借去的甲虫。

“噢，是的，”他回答，脸猛地红了起来，“第二天早晨我就要回来了。任何情况都不能诱使我放弃甲虫。你知道对于这件事朱庇特完全是对的吗？”

“在哪点上？”我问，心里有点儿不祥的感觉。

“他认为那只甲虫是真金的，”他说，样子一本正经，我却感到有些震惊。

“这只甲虫能使我发财，”他继续说，满脸得意的笑容，“能重振我的家业。因此，我十分看重它。既然命运之神认为应该把它赏赐给我，我只要恰当地使用它，它就将引导我去得到黄金。朱庇特，把甲虫给我拿来！”

“什么，甲虫？少爷，我真不想找那甲虫的麻烦，你还是自己去拿吧！”于是莱格朗自己站了起来，煞有介事地从放着甲虫的玻璃盒子里把它取出来，交给了我。它是一只美丽的金甲虫，当时许多自然学家还没有发觉，它的确极有价值。它背上靠近一端有两个圆形黑斑。另一端有一个长形黑斑。甲壳十分坚硬光亮，看来完全像冶炼过的金子。甲虫的分量也重得出奇。把这一切都考虑在内，我很难责怪朱庇特提出的意见。但是即使莱格朗也同意这样的意见，我却万万不能表示赞成。

“我叫你来，”我把甲虫看过一遍之后，他神气活现地说，“是为了让你给我出主意，帮助我把命运之神和甲虫的看法做进一步的探讨。”

“亲爱的莱格朗，”我打断了他，“你肯定得了病，还是小心为是。你应该躺在床上，我可以陪伴你几天，等到你病好。你在发烧，而且——”

“试试我的脉搏！”他说。

我试了试，说老实话，根本没有什么发烧的症状。

“不过你还是病了，尽管没发烧。让我立即给你处理。首先，上床躺下！然后——”

“你错了，”他挡住了我，“我尽管非常激动，但是身体却很好。倘若你真为了我好，就该消除我的这种激动情绪。”

“那用什么办法呢？”

“容易得很。朱庇特和我要到大陆的山丘上去做一番探险，需要一个靠得住的人帮忙。你就是我们唯一能信任的人。无论我们成功与否，我的这种激动情绪都会消除。”

“无论什么事情，我一定努力帮忙，”我回答，“不过你的意思是说，这只该死的甲虫与你进山丘去探险有关系？”

“有关系。”

“那么，莱格朗，我可不能参加这样可笑的行动。”

“我很遗憾，十分遗憾，我们只好自己去试试了。”

“自己去试试？你这人肯定是疯了！不过，等一等，你想去多久？”

“也许一整夜。我们立刻就动身，无论如何，天亮就回来。”

“凭着你的荣誉，你能答应我，等到你这心血来潮过去，以及这甲虫事件（上帝啊）满足了你的时候，你就回家来，好好地听从我的劝告，就像我是你的医生那样好吗？”

“好的，我答应。我们现在就走，因为我们没有时间可浪费。”

我怀着沉重的心情，跟着我的朋友出发了。我们大约是在四点钟走的——莱格朗、朱庇特、狗，还有我。朱庇特拿着镰刀和铲子——他坚持一个人扛这么多东西。在我看来，主要是不放心他的主人拿到这些工具，而不是因为过分勤劳或者是讨好主人。他的举止很固执，一路上只听他嘴里喃喃地说着“那只甲虫”。至于我，任务只是拿着两盏提灯，而莱格朗则心满意足地带着金甲虫，把它系在一段鞭梢上，来回地晃着，行走的样子活像个魔术师。我从这副模样看出来，我的这位朋友明显精神不正常，我几乎忍不住掉下了眼泪。不过，我想最好是顺着他的幻想，起码眼前先这样，直到我有了有力的对策和成功的把握再说。同时，我尽力想要弄明白这次探险的目的，结果全属徒劳。他已经说服我跟着来了，他好像就不想再谈任何次要的话题，对我的一切问话的回答没有别的，就是“等着瞧”！

我们乘坐一只小船，渡过了岛端的海湾。我们爬上了大陆的高岸，向西北方向走去。穿过一片十分荒凉的原野，那里看不到什么人类的足迹。莱格朗坚定地在前面带路，偶尔停一下，看看显然是他上次来这里时留下的记号。

我们就这样大约走了两个小时。太阳下山的时候，我们正进入一处比前面更加荒芜的地区。那是一片高地，靠近一座几乎无法攀登的山丘。山上从下到上长满了茂盛的树木，其间夹杂着一些巨大的岩石，仿佛浮搁在地上似的，有好几块仿佛就要滚到下面的山谷里去了，只因为有树木挡着它们才没滚落。四面八方的深谷，使此处的景色格外肃穆。

我们爬上去的这片高地，长满了茂密的荆棘，很快就发现不用镰刀开路就无法前进。于是朱庇特在他主人的指导下，为我们清除出一条小径，来到一棵高大的郁金香树下。这棵树与十来棵橡树耸立在一起，跟它们差不多高大。它的形态，树叶，舒展的枝杈，整个雄伟的外观都远远地超过了橡树，也超过了我见过的所有别的树。我们来到这棵树下后，莱格朗就问朱庇特，能不能爬上树去。那老黑人听了这句话有点儿吃惊，有一会儿没有答话。后来他走近粗壮的树干，慢慢地在周围绕了一圈，仔细地观察了一番。观察完后，他只是说：

"行啊，少爷，无论什么树，朱庇特都爬得上去。"

"那么你赶快爬上去，不然太黑了我们都看不见了。"

"要爬多高，少爷？"朱庇特问。

"先爬上主干，然后我会告诉你再往哪里爬的。等等！停下！带上这只甲虫！"

"甲虫，威尔少爷，那只金甲虫？"老黑人喊道，吓得向后缩，"为什么非得带甲虫上树？我不干！"

"朱庇特，像你这样一个高大的黑人，真的害怕带着一只小小的死虫子吗？那你就用这根绳子带它上去吧！不过，你要是真的不带着它，我就只得用这把铲子敲破你的脑壳了。"

"那算怎么回事，少爷？"朱庇特在无奈之下，只好答应了，"你总想对老黑人发脾气。我不过是开开玩笑罢了。我会怕虫子？虫子关我什么事？"于是他就小心翼翼地捏住了绳子的一头，尽量让那虫子与自己的身体保持距离，准备爬树了。

郁金香树，或者叫百合树，是美国森林中最高大的一个品种。在其幼小时，树干出奇的平滑，常常长到相当的高度而没有一根平杈。但是到了成熟的时期，它的树皮会变成疙疙瘩瘩凹凸不平，还会长出许多短枝。因此，眼下爬树，看上去难，其实没什么麻烦。于是朱庇特紧紧抱住了粗大的主干，胳膊和膝盖并用，手抓着凸出的疙瘩，赤裸的脚趾也踩着它们往上爬去。有一两次，他差一点儿摔下来。最后，他终于爬上了第一个大树杈，看样子以为这件事情就这样完成了。的确，这个爬上了树的人虽然离地六七十英尺，却似乎不会再有危险。

"现在往哪边去，威尔少爷？"他问。

"爬上那根粗枝！那边的那根！"莱格朗说。老黑人立即照吩咐爬了上去，显然并不困难。他一直往上爬着，越爬越高，直到茂密的树叶把他围住，看不见他那粗壮的身形。不一会儿，听到了他的声音，像在喊叫。

“还要往上爬多高？”

“你爬多高了？”莱格朗问他。

“很高了，”老黑人回答，“从树梢上看得见天了。”

“别管那天，注意听我说。你往下看树干，数一数这一边的树枝，你爬过了多少根？”

“一、二、三、四、五——我爬过了五根，少爷，在这一边。”

“那么再往上爬一段。”

没过几分钟，又传来了他的声音，说是爬到第七根了。

“现在，朱庇特，”莱格朗喊着，显然十分激动，“我要你爬到那根树枝的梢头，尽可能爬得远。你如果看见什么奇怪东西，就告诉我。”

这时候，我对我这位可怜的朋友精神失常的怀疑终于得到了验证。我没有其他办法，只有得出结论——他是疯了。因此，我真的急于把他弄回家去。我正在考虑怎么办才好，又听见了朱庇特的声音。

“我不敢在这根树枝上爬得太远——它是一根枯死的树枝。”

“你说它是一根枯死的树枝，朱庇特？”莱格朗喊，声音都颤抖了。

“是的，少爷，枯得像门上的钉子一样！死透了，没有一点儿活的样子啦！”

“天啊，我怎么办呢？”莱格朗自问，看来好像很难过。

“好办！”我说，正好找着了一个插嘴的机会，“都回家去睡觉。现在就走！这才是个懂事的人！时间已经晚了，况且，你该记得你答应的事。”

“朱庇特，”他喊，根本不理睬我，“你听见了吗？”

“是的，威尔少爷，听得很清楚。”

“用你的小刀试试那树枝的木头，看看是不是十分朽了。”

“是朽了，少爷，没有问题，”过了一会儿，老黑人回答，“不过朽得不太厉害。我自己再往前爬一点儿试试！”

“你自己？这是什么意思？”

“我说的是那甲虫，那么重的甲虫！如果我把它扔下去，只是我这个黑人自己的重量，树枝是断不了的。”

“你这可恶的东西！”莱格朗喊，显然放心了，“你对我说这些废话到底是什么意思？你敢把甲虫扔下来，我就拧断你的脖子！瞧着，朱庇特，你听见了吗？”

“听见了，少爷，不必对老黑人这么吆喝！”

“好吧，现在听着！如果你试着再往树枝前面爬，爬到你认为安全的地方，而且不让甲虫掉落，那么你一下来，我就送你一块银元！”

“我在爬呢，威尔少爷！”黑人立即回答道，“现在到了树梢上啦！”

“到了树梢上?”莱格朗高声尖叫，“你是说已经到了树枝的梢上?”

“很快就到头了，少爷！噢，上帝保佑，树枝上是什么呀?”

“喂，”莱格朗喊，高兴万分，“是什么呀?”

“没有什么，只有一个头盖骨！有人把个人头放在树上了，乌鸦已经把肉都啄得精光啦!”

“一个头盖骨？好极了！它是怎么被拴在树枝上的？用的是什么?”

“当然了，少爷，应当看看。说老实话，这可真是奇怪，是一只大钉子把头盖骨钉在树枝上的。”

“好吧，朱庇特，准确地照我吩咐的办！听见了吗?”

“听见了，少爷!”

“那么注意听！找到头盖骨的左眼!”

“哼！嗬！好吧！怎么左边没有眼睛?”

“你这笨蛋！你不分左右吗?”

“我知道，完全知道，我劈柴时用的是左边的手。”

“当然了！你是左撇子。那么你的左眼就在左手一边。得啦，我想你会找到头盖骨的左眼的，或者那曾经是左眼的地方。找到了吗?”

等了好一会儿，黑人终于说话了：

“头盖骨的左眼是不是也在头盖骨的左边？因为头盖骨根本没有什么手！没关系，现在我找到左眼了，就在这儿！该怎么办了?”

“把甲虫塞到里面，穿过去！把绳子尽量放长，但是要小心，别让绳子脱手!”

“都办到了，威尔少爷！把甲虫塞进眼孔很容易！瞧，它下来啦!”

他们这样交谈时，根本看不见朱庇特的人影，但是那往下落的甲虫，却可以在绳子的末端看到，闪闪发光。我们所在的地方，夕阳的余晖把它映照得像一颗光亮的金球。甲虫在树枝间悬着，看得很清楚。如果让它落下，就会落到我们的脚边。莱格朗立即拿起镰刀，在甲虫下面清出一圈土地，大约直径三四码。干完后，他就命令朱庇特放掉绳子，爬下树来。

我的朋友做了一根木橛，准确地打进甲虫落下的地方，然后从衣袋里取出了一根皮尺。他把皮尺的一端系在树干底下最靠近木橛的地方，拉开它，一直拉到木橛那里；然后再往前拉，向着树干和木橛已经形成的两点的方向，拉出大约五十英尺——朱庇特已经用镰刀把荆棘杂草除掉。在这个地点，莱格朗打下另一个木橛，而且以此作为中心，划出了直径大约四英尺的一个不整齐的圆圈。于是他亲自拿起一把铲子，又给我和朱庇特每人一把，要求我们尽快地向下挖掘。

说实在话，对于这种娱乐，我是任何时候都不会感到有趣的，而且又是在这个时间，真想拒绝。天色已黑，这些活动早已使我觉得疲劳了，但是我却不能逃脱，而且怕拒绝了会破坏这位朋友的心理平衡。的确，如果我能依靠朱庇特的帮助，就会毫不犹豫地想法强迫这个疯子回家去的。但是我对这个老黑人的素质太了解了，在任何情况下，根本没有指望他能帮助我对抗他的主人。我不怀疑，他的主人是受了南方的迷信的影响，以为地下埋藏着金钱，加上找到了那个甲虫，他的幻想于是得到了证实，或者也可能因为朱庇特老说那是“一只真金的甲虫”而迷惑了他。这种暗示是很容易导致头脑发疯的，特别是反复地说到想象的东西。于是我想起这可怜的家伙曾经说过这只甲虫是“他运气的引导”。这整个事情，使我既烦恼又糊涂。然而，到最后，我只好干到底了，就起劲地挖掘起来，以便赶快发现证据，眼见为实，使他的幻想彻底破灭。

提灯点上了，我们都起劲地干着，好像为了什么正经的事情。灯光照在我们的身上和手里的工具上，使我不由得想到，我们这群人多么古怪，而且我们干的事又是多么奇特而可疑，如果有人偶然撞到这里来，准会这么认为。

我们不停地挖了两个小时，什么话也不说。那条狗对我们干的活特有兴趣，它的叫声最令人讨厌。后来，它变得太碍事了，我们害怕惊动了邻近的过路人——还不如说，是莱格朗的理解。至于我，却巴不得有什么人闯进来，使我有可能把这个游荡汉弄回家。但是后来朱庇特却有效地使这吵闹声停止了。他板着脸从坑里爬上来，用吊袜带把那畜生的嘴巴缚住了，然后又一本正经地继续干活儿。

前面提到的时间已经过去，我们挖到了五英尺深，可是却不见什么财宝的踪影。大家都停了下来。我开始盼望这闹剧就此结束。然而，莱格朗显然不太满意，沉思地擦擦额角，又干起来。我们挖好了直径四英尺的整个圆圈，如今又把界限稍微扩大了一些，又向下挖了两英尺，仍旧什么也没有出现。这个黄金迷真有点儿让我可怜，终于从挖出的这个坑里爬了上来，带着满脸失望的神情，慢吞吞地、没精打采地走过去把开始干活时扔在一旁的外衣穿上。这时候，我一句话也没说。至于朱庇特，他一见主人的手势，就把工具收拾到一起，然后放开了狗嘴，我们就默默地走回家去。

我们大概走了十几步，莱格朗忽然大声地咒骂了一句，快步追上朱庇特，一把抓住他的衣领。老黑人吃了一惊，瞪圆眼睛，张大嘴巴，扔下工具，屈膝跪下。

“你这个坏蛋！”莱格朗把牙齿咬得咯咯作响。

“你这个地狱里的黑鬼，快说出来！立刻回答，别支支吾吾！哪一边是你的左眼？”

“唉，我的天哪，威尔少爷！难道这不明摆着是我的左眼吗？”吓得发抖的朱庇特哇哇地叫着说，用手指着自己的右眼，使劲地按住那里，害怕他的主人立刻会来把它挖掉。

“我就是这样想的！我明白了！哈哈！”莱格朗大声喊道，把黑人放开，打了几个旋，蹦跳了几下。那老黑人大为惊讶，他站起来，默默地看看主人，又看看我。

“回去，我们必须回去，”他的主人说，“这宝贝还没有出来呢！”于是他回头又向郁金香树那里走去。

“朱庇特，”他喊，这时我们已经到了树下，“过来！那头盖骨钉在树枝上，脸是冲外的，还是冲树枝的?”

“脸冲外的，少爷，所以乌鸦才能啄着眼睛，而不费任何力气。”

“好吧，那么，你把甲虫从哪只眼睛穿过去的，是这只还是那只?”莱格朗一只一只地指着朱庇特的眼睛问他。

“是这只眼睛，少爷，左边的眼睛，就像你对我说的。”说着，这老黑人指了指右边的眼睛。

“那就是了——我们必须从头来。”

现在我看出来，或者以为看出来，我的朋友疯了，其实他还是挺有办法的。他到了甲虫落下的地方，拔出木橛，把它从原先的位置向西移了三英寸，然后取出皮尺，从最靠近木橛的树干那里，就像刚才那样，把它拉开，拉出五十英尺的距离，到了一个地点，离开我们原来挖的地方大约有好几码。

他在这新的位置划了个比原来稍大的圆圈，我们就又拿起铲子挖了起来。我已经累得要死，但是不知道是什么原因使我改变了念头，我不再讨厌这繁重的劳动，而变得十分感兴趣了——不，甚至是十分激动了。也许莱格朗的狂妄行动里面有着什么东西——什么预兆或者深奥的东西，给我留下了深刻的印象。我急切地挖着，时不时地看着，好像真是等着发现什么幻想中的宝藏，那个使我那位不幸的伙伴神魂颠倒的幻景。这样的想法正完全充满了我头脑的时候，我们已经挖了一个半小时了，我们又被那条狗猛然的吠叫打搅了。那畜生的不安，起初显然是以为好玩或者胡闹，可是现在它叫得尖厉而令人畏惧。朱庇特又想绑住它的嘴巴，但是它使劲挣扎，而且跳进坑里，用爪子使劲地扒土。不一会儿工夫，它就扒出了一堆人骨，是两副骨骼，中间还夹杂着一些金属纽扣，好像是腐烂的毛织品的碎片。用铲子再挖几下，就翻出了一把西班牙刀子的刀片。我们再往下挖，又翻出了三四枚金币和银币。

看见了这些东西，朱庇特的快活简直难以抑制了，但是他的主人却露出大失所望的神色。但是他催促我们继续往下挖。他的话刚说出口，我就绊了一下，向前跌倒，因为我的靴头绊住了松软的泥土里埋着的一个大铁环。

如今我们认认真真地干起来了，我从来没有经历过这么紧张激动的十分钟。在这期间，我们顺利地挖出了一个长方形的木箱，它保存完整，非常坚固，看来显然经过某种矿物质的处理——也许是二氯化汞之类的东西。这个木箱有三英尺半长，三英尺宽，两英尺半高，四周都用熟铁皮带子加固，钉着铆钉。箱子的每一边，靠近盖子的地方，都有三个铁环，一共六个。靠着它们，六个人就可以把箱子抬起来。我们一齐用力，只能使它在埋着的土里稍稍摇动一下。我们立即看出，要搬动这么重的东西是根本不可能的。幸亏闩住箱盖的是两根横栓。我们就把它们扯开来，焦急得又颤抖又气喘。一下子，一箱无法估价的财宝在我们面前闪着光芒。提灯的光照到坑内，反射出杂乱无章的金银珠宝的强烈光彩，几乎耀花了我们的眼睛。

我注视着它，无法描述我的感受，当然是万分惊奇。莱格朗看来已经激动得精疲力竭，连话都说不出来。朱庇特的脸有好几分钟变得苍白无色，一种任何黑人都少有的天然色彩，要多白有多白。他看来是傻了，像是受到了雷击。他跪倒在坑里，把两条赤裸的臂膀埋进珠宝，直埋到臂肘，留在那里，仿佛在享受舒服的沐浴一样。然后，他叹了口长气，喊了起来，好像在独白。

“这一切都多亏了金甲虫！美丽的金甲虫！可怜的小金甲虫，被我那么粗野地咒骂的金甲虫！老黑人，你难道不惭愧？回答我！”

最后只得由我来提醒主人和仆人有必要把财宝立即搬走。时间已经很晚了，我们得费点儿力气，才能在天亮之前把所有的东西都搬回家去。说起来容易，做起来难。我们考虑了许多时间——这念头相当烦人。最后，我们把它们的三分之二搬了出来，减轻箱子的分量。我们费劲地把它从坑里运了上来。搬出来的东西都藏在荆棘丛里，由那条狗看着。朱庇特对它下了严格的命令，无论有什么情况，都不准动地方，而且不准张嘴吠叫，直到我们回来。于是我们急忙把箱子往家里运，花了好大的力气，直到凌晨一点，安全地到了家。我们累得要死，立刻再干是受不了的。我们休息到两点，吃了饭。正好有三条大口袋放在那里，我们就把它们带上，立即又向山里进发。不到四点，我们回到坑边，把剩下的战利品分开装袋，尽量大家分担，抛下土坑没有填，就又回到茅屋，第二次把金银财宝藏好，此时刚好东边的树梢上出现了黎明前的曙光。

我们真的彻底累垮了。但是激动的情绪使人难以入睡。不安地打了三四个小时的瞌睡之后，我们就都起来了，好像事先约好似的，来清点我们的财宝。

箱子里装得满满的，我们花了整整一天，以及大半个晚上，把里面的东西仔细地检查了一番。箱子里既没次序也没门类，所有的东西都胡乱地堆着。我们仔细地把它们归类，发现我们真是得到了很大的一笔财富，比原来估计的多得多。只是钱币，就超过了四十五万元——尽可能按照当时的牌价正确估计。里面没有什么银元，都是各式各样的古代金币——法国的、西班牙的、德国的，还有几枚英国的几尼和几枚从来没有见过的假币。此外还有好几枚又大又重的钱币，都被磨得光光的，看不出上面的花纹。美国的钱币却一枚也没有。我们找到的珠宝，其价值就难以估计了。其中有钻石——有些又大又精美——一共一百一十颗，没有一颗小的；有十八颗红宝石，都异常晶莹；有三百一十颗翡翠，都很美丽；有二十一颗蓝宝石；还有一颗猫儿眼。这些宝石都是从它们镶嵌的底座上撬下来的，散乱地堆在箱子里。至于那些底座，我们从其他的金货中挑拣出来，看来都被锤子砸过，好像为了免得被认出来。除了这些之外，还有一大堆纯金的首饰。有近二百只巨大的指环和耳环、贵重的项链——如果我没有记错的话，一共有三十条；有八十三个很大很重的十字架；有五个昂贵的金香炉；有一个很大的调制甜酒饮料的金钵，上面刻着葡萄和酒神等花纹；有两把雕刻精美的剑柄；还有许多乱七八糟的零星东西，我都记不清楚了。这些财宝的重量超过了三百五十磅。我还没有算进一百九十七块高级金表，其中有三块，每块要值五百元。其他的表都十分古老，用作计时，已经毫无价值，由于锈蚀，或多或少地走不动了，但是壳上都镶满宝石，价值连城。那天晚上，我们估计箱子内的全部物品共值一百五十万元，后来把珠宝和一些小玩意儿卖了（有一些我们留下自用了），才发现我们大大地低估了这些财宝了。

最后，我们终于清点完了，当时那种万分的激动也逐渐地平静下来。莱格朗见我急于知道这个了不起的谜底，就详详细细地谈起了与这件事有关的细节。

“你记得吗，”他解释说，“那天晚上，我把我画的甲虫草图给了你。你也会记得，你当时坚持说我画得像一个头盖骨，使我很恼火。你第一次这样说的时候，我以为你是在开玩笑，但是后来我想起了甲虫背上的那些特殊的黑斑点，自己承认你指出的模样确实有点儿真实性。然而，嘲笑我的画不行，还是令我气愤，因为我自认为是一个好画家。因此，你给我那片羊皮纸时，我真想把它揉成一团，生气地扔进火里。”

“你的意思是说，那一片纸?”我说。

“不，它看起来像一片纸，开头我也这样以为，但是我在那上面作画时，立即发现，那是一片很薄的羊皮纸。你还记得，那纸很脏。我正要把它揉了，却看见了你在看的那个草图。你可以想象出，我看见了有多惊讶，因为在我画甲虫的地方就是一个死人的头盖骨图。有一会儿，我惊呆了。我知道自己的草图，其细节与它完全不同，虽然在轮廓上有些相似。当时我就拿了一支蜡烛，坐到房间的另一头去，把那片羊皮纸仔仔细细地察看了一番。我把它翻了过来，看见我的草图是在背面，就像我画的那个样子。如今我的第一个念头，不过是对于十分相像的轮廓的惊讶——这种事情真是特殊的巧合，我一点儿都不知道，羊皮纸的背面就有一个头盖骨，恰恰就在我画的甲虫的背面，而这个头盖骨，不仅轮廓，就连大小都跟我画的完全一样。我看到了这个难得的巧合，一时几乎目瞪口呆，这是这种巧合的通常作用。我的头脑在设法建立一种联系，因果的联系，但是因为做不到，一时愣住了。但是，等到我从呆愣中恢复过来，逐渐地明白了一种道理，比发现这种巧合更为吃惊。我清楚明确地记起来了，我在画甲虫草图时，这片羊皮纸上根本没有图形。我完全肯定这一点，因为我想起来，我曾把它翻过来，又翻过去，想找一处干净的地方。倘若这个头盖骨当时在上面，我当然不会看不到。这可真神秘，使我能予以解释。但是，就是在那个当口，我头脑的最遥远、最秘密的角落，仿佛有了模模糊糊的概念，像萤火虫那样的光亮，经过昨夜的奇遇，终于证明了一切真相。我当时立即站起身来，把羊皮纸藏好，抛开一切念头，等到我独自一个人的时候再思考。

“你走后，等朱庇特睡着了，我就着手把这件事情再有条有理地研究了一番。首先我考虑这片羊皮纸是怎样落到我的手里的。我们发现甲虫的地点就在大陆的岸边，大约在岛屿东边一英里的地方，在涨潮高标之上不远。我抓住它的时候，它蜇了我一下，使我放开了它。朱庇特却一向谨慎小心，在抓甲虫之前，想找一片树叶，或者什么别的东西，等它飞过来时，把它捏住。就在此刻，他的眼睛和我的眼睛都看见了一小片羊皮纸，我还以为它是普通的纸呢。它半埋在沙土里，有一角翘了起来。在我们找着它的地方附近，我看见了似乎是船上一条长舢板的残骸。这残骸大概躺在那里好久好久了，因为艇木的模样几乎已经难以辨认。

“于是朱庇特捡起了那片羊皮纸，把甲虫包在里面，交给了我。不一会儿，我们就回家了，路上遇到了那位上尉。我把甲虫给他看，他请求我让他带到要塞去。我同意了，他就把它塞进了背心口袋，没有带着那片包着它的羊皮纸，因为他在观看甲虫的时候，羊皮纸仍旧是在我的手里。或许他怕我改变主意，心想最好是把这宝贝拿到手——你知道他对有关自然学的一切东西有多么热心。就在这同时，我不自觉地把那片羊皮纸塞进了自己的衣袋。

“你记得我走到桌旁，想画一个甲虫的草图，却没有找到我经常放在那里的纸。我在抽屉里寻找，也没有找到。我在衣袋里寻找，盼望找着一张旧信笺——我的手就正好找到了那片羊皮纸。于是我想了起来，它是怎么到了我手里的，因为当时的情况使我印象特别深刻。

“无疑你会把我当成一个幻想家，但是我已经想起了一种联系。我把一条大链子的两个环连在一起了。海岸边有一条船的残骸，残骸附近有一片羊皮纸，不是普通的纸，上面画着一个头盖骨。当然，你会问：‘这联系在哪里呢？’我的回答是，那个头盖骨，或者骷髅，是著名的海盗标记。海盗每次出击，总要悬挂起头盖骨的旗帜的。

“我说过，那一片羊皮纸并不是普通的纸。羊皮纸是十分耐用的——几乎是坏不了的。一般的小事情很少记在羊皮纸上。既然是一般普通的作画或者书写，那还不如就用普通的纸。这样的思考联系到一些关于——有点儿实质性的——死人头盖骨的意义。我也观察到了羊皮纸的形状。尽管它的一角由于什么意外而毁坏，它的原来形状却可以看得出来是长方形的。的确，这样的一张纸，被选来记载什么备忘录，作为什么永志不忘的记录，以便仔细保存。”

“但是，”我插嘴说，“你说当你画甲虫草图的时候，那骷髅不在羊皮纸上，那你怎么会把船和骷髅联系起来的呢？既然，照你所说，骷髅必然是在你画了甲虫（只有上帝知道是怎么画的，谁画的）之后才有的！”

“啊，整个神秘的事情就怪在这里，虽然这秘密，我倒没费什么力气就解开了。我的步骤是有把握的，因而只能够得到一个结果。例如，我想我在画甲虫时，羊皮纸上显然没有骷髅。我画完草图之后，就交给了你，看着你怎么观看它，直到还给了我。因此，这骷髅不会是你画的，当时也没有别的人在场会这么干。所以它不是凡人所为，但是它却是画在上面。

“我思考到这儿，就使劲去回想，而且确实想起来了，并且把那段有问题的时间里所发生的一切情况想得清清楚楚。当时天很冷，壁炉里生着火。我走得热了，坐在桌子旁边，可你却拉过一把椅子坐在炉边。正当我把羊皮纸递到你的手里，你正要看的时候，那条纽芬兰狗‘小狼’进来了，扑到你肩上。你用左手抚爱它，把它推开，同时你拿着羊皮纸的右手却懒散地落到了膝间，距离炉火很近。一时之间，我以为火焰会烧着了它，正想提醒你，但是我还没有开口，你就已经拿开了，正仔细地察看。我在思考这种种细节的时候，我毫不怀疑，这热力就是解开这谜的关键，使我看到了羊皮纸上的骷髅。你知道有一种化学药剂，已经存在很久很久了，用它可以在纸上或者羊皮纸上书写，其字迹只有在火的烘烤下才能显现。把钴的化合物溶解在王水里，然后用水稀释四倍，就可以用了，那是一种绿色的液体。再有是钴的渣滓，溶解于纯硝酸中，变成红色的液体。用这些颜色在常温下写成的文字，或长或短的时间内都会消失不见，但是用火一烤，就会重新显现。

“我仔细地察看了那骷髅，它的外沿——就是最靠近羊皮纸边沿的草图——比其他部分更加清楚。很显然是因为热力的作用不完全或不均衡。我立刻重新点起了火，让羊皮的每一部分都得到充分的烘烤。开头，其唯一效果是把骷髅的隐约线条加深了。可是把这实验坚持下去之后，在纸片的角上就看出来，斜对着画着骷髅的地方，有一个图形。起先我还以为是一只山羊，可是再仔细一看，原来那是一只羊羔。”

“哈！哈！”我说，“当然我没有理由嘲笑你，一百五十万块钱可不是开玩笑的！不过你不会再在你的链子上接上第三个环吧！你不会发现你的海盗和一头山羊有什么特别的联系吧！你要知道，海盗跟山羊是毫无关系的；山羊跟农业有关。”

“但是我刚才说的那图形并非山羊。”

“那么，是羊羔了！那不是一回事。”

“是一回事，也不是一回事。”莱格朗说，“你大概听说过有一个名叫基德船长①的人吧。我立即看出来这动物的形状是一种双关意义或者象形文字的签名。我说的是签名，因为它在羊皮纸上的位置说明了这种想法。在斜对面角上的头盖骨，也是同样道理，是一个印章或者钤记。但是使我痛心的是还欠缺了什么——我想象的文件的正文——联系上下文的文字。”

“我想你是在盼着发现印章和签名之间的文字吧。”

“就是那样的东西。事实是，我有一种不可抗拒的感觉，这中间一定存在

---

① 基德船长，十七世纪英国海盗，名字原意即“羔羊”，传说他的财宝埋藏在美国纽约附近的海岛上。——译者注

一笔巨大的财富。我难以说明这是为什么。也许，到头来只是一种愿望，而并非信以为真。但是你知道朱庇特说那句傻话，就是说那甲虫是真金的，在我的幻想中起了什么特殊的作用吗？那一连串的巧合和奇遇，实在是太离奇了！这些事情偏偏都发生在一年里的仅仅这一天中间，难道不是巧合！而且那天偏巧冷得要生火，要是没有火，或是那条狗不是刚巧在这个时候跑进来，我就根本不会去注意什么头盖骨，也就根本不会得到那笔财富。你发现这有多巧了吗？”

“说下去，我等不及了！”

“好吧，你当然听说过许多流传的故事，成千上万的关于基德一伙埋藏财宝的荒唐谣传，说是就在大西洋沿岸。这些谣传想必是有什么事实根据的。在我看来，这些谣传传了那么久，那么不断，这表明这批宝藏至今还没有被发掘出来。如果基德把他的赃物不过暂时隐藏一下，以后再去找出来，那么这谣传就很难以各种各样的说法流传到我们耳朵里。你会听到人们讲的种种关于寻找钱财的故事，而不是发现钱财的故事。如果海盗取回了他的钱财，这种事情就没有人会再提起了。在我看来，有些意外——譬如说丢失了指明埋藏地点的备忘录——使他没有办法再找回它，而这个意外却被他的同伙知道了。以前他们根本不知道财宝是藏在哪里的，而且徒劳地到处乱找，由于没有线索，根本没有办法找到，于是就产生了到处都在流行的谣传。你听说过在这海岸边上发掘到什么宝藏了吗？”

“从没听说过。”

“但是基德积下的家当可了不起，大家都知道。因此，我也想当然，认为仍旧在土里埋着。你会毫不奇怪，我对你说，我觉得有一种希望，几乎可以肯定的希望，这片意外找到的羊皮纸，上面有失落了的埋藏财宝的地图。”

“那么你是怎样进行的呢？”

“我把羊皮纸又烤在火上，把火加旺，但是什么也没有出现。当时我想，纸上那层脏东西是否与我的失败有关？于是我仔细地在羊皮纸上浇了些温水，然后把它放在一个平底铁锅里。几分钟后，铁锅完全被烤热了，我把纸片取出来。我高兴极了，发现纸上有些地方出现了斑斑点点，好像是横排成行的数目字。我再一次把它放进铁锅，又烤了一分钟。取出来后，整个东西就是你现在看到的样子。”

此时，莱格朗已把羊皮纸又烤过了，拿给我看。下面的这些红色字符，是潦草地写下的，就在骷髅和羊羔之间：

```
53‡‡†305) )6*;4826)4‡.)4‡);806*;48†8¶60) )85;]3*
;:‡*8†83(88)5*†;46(;88*96*?;8)*‡(;485);5*†2:*‡
(;4956*2(5*—4)8¶8*;4069285) ;)6†8)4‡‡;1 (‡9;48081
;8:8‡1 ;48†85;4)485†928806*81(‡9;48;(88;4(‡?34;48)
4‡;161;:188;‡?;
```

“但是，”我说着把纸片还给他，“我仍旧糊里糊涂。即使戈尔孔达①所有的珍宝只等着我解开这个谜去取，我敢肯定我也无法拿到手。”

“然而，”莱格朗又说，“要解开它也并非太难，只要很快地把这些数字看一遍，就会引起想象。这些数字很容易猜到，无非是密码，也就是说，它们代表一种意义。不过，从对基德这个人的了解看，我设想他并没有构思十分难解的密码的能力。我立刻想到，这是很简单的一种，就像一个水手的头脑里想得出来的那种，没有密钥也能破译。”

“那么你破译了？”

“当然。我破译过比这困难上千倍的密码。当时的情况以及头脑的癖好，引起了我猜这种谜的兴趣。使人怀疑的是，人们的才智能不能构思出一种谜，让人们用普通的方法予以破解。事实上，一旦与看得清楚的字迹有了联系，我简直想都不用去想对其中含义的理解有什么困难。

“眼前的这种情况——它的确是一种加密的文字——首先的问题是搞清密码用的是什么文字。因为按照破译的原则，特别是牵涉到简单的密码，就得依靠，或者演变成为特殊的一种语文。一般地说，破译的人别无他法，只有根据其可能性，用他们知道的每一种语言一一来试，直到他找到了正确的答案。但是，我们面前的密码，却由于有了签名，而解决了困难。‘基德’这个字是一个双关语的绰号，只有在英文中才能明白，要不是这个原因，我就试试西班牙文和法文了。因为西班牙航线②上来往的海盗自然而然会用这两种文字写下他们的这种机密，所以我就设想这种密码就是英文。

“你看在这些字与字之间没有空格。如果有，那就很容易了。在这种情况下，我要从短字的核对和分析开始。如果遇到一个短字，比如像 a 或 I 这样的字，我就认为破译成功。但是由于没有空格，我的第一步就是确定使用得最少的字和最频繁的字。我把它们数了一下，列成这样的一个表：

文中 8 有 33 个。

；有 26 个。

4 有 19 个。

‡和）各有 16 个。

＊有 13 个。

5 有 12 个。

6 有 11 个。

† 和 1 各有 8 个。

0 有 6 个。

9 和 2 各有 5 个。

---

① 印度的古城堡，以产钻石闻名。——译者注

② 指十五、十六世纪西班牙商船队来往于东西半球的航线。——译者注

：和3各有4个。

？有3个。

［有2个。

］和．各有1个。

“在英文中，最常用的字是e。依次接下去，是a o i d h n r s t u y c f g l m w b k p q x z。因此e所占的地位特殊，无论一句句子多么长，这个e字很少不作主要的字的。

“到这里，从一开始，我们的根据就不仅仅是猜测而已。这张表的用处是显而易见的，但是，在这种特殊的密码里，我们却只需要部分地使用。主要的字既然是8，我们就可以开始把e作为当然的字母。为了证实这假设，让我们注意这8是否经常成对地出现，因为e在英文里就是成对地出现的，例如meet，fleet，speed，seen，been，agree，等等。在目前这例子中，我们看到它有五次成对，尽管这密码不长。

“于是让我们假设8就是e。现在英文中所有的字，the是最常用的。那么，让我们看看，是不是有三个字是不重复的，在同样排列的次序中，它们最后的一个字是8。如果我们发现了这些字的重复，这样的安排，它们很可能就代表the。在观察中，我们发现不下七处这样的安排，这文字就是‘；48’。因此，我们可以假设分号代表t，4代表h，8代表e——最后的这个是确定无疑的了。这样，就跨出了很大的一步了。

“但是，单独的一个文字已经确定，我们就能确定很重要、很广泛的一点，那就是说，其他文字的开头和结尾。例如，拿倒数第二个‘；48’的组合来试试看——它离密码的结尾不远。我们知道，分号紧跟着一个文字的开头，跟在这个the后面的六个字，我们只认出了五个。让我们把这些字写下来，它们代表的是什么字，给未知的字留下空位——teeth。

“在这里我们可以立即去掉这th，因为它不形成这个以t开始的字的一部分。以整个字母表来试填空缺，我们还是发现没有字母可以与这个th形成一个字。于是我们缩短成tee。于是像前面那样，再在字母表中寻找，我们找到了文字tree，那是唯一可能读通的。我们同时也得到了另一个字r，是用（来代表的，与the tree相并列。

“从这些文字往下看，不远处，我们又看见了‘；48’的组合，用来作为前面的结尾，我们就有了以下的排列——

the tree；4（‡？34 the，

或者以已知的平常的字母代替，就成了——

the tree thr‡？3h the。

“现在，我们把那个不知道的字空着，或者写上小点，我们就得到了——

the tree thr…h the，

这时候htrough这个字一下子就明确了。这个发现又使我们认出了三个新字：

o，u，g，代表‡？和3。

“现在仔细地看密码中未知字的组合，我们就发现，离开头不远，有一组这样的排列——

83（88，或者译成 egree，

这显然是 degree 的结尾，由此而给了我们另一个字 d，由 † 代表。

“degree 后面有四个字，我们看到的是这样的组合：

；46（；38＊。

“把已知的字译出，未知的字以小点代表，像前面那样，就得出——

th·rtee·

“这样的排列立即可以看出文字 thirteen，于是又给了我们两个新字 i 和 n，代表 6 和＊。

“现在，联系到密码的开始，我们发现了这样的组合——53 ‡‡ †。

“像前面那样翻译出来，就得到——

·good

这就使我们肯定第一个字是 A，开头两个字是 A good。

“为了避免混乱，现在需要把我们的线索进行一番整理，把已发现的列成一个表。其结果如下——

5 代表 a

† 代表 d

8 代表 e

3 代表 g

4 代表 h

6 代表 i

＊代表 n

‡代表 o

（代表 r

；代表 t

“于是我们就知道了不少于十个最重要的字代表的意义了，那就不再需要破译的细节了。我所说的足够说服你相信这样的密码是很容易破译的，并且让你见识一下这些密码发展的基本原理。但是要明确，我们面前这种类型属于最最简单的密码。如今只需要把这些羊皮纸上的字全部译出，就破了这个谜，译文是：

“‘一面好镜子在主教栈房内魔鬼的座位二十一度与十三分东北和偏北主干的第七根树枝东边从骷髅的左眼射击从树下引一直线通过子弹延伸五十英尺。’”

“但是，”我说，“这谜语仍旧使人难以解释。怎么可能从这些乱七八糟的话，什么‘魔鬼的座位’、‘骷髅’和‘主教栈房’里弄清什么意义来呢？”

“我承认，”莱格朗回答，“如果马马虎虎地看一眼，这件事情仍然看来不易。首先我下工夫将这句话按编密码者的原意分为自然段落。”

“你的意思是加上标点？”

“就是这样。”

“那么能起什么作用呢？”

“我猜想，写字的人不把这些字分开，自有其目的，是为了增加破译的困难。这样，一个不太精明的人，在这样做的时候差不多总会做过头。他在构思的时候，写到应该停顿的地方，或者需要加点之处，他却照样把字接连地写下去，凡是这样的地方，总是故意地靠拢一些。以现在这个为例，如果你把纸片观察一下，很容易发觉有五处特别靠拢。根据这个道理，我把它们如下分句：

“‘一面好镜子在主教栈房内魔鬼的座位——二十一度与十三分——东北和偏北——主干的第七根树枝东边——从骷髅的左眼射击——从树下引一直线通过子弹延伸五十英尺。’”

“即使这样区分，”我说，“我仍然什么也不明白。”

“我也并不明白，”莱格朗回答，“闷了我好几天。这期间，我到处询问沙利文岛上的邻居，有没有一座房子名叫‘主教客店’，因为，当然了，我不说什么栈房这种老话。但是没有什么结果，我就扩大了搜寻范围，采取更系统的办法调查。后来，有一天早晨，我忽然想起来，这个‘主教栈房’也许指的是一个古老的家庭，姓氏为茨敖。许多年以前，那家曾经有过一座古老的巨宅，大约在本岛北部大约四英里处。于是我就去了那个庄园，重新询问当地的那些老黑人。终于，有一个最老的老太婆说她听说过一个叫‘茨敖城堡’的地方，也许能把我带到那里去，不过，她说那里不是什么城堡，也不是栈房，而是一块高大的岩石。

“我表示给她一笔钱作为酬劳，她犹豫了一下，便同意把我带到那里。我们并没有费多大劲儿就找到了。后来她走后，我就在这地方观察起来。所谓‘城堡’包括一些不规则的山崖和岩石，其中有一块又高又大，巍然兀立，好像是人工堆成的。我爬到了顶上，站在那里，不知道下一步该怎么办。

“我正在这样动脑筋的时候，眼睛看见了这块巨岩东边的一道岩脊，就在我站着的岩顶下面一码的地方。这道岩脊凸出大约有十八英寸，不到一英尺宽。岩壁上有一个壁龛刚好就在它的上面，粗看上去，真像我们祖先使用的一把凹背椅子。毫无疑问，我想这就是在羊皮纸里提到的‘魔鬼的座位’了。到此，我好像已经掌握了这个谜中的全部秘密。

“至于所谓的‘一面好镜子’，指的无非是望远镜，因为‘镜子’对于水手来说从来不会指其他东西的。想到这里，我立即觉得需要使用望远镜，站在一个特定的观察点上，不能变换地方。我也完全相信那句‘二十度与十三分’，以及‘东北和偏北’，都是举镜观察时对准的方向。对于这发现，我大为激动，立刻回到家里，弄到一个望远镜，又回到了岩石上。

“我走下岩脊，发现不可能把它当做一张椅子坐下，除非采用一种特殊的姿势。这事实证明了我的预测。我立刻举起了望远镜。当然了，那‘二十一度与十三分’指的无疑是地平线以上的高度，既然地平线的方向指得很明确：‘东北和偏北’。按照这个方向，我使用了一个袖珍指南针，于是我凭着猜测，举起望远镜，接近了21度的高度角，仔细地上下移动，直至我注意到远处一棵高于周围树木的大树。树冠上有个圆形的缺口吸引住了我。在隙缝的中间，我看见了一个白色的东西，但是起初看不清楚是什么。我调整望远镜的焦距，重新看了一下，看出来那是一个头盖骨。

“这个发现，使我大为乐观，以为这个谜已经解开了，因为那句‘主干的第七根树枝，东边’指的只能是树上头盖骨的位置，而那句‘从骷髅左眼射击’也只可能有一种解释，就是寻找埋藏的财宝的方法。我看到草图画的是从头盖骨的左眼里射下一颗子弹，而那根直线，是从树干最近处穿过子弹（或者从子弹落下的地点），延伸出一段五十英尺的距离，准是指一个明确的点。在这个点下面，我想至少有可能埋藏着什么有价值的东西。”

“所有这一切，”我说，“都十分清楚，尽管巧妙，却简明易懂。等你离开‘主教栈房’后，又怎么办了呢？”

“当然，我仔细看清了大树的位置，就回家了。但是当我离开‘魔鬼的座位’时，那圆口消失了，后来我回来时也再没有看见它。我看这就是这事情的主要巧妙之处（因为反复试验使我相信这是事实），因为这圆形的缺口只有在一定的视界以内才看得见。

“这次到‘主教栈房’去探险，我是带着朱庇特一起去的。他无疑看到了过去几周里我神不守舍的样子，因而不让我一个人独处。但是，第二天一早起来，我瞒着他溜了出去，到山上去找那棵树。花了不少力气，我找到了它。晚上我回家时，我的仆人想揍我一顿。以后的那些奇遇，我想你跟我一样，都是一清二楚了。”

“我以为，”我说，“第一次发掘的时候，你没有找到那个点，都是因为朱庇特太蠢，让甲虫错从头盖骨的右眼落下来而不是从左眼。”

“确是这样。这个错误造成了‘射出的子弹’大约差了两寸半，也就是说，跟最靠近树的木橛的位置差了两寸半。如果那财宝是在‘子弹’之下，这错误也算不了什么。但是，这‘子弹’以及最靠近树干的点，不过是一条直线之间的两个点。当然，这误差开头时尽管算不了什么，可是在我们跟着线走时，却加大了；等到我们走过五十英尺，就完全离谱了。要不是我坚信这财宝就在这附近埋着，我们这些劳动就完全白费了。”

“我想，这骷髅的设想，从骷髅的眼睛里落下一颗子弹，是海盗旗使基德想起来的。如果他用这种奇特的标志来重新获得他的金钱的话，应该是觉得有一种诗意。”

“也许是这样，然而我还是不得不想起常识优于诗意。那个东西很小，要从魔鬼的座位上被看到，就必须是白色的。那就只有人的头盖骨能够在露天的天气变化之中保持或者增加其洁白的颜色了。”

“但是你说那些大话，还把甲虫来回挥舞，是多么的古怪！我断定你是疯了。你为什么坚持让甲虫从头盖骨上落下来，而不是子弹呢？”

“坦白说，我被你那种明显的疑心惹恼了，而你却以为我真疯了。我决定暗中用我的方式惩罚你一下，故意弄得很神秘。因此我就把甲虫挥来挥去，而且让它从树上落下。你说那甲虫沉重得很，才使我想起让它从树上落下的。”

“是的，我看到了。如今只有一个问题使我弄不明白：那坑里的尸骨是怎么回事呢？”

“这问题我也弄不明白。好像只有一种解释！看来，我的设想也有点儿可怕。显然是基德干的！如果基德真是把财宝看作机密，那么我毫不怀疑，一定是有人帮他埋藏的。但是埋藏完毕后，他就下狠心把参与其事的人灭了口。他的帮手还在坑里忙着的时候，只消用锄头来两下子就足够了，说不定要来十几下呢——谁知道！”

失窃的信

过分的机灵实在可恶。

——塞内加①

一八××年秋天，一个多风的黄昏。天刚暗下来，我在巴黎和一位名叫奥古斯特·杜邦的朋友一起在他那位于圣日耳曼郊区多诺路三十三号四楼的住宅里的那间小小的后书房，或者称为图书室里，一边沉思默想，一边抽着海泡石烟斗，沉浸在其乐无穷之中。我们两个人至少有一个来小时保持着沉默，没人开口。在旁观者看来，我们仿佛都专心沉溺于恶化室内空气的袅袅烟雾之中。至于我，我是在思考傍晚早些时候我们两个人谈话中涉及的一些问题，就是莫格街凶杀案和玛丽·罗杰谜案。因此，此时房门被打开了，我们的老相识葛先生，巴黎警察局的总监，走了进来，这真是一件巧事。

我们热情地欢迎他。此人惹人生厌，但另一方面又相当有趣，我们好几年没有见过面了。我们坐在暗处，这时杜邦站了起来，想去点一盏灯。他还没有点，就又坐了下来，因为他听见这位葛先生说他是来跟我们商量，征求我们这些朋友的意见的，他办的公事发生了十分棘手的情况。

“如果需要动动脑筋的话，”杜邦说，缩手没有去点灯，“我们最好还是在暗处研究。”

“这又是你的古怪念头。”总监说，他有个口头禅，把他不理解的事情都说成“古怪”，因而绝对是生活在一大堆“古怪”之中了。

“这是真的。”杜邦回答，给来客一只烟斗，把一把舒适的靠椅推了过去。

“那么有什么棘手的情况了?”我问，“希望不再是什么谋杀了!”

---

① 塞内加，公元前一世纪罗马哲学家。——译者注

“噢，不是，不是那种事情。事实是，这公事很简单，我不怀疑我们有足够的办法处理它。但是我想杜邦会想听听它的详细情况的，因为这事情太古怪了。”

“又简单，又古怪。”杜邦说。

“就是这样，但又不是这样。事实是，我们都被它弄得糊里糊涂了，因为事情很简单，然而我们都解决不了。”

“或许事情太简单，使你们犯了轻敌的错。”我的朋友说。

“你说的是什么废话呀！”总监开心地笑着说。

“或许这秘密有点儿太明白了。”杜邦又说。

“唉，老天爷啊！谁听说过这样的话？”

“有点儿过于明显了。”

“哈！哈！哈！嘀！嘀！嘀！”客人大笑起来，觉得十分有趣，“杜邦啊，你真要把我笑死了。”

“那么，说出来吧，到底是什么公事？”我问。

“当然，我会告诉你们的，”总监回答，沉思着狠狠地长长地抽了一口烟，在椅子里坐了下来，“只几句话我就会告诉你们。但是我在开始以前，要警告你们，这是一件绝对保密的事，如果我被发觉泄露给别人，说不定要丢掉官职的。”

“讲吧！”我说。

“要不别讲！”杜邦说。

“还是讲吧。我从上头得到机密情报，有份十分重要的文件，被人从王宫里偷走了。偷盗者是谁，已经查清了，有人亲眼看见的，并且知道这文件还在偷盗者手里。”

“怎么知道的呢？”杜邦问。

“文件的性质，”总监回答，“清楚地说明了这一点，而且至今还未见后果。如果它从偷盗者的手中转移了出去，立即会发生某种后果的，这说明他想利用它，因为他一定想到了最后必须利用它。”

“说得明白一点儿！”我说。

“好吧，我想说明的是，这文件使占有者在某个场所产生了某种权力，而这种权力是极有价值的。”总监用了一堆外交辞令说。

“我仍然不太明白。”杜邦说。

“还不明白？好吧。这文件如果被第三者看到了，且不说这第三者叫什么，就会对一位地位十分重要的人物的名誉产生影响。这个事实使占有文件的人对那位名誉地位岌岌可危的重要人物占了上风。”

“但是占这种上风，”我插嘴说，“要看偷盗者知不知道失窃者已经知道了是谁偷的。有谁敢——”

“这偷盗者，”葛总监说，“就是狄部长。他什么都敢做，体面和不体面的事都做，偷盗的方式又机灵又大胆。这份文件——说白了，也就是一封信——是失窃的人独自在王宫内室里时收到的。她正在仔细地念着的时候，突然被闯进来的另外一位要人打断了。面对这个不速之客，她很希望把信藏起来。她匆匆忙忙地想把它塞进抽屉却没有塞成，不得已，就把它敞开着放在桌子上了。尽管封皮上的地址在最上面，内容却看不到，这封信就没有被注意。就在这当口，狄部长进来了。他那山猫眼立刻看见了那封信，认出了地址的笔迹，注意到收信者的窘态，看穿了她的秘密。谈了一会儿公事，他以惯常的举止匆忙地取出了一封信，跟那封信有点儿相像的信，把它打开，假装看了一会儿，然后放下，就放在那封信的旁边。他又谈了些公事，谈了大约十五分钟。最后，在他走出去的时候，带走了桌子上那封与他没有关系的信。这封信的合法所有者看见了，但是，当然了，不敢对这行为声张，因为有个第三者正站在她身边。部长离开了，把他自己那封信——无关紧要的信——留在了桌子上。”

“那么，说到这里，”杜邦对我说，“你明白偷窃者确实占了上风——偷盗者知道被偷盗者明知自己被盗了。”

“是的，”总监回答，“几个月来他充分使用获得的优势，来达到政治目的，已到了十分危险的程度。被偷盗者一天比一天地确信，有必要收回她的信。但是这事当然不能公开地干。一句话，她简直是绝望了，就把这件事情委托给了我。”

“我想，”杜邦在弥漫的烟雾中接着说，“真是再也找不到像你这样的聪明之辈，甚至是想都想不出来。”

“你在吹捧我。”总监回答，“但有这可能，别人倒也有这看法。”

“很明显。”我说，“按照你的观察，这封信仍然在那位部长手里。既然在他手里，又还没有用它，因而才有作用。一旦使用了，就不会起什么作用了。”

“的确，”葛总监说，“根据这一点，我就着手办案了。我的第一个步骤就是要把部长的公馆彻底地搜查一番，我的主要困难是如何搜查了却不让他发觉。除此之外，我还受到警告，万一他对我们的计划起了疑心，就太危险了。”

“不过，”我说，“你搞这种调查是相当内行的。巴黎的警察以前干这种事情的可多了。”

“是的，因此我才没有失望。部长的习惯，给了我有利的条件。他经常整夜不在家。他的仆役也不多。他们都睡在离主人房间较远的地方，而且由于他们大多数是那不勒斯人，一喝酒就醉。你们知道，我有钥匙，用它们，我可以打开巴黎的随便哪个房门。三个月来，没有一夜我不是充分利用的，我独自一人在狄部长的公馆里搜索。这事与我的名声有关，何况还有个极大的秘密，即报酬也不少。因此我一直没有放弃搜查，直到有一天我完全确信那个贼比我机灵。我觉得我已经把这住所可能藏信的每一个角落都搜遍了。”

“然而这是不可能的，”我提醒他，“尽管这封信显然是在部长的手里，难道他不会把它藏在别处而不藏在自己家里？”

“这也完全有可能，”杜邦说，“按照现今宫中的特殊情况，尤其是狄部长牵涉进去的阴谋，很快就会使这文件大有用处。因此，要便于将它立刻拿出来，这一点跟占有它同样重要。”

“立刻拿出来？”我问。

“也就是说，便于毁坏。”杜邦说。

“的确，”我说，“这文件显然就在他的住所。至于说到它就在他本人身边，我认为是不可能的。”

“完全正确，”总监说，“他两次遇到路劫，好像是拦路盗贼干的，我都发现他的身上受到了彻底的搜查。”

“这倒省得你自己麻烦了。”杜邦说，“我认为狄部长不是一个傻瓜，既然不是，他就料想得到这种路劫，这是毫无疑问的。”

“他不是一个傻瓜，”葛总监说，“却是一位诗人，我看跟傻瓜只差一点儿。”

“对，”杜邦说，沉思了一会儿，抽了口烟，“尽管我本人也写过一些歪诗得罪了人。”

“你把搜查的详细情况说一说吧。”我说。

“事实是，我们充分利用时间，到处搜寻了一遍。对这种事情我有经验。我把整幢房子一间一间地进行搜查，用了整整一星期的所有晚上。我们首先检查每套公寓的家具。我们打开了每一个抽屉。我想你大概知道，一个经过训练的侦探，秘密抽屉是不可能不被他发觉的。在这样的搜查中轻易放过一个秘密抽屉，那可真是傻瓜了。事情明摆着，每个柜子都有体积，占有空间，可以计算。何况我们还有准确的尺子。一丝一毫也逃不过我们的眼睛。查过柜子，查椅子。我们用长的细针测试每一个椅垫；对付桌子，我们就把桌面拆开。”

“为什么这样做？”

“有时候桌面，或者同样结构的家具，可以拆下来藏东西。他把桌腿掏空，把东西藏在里面，盖上桌面就行。床柱的上面下面，也都可以这样做。”

“不过中间的空心，不是敲一敲就听出来了吗？”我问。

“不行，东西放进去以后，周围就会被填塞足够的棉花。何况，在我们的这种情况下，不能弄出任何响声。”

“但是你们不可能把所有可能藏东西的家具都像你说的那样拆开来看啊！比如，一封信可以卷成一小卷，形状像一根大号编织针，这就可以塞在一把椅子的横掌里。你们没有把所有的椅子都拆开来吧？”

“当然没有，不过我们干得更好。我们把公馆里的每一把椅子的横掌，每一件家具的接榫，都用高倍放大镜进行过探察。如果哪个地方最近有什么变动，我们会立时看得出来。比如说，一小颗木屑，就能像一个苹果那样明显；任何胶粘不合的地方都逃不过去。”

“我想你们该看看镜子，看看镜面和底板，也测试一下床铺、被褥、窗帘和地毯等等吧。”

“那当然喽。我们用这方法把每一件家具都检查完毕之后，就检查房子本身。我们把它分为几个部分，编了号码，不让一间漏掉，然后把房子的每一个平方英寸都仔细地察看了，包括隔壁的两间房子，也都像前面那样用了高倍放大镜。”

“隔壁的两间房子！”我不禁喊起来，“你们这是自找麻烦了。”

“是的，可是那笔报酬却不小呀！”

“你们的检查也包括房子的地面吗？”

“所有的地面都铺着砖。我们检查了砖缝里的青苔，发现没有变动。”

“当然，狄部长的文件和图书室的藏书你们也都查看过了？”

“没问题，我们打开了每一个纸包，每一个纸夹。我们不仅翻了每一本书，而且是一页一页地翻过，并非只是拍一拍，抖一抖，像我们的那些警官那样。我们测量了每本书封面的厚度，使用了最精密的厚度计，而且都用高倍放大镜检查过。如果有哪本书的装订新近变动过，根本不可能瞒得过。有五六本书刚装订过了，我们都用针仔细地朝纵向插试过。”

“你们检查过地毯下的地板吗？”

“不用说了。我们把每一块地毯都挪开，用高倍放大镜检查了地板。”

“墙上的壁纸呢？”

“也检查了。”

“你们到地下室看过吗？”

“看过。”

“那么，”我说，“你们是估计错误了，那封信不在住所里，不像你设想的那样。”

“我看你说得对！”总监说，“如今，杜邦，你看我怎么办才好？”

“把住所重新仔细地搜查一遍。”

“根本用不着了，”葛总监回答，“我能像肯定我在呼吸那样地肯定，这封信根本不在公馆里。”

“我没有更好的建议给你了，”杜邦说，“当然，你可以详细地描述那封信！”

“那当然！”总监取出记事本，开始念起关于那封失踪信件的外观和内容来。他一念完，就告辞走了，精神更加压抑，完全不像我从前看见的那副愉快的模样。

大约过了一个月，他又来看我们，看见我们差不多仍旧像上回那样。他拿了一支烟斗，坐下聊起闲话来。后来我问他：

“喂，葛总监，那封被偷盗的信怎么样了？我想你根本斗不过那位部长吧？”

“去他的！我说——是的。我真的重新去检查了一下，就像杜邦说的，但是一切都是白费，我知道会落得这么个下场。”

“你说过，有多少报酬？”杜邦问。

“是的，相当多，真是相当多！我不想准确地说是多少，但是有一件事我要说：如果有人能够给我把信找回来的话，我不在乎付给他一张五万法郎的支票。事实上，它变得一天比一天重要了。这报酬最近也加了倍。不过，就算能加三倍，我也只能如此，别无他法了。”

“怎么了？”杜邦抽着烟，慢吞吞地说，“我真的以为，葛总监，你没有完全尽力把事情做到底。我想你还可以多干些，是吗？”

“怎么会！用什么法子？”

“可以啊，”他吐着烟，“你可以请人家帮忙，不是吗？你记得人家讲的阿培尼撒①的故事吗？”

“不记得了，该死的阿培尼撒！”

“当然喽，他该死，太好了。但是在从前，有个有钱的吝啬鬼想了一条计策，想哄骗这个阿培尼撒免费说出一种医疗意见。他故意私底下跟他闲谈，把自己的病情说成别人的情况，讲给这位医生听。

“‘我们假设，’吝啬鬼说，‘这种症状是如此这般的。现在，大夫，你会建议他接受什么东西呢？’

“‘什么东西？’阿培尼撒说，‘当然是接受忠告了！’”

“但是，”总监说，显得有点儿不自在，“我十分愿意接受忠告，而且要为此付出代价。我真的要付五万法郎，给任何一个肯帮助我的人。”

“如果是这样，”杜邦拉开了抽屉，取出支票簿，“你还不如照这个数签一张支票给我。你签了字，我就把那封信给你。”

他这话使我十分惊讶。而那总监简直像被雷劈了一样，目瞪口呆地默不作声了好几分钟，难以置信地望着我的朋友，眼珠子差点儿没掉出来。后来，他终于恢复了过来，抓过一支笔，停顿了一会儿，又抬眼望着天空，终于填写了支票，数目为五万法郎，并签上名字，从桌子对面递给了杜邦。杜邦仔细地看了一下，就夹进他的记事本里；然后，他打开书桌的锁，从里面取出一封信，交给总监。这位官吏高兴得立刻把它捏住，手颤抖着把它打开，对它的内容很快地扫了一眼，然后摇摇晃晃地勉强走到门口，毫无礼貌地冲出房门，跑出去了。自从杜邦叫他签了这张支票以后，他没吭过一声。

他走后，我的朋友做了一些解释。

---

① 阿陪尼撒，英国十八世纪时的一位名医。——译者注

“巴黎的警察，”他开始说，“都很能干。他们执着、机灵、狡猾，精通本职工作。因此，葛总监把他搜查狄部长公馆的详情告诉我们时，我完全相信他是全力以赴地侦查过了的——只要他的能力所及。”

“只要他的能力所及？”我问。

“是的。”杜邦回答，“他们采用的方法不仅是最佳的，而且面面俱到。如果那封信就在他们的搜查范围之内，毫无疑问，他们肯定会找着的。”

我听了，笑了起来，但他可说得一本正经。

“因此，”他继续说，“这方法是好方法，做得也不差。他们的失误就在于用的不是地方，不是对象。这位总监的相当聪明的办法，就是一种普洛克路斯的床①式的办法。他生搬硬套地实行自己的计划。但是处理这件事情，他做得不是不够，便是过头，因而总是犯错误，还不如许多小学生呢。我认识一个大约八岁的学生，他猜‘单数双数’从来都很成功，人人都佩服他。做这游戏很简单，用的是石头弹子。一个被猜的人手里握着几个弹子，要求另外一个人猜手中是单还是双。如果猜对了，猜的人就赢一个；如果猜错了，他就输一个。我说的那个学生赢了全学校所有学生的弹子。当然，他是根据几条原则猜的，那完全是靠对于对手的观察，估计他是否机灵。譬如，他的对手是一个傻乎乎的人，握紧了拳头就问：‘是单是双？’我们这位学生回答‘单’就输了。但是第二次他就赢了，因为那时候他心想：‘这个傻瓜第一次是双，他所有的智慧足以使他第二次来一个单，所以我再猜单。’于是他猜单，他就赢了。现在，他遇到了一个比那傻瓜还精明的傻瓜，他心里想：‘这家伙看见我第一次猜的是单，这是第二次，他熬不过第一次的冲动，会来点儿简单的变化，从双变成单，就像那第一个傻瓜一样。’但是又一想，这么变化未免太简单，于是他决定像上一次一样猜双。‘我猜双！’于是他又赢了。这个学生的这种推理，人家都说是‘运气’，其实到底该怎样说呢？”

“无非是，”我说，“推理者摸透了他的对手的心理罢了。”

“是的，”杜邦说，“我问了那学生，用什么法子摸透对手的心理而赢他呢？他这样答复我：‘当我想看出对方是聪明，是愚笨，是善良，是可恶，或者他当时在想什么，我就使我脸上的表情尽可能地和他脸上的表情相一致，然后等着看我心中会产生什么样的念头或感情，来跟那表情相符合。’这学生的答复就是一切貌似深奥的理论的根源，如像罗契福戈②、拉·蒲基弗③，直到马基亚维利④和康帕内拉⑤的理论根源，都是如此。”

---

① 传说希腊强盗普洛克路斯把抓来的人绑在床上，比床长的人砍去一截，比床短的人拉得和床一样长。——译者注

② 罗契福戈，法国作家。——译者注

③ 拉·蒲基弗，法国哲学家。——译者注

④ 马基亚维利，意大利著名政治家。——译者注

⑤ 康帕内拉，意大利哲学家、诗人。——译者注

"至于推理者摸透他的对手的心理，"我说，"如果我没理解错的话，就全靠对于其对手的头脑的正确估计了。"

"其实用价值就在于此。"杜邦说，"总监及其部下屡屡失败，首先就是没有摸透对方；其次是估计错误，或者还不如说根本没有对他们的对手的头脑做什么估计。他们只认为自己的想法很聪明，于是在搜寻藏起来的东西时，只想到自己要藏时怎么个藏法。在这方面他们是对的——他们的聪明忠实地代表了一般人的聪明。但是遇到那个偷盗者很狡猾，跟他们的思路不同时，偷盗者当然就骗过了他们。这种情况对手总是占上风，占不到上风的情况是很少有的。他们搜查的原则没有什么变化，最多只有在非常的情况下，例如有高额的赏金，他们才夸大他们那老一套的方法，但是也不敢动一动原则。譬如说，在狄部长这一事件中，他们改变了行动的原则吗？这一切的钻探、测试、敲打、用放大镜细察、把住所的面积分成编号的平方英寸，等等，是一整套搜查原则或者一种原则的夸大运用而已。这原则的基础还不就是出于对人类智慧的一种看法！而这位总监由于长期办案，已经完全习惯了。你难道没有看出他想当然地认为所有的人要藏那封信？如果不是在打了洞的椅子腿里，至少也在什么秘密的洞穴或者角落里。这些想法都出于把信藏进打了洞的椅子腿里的这种念头！你难道也没有看出这种搜寻不过是一般的情况，不过是动了一般的脑筋？但是在一切藏东西的例子中，藏东西的地点在这种情况下是会被首先料到的。因此，要找到它，并不靠什么精明能干，只需要仔细、耐心以及寻找者的意志。如果这案件很重要，或者附有政治风险，赏金也相当高，那么这成问题的事情就不可能失败。如今，你懂得了我的意思吧，就是那封被偷盗的信如果就藏在总监所检查的范围之内，换句话说，如果藏东西的原则与总监搜查的原则相符合，那么要找到它根本没有什么问题。但是这位官员却把它神秘化了。他失误的重要原因就在于把这位部长看作一个傻瓜，因为他有诗人的名声。所有的傻瓜都是诗人，这个总监就是这样想的。他的错误就是因果倒置，把所有的诗人都看作了傻瓜。"

"他真是诗人吗？"我问，"他们两兄弟，我知道，在社会上都相当有名。我相信部长写过微积分学专论，所以他是数学家，不是诗人。"

"你错了，我对他很了解。他两者兼备，是诗人也是数学家，精于推理。如果仅仅是数学家，就不会那么推理了，那就要栽在总监的手里了。"

"你真叫我吃惊，"我说，"你的这种意见，与世人的意见正相反。你不想否定几世纪以来公认的看法吧！数学推理早就被公认为最好的推理了。"

"并不见得，"杜邦回答，引用了尚福①的话，"'一切公众的见解都被人接受，是件蠢事，因为它迎合了多数的人'。我同意你说的，数学家尽了他们的力，来传播你所提到的公众谬误，即使当成真理传播，也仍然是谬误。有

① 尚福，法国文学家。——译者注

一种比较好的巧妙手段，譬如，他们把‘解析’这个词应用到代数上去。法国人就是这个特殊骗局的创造者，但是一种名称如果确是重要的，如同拉丁文中‘ambitus’含有‘野心’之意，‘religio’含有‘信仰’之意，或者‘homines honesti’含有‘一群好人’之意一样，那么‘解析’就具有了‘代数’之意。”

“我知道，你正在进行争论，”我说，“是跟巴黎的一些数学家。请讲下去吧。”

“我反对那种推理的用法，以及价值，尤其是抽象逻辑之外的特殊形式。我特别反对数学研究所引申出的推理。数学是一种形式和数量的科学，数学推理不过是将逻辑应用于观察形式和数量。最大的失误在于将所谓纯粹代数的真理认为是抽象的或者是普遍的。这种失误实在厉害，我真不明白怎么会被普遍地认可。数学的原理并非是普遍真理的原理。比率是真实的——形式和数量的比率，然而譬如对于伦理学，却完全是错误的。在这门学科中，各部分聚合起来才等于整体这一原理通常并非真实。在化学方面，这原理也无效。考虑目的性，同样无用处。因为有两种目的，每一种都有其价值，而没有必要非合在一起才有价值，其价值分开来两两相等。还有许多其他数学上的真理，都不过是比率范围内的真理。但是由于习惯，数学家总是根据他们那有限的真理而争辩，仿佛它们具有绝对普遍的适应性——似乎世人确实认为如此。勃拉恩①在《神话》中提到一种失误的类似根源，这样说：‘尽管异端的寓言不被人相信，我们自己却经常忘记，把它们当做现实存在而加以推理。’然而，对于代数学家来说，他们本身就是异端，因此相信‘异端神话’，并且进行推理，与其说缺乏记忆，还不如说是由于脑筋说不清楚的糊涂。一句话，我还从未遇到过一位数学家，在除了平方根以外的领域里，可以让人信得过，或者一位数学家不是私底下坚决相信 x^2+px 是绝对的而且无条件地等同于 q 的。如果你高兴，不妨试着对这样的一位先生说，你相信 x^2+px 有时候并不完全等于 q，而且让他明白了你的意思，然后就赶紧从他那里逃走，因为他毫无疑问地会用力把你打倒在地的。

“我的意思是，”杜邦接着说，因为我对他的这种见解的反应是哈哈大笑，“如果这位部长仅是位数学家，那总监就没有必要给我这张支票了。不过我了解他，他既是数学家也是诗人，而我的估计符合他的能力以及他所处的境况。我知道他是位朝臣，也是位大胆的阴谋分子。我认为，这样的一个人不会注意不到一般的警务活动的。他不会预料不到——发生的事件证明他预料到了——他会遭到抢劫。我想，他已经预见到他的住所会遭秘密搜查。他夜间经常不在家，这对总监来说真是求之不得，肯定成功，但是我却只把它看作诡计。他故意造成机会让警察来搜查，因此尽快使这位葛总监相信，最后也

① 勃拉恩，英国神学家、神话作家。——译者注

确实相信了，那封信并没有在住所内。我也觉得，这一系列的思索过程，我都费力地对你讲清楚了，遵循的都是警务搜查的一套一成不变的原则。我觉得这一系列的思索过程必然在部长的头脑里出现过，不得不使他轻视一切一般性的藏匿手段。我想，他不可能如此愚蠢，看不出他公馆里最隐蔽和偏僻的地方会像他最普通的柜子那样被总监审视、摸索、钻探，还用放大镜检查过。因此，我想到，如果不是精心选择的话，他无疑地会被迫使用简单的方法。也许你还记得，总监第一次来看我们，我提出可能因为这秘密太明显了，所以困扰着他。”

“是的，”我说，“我还记得他那快乐的模样。我真以为他会在地上打滚呢。”

“物质世界，”杜邦接着说，“有许多与非物质世界类似的地方，因此，修辞学的定义就有了真理的色彩，什么暗喻、明喻，都可以引申出一个论据，也可以修饰叙事。例如，在物理学和形而上学里，惯性的原理仿佛是等同的。前者更为真实，因为推动一件巨大物体要比推动一件微小物体困难得多，随之而产生相应的惯性；而后者则认为，有才能的聪明人其行动比次一等的人更有力，更持久，更有效，不过在行进开头几步时，却不迅速，不果断，而且犹犹豫豫。再有，你是否注意到街上的店名牌号，是不是最引人注目?”

“我从来没有想过这一点。”我说。

“有一种用地图猜谜的游戏，”他接着说，“游戏的一方要求对方寻找一个地名——镇名、河名、州名或者国名，总而言之，在错综复杂、五颜六色的地图上寻找出来。一个生手总是以字体最小的名字来难倒对方，但是一个老手却选择直排的，字大的，从地图的这头直通到那头的名字。因此，这就如同街头那些大字体的牌号和广告，就是由于太显眼，反而很容易被人忽略掉。这种视觉的忽略，完全和聪明人忽略那些过分显眼、突出醒目的东西的心理状态一模一样。然而，这里看来是个关键，有点儿超过或者落后于总监的理解。他从来不曾想到那位部长也许，或者可能把那封信以一种最能防止世界上任何人察觉的方式，竟然就藏在众人的眼皮底下。

“但是我越是想到狄部长这种大胆、敢作敢为、细致聪明的头脑，就越是觉得他会把信经常放在手头，如果他真想为了什么目的而使用它的话。一旦总监得到决定性的证据，证明它并不藏在通常的搜查范围之内的话，我就更加确信这位部长真是足智多谋，因为他根本没有想把信藏起来。

“头脑里充满了这些想法，我就准备了一副墨镜，在一天早晨，突然去部长的公馆拜访。我看见狄部长正在家里，像平常那样百无聊赖，无所事事，装出一副闲散的样子。也许他是当今最有能力的一个人物，但是在没有人看见他的时候他却是这个样子。

“为了装得跟他一样，我抱怨我的眼睛不好，非得戴上一副眼镜不可。在眼镜的隐蔽下，我仔细地全面地扫视了一下整个房间，同时假装和主人聊天。

“我特别注意那张很大的写字桌，他就坐在它旁边，桌子上杂乱地摊着许多信件和纸张，还有几件乐器和几本书。然而，我在那里仔细地察看了许久，也没有发现什么特别能引起注意的东西。

“后来，我的目光环视了一下房间，落在一个纸板做的名片盒上，看来它没有什么大用处，只是用一根肮脏的蓝色缎带系着，挂在壁炉架中间的一个小铜球下面。这个盒子分三格或四格，里面塞着五六张名片以及一封信。那封信又脏又皱，当中几乎被撕成两半——好像起初作为无用之物而要整个撕毁，后来改变主意又留下了。信上有一个很大的黑色印章，‘狄’字很明显。信上的地址是女性的细小笔迹，致狄部长大人亲收。这封信很随意地插在盒子最上面的一格里，甚至看来毫不避人似的待在那里。

“我一看见这封信就明白了它就是我要找的东西。当然了，看起来它根本不像总监对我们描述的那个样子。这里的印章大而黑，有‘狄’字；而他所说的却是小而红的，有史家的公爵纹章。这封信的地址是给狄部长的，笔迹细小而女气；而他说的那封是致某个贵族大人的，笔迹粗大豪放。只有信笺的大小还算相仿。但是，这两者的区别那么明显，还有那肮脏、龌龊和被撕破的样子，都与狄部长的真正习惯完全不同，显然是故意让人看了以为这只是一份无用的信件。这些情况，再加上信件放在显眼的位置，来访者一眼就能够看得到，完全与我以前得出的结论相同。我说，这些情况，足以使满心生疑的来客充分地证实他的怀疑。

“我尽量拖长我的访问时间，同时起劲地与部长讨论一个我明知道会引起他的兴趣、使他振奋的题目，然而我的注意力却真正集中在那封信上。在这样观察时，我记住了它的外貌和在盒子内的模样，心想，终于有了发现，使我心中的一点儿疑惑有了着落。在细察这张纸的边缘时，我发现它没有必要地被擦破了，显出一副破旧的模样，就像一张硬纸，折叠了一次，用夹子压平，然后又反过来折叠，折缝和边缘都在原来的地方。这个发现就足够了。我已经明白，这封信已经被折叠过，跟手套那样，把背面翻了过来，重新写上了地址，重新盖上了印章。我向部长告辞，祝他早安，立刻就走，故意把金鼻烟壶忘在了桌上。

“第二天早晨，我去取鼻烟壶时，我们急于谈起头一天的话题。谈得正起劲，突然传来一声巨响，好像是开了一枪，就在公馆的窗户下面。接着就是一阵吓人的尖叫和人群的喊声。狄部长跑到窗口，向外张望。就在此时，我走到盒子那里，取出了信，藏进了口袋，放上一封假信（起码外观相似，那是我在家事先准备好的，不过是用面包仿造了狄部长的印章）。

“街上的喧闹是一个拿枪的疯子惹起来的。他往妇女儿童堆里开枪，结果查明枪里没有子弹。这个家伙就被作为疯子或醉汉带走了。此人被带走后，狄部长从窗口回来，当时我取出了我要的东西后，已经来到他的身边。不一会儿，我就向他告辞。那个假扮的疯子其实是我花钱雇的。”

“那么你还给他一封假信有什么目的呢?”我问,“你第一次去的时候,公然取了信就走,不是更好吗?”

“狄部长,”杜邦回答,“是一个敢拼命的人,也是一个有胆识的人。他的公馆里不会没有忠心护卫他财产的人。如果我照你说的那样使用暴力,我就不能活着走出部长的住所了,好心的巴黎人以后也不会再见到我了。在这个问题上,我是有我的目的的。你知道我的政治立场,在这件事情上,我做了这位贵夫人的同党。这位部长把她掌握在手里有十八个月之久。如今反过来她把他捏在手里了,因为他还不知道信已经不在自己手里,仍旧照常进行要挟。这样下去,他不可避免地会很快造成他自己政治上的身败名裂。他栽的跟头,既笨拙又莽撞。有句话说得好:堕落是很迅速的;但是要往上爬,就像卡塔拉尼①谈歌唱那样:唱高调要比唱低调容易得多。对他这种情况,我并不同情,不管他怎么倒霉。他是个恶魔式的人,是个无耻的天才。不过,我得承认,我确实很想知道他遭到被总监称为‘某位要人’的她的白眼之后,只好去打开我留在盒子里的那封信时的那种思想状态。”

“怎么,你在里面写了什么特殊的东西?”

“当然,我不能让信是空白的,这样太侮辱人了。狄部长曾经在维也纳让我吃过苦头,当时我轻描淡写地对他说:‘我是不会忘记的。’因此,我知道他会很想知道这个压过他的人是谁。不给他一个线索实在太可惜。他认得出我的笔迹,我就在空白纸中抄录了克雷比永的《阿特雷》中的一段台词:‘这样的恶毒计谋,如果阿特雷有罪,泰埃斯特也同样有罪’。”

① 卡塔拉尼,意大利歌剧女演员。——译者注

“凶手就是你”

如今我要扮演响尾蛇堡中的俄狄浦斯①这个角色了。我要对你详细说明，因为只有我一个人能够说明响尾蛇堡奇迹的秘密。那是唯一真实的，公认的，无可争议的奇迹，它使响尾蛇堡的居民最终结束了他们的不信神的观念，遵从了老祖母们的正统信仰，没有谁还胆敢像以前那样怀疑一切了。

这件事情——我很抱歉用轻描淡写的口气来谈论——发生于一八××年的夏天。巴尔那巴斯·许特尔华斯先生——堡上最富有、最可敬的居民之一，失踪了好几天，情况令人怀疑是有人算计了他。许特尔华斯星期六早晨一早起来，骑上马就出了门，扬言说要到某城去。该城距此地有十五英里远，当夜就能返回。然而他出发两个小时后，他的马空鞍回来了，出发时系在马后背的鞍囊也不见了。这匹马受了伤，浑身泥浆。这种情况当然引起了失踪者的朋友们无比的惊慌。到了星期日早晨，他仍旧没有回来，堡里的人就成群地出来寻找他。

最着急也最积极地发起这次寻找的是许特尔华斯的好朋友——一位名叫查理·左特菲洛的先生，大家都叫他“老好人查理”，或者“好人老查理”。现在，或许是一种奇妙的巧合，或者是这名字本身对于其性格起到了无形的作用，这一点我从来没有弄明白过，但是事实是没有问题的，从来没有哪个名叫查理的人不是一个开朗、诚实、有男子汉气概、脾气又好的直爽家伙。而且他嗓子明亮、清爽，使你听起来悦耳。他的眼睛总是直视你的脸，好像在说：“我的良心是坦率的，不怕任何人，从不做对不起人的事。”因此，所有舞台上的直爽、坦率的“配角”肯定都名叫查理。

---

① 希腊神话中的人物，曾破了女妖斯芬克斯的谜语。——译者注

现在，这个“好人老查理”虽然在响尾蛇堡住了不过六个来月，虽然他到这里来定居之前谁也不认识他，他却毫不费力地与堡里可敬的人们交往上了。他们没有不听他的话的，把他的话一句当做一百句；至于妇女，更是没有说的，没有不觉得自己欠了他情的。这一切都是由于他的教名叫查理，而且由于他长着一张诚恳的脸，就像俗话说的，这张脸就是“最好的介绍信”。

我已经说过，许特尔华斯先生是响尾蛇堡最可敬的，而且毫无疑问，也是最有钱的人。“好人老查理”跟他十分要好，好得仿佛是亲兄弟。两位老人的住处只有一墙之隔。尽管许特尔华斯先生很难得过去拜访“好人老查理”，也从来没有听说在他家里吃过一顿饭，但这并没有妨碍两位朋友的亲热劲儿，就像我刚才说的。因为“好人老查理”没有一天不到邻居家里走三四趟，看看他过得怎么样，而且经常留下来吃早餐或者喝茶，更经常的是吃晚饭。这种时候，这一对老朋友坐下来喝的酒，那真是无法计算了。“好人老查理”喜欢的酒是“马高堡”。许特尔华斯先生看着那老家伙吞下这种酒，仿佛觉得自己心里也痛快，他也一杯连一杯地喝。因此，有一天，喝得酒上了头，于是其结果是脑子不清楚了，就用手拍拍老朋友的背，对他说：“我告诉你，老查理，不管怎么说，你是我这辈子遇到的最知心的老伙计了。既然你如此爱喝，我不送你一大箱马高堡我就不是人!”许特尔华斯先生有个诅咒的习惯，尽管咒的无非是“我不是人”，或者“凭着上帝”，或者“老不死的”。“我就不是人，”他说着，“如果我不在今天下午派人去要两箱最好的来，我就是老不死的！我要把它送给你！如今你不用说一句话，我会送的！我对你说，都快喝完了，就得去找！哪天天好就会来的，至少是你正在找的时候，它就来啦!”我提起许特尔华斯先生的这些胡话，不过是让你看看，这两个老朋友之间的关系多么默契。

那么，在那个出事的早晨，大家都肯定许特尔华斯先生遭到暗算了。我从未见过“好人老查理”这么极度地冲动过，他一听到那匹马空着鞍子回来，不见了鞍囊，还带着枪伤的血迹，是正好从马肚子穿过的一枪，没有把它打死，脸色一下子变得苍白，仿佛那位失踪者就是他的父兄，而且浑身发抖，好像得了疟疾一样。

一开头，他被悲痛所压倒，无法采取什么行动，或者决定用什么办法。因此，他花了很长时间竭力劝阻许特尔华斯的其他朋友对这件事情采取行动。他认为最好先等等看，譬如说等一两个星期，或者一两个月，看看会不会有什么事情发生，或许万一许特尔华斯先生不想按照常规回来，而是先把他的马派回以说明理由。我敢说，你经常能看到悲伤过度的人做出这种推诿或者拖延的安排。他们的头脑仿佛麻木了，所以害怕任何行动，好像世界上没有比安静地躺在床上“抚慰悲伤”更好的事了。那是老太太们用的词，也就是说，反思他们的烦恼。

响尾蛇堡的居民对于“好人老查理”的智慧和谨慎评价的确很高。他们大多数人觉得应该同意他的意见，按兵不动，等到有什么事情发生，就像那老头儿说的那样。总之，我相信，这是大家的决定。只有许特尔华斯先生的侄子疑心地加以干扰。这个年轻人有挥霍的坏习惯，或者说品行不佳。他的名字叫佩尼费瑟，他对“安静地躺着”这句话的道理根本不听，一味地坚持要立即去搜寻“被害人的尸体”。当时“好人老查理”说得很准确：“那是一种奇怪的说法，不用多说了。”“好人老查理”的这句话，对众人的影响也很大。其中有一个人的问话令人难忘：“年轻的佩尼费瑟先生怎么会对他有钱伯父的失踪如此了解情况，因而觉得自己有权断言，而且明白无误地说他伯父‘被人谋杀’了呢?”这时候人群里就有人斗起嘴来，特别是“好人老查理”和佩尼费瑟，虽然对于后者来说，这并非是什么新鲜事，因为近三四个月来，两个人之间很少存有好感，情况甚至发展到了佩尼费瑟确实把他伯父的朋友打倒在地，就因为后者在他伯父的家里放肆地说了一些含沙射影的话，当时这位侄子正住在那里。事情发生时，“好人老查理”据说表现得特别和气，充满了基督的慈悲。他自己爬了起来，整整衣服，一点儿不想反击，只是嘴里喃喃地说了句：“我会找到机会跟你算账的!”这是一句自然而然地表示愤恨的话，但是，却没有什么含意，毫无疑问，过不了多久就会被忘得一干二净了。

不管这些事情怎么样（跟现在的事没有关系），响尾蛇堡的居民决定，分头到附近的田野里去寻找失踪的许特尔华斯先生，这主要是由于佩尼费瑟先生的劝说。他们立刻就决定了，一旦真的下决心要去找，那就必须把参加寻找的人分散开来，也就是说，分成几组。不过，我忘记了，不知道用了什么聪明的理由，这个“好人老查理”终于使大家信服这是可以采取的最不明智的计划。因而，他说服了他们，除了佩尼费瑟。到最后，终于作出了安排，搜寻应该仔细而且彻底，由居民们一起进行，由“好人老查理”领头。

事情既然如此，那就没有比“好人老查理”更好的打头阵的了。谁都知道，他有一双山猫眼。但是，他尽管领着人们到荒僻的山洞或者旮旯里去，走过那些没人知道的道路；尽管这样夜以继日不停地寻找了差不多一个星期，却仍不见许特尔华斯的踪迹。不过，我说没有踪迹，并不是字面上的理解，因为踪迹，在某种意义上说，当然还是有的。大家跟着马蹄印（很特别的一种）追踪老先生到了距城堡三英里的一个地点，那里就是通往城里的大路。在此地，马蹄印拐进一条树林中的小路，然后这条小路又上了大路，大约又过了半英里，就消失不见了。跟着这条小路上的马蹄印，人们来到了一个死水池塘，它半掩在树丛里，就在小路的右边。池塘对面，没有看见什么马蹄印。看来这里似乎经过了什么搏斗，有一个大而重的身体，比人的身体更高大、更沉重，从小路上被拖到了池塘边。大家在池塘里小心地捞了两回，但是什么也没有发现。人们看没有什么结果，有点儿失望，就想走了。这时上天却向“好人老查理”暗示，可以把池水舀干。对这个打算，大家都赞成，夸赞这位“好人老查理”既聪明又会动脑筋。有许多居民随身带着铁铲，以为遇上尸体时可能用得上，于是就挖起了一道沟。不一会儿，水就流干见了底，就在塘底的污泥中发现了一件黑绸背心。几乎所有在场的人都认出来，这是佩尼费瑟先生的东西。这件背心被撕破了好几处，上面还有血迹。人群中有好几个人都清楚地记得许特尔华斯出门进城的那天早晨，这件背心就在背心主人的身上穿着，而且还有其他几个人，愿意发誓证明，这位佩尼费瑟先生在那天剩下的时间里没有再穿这件背心。也没有人说，自从许特尔华斯先生失踪以后再看见这件背心在佩尼费瑟身上穿过。

情况如今对佩尼费瑟先生来说，极为不利。大家无疑都对他有了怀疑，那是无话可说的。他本人脸色变得煞白，人家问他有什么话可说的时候，他连一句话也说不出来。从此，他那帮跟他一起放荡的狐朋狗友一下子抛弃了他，剩下他孤零零的一个人；更有甚者，是他的那些宿敌和对头，扬言要把他立即拘捕。然而，“好人老查理”相比之下却表现得光明正大。他说了一番热情洋溢的话，为佩尼费瑟先生辩护，话中不止一次地提到他对这个粗野的青年已经由衷地宽恕，因为他是“可敬的许特尔华斯先生的继承人”。尽管这人（青年人）侮辱了他，但无疑是由于他当时太激动，以为可以那样对待他（好人老查理）的。他原谅了这个青年，完全是出于真心。至于他本人（好人老查理），他很遗憾地说，对于这种极端的怀疑，尽管是针对佩尼费瑟先生的，他（好人老查理）也要尽一切力量，用一切言论，凭良心尽可能地加以缓解。

“好人老查理”这样又谈论了半个多小时，既动了脑筋又费了心思，但是那些热心肠的听众却很少以他们的观察去附和他，只是乱七八糟地瞎说起来。他们头脑发热，一心想为一个朋友办事，既不合时宜，又安着坏心。因此，世界上最良好的意图不但常常是难以实现，而且会被曲解成偏见。

目前的情况也是如此。“好人老查理”说了那么多的话，结果都是这样，因为尽管他真心诚意地为嫌疑犯出力，却不知为什么，他说的每一句话的目的和倾向都引不起听众对说话人的好感，反而加深了听众对他所辩护的那个人的疑心，而且惹起了他们对他本人的怒火。

这位辩护人所犯的最不可饶恕的错误，是他把这个嫌疑犯称作“可敬的许特尔华斯先生的继承人”。人们以前确实从没想到过这一点。人们只记得一两年以前，这位老伯父说起过要解除继承权之类的威吓话（除了这个侄子，他没有其他亲戚）。因此，人们就把取消继承当做决定下来的事——响尾蛇堡的居民们的头脑如此简单。然而“好人老查理”的说法，使他们立即思考起这个问题来，并且认识到威吓是无济于事的。于是，自然而然地产生了一个“谁会得到好处”① 的问题。这个问题要比那件背心更容易联系到那个青年所

① 此句为拉丁文。——译者注

犯的可怕罪行。在这里，为了免得误解，请允许我插一句话，关于我用的这句拉丁文短句该怎么看，因为它老是被错译或者被误解。“谁会得到好处”在通俗小说或者其他文章里，譬如说，戈尔夫人（“塞西尔”的作者），她引用了一切语言，从迦勒底语到契卡索语，使她显得很有学问，“这是很有必要的”。根据贝克福特先生的一个系统的计划——在所有的通俗小说中，我说，从布尔浮到狄更斯；从图纳本尼到艾思华斯，这句短短的拉丁话“谁会得到好处”都被解释成“为了什么目的”或者“有什么好处”，其实真正的意思，却是“谁会得到好处”。cui 是“为了谁”。bono 不是“好处”吗？这完全是一句合法的句子，可以正确地应用于我们正在考虑的这个事件中。当事人干这件事的可能性是以他本人或者这件事成功后所获的利益而定的。在现在的情况下，“谁会得到好处”这个问题十分明确地指向了佩尼费瑟先生。他的伯父先是立了一个有利于他的遗嘱，后来又威吓他说要取消继承权，但是这种威吓并未真的实现，那份原来的遗嘱看来没有更改。如果被更改了，嫌疑犯唯一的作案动机无非是普通的报复而已，即使是这样，他还有挽回其伯父的恩惠的希望，会打消作案的念头。万一遗嘱没有更改，而这威吓总是留在侄子的头上，那就有了引发暴行的万分可能。响尾蛇堡的这些可敬的居民们就是这样明智地做出这个结论来的。

因此，佩尼费瑟先生当场被拘捕了。居民们又搜查了一通之后，便押着他一路返回家里。然而在路上，又发生了一件事情，足以证明嫌疑犯的罪行。“好人老查理”的热心，使他总是走在众人的前头。这时他忽然向前跑了几步，弯下腰，明显地在草丛里捡起了什么东西。他很快地看了它一眼，就想把它藏进衣袋里去。但是他的举动被后面的人看见了，于是阻止了他，发现他捡起来的是一把西班牙小刀。许多人看了立刻认出来，这刀是佩尼费瑟先生的，而且刀柄上还刻着他的名字的缩写。刀打开着，上面沾有血迹。

侄子的罪行是毫无疑问的了。回到响尾蛇堡后，他被立即押到镇长面前审查。

到这里，事情变得更加对他不利起来。问他许特尔华斯先生失踪那天早晨他在哪里时，他竟然大胆地回答说，他在那天早晨带着猎枪去打鹿了，就在“好人老查理”机敏地找到那件血污背心的池塘附近。

“好人老查理”于是走上前来，眼里含着眼泪，要求出庭作证。他说，由于对造物主的严格责任感，也同样由于对同胞的责任感，他不能让自己保持沉默了。出于对那位青年的真诚感情（尽管这个青年对待他本人，“好人老查理”，十分粗暴），他想象出每一个假设，力求解释当时所产生的怀疑，而那些怀疑对佩尼费瑟先生是非常不利的。然而目前的情况实在太令人相信了，实在无法逃避了，于是他不再犹豫，要把他所知道的都讲出来，尽管他的心（也就是“好人老查理”的心）在这样做的时候完全都破碎了。于是他就述说起来。许特尔华斯先生进城前一天的下午，这位可敬的老先生吩咐他的侄子说，恰好他（“好人老查理”）在旁边也听见了，第二天老先生进城去的目的是储存一笔数目巨大的款子，存进“农民和机工银行”。当时，这位许特尔华斯先生明确地对那位侄子说了他不可更改的决定：修改原来的遗嘱，一个钱也不留给侄子。他（可以作证）如今严肃地要求被告说明，他（这个证人）刚才说的话是否属实。使在场的人大为惊讶的是：佩尼费瑟先生竟然坦率地承认，一切都是真实的。

镇长认为现在他有责任派两名警察去搜查一下被告在其伯父家里的房间。他们不一会儿就搜查回来，带回一只镶铁皮边的深褐色的大皮夹，这是老先生好几年来一直带来带去，大家都看见过的，但是里面值钱的东西却没有了。镇长尽力想使被告说出东西到哪里去了，或者藏到什么地方去了，然而都是白费劲。被告顽固地否认他知道这件事情。那两位警察还发现被告的床铺和被褥之间，有一件衬衫、一条手帕，上面都绣着他的名字，也都沾上了死者的可怕血污。

在这个节骨眼上，有人报告说，被杀者骑的马匹，由于其受的伤而死在马厩里了。“好人老查理”建议，应该立即对这牲口验尸，因为在它身上很可能会发现子弹。这件事就这样照办了，而且被告的罪行似乎不成问题了：“好人老查理”在马尸的胸膛里找到并取出了一颗特大号的子弹，经过检验，正好与佩尼费瑟先生的猎枪口径吻合。堡上和附近的任何居民都没有这样大口径的枪。为了使这件事更加确实无误，在这颗子弹上面还发现了接缝处的右角上有一道细线。再仔细察看，这道细线完全符合被告自己承认的一对铸弹模子偶然造成的细线。发现了这颗子弹之后，镇长就不再听任何其他的证言了，立即对被告进行审判，而且坚决拒绝在此案中任何人的保释，虽然“好人老查理”对于这样的严厉措施表示反对，而且提出要多少保释金都不在乎。“好人老查理”的这种慷慨，是与他居住在响尾蛇堡的整个期间表现出的侠义作风完全相称的。在这种情况下，这位可敬的老人由于热诚的同情心而到处奔忙，好像完全忘记了，他提出保释这位青年朋友时，他本人根本没有一分钱。

审判的结果是可以预料得到的。佩尼费瑟先生在响尾蛇堡居民的唾骂声中，被送上法庭接受下一次刑事审判。一系列的证据，由于增加了另外几件事实而确凿了，那是“好人老查理”锲而不舍地向法庭提供的，被认为是无懈可击的完全定论，因而陪审团连站都没站起来，就立即裁决：“犯有重罪。”不一会儿，法庭就宣判了这可怜的家伙死刑，将其送进省级监狱等候法律的处置。

与此同时，“好人老查理”的侠义行为提高了他在诚堡里的诚实居民中的信誉。他受到了十倍的爱戴，受到了众人的款待。他一反廉洁清贫常态，经常邀请众人在自己家里举行小小的集会，与大家一起说说笑笑，当然，偶然会谈起他已故老友的侄子所遭到的可悲的命运。

有一个好天，这位老先生收到一封信，使他又惊又喜：

好人老查理先生：

根据本公司两个月之前接到的客户巴尔那巴斯·许特尔华斯先生之预订，现特将马高堡名牌酒一大箱送至贵处，请查收。

霍格·费罗格·布格公司启

一八××年六月二十一日

附言：此信送到后，酒箱也立即运往，并请向许特尔华斯先生致意。

事实是，自从许特尔华斯先生遇害后，“好人老查理”已经不再盼望能够收到以前的老友应允的马高堡酒了。收到此信后，他认为这是天上掉下的好运气。他当然万分高兴，就邀请了一大帮朋友第二天来举行一个“小晚餐会”，目的是让大家品尝老朋友许特尔华斯先生送的礼品。但是他在邀请大家的时候根本没提老朋友许特尔华斯的名字。其实，他想了很久后决定还是不提为好。他也不对任何人说——如果我没有记错的话——他收到了一箱人家送的马高堡酒。他只对朋友说，请他们来品尝一种特别的美酒，那是他两个月前从城里订购来的，第二就将送到。我真弄不明白，为什么“好人老查理”根本不说他是从一位老朋友那里得到的酒；我也根本不知道他这样默不作声的理由，尽管他有他的重大原因，那是毫无疑问的。

到了第二天，“好人老查理”的家里来了一群可敬的客人。真的，响尾蛇堡里几乎一半的人都在这里了，我当然也在其中。但是使得主人恼火的是，那箱马高堡酒很晚才运到，当时“好人老查理”供应的晚餐已经使客人们大为赞赏了。最后，酒终于来了——一个很大的箱子。客人们都非常高兴，大家一致同意把它放到桌上，再把东西取出来。

说做就做，我当然也帮了一把。一眨眼，这箱子就上了桌子，搁在酒杯、菜盘中间，把杯盘打碎了不少。“好人老查理”已经半醉，脸色通红，在桌子一头的一把椅子上坐下，装出一副正经的样子，用一只酒瓶敲着桌子，叫大家肃静，举行“挖掘宝藏的仪式”。

费了许多口舌，大家终于安静下来。这是一种深沉的静寂，是在这种情况下经常发生的。于是他要求把盖子打开。我当然“高兴地这样干起来”。我插进一把凿子，又用锤子敲了几下，箱子盖就突然打开了。与此同时，被谋杀的许特尔华斯先生本人受伤的、血淋淋的、几乎腐烂的尸体跳起来坐在箱子里，正好与主人面面相对。他瞪眼看了一会儿，愣愣地、凄惨地用衰弱而无光的眼睛，正对着“好人老查理”的脸，慢吞吞却清清楚楚地说了句：“凶手就是你!”留给人的印象十分深刻。然后，他就倒在酒箱外面，好像十分满足了，伸直的双腿还在桌子上战栗。

这个场面，几乎难以描摹了。人们疯了似的猛冲开门窗，许多最强壮的男人都被吓得昏了过去。等到起初的这场大呼小叫的惊慌过去之后，所有的眼睛都直对着“好人老查理”。就算能活一千年，我都永远忘不了他那死人般的脸上现出的可怕表情，刚才在酒力之下那脸还那么红润，那么得意呢。他像一座石像似的呆坐了几分钟，眼睛转向内里，因全神贯注于对他自己可悲的杀人的灵魂所做的思考，而仿佛空洞无物一般。终于，他的眼睛似乎又突然向外界闪出光芒来了。他猛地从椅子上跳起来，头和肩膀沉重地倒在桌子上，碰上了那具尸体，然后急速而激烈地忏悔了他犯下的骇人听闻的罪行。为了这罪行，佩尼费瑟先生这时还在牢里坐着等死呢。

他忏悔的内容如下：他尾随他的朋友来到池塘边，在那里用手枪打了马，用枪柄结果了马上的人，抢走了大皮夹。他以为马死了，便费了很大力气把它从池塘边拖进树林里。然后他把许特尔华斯先生的尸体扔在自己的马背上，驮进树林，藏在很远的地方。

背心、刀子、大皮夹、子弹，都是他故意布置好的，目的是惩处佩尼费瑟先生以报私仇。他又故意让人发现血污的手帕和衬衫。

如此血腥的忏悔到了快结束的时候，罪恶的声音变得嘶哑而空洞了。最后他精疲力竭，站了起来，摇摇晃晃地向桌子后面倒了下去——气绝身死。

迫使他作出这篇及时的忏悔的方法，尽管有效，却也简单。“好人老查理”对人的和气令我讨厌，从一开始就引起了我的疑心。佩尼费瑟先生揍他的时候，我也在场。他脸上现出的恶魔般的表情，虽然仅是一刹那，却说明了他的报复一定会实现的，如果可能的话。因此，我就从旁观察“好人老查理”是如何活动的，跟响尾蛇堡里的居民用的目光完全不同。我马上看到了所有的罪恶行动，无论是直接的还是间接的，都是由他亲自动手干的。然而使我看清这个案件的真实情况的，却是那颗子弹，是“好人老查理”自己从马肚子里找出来的。我没有忘记，虽然响尾蛇堡的居民看见马身上有一个子弹打进去的洞，可还有一个钻出来的洞。如果子弹已经钻出去了，却又在马身上被发现了，那么我就清楚地想到这必然是发现它的人自己放进去的。血污的衬衫和手帕证实了关于子弹的设想，因为经过检验，证实那血污不过是红葡萄酒而已。我一想起这些情况，以及最近“好人老查理”变得如此大方，就怀疑起来。尽管这感觉很强烈，但我却憋在心里。

同时，我独自去寻找许特尔华斯先生的尸体，因为这是有理由的，趁着“好人老查理”招待朋友的时候去找，不会引起他的注意。其结果是，过了几天，我找到了一口枯井，井口被树丛遮掩着。就在这井底下，我找到了我要找的东西。

我曾经无意中听到过这两位老朋友之间的谈话，“好人老查理”敲他朋友的竹杠，要他答应送一箱马高堡酒。按照这条线索，我采取了行动。我用一根鲸的骨头，插进尸体的喉咙，将它装在旧酒箱内，再仔细地把它连鲸鱼骨头一起弯了过来，然后用箱盖紧压下它，再用钉子钉上。当然，不用说，一旦箱盖被打开，鲸鱼骨头弹开，尸体也就弹起来了。

我把箱子这样准备好，贴上商标，编好号码，以与许特尔华斯做交易的酒商的名义写了那封通知信，并派我的仆人根据我的信号，用车把这箱酒送到“好人老查理”家门口。至于我想要死尸说的那句话，我就只能相信我的口技本领了。它的功效，就得要看那杀人犯的良心了。

我看我没有什么再要解释的了。佩尼费瑟先生立刻被释放，继承了他伯父的遗产。由于这件事情的教训，他的生活翻开了新的一页。

科幻篇

从瓶中发现的手稿

大限将至，何隐之有。

——基诺①《阿蒂斯》

关于我的祖国和我的家庭，我没有什么可讲的。在漫长的岁月中，我受尽虐待，不得不背井离乡，与家人也疏远了。世袭的财富使我受到了非同一般的教育，加上自己的沉思冥想，我得以把小时候用功学习积累下的知识加以系统化。我最最喜欢的便是研究德国的道学家。我并不是盲目地羡慕他们那口若悬河的疯狂劲儿，而是用严谨的思维冷静地找出他们的不实之处。我常常被人指责为没有才气、缺乏想象力。我因持怀疑主义观点而名声不佳。也许，由于过分偏爱物理学，我确实已染上了这个时代的通病：常用物理学的原则去解释周围的事情，甚至去解释与物理学毫不沾边的事情。总的来说，我比任何人都不易被迷信的鬼火诱离真理的轨道。我对我现在要讲述的这个令人难以置信的故事已进行了冷静的思考，因为我生怕别人把它看作异想天开，而不是看作毫不带任何空想的人的实际经历。

我曾在国外旅行多年，一八××年我从人口稠密的富庶岛屿爪哇的巴达维亚②港乘船前往巽他群岛。我此行完全是受一种神经质的不安定情绪所驱使。

我搭乘的船是一条柚木船身、铜箍紧箍的美丽大船，载重四百吨，孟买建造的。船上装载的是棉花、羊毛和油，还带了一些棕麻、棕榈糖、椰子以及几箱鸦片。由于货物装载得很不平衡，船显得摇摇晃晃。

---

① 基诺，法国戏剧家。《阿蒂斯》是他写的一部歌剧。——译者注

② 印尼首都雅加达的旧称。——译者注

起航时海上只有一丝清风。我们的船沿着爪哇东海岸行驶了许多天，航程极为单调，没发生任何可解闷儿的事情，只是偶尔地遇上一两条巽他群岛的小船。

一天傍晚，我俯在船尾的栏杆上，观赏西北天空的一朵云彩。它色彩斑斓，十分好看。它是我们离开巴达维亚后，头一次看见的云彩。我一直凝神望着它，直到日落。这时，这朵云彩迅速朝东西两方扩散开来，在水平线上扯出一条窄窄的薄雾，就像是一道长长的海滩。此后我的注意力又被暗红色的月亮和奇特的大海吸引住了。大海现在正迅速地发生变化，海水变得比平时透亮多了。虽然此时一眼便可看到海底，但是用测锤一测，发现水深竟达三十来米。现在空气变得十分闷热，充满了热烘烘的蒸汽，就像是烧红的铁块冒出的热气。随着夜越来越深，风全部消失了，海面上呈现出一种无法形容的平静。甲板上蜡烛的火苗一动不动。捏住一根长发，长发也不飘一下。然而，船长说由于现在没有任何危险的征兆，况且船是沿海岸漂行，所以他下令收起船帆，抛下锚。船长没有安排任何人员放哨。船员大都是马来人，纷纷在甲板上躺下睡觉了。我心里总有一种不祥的预感，便钻进甲板下面的船舱。其实，从种种迹象看，我觉得要起大风。我把自己的这份担心告诉了船长，但是他根本不想听我多说，甚至没回答一句就走开了。然而，由于不安，我一直睡不着觉。午夜时分，我去甲板上转了转。我刚一踏上梯子的最上面一级，一阵嗡嗡的巨响立刻把我吓了一跳，它就像是风车疾速旋转时发出的声音。我还没来得及弄清是怎么回事，便感觉到船在剧烈地震颤。紧接着，一阵汹涌的巨浪把船掀得险些倾覆，甲板上的人全部打起滚来。

这阵极大极大的风其实是救了我们的船。我们的船里进满了水，但是由于船桅被大风吹断，船倾斜了一分钟，倒出了船里的货和水，又摇摇晃晃地恢复了原来的姿势。

我也说不好自己是怎么死里逃生的。我被这滔天的巨浪吓呆了，刚一清醒，便跳进了船尾柱与船舵之间的空当里。我吃力地站起身，四下一望，但见前后左右皆是汹涌的波涛，不禁魂飞魄散，原来我们的船已被巨浪和旋涡吞没了。过了一会儿，我听见一个瑞典老头在喊叫，他是船即将离港时前来搭船的乘客。我用尽力气朝他大喊。过了一会儿，他摇摇晃晃地来到船尾。我俩发现，我们是船上仅有的生存者。除了我俩外，船上的人都被巨浪卷到海里去了。船长和大副、二副一定是在睡梦中遭到了灭顶之灾，他们的舱房已完全被水淹没。在没有帮手的情况下，我俩根本无法拯救这条船。而一想到船怎么也是个沉，我们也就不想费那份力气去抢修船只了。发报机当然也已在台风刚袭来时就成了一团乱线，否则我们现在就好办多了。我们在已没有了栏杆的甲板上飞跑，海上的浪花一阵阵扑溅到身上。船尾的骨架已被打得粉碎，船体各处也都是伤痕累累。但是值得庆幸的是，水泵还没有坏。台风最猛烈的时候已经过去，我们不必担心风本身会再给船造成伤害。但是当我俩心情沮丧地等待着风彻底停下来的时候，我们心中也非常清楚，风一停，随之而来的大浪肯定会让我们完蛋。但是这种担心并没很快变为现实。风虽然不再那么猛了，可是一阵阵的仍然很强烈，就这么一连刮了五天五夜，我们的这条破船也就这么随波逐流。在这五天五夜中，我俩的口粮就是几小块好不容易从艏楼搞出的棕榈糖。前四天船的航向稍稍有些偏：东南偏南，我们肯定已经驶过了新荷兰海岸。到了第五天，天气变得非常寒冷，风也转成了偏北风。太阳升起时，淡黄淡黄的月亮还没落下。太阳爬了好大一截子，放射出来的光亮仍是惨淡惨淡的。天上没有云，风时紧时慢，一阵阵增加着强度。中午时分，我们的注意力又被太阳吸引住了。它不再发光，变成了一个阴沉的大球。但是到了它即将沉入汹涌的海面时，它中央的光亮全部消失了，仿佛是某种难以名状的力量将这光亮熄灭掉了似的。太阳就像是一个暗淡的银框子，匆匆地坠入了茫茫大海。

我们徒劳地等待着第六天的到来。对我来说，这一天还没有到来，而对我的瑞典朋友来说，这一天永不会到来了。船被黑暗包围着，我们的目光顶多只能看到船外一二十米的地方。无边的黑暗持续不断，只有热带海面上常见的磷光偶尔出现一下。我们还注意到，尽管风暴的强度毫无减弱之意，但是现在我们却无法看到那一直伴随着我们的波浪。我们陷于可怕的黑暗之中。瑞典老头越来越感到一种迷信的恐惧，而我的心中则充满了好奇。我们无心再去抢修这条已完全丧失航行能力的破船，而是爬到残存半截的后桅的桅顶上，向海面上眺望。我们不知道现在是什么时间，也猜不出船现在是在什么位置。但是我们却意识到，船已经漂到了极远的南方，以前从未有船只在此航行过。我们很奇怪，目前尚未碰到在这里本应该出现的冰川。与此同时，我们感觉到自己随时都会完蛋——每一阵排山倒海的巨浪似乎都要吞没我们。现在大浪已奇大无比，我们的船没有立刻被吞没，这简直是一个奇迹。我的同伴说起船上的货已经掉到了海里，并提醒我说这条船质量很好，但是我仍然不禁感到我们毫无活命的希望，我心情沉重地等待着死亡的到来。我知道我们顶多再坚持一个钟头，因为船越往前漂，海面上的波涛便越汹涌。有时海浪把船高高地抛上天空，我们的心就提到了嗓子眼儿；有时船又一下子令人头晕目眩地跌入深谷，深谷里没有一丝风，死一般寂静。

在一次跌入谷底时，我的同伴发出一声刺耳的尖叫。“看哪！看哪！”他在我耳边尖声喊道，“天哪！快看！快看！”这时我看到一团黯淡的红光缓缓地飘下我们所处的这个大海沟，照亮了我们的甲板。我抬头望去，立刻吓得血液都停止了流动。但见在我们极高极高的上方，在陡峭的海沟边缘，悬浮着一条极大的、足有四千吨级的大船。虽然它现在是处于比它高百倍的巨浪的浪尖上，但是它的体积看上去仍然超过了东印度公司的任何一条大船。它巨大的船体黑如墨碳，船身上没有一般船只通常刻有的文字和图案。一大排黄铜的大炮从一个个敞开的舷窗口伸出，无数盏在索具上摇来摇去的战斗信号灯把光洁如镜的炮管照得闪闪发光。然而最为使我们惊异的是，在这样凶猛的台风中，它的风帆仍然是扬起着的。我们刚发现它时，只是看见它的船头——它正缓缓地从黑暗的波谷的谷底升上浪峰。它在高高的浪尖上逗留了一会儿，仿佛是在冥想自己这崇高的地位，然后它摇晃着，抖动着，开始向下跌落。

突然间，不知怎么搞的，我一刹那变得极为冷静。我踉踉跄跄地退至船尾，无畏地等待着毁灭的降临。我们的船终于停止了挣扎，船头向下沉入水中。上方落下的这条大船也正好砸在我们这条已经开始下沉之船的船身上，巨大的震动把我一下子弹了起来，我落在了大船的索具上。

我落下时，这条船正在转向。船上一片忙乱，所以水手们都没注意到我。我神不知鬼不觉地来到了主舱那半敞的舱口，很快便找到一个机会悄悄钻了进去。我也不知道自己为什么要这样做。我这样鬼鬼祟祟，也许主要是因为我看到船上的水手，心中就莫名其妙地产生了一种难以名状的畏惧感。我只粗粗地看了一眼，就觉得这些人奇怪、可疑、令人生惧，我不愿意贸然把自己的命运托付给他们。我觉得最好是在船舱里找一个藏身之处，于是我卸下几块隔板，在巨大的船肋之间给自己搞了一个不错的藏身之窟。

我刚一摆弄好，就听见舱房里传来脚步声，于是我赶紧钻进这个藏身之处。有一个人从我的小窝边走过，脚步很轻，却不太稳。我虽看不见他的面孔，却看到了他的大致轮廓。他好像是年老体弱，腿在打晃，身体也在瑟瑟发抖。他用一种我听不懂的语言断断续续地嘟囔了几句，在角落里的一堆样子奇特的物品和破烂的航海图中摸索了一番。他有一种老顽童的倔劲儿，也有一种近似于神明的庄严气派。他终于返回甲板上去了，看不见了。

我的心中产生了一种难以形容的情绪，这种情绪是无法分析的，无论是以往的经验还是未来本身，恐怕都无法对这种情绪做出解释。我这个人是从不愿意考虑未来的。我知道，我不会满足于自己的这种想象。然而这些想象是非常模糊的，这其实并不奇怪，因为它们有一个全新的来源。我的心头产生了一种全新的情绪。

上船好久以后，我才开始定下心来考虑自己的命运。船上的人一个个都是那么高深莫测。他们每一个人都带着一种我无法理解的思虑重重的表情，从我身边走过，没意识到我的存在。我这么藏着，其实这完全不必要，因为这些人根本什么也不看。刚才我大摇大摆地从一个船员的眼皮底下走过，径直闯进了船长室，从那儿拿了些纸和笔，用它们写下了我的这番经历。我要坚持把这日志记下去。不错，也许我没有机会把自己写下的东西交给世人，但我仍然要做出应有的努力。到了万不得已的时候，我会把我的手稿装进一个瓶子，把瓶子扔进大海。

一件意外之事使我得到了新的思维空间。莫非这些事情都是命运使然吗？我在船上跑了一大遭，没有引起任何人的注意，最后找到了一个双桅帆艇，爬进去，躺在一堆索具和旧帆当中。我旁边有一个大木桶，木桶上放着一副叠得整整齐齐的翼帆。我一边无意识地用一柄焦油刷涂抹着翼帆的边缘，一边不禁对自己奇特的命运感到有趣。我的刷子无意中在翼帆上找出了“发现”二字。

我刚才已经仔细地研究过了这条船的结构。尽管它的枪炮齐全，但它显然并不是一条战舰。无论是它的索具，还是它的构造和设备，都与战舰不同。我很容易看出它不是战舰，可我却看不出它究竟是什么船。不知怎么搞的，仔细看过它那独特的船形、奇特的帆桁、又笨又大的船帆、极为简单的船头和古朴的船尾之后，我头脑中忽然闪过一个念头，觉得它似曾相识。我似乎产生出一种无法描述的模糊的回忆，一种悠悠的怀古之情油然涌上心头。

我在看船尾的肋材。这条船是由一种我没见过的材料造成的。船上的木头尤为奇特。我忽然觉得这种木头用在这里不够合适，这些木头由于年代久远、长期泡在水里，已经糟了，况且还被虫子蛀得千疮百孔。在我的这种观察和思考中，也许好奇的成分多了一些，不过我还是认为这些木头极像西班牙橡木，只是显然经过了什么特殊处理，比西班牙橡木涨大了许多。

这时我忽然想起一位荷兰老水手的一句奇特的格言。当别人怀疑他不老实时，他总是说：“这是真的，大船泡在海里也能跟水手的身体似的，会自个儿涨大。”

一小时前，我鼓起勇气，贸然闯进了一伙船员当中。他们根本就不注意我，尽管我就站在他们中间，可他们却好像全然没意识到我的存在。就像我躲在船舱里看到的那个老人一样，他们也都上了年纪，一个个曲肩塌背，膝盖打晃，满是皱纹的皮肤松松地垂下，在风中颤动。他们的嗓音也是嘶哑低沉，眼睛上满是眵目糊，两鬓垂着斑白的长发。而甲板上则东一件西一件地扔着些样子古老奇特的数学器具。

我在前面的文中曾提到一副叠起的翼帆。从我在双桅艇中用刷子涂抹翼帆时起，船已经变成了顺风航行。桅杆上的船帆都已降下，船继续摇摇晃晃地向南行驶，排山倒海的大浪时不时地扑打在甲板上。我已离开了甲板，因为尽管水手们在风浪中仍然一个个行走自如，可我却站不稳脚跟。我们的这条船没有立刻被水吞没，我觉得这简直是天大的奇迹。我们虽然没有一下子葬身海底，却始终在死亡的边缘徘徊。有多少次船都像矫健的海鸥那样，惊心动魄地从浪尖上滑下，而紧接着，巨大的浪头又像魔鬼般在我们前方升起，但是这个魔鬼只是威胁我们，却不毁掉我们。我不由得将这一连串的死里逃生归功于一种我无法解释的自然原因。我认为，这条船一定是受到了某种强大的洋流，或强大的下层逆流的影响。

我在船长室中面对面地见到了船长。但是不出我所料，他没注意到我。尽管乍一看去，他的样子与常人无异，但是我一见他，就不由自主地产生了一种又是敬畏又是好奇的复杂感情。他的身材与我差不多高矮，也就是说，身高一米七三。他的体格非常结实，不胖也不瘦。但是最能打动人的还是他脸上的那种老年人的奇特表情，使我的心中升起一种难言的感情。他的前额上虽然皱纹不多，却刻着年代的印记。他斑白的头发是往事的见证，两只炯炯的灰眼睛像是即将坠落的流星。船长室的地上乱放着一些用铁夹夹着的奇怪的文件、发了霉的科学仪器，还有一些早已过了时的老航海图。他双手托腮，低着头，用火一般的眼睛注视着一张纸。这张纸可能是一个委任状，上面还有国王的签名和印玺。他与我在船舱中头一次见到的那个海员一样，低声自语着一种外国语。尽管他与我近在咫尺，但他的声音却像是来自一英里之外的远处。

这条船和船上的一切都弥漫着一种古老的气氛。船员们轻飘飘地来回行走，就像是几世纪前早已作古的老鬼魂。他们的目光急切不安。当雪亮的战斗信号灯灯光将他们的身影投在我前面时，我就产生出一种以前从未体验过的情绪。尽管我一生中专摆弄古物，头脑中已浸满了古代的阴影，自己都快变成了老古董，但船上的古老气氛仍使我激动不已。

我环顾四周，不禁对自己原来的恐惧感感到惭愧。如果眼下的大风把我吓得发抖的话，那么这场风与海的搏斗则在表明狂风在大自然中其实根本算不上什么。对于这样的道理，我不是更应该感到敬畏不已吗？我们的船被包围在没有尽头的黑夜之中，水声嘈杂。船两侧三海里开外，时不时地隐隐可以瞥见高耸入云的冰山，远远望去，它们就像是宇宙尽头的高墙。

正如我所料，我们的船现在是被一个洋流卷着走，如果瀑布般滚滚南流、白冰咆哮的大海潮可以称作洋流的话。

我简直无法表达自己的恐惧之情，但是进入这种神秘之域的好奇心却压过了我的失望感，并使我得以平静地迎接可怕的死亡。显然，船正飞速向前行驶，正在接近某种激动人心、从未为人所知的秘密，而揭示这一秘密的代价则是死亡。也许这股洋流在把船冲向南极。我必须承认，这种可能性正在变得越来越大。

船员们在甲板上走动，步子颤抖不安，但是他们脸上并没有冷漠的失望表情，而是流露出急切的神色。

风仍在呼啸，船时而整个跃出水面。啊，太可怕了！突然，右边的冰山裂开了，左边的冰山也裂开了，我们的船飞速地打起转来，围着一个深不可测的巨大黑洞绕起了圈子。但是我没有时间多考虑自己的命运了，圈子迅速地越转越小，我们在飞速地扎进旋涡的大黑口。在大海与风暴的雷鸣般的咆哮声中，我们的船在颤抖！啊，天哪，在下沉！

注：《从瓶中发现的手稿》一文最初发表于一八三一年，但是直到此文问世许多年后，我才熟悉墨卡托发明的圆标投影法地图。在这种地图上，大洋通过四个渠道迅速地从北边流进南极湾，被吸入地心。在地图上，极地是一块黑色的岩石，直冲云天。——作者

翠谷奇踪

一八二七年秋天，我寓居在弗吉尼亚州的夏洛茨维尔期间，结识了奥古斯塔斯·贝德洛先生。这位青年绅士各个方面都很出色，引得我对他极感兴趣。我发现这个人很让人琢磨不透。他从没向我谈起过他的家庭，我也不知道他是哪儿的人。尽管我称他为青年绅士，可是就连他的年纪，我也搞不清楚。他当然似乎很年轻，他也常说自己年轻，可有些时候我却觉得他像是个百岁老人，不过这只不过是因为他外表与众不同而已。他又高又瘦，驼着背。他的四肢又细又长，额头又宽又低，面无血色，嘴巴又大又软。他的牙齿极不整齐，不过却极为结实，比我见过的所有人的牙齿都要结实。他笑起来也还是蛮可爱的，可他的笑容却总是一个样，毫无变化。他总是那么忧郁。他的眼睛极大极圆，像是猫眼；瞳仁也像猫眼一样，随着光线的增强减弱而变小或变大。他激动的时候，眼球会闪闪发光，这种光不是反光，而是像蜡烛或太阳那样，喷射光亮。然而平常的时候，这对眼睛却总是混混沌沌、呆滞无光，就像是死鱼的眼睛。

他的这些特点显然使他自己极为烦恼，他不断地以一种又像是解释又像是道歉的神态，紧张地暗示自己的这些特点。我头一回听他这样暗示时，感觉很不好受。然而，我很快就习惯了这种暗示，开始泰然待之了。看来，他是想通过暗示，而不是通过直接说明，让人知道，他以前并不是这副模样。其实他曾经俊美无比，只是由于长期的神经痛，才变成了现在的这个德性。许多年前他在萨拉托加认识了一位名叫坦普莱顿的七十来岁的老医生。老医生给他进行了一番治疗，效果颇佳。于是，非常富有的贝德洛便请坦普莱顿医生做自己的私人医生，而坦普莱顿医生被丰厚的薪金所诱，便把自己的时间和医疗经验全部用在对贝德洛的治疗和护理上了。

坦普莱顿医生年轻时去过很多地方，在巴黎时成了梅斯梅尔①学说的信徒。他依靠磁力疗法，成功地缓解了贝德洛的神经剧痛，而贝德洛也因此而相信起该疗法的理论来。然而，这位医生与所有的入迷者一样，千方百计地要让患者完全相信自己的招数，并说服贝德洛进行一系列的试验性治疗。经过反复治疗，效果终于显现了出来。这种效果现在看来是极为平常的，根本不值得大书特书，但在当时，这种治疗效果在美国还是很新鲜的，即：坦普莱顿医生和贝德洛之间逐渐发展起了一种明显的心灵感应关系，或磁力关系。然而，我并不是说这种关系超过了普通催眠术的限度，只不过是催眠力本身通过这种关系而加强了。坦普莱顿医生第一次尝试磁力催眠时，没有成功。尝试到第五次或第六次时，用了很长时间，费了好大劲儿，也只取得了部分成功。直到第十二次，他才取得了彻底的成功。在此之后，医生很快就可以驱动病人的意念了。当我头一回见到他俩时，已经是只要医生意念一动，即使病人没意识到医生的存在，也会立刻入睡了。只是到了一八四五年，每天都有千百人目睹催眠术的奇迹，我才胆敢把这一看起来不可能的效果当做真真的事实来讲述。

贝德洛生性敏感，极易激动。他的想象力也非常丰富。由于常常服用吗啡，他的头脑变得更加活泼。他服用吗啡剂量很大，他觉得如果没有吗啡，自己就活不下去。每天早饭后，或者说每天早上喝过一杯咖啡后（他上午什么也不吃），他都立刻服下一大剂吗啡，然后便独自一人，或者带上一条狗，在夏洛茨维尔西南面的山里散步。这座山有个威严的名字：狼牙山。

十一月底的一天，天气暖和、多雾、昏暗，正处于季节交替、乍寒还暖的时候，美国人称这种天气为小阳春。贝德洛先生又同往常一样上了山。白天过去了，他没有回来。

晚上八点钟时，他仍迟迟未归。我们不禁对此感到颇为担心，于是便准备出去找他。就在这时，他却出人意料地回来了。他的气色很好，精神也不错。然而，他讲给我们的他之所以迟归的故事，却是极不寻常的。

"你们大概记得，"他说，"我是上午九点钟出的门。我一出门就上了山，十点钟时，来到了一个我从未到过的峡谷。我饶有兴致地循径而行。路两边的景色虽然说不上惊天地、泣鬼神，但也是秀色可餐，特别是我觉得这里有一种孤独之美。此地几乎可以说是人迹罕至。我不禁觉得我所踩踏的绿草、青石，是以前从未被人类踩踏过的。这里是如此闭塞，若不是一系列偶然因素所致，人是绝不会进入这个大峡谷的，很有可能我便是涉足此地的第一人。

"由于浓雾迷漫，本来就十分迷蒙的景物显得越发迷蒙了。这美丽的迷雾是那样浓重，我只能看到十米远的东西。脚下的小路弯弯曲曲，再加上看不见太阳，我很快就不知道东南西北了。与此同时，吗啡也在发生着作用，使

---

① 梅尔梅斯，奥地利医师、催眠术的先驱。——译者注

我对外部世界极为好奇。那颤动的树叶，那嫩绿的青草，那形状奇特的三叶草，那嗡嗡叫的蜜蜂，那闪闪发光的露珠，那拂面的轻风，还有树林里飘来的淡淡的清香，使我浮想联翩，心中充满了狂喜。

“我光顾着欣赏美景，不觉一走就是几个钟头。迷雾越来越浓，最后我什么也看不清，只好摸索前进了。这时，我的心中忽然产生了一种难以形容的不安。我感到紧张，心中犹豫，浑身发抖。我不敢迈步，生怕一脚踏入深渊。我也想起了一些关于狼牙山的离奇故事，据说有一些凶残的野人住在这儿的树林和山洞里。我的脑海中隐隐浮现出无数想象，由于这些想象十分模糊，我心里便越发堵得慌。突然间，不知从哪里传来一阵响亮的鼓声。

“当然了，我极为惊讶。这一带的山里根本没有鼓。即使是听到天使在吹号角，我也不会这么惊讶。但是接下去又出现了一件更为有趣、更为奇怪的事情。我又听见一阵激烈的叮当声，仿佛一大串钥匙在晃动。紧接着，一个面孔黝黑的半裸男人尖叫着从我身边跑过。他跑过时离我那样近，甚至把热乎乎的气息呼到了我的脸上。他手执一个物件，上面满是铁环。他一边跑，一边用力摇动这个物件。他的背影刚刚消失在雾中，一只张着大嘴、瞪着大眼的野兽就追了上去。我一眼看出，是一只鬣狗。

“看到这只鬣狗，我非但没有害怕，反而轻松了些，因为现在我相信自己是在做梦了，我要努力唤醒自己的意识。我勇敢地快步向前走去，揉了揉眼睛，大喊一声，掐了掐自己的大腿。前方出现了一条小溪。我弯下腰，在溪中洗手，洗头，洗脖子。凉水刺激得我清醒了许多，我直起身体时，感觉大不一样了。于是我信心十足，脚步坚定地沿着这条充满未知的路走去。

“后来我走累了，再加上空气很闷，我便在一棵树下坐下。忽然间，一道淡淡的阳光划破云彩，树叶的影子婆娑地落在草地上。我凝视着这树荫，凝视了好一会儿。我忽然觉得树荫有些不对头，抬头一看，发现此树竟是一棵棕榈。

“我匆忙站起来，心中非常激动，因为我觉得那种如同做梦般的幻觉消失了。我感觉到，自己的头脑十分理智，而这种理智正使我体会到一种异样的感觉。我立刻觉得天气热得难以忍受，觉得轻风中有一种奇怪的气味。我听见一种像江河奔流的淙淙声，中间还夹杂着人说话的声音。

“当我极为惊讶地聆听时，一阵风像变戏法似的一下子吹走了重重浓雾。

“我发现自己是在一座高山的山脚下，下方是一大片平原，一条大河蜿蜒地流过平原。河边有一座东方风格的城市，样子就像是《天方夜谭》中所描述的，甚至更为奇特。我所处的地方地势大大高于这座城市，所以城中的每一个角落都展现在我的眼前，清楚得如同一张地图。城里面有无数条街道，相互乱七八糟地纵横交错。此外还有一些比街道更长的弯弯曲曲的小巷，巷中住满了人家。一幢幢房子美丽别致。阳台、游廊、尖塔、庙堂，以及精雕细镂的门窗，比比皆是。还有许许多多的集市，集市上的货物琳琅满目，丰富多彩：丝绸、棉布、寒光闪闪的刀剑、华丽无比的宝石，应有尽有。除此之外，还可以看见插旗打幡的八抬大轿，蒙得严严实实的女眷软轿，装束华丽的大象，奇形怪状的佛龛木偶，还有数不清的锣鼓、旗帜、矛枪和镶金包银的狼牙棒。在人群中，在喧闹中，在一片混乱当中；在无数的黑种人、黄种人当中；在缠头的、穿袍的，以及留长胡子的人当中，大摇大摆地走着许许多多披红挂彩、被视为神圣的公牛，还有无数只被当做神灵供奉的丑猴子在寺庙的房檐上，在清真寺的尖塔窗上，上蹿下跳，吱吱地尖叫。从拥挤的街道到河滨，有数不清的台阶通往浴场，而河面上尽是装载得满满的大货船，它们好像把河水都堵得难以流动了。城市的彼端则是一大片一大片的棕榈树和可可树，当中还夹杂着一些其他神奇、高大的古树。四下里还可以看见一片片稻田、一幢幢茅草农舍、一个个小水塘、一间间小教室、一方方吉卜赛营地，还有一个美丽的姑娘，正头顶水罐，朝河边走去。

“当然了，你们准会说我是在做梦，但是我并不是在做梦。我所看到的，我所听到的，我所感觉到的，我所想到的，都与做梦风马牛不相及。一切都是那么真实。一开始我还怀疑自己是否真的醒了，于是我进行了一系列的试验，马上发现自己确实是醒着的。当一个人做梦时，如果他怀疑自己是在做梦，那么他就一定可以证实自己是否真是在做梦。他会立刻从梦中惊醒。所以嘛，诺瓦利斯①说的很对：‘当我们梦见自己是在做梦时，我们就离醒不远了。’如果我看到这样的景象而没怀疑到自己是在做梦，那么这八成就是一场南柯之梦。然而看到这样的景象，怀疑自己是在做梦，并进行了好一番测试，那么我就不得不把这归为非梦现象了。”

坦普莱顿医生说道：“言之有理，接着往下讲。你站起身，向城中走去。”

“我站起身，”贝德洛极为惊讶地看着医生，继续讲道，“正如你说的，我站起身，向城中走去。一路上我碰见了大群大群的人，他们一个个神情激动，沿着街道，朝同一个方向奔走。刹那间，我也激动起来，开始对这里发生的事情产生出一种浓厚的兴趣。我好像觉得自己正在这件事中扮演一个重要角色，尽管究竟是什么角色我也弄不清楚。然而不知怎么搞的，我对周围的人有一种深深的仇恨。我避开他们，绕道进了城。城里打斗得正酣。一小伙人，有的身穿印度服装，有的身穿欧洲军装，在一位身着英国军服的绅士的指挥下，正与数量远远超过他们的暴民作战。我加入到这人少的一方，捡起一名倒下的军官的武器，也不知道对手是谁，就勇猛地战斗了起来。我们寡不敌众，很快就被逼得退进了一个亭子。我们把亭子周围都堵死，眼下是安全了。从亭顶处的一个瞭望孔里，我看到一大群极为激动的人正在围攻河边一座漂亮的宫殿。这时，一个柔弱的男子从宫殿的窗户爬出，他的仆人们用缠头布结成一条绳子，把他吊了下去。一条船正在窗下等他，他乘船逃到了河对岸。

---

① 诺瓦利斯，德国浪漫派诗人。——译者注

“这时我忽然产生了一个新的念头。我对同伴们简短有力地号召了几句，动员了几个志同道合的人，便勇猛地冲出了亭子，冲入包围着亭子的人群。他们一开始向后退却，然后重新集结，疯狂地与我们厮杀，然后再度退却。这时我们已经远离开亭子，迷失在错综复杂的窄窄的小巷之中。小巷两旁尽是高大的房子，有些犄角旮旯的地方终年见不着阳光。暴民们紧逼不舍，用长矛捅我们，用箭射我们。他们的箭尤其厉害，有些像马来人的波刃短刀。这种箭是模仿毒蛇爬行的形状造成的，长长的，黑黑的，箭头有毒。忽然，我的右太阳穴中了一箭。我转了一圈，倒了下去。我立刻觉得头晕目眩。我挣扎着，喘息着，我死了。”

“你再不能说你的历险记不是做梦了，”我笑着说道，“你是不是要改口，说自己其实没死？”

我本指望贝德洛听到我的这番话后会调侃上一句。但是出乎我意料的是，他脸色惨白，浑身发抖，犹犹豫豫，好一会儿不言声。我的目光转向坦普莱顿。他直挺挺地坐在椅子里，牙齿打战，两眼瞪得溜圆。“讲下去！”他终于声音嘶哑地对贝德洛说。

贝德洛继续讲道：“有好长时间，我失去了一切知觉，头脑里一片空白，什么意识也没有。最后，我的灵魂终于感觉到一种如同电流般的强有力的一击。于是我感觉到了活力，感觉到了光亮。这光亮不是看到的，而是感觉到的。有那么一会儿，我想爬起来，但我却没有身体，没有视觉，没有听觉，也没有触觉。暴民们已作鸟兽散。暴动平息了。城市平静下来。我下面躺着的是我的尸体，太阳穴上插着毒箭，整个脑袋都肿得变了形。但是这一切我都是感觉到的，而不是看到的。我对什么都不感兴趣，就连自己的尸体我都毫不关心。我自己并没想动，却飘出了城，顺着进城来的原路飘了回去。当我回到山谷，到达那个碰见鬣狗的地方时，我又有了一种触电的感觉，觉得自己又有了体重，有了意欲，有了实实在在的自我。我又恢复了原来的形态，匆匆向家中走去。但是直到现在，这件事仍然栩栩如生地留在我心里，我没有一分一秒认为它是一场梦。”

坦普莱顿神情严肃地说：“它不是梦，却很难说明这是一种什么现象。咱们姑且认为，你的灵魂正处于某种精神发现的边缘状态。把这种假定作为前提，我就可以将其余的事情解释通了。请看这幅水彩画，我本应该早把这幅画拿给你看，可是因为它具有一种无法描述的悲哀和恐怖，所以我才没有拿出来。”

我们看他出示的这幅画。我没看出它有什么异常的地方，但是它却对贝德洛产生了巨大的影响。他凝视着画，差点儿昏过去。然而这只是一幅小小的肖像画，上面惟妙惟肖地画着的，正是贝德洛本人。至少我看见这幅画时是这样认为的。

坦普莱顿说：“你看看此画的日期！在这儿，不太清楚，在角上——

一七八〇年。这是该作品的成画年代。那是一位已故朋友的肖像，朋友名叫罗德贝。华伦·黑斯廷斯①当总督期间，我与罗德贝先生交情甚笃。当时我年仅二十岁。贝德洛先生，当我在萨拉托加头一次见到你时，我觉得你与罗德贝先生像极了，于是我主动与你结交，后来我才成了你的私人医生。我这样做主要是出于对死者的悼念，但也有一部分原因是出于一种对你的有几分敬畏的好奇。

"你刚才所描述的那个地方，其实就是印度恒河边上的波罗纳城。而你所说的暴乱、战斗和屠杀，其实就是发生在一七八〇年的切特·辛格暴动，当时黑斯廷斯差点儿送了命。顺着缠头布结成的绳子逃出宫殿的人就是切特·辛格本人。困在亭子里的那伙人是黑斯廷斯指挥的印度兵和英国军官，我就是其中的一员。当时我竭尽全力阻止我最好最好的朋友罗德贝出击，他不听我的，一定要拼死一搏，结果他在巷战中中了孟加拉人的毒箭，倒地身亡。不信你就看看这篇文字。"他一边说着，一边拿出一个笔记本，里面有几页文字显然是新写的。"就在你在深山里经历这番幻景的时候，我恰恰在家里给报社写这段回忆。"

这番谈话过后一个来星期，夏洛茨维尔的一份报纸上刊登了如下一则消息。

> 我们沉痛地宣布，奥古斯塔斯·贝德罗先生不幸与世长辞。此君是一位和蔼可亲的绅士，他的众多美德深深受到夏洛茨维尔居民们的爱戴。
>
> 贝氏长期患有神经痛，此病时常发作，威胁着病人的生命。但是此病只是贝氏死亡的原因之一。他死亡的直接原因则很奇特。几天前他在狼牙山中远足时，忽然犯了病，身上忽冷忽热，头部充血。于是坦普莱顿医生为他进行局部放血治疗。医生将水蛭放在他的太阳穴上。没过一会儿，病人便气绝身亡，显然这是因为医生的水蛭罐里误放进了一只毒蛭，这种毒蛭在这一带的水塘中时有发现。毒蛭紧紧地吸在了右太阳穴处的一根小动脉上，由于它的样子极像医用蛭，所以未能被及时发现。
>
> 注意：夏洛茨维尔毒蛭与医用蛭的主要区别是，毒蛭呈黑色，蠕动起来很像蛇爬。

我与该报的主编谈论这一奇特事件时，忽然想起，此文把死者的姓写成贝德罗了。

我问道："我记得死者姓贝德洛，不是贝德罗，贵报把最后一个字写成了'罗'，也许你们有你们的道理。"

"道理？不，没有。"他答道，"这只不过是一个笔误。百家姓里只有贝德

---

① 华伦·黑斯廷斯，英国首任孟加拉总督。——译者注

洛这个姓，哪有什么姓贝德罗的。”

“那么，这可是天下最大的奇事了。”我转身离去时喃喃自语道，“贝德罗反过来写恰恰是罗德贝！而这家伙却告诉我这是一个笔误！”

末日对话

我将降火于汝。

——欧里庇得斯①《安德罗姆》

埃罗斯："你为什么叫我埃罗斯？"

查米翁："从此以后你永远叫这个名字。你也必须忘掉我在人间的俗名，叫我查米翁。"

埃罗斯："这确实不是梦！"

查米翁："你我再不会有梦了，有的只是现在的神秘。你眼前的黑暗已经消失，心中无所畏惧。你的麻木感已经不复存在。我将亲自把你带进无限的快乐与新生的奇迹中去。"

埃罗斯："一点儿不错，我觉得不再麻木了，一点儿也不麻木了。恶心和黑暗已经离我而去，我耳边也不再有那流水般的疾驰声。不过我有点儿不太习惯自己现在的这种极为敏锐的新知觉，查米翁。"

查米翁："过几天就习惯了。不过我完全理解你，也同情你。我经历过你现在经历的这种情况，用尘世的时间计算也就是十年前。所以我仍然记得那是一种什么样的感觉。不过你现在已经经受完了你在艾丹所应经受的一切痛苦。"

埃罗斯："艾丹？"

查米翁："艾丹。"

埃罗斯："啊，天哪！可怜可怜我吧，查米翁！我一下子知道了这么多重大的东西，已经不胜重负！以前不知道的事情均已知道，还有那存在于实实

① 欧里庇得斯，古希腊悲剧作家。——译者注

在在的现实中的庄严的未来。”

查米翁：“现在先不要总想这个，咱们明天再谈它。你的心在震颤，它会在回忆往事中得到慰藉。不要东张西望，也不要朝前眺望，而要回首往事。我非常想知道，是一个什么样的事件使你来到了我们当中，把这告诉我。让你我用那个已毁灭的世界中你我都熟悉的旧有语言，来谈谈你我都熟悉的往事。”

埃罗斯：“可怕，太可怕了！这确实不是在做梦。”

查米翁：“梦已经不复存在了。我的死引起了很大的悲伤吧，埃罗斯？”

埃罗斯：“悲伤，查米翁？啊，极大的悲伤！在你奔赴黄泉之路时，你家里真是愁云密布。”

查米翁：“奔赴黄泉之路时——说起它来了。记住，除了那场灾难本身，我一无所知。我离开人类后，便立刻经由坟墓进入了黑夜。如果我没记错的话，那场毁掉你们的灾难，是完全没有预料到的。不过我确实不怎么了解当今的哲学推理。”

埃罗斯：“正如你所说的，这场灾难确实是完全没有预料到，不过类似的灾难长期以来却一直是天文学家们谈论的话题。朋友，不需要我说你也知道，即使在你离开我们的时候，人们已经相信《圣经》中那些预言地球末日的章节：一切东西终将毁于火焰。但是关于究竟是什么东西致使这场毁灭发生，人们对此的推测则一直是错误的。根据天文学的知识，彗星不具备那可怕的火焰。据观测，彗星在木星的卫星环中通过时，既没给木星本身，也没给那由小卫星组成的光环带来任何明显的改变。人们始终认为，东游西逛的彗星是由看不见的稀薄气体构成的，即使与地球相撞，也不会造成任何伤害。但是相撞其实并不是一件可怕的事，因为所有的彗星，构成它们的成分都一清二楚地为人类所知。有些人认为应该在这些成分中寻找那些足以给地球造成毁灭的媒介，但多年来公众却认为这种想法是杞人忧天。然而近来人们对彗星将要撞毁地球的预测议论纷纷。不过当天文学家宣布说出现了一个新彗星时，忧心忡忡的只是一些无知识的人，而广大公众对这一宣布的反应，据我所知，则并不十分强烈。

“天文学家立刻对这个新天体的成分进行了计算。所有进行观测的学者都马上承认，它的近日点将极为接近地球。有两三位名声不太大的天文学家则坚持说，碰撞是不可避免的。我无法向你解释清楚这则消息给人们造成了何等的影响。世人有一阵子不相信这种断言，因为他们正一门心思地追逐功名利禄，无法一下子理解事情的严重性。但是没过多久，即使最愚笨的人也明白这是真的了。最后，所有的人终于全看出天文学家所言是实，于是大家都等待着彗星的到来。彗星接近地球，一开始速度并不是非常快，样子也不极为特殊。它呈暗红色，尾巴几乎看不见。在最初的七八天时间里，它的直径似乎并没有增加多少，只不过颜色发生了一些变化。与此同时，人们放弃了日常工作，越来越关注起哲学家们关于彗星性质的讨论。就连广大的愚昧者们也慢慢地考虑起这些问题来。而学者们这会儿全心全意研究的则不再是如何减轻人们的痛苦，如何维持人类的爱。他们欲求正确的见解，渴望得到完善的知识。纯然的真理以不可抗拒的面貌出现了，智者们向它顶礼膜拜。

“贤哲们逐渐觉得彗星碰撞地球不会给地球和人类造成伤害了，而现在大众的理智和想象力是由贤哲们控制着的。据论证，彗星的慧核密度比地球上最稀薄的空气还要稀薄得多。有一回，一颗与现在这颗彗星差不多的彗星穿越木星的卫星环，未引起任何伤害。贤哲们强调这一情况，从而大大缓解了人们的恐惧。神学家们则以一种因恐惧而引起的诚挚口吻，一再强调《圣经》中的预言，并以过去从未有过的直截了当的态度向公众进行宣讲。于是地球将最终在火焰中毁灭之论断传播得尽人皆知，而彗星并不可怕这一真理（现在人们都已知道了这一点）则极大地缓解了人们对预言之灾难的恐惧。值得注意的是，人们广泛地持有一种错误的偏见，认为每当彗星出现，便会发生瘟疫或战争，这种偏见缘由何处尚不清楚。这回，理智仿佛借助某种突发的力量，一下子将迷信从其宝座上拉下。由于此事已引起了人们极大的兴趣，所以就连最无知识的人也能对彗星的事说上个一二三。

“此次碰撞造成的伤害将会多么小，这也是该问题关注的要点。学者们说会在地质方面造成一些轻微的影响，有可能使气候发生变化，从而影响植物，也有可能会产生一些磁场方面的影响。许多人则认为不会造成任何明显的后果。正当这样的讨论进行着的时候，彗星逐渐接近地球，它眼见着越变越大，亮度也越来越强。人们都被吓得面如槁灰。人类的一切活动都停了下来。

“当彗星的体积超过了有史以来记载的任何一颗彗星的体积时，公众的激动情绪达到了一个新的高潮。以前人们还时不时地希望天文学家搞错了，彗星大概不会撞到地球上，现在大家则完全放弃了这种希望，认为肯定会大难临头。他们的恐惧是实实在在的。即使最坚强的人，也忍不住心头狂跳。然而，只需要几天，就连心头狂跳都算不上什么了，人们魂飞魄散。我们无法再用习惯的思想方法来考虑这个陌生的星球了。它的历史属性已经不存在了。它用一种可怕的新运动来使我们丧失信心。我们不把这种运动看做是宇宙间的天文现象，而是看作心头的噩梦，看作头脑中的黑影。恐惧像是一场大火，以极快的速度迅速传播，传遍天涯海角。

“又过了一天，人们呼吸得自由些了。显然我们已在彗星的影响范围之内了，然而我们仍然活着。我们甚至觉得身体更加灵活，思想也更为活跃了。这个令我们恐惧的东西显然密度极稀，因为透过它，可以清楚地看到所有的天体。与此同时，地球上的植物发生了明显的变化。贤哲们的预言是对的，我们从这被预言说中的环境中获得了信心。每一棵植物都滋生出极为繁茂的叶子来。

“又是一天，灾难并没有完全降临在我们头上。看来首先碰撞地球的将是它的彗核。所有的人都发生了巨大的变化。最初的痛苦感表现为大伙的哀号和恐惧。这最初的痛苦感是由胸部和肺部猛烈地收缩、皮肤难以忍受的干燥引起的。毫无疑问，我们的空气受到了极大的影响。现在，科学家们开始讨论大气的成分，讨论彗星是否改变了空气。调查研究的结果无异于给世人心里增添了一分最为强烈的恐惧。

众所周知，包围着我们的大气是由氧气和氮气构成的，其中氧气占21%，氮气占79%。作为燃烧必备要素和热之媒介的氧气，是维持动物生命的头等必需品，也是自然界中最有威力的元素。而与其相反，氮气却既不能维持生命，也不能助燃。一旦氧气过多，动物就会异常活跃，近来的情况就属此列。对这一理论进行研究，并加以延伸，便引起了人们的畏惧。如果氮气全被抽走，将会产生什么后果呢？将会燃起一场不可抗拒的大火，燃遍各处，立刻吞掉一切，这完全与《圣经》中可怕的预言所描述的一模一样。”

查米翁：“我何必要描绘人类此刻的疯狂呢？彗星质地稀薄，这一点以前曾使我们满怀希望，现在却使我们无比绝望。从它那气态的形体中我们清楚地看到了命运的终结，它会吸走地球上所有的氮气！与此同时，又一天的时间过去了，最后一线希望也随之消失。我们在迅速变化的空气中喘着粗气。鲜红的血液在紧密的血管中喧嚣地奔腾。所有的人都发起狂来，他们朝着险恶的上苍张开双臂，颤抖着高声尖叫。但是此刻，彗星的彗核已经碰在了地球上，即使是在这儿，在艾丹，说起这一情景我仍然不寒而栗。还是让我说得简单些吧，简单得如同那吞没一切的毁灭。片刻间到处是可怕的光亮，这光亮照亮了一切，穿透了一切。接下去，向无比伟大的上帝俯首吧，查米翁！接下去，只听一声巨大无比的声音，它压过了一切，仿佛是上帝的喊声。与此同时，地球上方那巨大的以太层一下子全都变成极为熊熊的烈焰，它无比明亮，无比炽热，就连天堂中智慧无比的天使都不知道用什么字眼来形容这等的烈焰。一切就这样结束了。”

Edgar Allan Poe
COMPLETE STORIES AND PAEMS OF EDGAR ALLAN POE

本书译自美国 Double day & Company，Inc. 出版社 1966 年版